Alex Hansen

Das wilde Leben des

Alfred Humoa

Alex Hansen

Das wilde Leben des

Alfred Humoa

Sowas wie eine Kriminalgeschichte

Bibliografische Information der
Deutschen Nationalbibliothek:
Die Deutsche Nationalbibliothek verzeichnet diese Publikation in der Deutschen Nationalbibliografie; detaillierte bibliografische Daten sind im Internet über http://dnb.dnb.de abrufbar.

Herstellung und Verlag:
BoD – Books on Demand, Norderstedt

ISBN: 978-3-7597-0570-9

Das Leben ist ein Geschäft, das seine Kosten nicht deckt.

Arthur Schopenhauer

So vielen Menschen gebührt ein Dank für Tipps, Anregungen, Korrekturen, Lesebereitschaft und Geduld.

Ohne jeden einzelnen von Euch wäre das hier ein anderes – mutmaßlich schlechteres – Buch geworden.

Der Dank geht in alphabetischer Reihenfolge an:

Alexander, Andrea, Cora, Hans, Heike, Jörgi, Julia, Lilli, Mama, Reiner, Rena, Svenja, …

F*ehl am Platz!*

Alfred Humoa's Analyse fiel schonungslos aus.
Seit längerer Zeit hat er nicht mehr aufgehört zu reden.
Eigentlich war es schon eher ein Plappern der ebenso geräuschvollen wie inhaltlosen Sorte, das er hier von sich gab. Der Versuch, seine Nervosität zu verbergen, war definitiv krachend gescheitert. Wie hatte er sich nur wieder überreden lassen können? Klar, es war mal wieder Jan ... Dazu hat man also Freunde ...
Kein Zweifel, er gehörte hier nicht her, weder geistig noch körperlich: Mit seinem alten (›gut eingetragenen‹, wie er es halbherzig rechtfertigen würde) Poloshirt, der Jeans, die er vorgestern Morgen aus den Tiefen seines Schranks zog, und einem fünf Tage alten Dreitagebart war Al für das Ambiente, in dem er sich aufzuhalten im Moment eher gezwungen fühlte, wahrlich nicht overdressed. Es hätte ihm wohl klar sein sollen, dass Jan seine Dates in solchen Restaurants hatte - die Sorte wo die Kellner steif und ernst wirkten, das Essen deutlich überteuert war und man aus Prinzip schief angesehen wurde, wenn man nur den Hauswein zum Trinken bestellte, oder wie in Al´s Fall, ein Bier Da hat Herr Humoa mal wieder nicht nachgedacht, weil er den Kopf voller anderer Dinge hatte. Er hätte ruhig mal einen Wein bestellen und auch auf dem Weg zwischen der Arbeit bis zu diesem Restaurant einen kleinen Zwischenstopp zu Hause einlegen können, um sich in edleren Zwirn zu gewanden.
Noch war ein freundliches Lächeln auf den Lippen der Dame, welche AL gegenübersaß. Eigentlich fand sie es recht erfrischend, mal nicht wieder mit dem stereotypischen und dadurch langweiligen Vierziger ›ich habe meine Karriere voll im Griff und bin deswegen was Besonderes‹-Typen zu verbringen.

Sie hatte ein zartes Gesicht, eine kleine Stupsnase, die Al besonders gut gefiel, und auch sonst war sie auch wirklich attraktiv. Jan´s Liga eben. Wobei sein Freund, soweit Al sich erinnern konnte, es eher auf blonde Frauen abgesehen hatte. Diese Dame trug eindeutig dunkelbraune, ja fast schwarzes Haar. Al tat sich immer etwas schwer, diesen Farbunterschied richtig einzuordnen. Das hat ihm schon damals, als er mit Marie noch zusammen war, Probleme bereitet. Seine Exfrau hatte nämlich ziemlich genau die gleiche Haarfarbe. Wenn er sich die Dame genauer ansah, hatte sie auch sonst einige Ähnlichkeit mit Marie – sie hätte ihm also durchaus gefallen können. Auch wenn er wusste, dass Jan Marie während ihres gemeinsamen Studiums nachgestellt hat – erfolglos, wie Al sich immer wieder gerne erinnerte - so war sie doch die Einzige von all den »Projekten« (wie Jan die Mädels, hinter vorgehaltener Hand, gerne nannte, die er unbekümmert anbaggerte), in den vielen Jahren, die die beiden Männer jetzt schon befreundet waren, deren zumeist bezaubernden Gesichter nicht vom blondem Haar umschmeichelt wurden, wenn auch teilweise nur mit massiver Hilfe der chemischen Errungenschaften des modernen Friseurhandwerks.
Da hörte er es: *Was für ein Freak!*
Hey Moment mal dachte er. *Okay, ich habe zwar viel geredet, aber Du hast ja auch so gut wie gar nichts zur Unterhaltung beigetragen.*
»Ja, und was haben sie dann gemacht?«
– Was? Was soll er dann gemacht haben? Irgendwie wusste er gerade auch nicht so genau, was da gerade für Wörter aus seinem Mund geblubbert waren, auf jeden Fall hatte er jetzt den Faden verloren. Deshalb hatte er wohl mitten im Satz aufgehört zu reden und war darüber jetzt auch noch grantig. Verdammt! Noch während Al antwortete: »Nichts, warum? Haben sie etwa zugehört?« war ihm schon klar wie überaus uncharmant seine Frage war. Das führte sofort zu einer leichten Panik seinerseits. Sie sah für einen kurzen Moment recht erstaunt aus, fand ihre

Fassung aber gleich wieder und tat so, als wäre es ein Scherz gewesen.
Freak!, schallte es, nur für Al hörbar, durch den Raum.
Okay, okay ich habe es ja kapiert, austrinken – bezahlen - heimgehen.
»Aber im Ernst: Was haben sie dann gemacht?«
Al wusste es nicht. Die Hälfte der Geschichte war eh gelogen, beim Rest konnte man sich auch nicht wirklich sicher sein. Fest stand eigentlich nur, dass er sich selbst nicht zugehört hatte und deshalb auch gerade nicht in der Lage war, sich ein nettes Ende auszudenken.
»Nichts, das war es schon!« – nicht prickelnd originell, aber vielleicht gab sie sich ja damit zufrieden.
»Ah, interessant…« Ihr Lächeln wurde jetzt von einem etwas mürrischem Gesichtsausdruck verdrängt, was Al ihr als Allerletzter übel nahm ... Er hatte es mal wieder verbockt!
Immer hörte er diese Stimmen. Warum ließ er sich auch immer so von diesen Gedanken irritieren? Auch wenn er sie nicht oft hörte, so wusste er doch mittlerweile schon, dass er sie nicht immer richtigen interpretieren, und leider auch nicht immer der richtigen Zeit und Person zuordnen konnte. Also um genau zu sein sehr selten.
Die Vorspeisenteller wurden abserviert. Super: Salat mit Putenstreifen, wie originell! Der Preis von 14 Euro pro Portion machte das auch nicht besser. Was soll's? Er hatte Jans Kreditkarte. Wenn er schon dessen Dates übernahm, dann konnte sein Freund ja wenigstens zahlen. Also schnell den Ober herangewunken, mit der Karte gewedelt und nichts wie weg hier. Als der Kellner das Stück Plastik in Al´s Hand sah machte er sofort kehrt und kam mit der Rechnung in einer Lederklappe und einem kleinen Kästchen wieder, in das er die Al flink abgenommene Karte steckte. Sodann sprach er die vernichtenden Worte:
»Bitte geben Sie die PIN ein und bestätigen Sie«.
Woher sollte Al Jans PIN wissen? Bisher hat es immer ausgereicht, irgendwo auf den Quittungen eine Unterschrift hinzukrakeln, von der Al sich rühmte, dass sie mit Sicherheit

keiner entziffern konnte. Deshalb wurde sie bisher doch auch immer akzeptiert. Aber nicht mal auf diese traditionelle Methode des Scheckkartenbetrugs konnte man sich in diesem Lokal verlassen. Kurz keimte in Al der Gedanke auf, dass genau dies die Absicht war. Sogar Al wusste wie unüblich diese Kästchen in teuren Restaurants waren. Da half nur eins: Spontaner Harndrang! Also mit einem geschickten Griff das Handy aus der Jackentasche gefischt, irgendwelche unverständlichen Entschuldigungen brabbeln und dann nichts wie ab auf die Toilette - und Jan wegen seiner PIN angerufen! Auch wenn der Ober ihm sehr irritiert nachschaute, diese Aktion schien trotzdem mal ausnahmsweise recht glatt zu laufen. Zumindest bis zu dem Zeitpunkt, wo es an Jan gewesen wäre, den ihn ereilenden Anruf entgegenzunehmen. Al hatte keine Ahnung, was sein Freund gerade tat, er wusste jetzt nur, dass er dabei offensichtlich nicht durch Telefonate jeglicher Art gestört werden wollte. Um Zeit zu schinden und in Ermangelung einer besseren Idee schrieb er erst mal eine SMS an Jan, um die PIN zu bekommen, auch wenn es ziemlich sinnlos war.

Es half weder in sich hinein Fluchen noch Ignorieren: Er musste diesen Ort der geruchsintensiven Stille wieder verlassen und die Rechnung begleichen, nur wie? … Also versuchte Al seinen langsam schmerzenden Kopf so erhoben wie möglich zu halten und begab sich raus zu seiner Begleitung. Als er zurückkam, stand der Ober immer noch da und wartete. Hatte der nichts Besseres zu tun? Ganz lässig und so souverän wie möglich setzt sich Al auf seinen Stuhl, kramte (nicht gerade in Rekordzeit) seine Geldbörse aus der Hosentasche und begann die Suche nach irgendetwas, mit dem er die Rechnung hätte begleichen können. Seine eigene Kreditkarte gehörte zu einem Konto, das allein durch den Aufwand an Dispo-Zinsen, die dafür zu entrichten waren, eine relativ luxuriöse Einrichtung war. Aus dieser Richtung war keine Hilfe zu erwarten. Sein Barvermögen belief sich auf einen 5-Euro-Schein, und eine Hand voll Münzgeld, zum überwiegenden Teil aus Kupfer gestanzt. Da schoss ihm eine schmerzhafte Vision durch seinen gepeinigten Kopf. Er sah sich schon das Lokal am nächsten Morgen mit Spülhänden verlassen. Da kamen ihm jene Worte über die Lippen (und das taten sie nur, weil das Schicksal ungnädigerweise kein Loch unter ihm aufriss, in dem er versinken konnte):

»Könnten Sie vielleicht… Ich habe mein Geld zu Haus vergessen.«

Als sein Gegenüber nach einer peinlich langen Pause registrierte, dass diese Worte ihr galten, ging auf einmal alles sehr schnell. Das Öffnen der Handtasche und der Geldbörse, das Herausnehmen und Hinlegen der passenden Geldscheine war innerhalb der ersten Sekunde erledigt. Die zweite Sekunde wurde gefüllt mit dem gleichzeitigen Schließen von Börse und Tasche, dem Aufstehen und einem eindrucksvollen Spurt zur Garderobe. Es folgte eine geradezu gemächliche Phase, als sie sich eine volle Sekunde Zeit lies, um lautstark ein herzhaftes »Arsch« zu murmeln. In der vierten Sekunde war sie in ihren Mantel geschlüpft und hat den Weg von der Garderobe zur Ausgangstür hinter sich gelegt. Damit war das Date dann auch schon beendet.

So, wie es aussah, hatte es Alfred Humoa jetzt endgültig geschafft, sich wieder einmal vollends und komplett unbeliebt zu machen. Na, dann konnte er ja beruhigt nach Hause gehen.

Gerade als er aufstand, geschah dies:

Naja, er redet etwas viel, aber eigentlich ist er ganz süß!

Oh Mann, wann hatte sie das denn gedacht - und: wie war eigentlich noch mal ihr Name gewesen. Naja, eigentlich war das jetzt auch egal, so gründlich wie er es vermasselt hatte. Die Dame würde sich sicherlich lieber eine Niere entfernen lassen, als sich noch mal mit ihm zu treffen – irgendwie verständlich... Welcher Mensch auf diesem Erdenrund konnte auch ahnen, dass sein für alle manchmal unverständliches Verhalten für ihn schon einen Sinn ergab. Zumindest in dem Moment, in dem er es an den Tag legte. Soweit er wusste, konnte sonst kein Mensch die Gedanken Anderer hören.

So verließ unser Hancock für Arme, unter den Blicken des Kellners und anderer Gäste, also das Restaurant. Die Jacke nahm er einfach aus der Garderobe und hielt sie in der Hand als er auf die Straße trat. Na toll, jetzt begann es auch noch zu nieseln – es war echt Zeit, sich auf den Weg Richtung heimisches Bett zu machen.

Das Geräusch hörte einfach nicht auf. Sehr zögerlich begann Al zu realisieren, dass es nicht seinem Traum entsprang. Es handelte sich hierbei um einen ausgesprochen lästigen Ton, der ihn da langsam und qualvoll aus einem komaähnlichen Schlaf Richtung Realität zerrte. Mühevoll, durch ein Stöhnen effektvoll untermalt, öffnete er die Augen.

Durch die Jalousie drang etwas Tageslicht. Al visierte seinen Wecker an, nahm Maß, streckte seinen Arm aus und ließ seine Hand einfach darauf fallen. Das Geräusch schepperte unbeeindruckt weiter. Zumindest hatte Al auf diese Weise herausgefunden, dass es nicht vom Wecker stammte.

Scheiße, Handy!

Träge stöhnend rollte er sich aus seinem Bett, suchte und fand mit seinen Füßen die irgendwo davor liegenden Badeschlappen und wankte, immer noch maximal schlaftrunken, Richtung Küche, von wo das Geräusch wohl seinen Ursprung nahm. Er fand sein mobiles Telefon auf dem Küchentisch. Noch in seiner Jacke, die er gestern Abend dort auf einer aufgeschlagenen Computerzeitschrift, die sich am oberen Ende eines höheren Papierstapels befand, abgelegt hatte. Von der anderen Seite wurde sie von ein paar leeren Bierflaschen flankiert. Er fischte das Handy hervor und hob ab.

»Morgen Chef!«, war die wie immer viel zu fröhliche und laute Stimme von Robin zu hören, »Ich bin jetzt da und mach mit dem Einräumen weiter.« Al atmete noch einmal schnell ein und nahm sodann alle Kraft zusammen, um so wach wie möglich zu klingen:

»Ist gut, ich notiere die Zeit und bin dann auch bald im Büro!« Natürlich notierte Al keine Zeit, genauso wenig wie er im alten Revier war, um dort noch wichtige, äußerst sensible Aufgaben zu erledigen.

Das ließ Al seinen Praktikanten nur glauben. Genauso wie die Geschichte, die er Robin erzählt hatte, es gäbe eine Vorschrift, dass er als Vorgesetzter den ordnungsgemäßen Arbeitsbeginn des Praktikanten zu protokollieren und kontrollieren habe. Der Grund für die Anrufe lag schlicht nur darin, dass Al seinen Praktikanten als Wecker missbrauchte, was dieser natürlich nicht unbedingt wissen musste.

Sein Bürokollege Rosenstrauch dagegen hatte wahrscheinlich mehr Ahnung, aber er konnte Al nichts beweisen. Sowohl die Computerausdrucke, die Datenbankeinträge der Zeiterfassung sowie die schriftlichen Arbeitsaufträge waren immer korrekt. So sehr dies Rosenstrauch auch erstaunte, er hätte niemals die Fantasie aufgebracht, sich vorzustellen, dass an diesen schlüssigen Dokumenten irgendetwas nicht seine Richtigkeit haben könnte.

Al legte auf und bemerkte, dass er eine SMS bekommen hatte, Jan hatte ihm gestern Nacht noch seine PIN geschickt.

»Einszwonullfünf«, las Al laut und wankte von der Küche in sein Badezimmer, welches sich, wie der Rest der Wohnung, in einem, nennen wir es: deutlich bewohnten Zustand befand. Der einzig gepflegte Raum war jener, in dem seine Kinder übernachteten, wenn sie mal zu Besuch waren. Er hatte es sogar geschafft, ein Hochbett für die vier zu bauen, natürlich mit einer Treppe anstelle einer Leiter, das fand er bequemer. Auch die Regale waren von ihm konstruiert und gebaut worden, so wie die meisten anderen Möbel in seiner Wohnung. Im Laufe der Zeit hatten sich dabei seine handwerklichen Fähigkeiten von ›könnte auch in einem von Autonomen besetzten Haus stehen‹ bis hin zu ›kann man wirklich stehen lassen‹ weiterentwickelt.

Al putzte sich die Zähne, während er sich durch allerlei eingetrocknete Wassertropfen und Zahnpastaspritzer im dahinter liegenden Spiegel betrachtete. Er strich sich mit der rechten Hand über sein Kinn, beschloss, dass die Länge seiner Bartstoppeln noch angemessen war, ging wieder ins Schlafzimmer, roch an der Kleidung, die er auf dem Boden vorfand, beurteilte sie für tragfähig und zog sie an.

Er verließ die Wohnung im dritten Stock wie immer ohne Frühstück.

Kaum hatte er die Kühle des schattigen Treppenhauses verlassen und war auf die Straße getreten, wurde Al von der tief stehenden Morgensonne geblendet. Mit halb zusammengekniffenen Augen überlegte er, wo sein Auto geparkt war.

Den Wagen war er schon gefahren, als er sich noch mit seinem Studium, wenn auch vergeblich, abmühte. Al wusste manchmal nicht, was ihn mehr belastete: der Studienabbruch, als ziviler Techniker bei der Polizei seinen Lebensunterhalt verdienen zu müssen oder sich immer noch kein neues Auto leisten zu können. Jedenfalls konnte er sich nun erinnern, dass der alte rostbraune Kombi eine Straße weiter stand.

Na gut, bei dem Auto konnte er sich immer noch darauf hinausreden, alles selbst reparieren zu können. Das ist ja bei den neuen Modellen nicht mehr so einfach. Also nicht, weil ein Mann das nicht könnte, nein, aber das Spezialwerkzeug ist halt zu teuer für eine Privatperson. Abgesehen davon war der

Kombi ja schon ein Klassiker und kurz davor ein Oldtimer zu werden. Und irgendwie hatte Al sich ja auch an diese Rostlaube gewöhnt, sogar mehr, als er sich eingestehen wollte.

Eine halbe Stunde später betrat Kriminaltechniker Alfred Humoa das neue Revier.

Das Alte Rathaus war aufwendig renoviert und umgebaut worden. Innen wurde es weitgehendst entkernt, die alten Ziegelwände kamen raus und es wurden neue Gipskartonwände eingezogen. Diese befanden sich meistens da, wo die alten vorher auch waren, was in Al´s Augen den Sinn der Aktion doch deutlich schmälerte. Das alte Gemäuer war mit einer beeindruckenden Glasfassade umbaut worden, was sicherlich mit einigem finanziellen Aufwand verbunden war. Als Effekt versprühte es jetzt den Charme von in Klarsichtfolie verpackten Pflastersteinen.

Seit dem Abschluss der Umbauarbeiten des Eingangs- und Wartebereichs wurde deren Medienwirksamkeit unablässig im lokalen Fernsehen und der Presse unter Beweis gestellt. Dabei war zurzeit eigentlich nur der Ausbau des dritten Stockwerks vollständig beendet, in dem sich die Kriminalpolizei gerade einlebte. Dort befanden sich auch der Serverraum und ein mit allen technischen Raffinessen ausgerüstetes Konferenzzimmer. Zu Al´s Unmut war er hier aber nicht wirklich für die Technik verantwortlich, was es ihm schwer machte, sich in dieser Etage nach Belieben aufzuhalten.

Und nicht zu vergessen der Aufenthaltsraum: die Beamten im gehobenen Dienst hatten hier einen eigenen Rückzugsort, der es mit jeder Businesslounge aufnehmen konnte. Auch Al´s Chef residierte schon in diesem Stockwerk. Natürlich, denn der war immer einer der Ersten, besonders wenn es um die Zurschaustellung von, in seinen Augen, verdienten Privilegien ging. Und die Büroräume hier waren nun mal überdurchschnittlich groß geschnitten. Der so ziemlich kleinste Raum war das Büro, in dem Marie als seine Sekretärin arbeitete. Sie hat als kleine Schreibkraft im Kommissariat 3 in Teilzeit – wegen der Kinder – begonnen und sich im Laufe der Jahre bis in das Vorzimmer des Polizeipräsidenten hochgearbeitet. Dort agierte sie als ausgelagertes Gehirn ihres Chefs und war für alles von Gespräche vermitteln über Terminplanung bis hin zur Beschaffung von Geburtstagsgeschenken für die präsidiale Gattin zuständig.

Natürlich hatte auch Al seinen Job hier Marie zu verdanken. Als die Stelle eines Technikers zu besetzen war, war es ihr gelungen, durch geschicktes Jonglieren mit Bewerbungsmappen nur noch Al´s Bewerbung als die einzige akzeptable herauszustellen. Aufgrund seiner wirklichen Referenzen grenzte das schon an einen Zaubertrick.

Jedenfalls war der Rest des Gebäudes, euphorisch formuliert, noch nicht ganz so weit.

Al verließ den Aufzug aber im ersten Stock und schlurfte, wie jeden Morgen, erst mal nach rechts, direkt in Richtung der Kaffeeecke. Auf dem Weg dorthin standen noch Kartons mit

Büromaterialien und es roch nach frischer Farbe. Auch hing an der ein oder anderen Stelle noch ein Kabel aus der Wand, offene Netzwerkdosen in halb eingeräumten Büros fielen Al beim Vorbeigehen an den geöffneten Türen natürlich sofort auf. Ebenso prägten fehlende Türschilder, herumirrende Handwerker und kistentragende Beamte das Bild. In diesem Stockwerk waren hauptsächlich die interne Abteilung sowie die Kriminaltechnik untergebracht.

Der ganze Luxus der Kaffeeecke bestand aus zwei Automaten: einem für Süßigkeiten und Knabberzeug sowie einem für Kaffee. Ein Exemplar der eher erschwinglichen Kategorie, wie man es in jeder Fabrikhalle finden konnte. In der Hoffnung, den Kaffeeautomaten für sich alleine zu haben bog Al um die letzte Ecke seines Weges.

Der Wunsch nach Einsamkeit war in diesem Fall gar nicht mal auf seine Abneigung gegenüber dem üblichen, in seinen Augen überflüssigen Small Talk, mit welchem sich die Kollegen ständig gegenseitig belästigten, zurückzuführen, sondern vielmehr auf seinen großen Coup. Tief in sich drin war er schon ein wenig stolz auf sich: Ja, er, der Rebell, der Outlaw, hatte den Kaffeeautomaten geknackt! Natürlich nicht, wie es oft im Internet zu lesen war, mit einer geheimen, nur dem Hersteller bekannten, Tastenkombination am Automaten, à la: ›Drücke dreimal extra Zucker, fünfmal Kaffee schwarz, einmal Kaffee weiß und noch mal extra Zucker ...‹ Solche Tastenkombinationen waren nämlich deshalb so geheim, dass nicht einmal der Hersteller selbst sie kannte, weil so ein Blödsinn schlicht nicht funktionierte!

Nein, Al hatte in mühevoller Kleinarbeit ein neues Programm für den Mikrocontroller des Automaten geschrieben.

Wobei die größte Schwierigkeit für Al nicht im Programmieren lag, das konnte er in aller Ruhe mit viel Zeit zu Hause erledigen. Das Problem bestand darin, lange genug allein am Automaten zu sein, um diesen zu öffnen, den Controller auszubauen, das Programm mittels geeigneter Hard- und Software auszulesen und eine Woche später die Prozedur zu wiederholen, um die, äh, verbesserte, Version wieder aufzuspielen. Aber die Mühe hatte sich gelohnt! Jetzt konnte er tatsächlich durch gleichzeitiges Drücken der Zucker- und Bechersperrtaste seinen Kaffee umsonst aus dem Automaten lassen. Ja, da wo bei weitem mehr Polizei anwesend war, als an irgendeinem anderen Ort, unter studierten Kriminalisten, Polizeihauptmeistern, Spürhunden, zivilen Ermittlern und anderen berufsbedingt Misstrauischen blieb er unentdeckt und führte sie alle an der Nase herum ... Seine Brust schwoll ein wenig an vor lauter Stolz.

Aber heute Morgen war ihm das Glück nicht hold. Frederick Ernesto (Eltern können ja so grausam sein) Buck stand vor dem Automaten und warf gerade Geld in den Schlitz. Al ärgerte sich bei dem Anblick gar nicht mal so sehr, immerhin war Freddy gar kein so schlechter Kerl. So als Mensch - am Arbeitsplatz. Privat hatten sie, bis auf die Vorliebe für die selbe Kneipe, das ›Moni's‹, zur Einnahme eines gelegentlichen Feierabendbiers wenig gemeinsam. Eigentlich schätzte Al das, denn zu viel Nähe zu den Kollegen ist halt auch nichts. Freddy schien das ähnlich zu sehen, obwohl er wirklich jeden hier kannte und bis auf den Chef auch mit jedem gut auskam. Daher war es auch nicht ungewöhnlich, dem Kriminalkommissar woanders als im dritten Stock zu begegnen.

Normalerweise wäre es bei einem derartigen Treffen das übliche Ritual gewesen, nur ein kleines morgendliches Gespräch über den Chef - Anton Lichtenberger, ein unglaublich selbstgefälliger Pedant - und den Umzug zu führen. Doch an diesem Morgen legte Frederick Ernesto (Eltern können ja so grausam sein) Buck, zwar ohne böse Absicht, aber dennoch voll schuldig zu sprechen, den Grundstein für Grausames und nahezu Unverzeihliches in Al´s Leben.

»Hey, Freddy!«

»Morgen, Al«, erwiderte Freddy, während er seinen Blick weiterhin über die Knöpfe des Automaten schweifen ließ. »Auch einen Kaffee?«

Er drückte derweil einen Knopf, und warf gleich etwas Kleingeld hinterher, da er die Antwort schon kannte.

»Jap, schwarz ohne Zucker!« Also doch noch nen Kaffee abgestaubt. Al vermerkte auf einer geistigen Liste einen Pluspunkt für Freddy!

»Kommt sofort«, sagte Freddy langsam, nahm seinen Becher aus dem Automaten, drückte eine weitere Taste und nippte müde an seinem Kaffee.

Normalerweise hatte Al´s Kollege gerade morgens immer gute Laune.

»Na, schlecht geschlafen? So müde kenn ich dich gar nicht!«

Al griff nach seinem Kaffeebecher im Automaten.

Freddy verzog die Oberlippe.

»Hast Du etwa in letzter Zeit gut geschlafen? Mich macht der Alte fertig! Umziehen an sich ist ja schon Stress, aber das schlägt alles!«

»Lass mich raten, schon wieder ein Meeting?«

»Was auch sonst! In einer halben Stunde geht's los. Dann dürfen wir uns wieder anhören, dass nichts nach Plan abläuft, alles einen fest definierten Platz haben muss und sich keiner an seine Verfahrensanweisungen hält. Ich meine, welcher Arsch schreibt schon eine Verfahrensanweisung, wie andere ihr Büro einzurichten haben? Ich sehe ja ein, dass es ergonomische Gründe geben mag, um einen Monitor oder einen Telefonapparat zu platzieren, aber nicht, wie viele Stifte in der obersten Schublade zu liegen haben oder wie viel Platz an welcher Stelle für persönliche Gegenstände zur Verfügung steht.« Während Freddy an seinem Kaffee nippte, nahm sein Gesicht langsam Farbe an.

Al wollte Freddy´s Redepause aufmunternd nutzen: »Man nennt ihn nicht umsonst Wichtelberger!«

»Er hat Martha vor allen zur Sau gemacht, weil sie ihren dämlichen Glücksteddy neben den Bildschirm gestellt hat. Verdammt, die Frau ist sechzig Jahre alt und alleinstehend, ist doch klar, dass die so ´nen sentimentalen Mist im Büro hat.« Al konnte dem letzten Argument, vor allem, weil er die bärenartige Monstrosität, welche hier irrtümlich als Glücksteddy bezeichnet wurde, kannte, nicht ganz folgen, sagte aber:

»Jap, und ich finde sie hat auch ein Recht darauf.«

»Und den Kreuzer hat er angemacht, weil er am Freitag um drei die Blumen im Vorraum noch nicht gegossen hatte. Der Kreuzer ist bis 17 Uhr auf Streife! Was soll das? Und überhaupt wieso brauchen wir einen Blumendienst, wozu gibt es den Hausmeister?« Freddys Gesicht hatte inzwischen eine deutliche Röte. Der redete sich wohl gerade in Rage. Da verdrückte sich Al mal lieber.

»Ja, wirklich übel«, sagte er, »Na, dann geh ich jetzt mal wieder ans Werk!«

Al wollte sich schon umdrehen und gehen, als das Schicksal weit ausholte, um später bequem seinen Lauf nehmen zu können:

»Wie lief es eigentlich gestern?«

Oje, anscheinend hätte Al nicht erzählen sollen, dass er ein Date hatte. Hätte er seine Klappe gehalten, wäre vielleicht alles anders gekommen - aber das sind sinnlose Spekulationen, denn es kam so:

»Ich hab dir doch gesagt, dass ich nur der Ersatzmann war.« Freddy hob das Kinn und erwiderte mit einem Blick, der eine Gewissheit zur Schau stellte, als wäre er dabei gewesen:

»Du hast es versemmelt!« Al verkrampfte sich leicht:

»Nein, sie hat ... also wir haben ... eben nur nicht zueinander gepasst.« Vor seinem inneren Auge sah er ihr Gesicht und die süße Nase, die der von Marie so ähnlich war.

»Sicher, sicher«, schmunzelte Freddy und nach einer kleinen Pause fügte er hinzu: »Sei mir nicht böse, aber du musst etwas an dir arbeiten, dann läuft es auch besser mit den Frauen ...«

»Was soll denn das jetzt?«

»Du bist zu fett und träge, mein Freund!«

Arsch - jetzt nur nicht ausfällig werden! Freddy gehörte ja eigentlich zu den Guten:

»Wie bitte?«

»Na, du musst etwas Sport treiben, Gewicht verlieren, Fettgewebe in Muskulatur umwandeln, damit du irgendwann wieder wie ein normaler Mensch aussiehst.«

»Du Arsch« - aufgrund akut auftretender emotionaler Unausgeglichenheit konnte Al die Erwähnung dieser durchaus recht rüden Bezeichnung jetzt doch nicht mehr vermeiden.

So viel zu den Guten. Der Pluspunkt war von der geistigen Liste gestrichen.

»Im Ernst, Al. Du würdest ja nicht mal mehr ohne zu keuchen die Treppen rauf kommen«.

Al war jetzt angepisst »Treppe? Treppen aller Art und Steigung laufe ich hoch wie ein junger Gott!«

»Glaub ich nicht!«

»Kann ich jederzeit beweisen«, täuschte Al eine Selbstsicherheit vor, die es dennoch nicht verhindern konnte, dass sich fast im selben Moment sein Magen verkrampfte. Er saß in der Falle!

»Gut, du hast also unsere Verabredung für heute Abend nicht vergessen.« Freddy grinste zufrieden »Dann gibt es diesmal keine Ausrede mehr, wir gehen heute noch ins Fitnessstudio!«

Verdammt, Al hatte nicht mehr daran gedacht, dabei hatte er sich extra eine Ausrede zurechtgelegt. Aber jetzt war es zu spät! Im leichten Schockzustand hörte sich Al antworten:

»Natürlich gehen wir. Dann zeig ich dir auch, wie das geht.«

»Schön, sagen wir, um Sieben vor dem Studio. Du weißt, wo´s ist?« Freddy hatte ein selbstzufriedenes Grinsen auf dem Gesicht, als er sich umdrehte und wegging, ohne eine Antwort von Al auch nur abzuwarten.

Etwas verwirrt von Freddy und seinem Überfallähnlichen Verhalten schlappte Al, den Kaffeebecher in der Hand, langsam in Richtung seines Büros. Gut, natürlich war schon öfters die Rede vom Fitness, aber das musste doch nicht heißen, dass es wirklich mal ernst werden würde. Welcher normal denkende Mensch meint so was auch ernst?

Es kann doch nicht sein, dass sich in seiner Umgebung wirklich Muskelfanatiker aufhielten, welche sich der Tyrannei der Trainingsgeräte freiwillig und mit Freuden hingaben. Da waren ja nur noch die Möchtegern-Sportler schlimmer, die blind die nächste Saftbar entdeckten, jedoch keine Ahnung davon hatten, wo sich die Muskeln befanden, die sie an den jeweiligen Geräten trainierten, geschweige denn, wie sie hießen. Dafür nutzten sie aber jede Gelegenheit, jedem, ob er es hören wollte oder nicht, zu erzählen, wie gut ihnen das Training tat.

Die waren fast so schlimm wie die Sonnenbankfetischisten, die einem von der nahtlosen perfekten Bräune und Schönheit erzählten, während sich ihre orangefarbene Lederhaut langsam vom Schädelknochen schälte. Wenigstens dieser Trend kam langsam aus der Mode!

Mode! Bei dem Wort fiel Al auf, dass er keine Sportkleidung besaß. Also auch keine unmodische, einfach gar keine. Nicht mal eine alte Turnhose aus Schultagen. Mist, jetzt musste er sich auch noch was zum Anziehen besorgen! Am Ende ließ sich das nur dadurch lösen, dass er Einkaufen ging, welch Horrorvorstellung.

Etwas wehmütige Gedanken huschten durch seinen Kopf an die Zeit, in der es ausgereicht hatte, eine Jogginghose und ein altes T-Shirt zu tragen. Aber in der breiten Masse waren die Erinnerungen daran schon längst verblasst. Der Glaube hatte sich etabliert, nur noch in spezieller, auf den jeweiligen Sport zurecht designter Funktionswäsche (gegen schnell trocknend ist ja nichts einzuwenden, aber sonst ...), diesen auch ausüben zu können.

Wie beim Joggen! Hieß das heute überhaupt noch so? Eng anliegend sollte sie sein und am besten einen CW-Wert haben wie ein Formel 1-Wagen im Windkanal ... Man musste sich doch nur mal am Wochenende gemütlich auf eine Bank in einem beliebigen Park setzen und den Freizeitsportlern zuschauen, die in Scharen an einem vorbei keuchten. ›Eng anliegend‹ war im Grunde so ziemlich das Letzte, was viele von denen brauchten.

Der Marken- und Modewahn hatte sich im Sport und allen anderen Bereichen des Lebens schon lange etabliert. Offiziell auch heute noch geächtet und der Jugend zugeschrieben, wurde er insgeheim in allen Altersgruppen gesellschaftlich voll akzeptiert und praktiziert. Während sich frühere Generationen von Jugendlichen noch damit zufriedengegeben hatten, einfach nur durch das Tragen des Markenherstellernamens in riesiger Schrift auf ihren T-Shirts freiwillig umsonst als lebende Litfaßsäulen Werbung zu laufen, musste es heutzutage Designerstreetware sein.

›Designerstreetware‹ - allein diese widersprüchliche Bezeichnung sollte einen vernunftbegabten Menschen davon abhalten, so etwas zu kaufen! Oder kennt irgendjemand einen Modedesigner, der auf der Straße arbeitet oder jemanden auf der Straße, der sich so etwas leisten kann? Aber egal, weil damit ist man individuell, halt genauso individuell wie alle anderen auch. Deshalb kaufte der modische Vorreiter von heute online ein. Man ging jetzt nicht mehr in ein Fachgeschäft, um erst etwas anzuprobieren und sich gegebenenfalls beraten zu lassen – na ja von wem auch, qualifizierte fachliche Beratung ist ja auch schon am Aussterben - nein, man bestellte via Internet, wo man seinem T-Shirt und seinen Schuhen selbst den nötigen individuellen Look verpassen konnte.

Aus ein paar vorgegebenen Farben für den Stoff, Schriftzug usw. und natürlich: gegen einen kleinen Aufpreis wählte man fröhlich selbst die Aufmachung der gesellschaftlich akzeptierte Uniform, mit der man dann durch die Straßen zog und aussah wie jeder andere. Und wenn man es dabei noch schaffte, sich einen Bart wachsen zu lassen, bekam man als Extrapunkt noch den ›Titel‹ Hipster verpasst.

Al drehte um. An seinem Büro war er schon lange vorbeigelaufen.

Er öffnete die Tür zu einem relativ kleinen Raum, welcher wohl eine Mischung aus Büro und Elektroniker-Werkstatt darstellte. Die Einrichtung hätte sicher schon in den 90ern als altmodisch gegolten. Beigefarbene hölzerne Aktenschränke, Schreibtische, deren zerkratztes Furnier an den Ecken abblätterte und so alte Schreibtischlampen, dass diese fast schon wieder als modern durchgingen, zierten das Büro. Dass in Al´s Lampe noch eine alte Glühbirne eingeschraubt war, fand er allerdings recht sympathisch. Sie erinnerte ihn einfach an frühere, vermeintlich bessere Zeiten. Auf dem Schreibtisch, der dem von Al gegenüberstand, befand sich sogar noch ein Telefon mit Wählscheibe! Und hinter diesem Schreibtisch saß Rosenstrauch.

Wenn man über Daniel Rosenstrauch etwas mit Gewissheit sagen konnte, dann, dass er sich nahtlos in die Einrichtung einfügte. Er drehte seinen fleischigen Kopf Richtung Tür, lehnte sich zurück und legte seine Hände an die Hosenträger, welche sich über das Volumen seines Bauchs spannten. Al roch bei diesem Anblick Gartenzwerge.

«Guten Morgen, Herr Humoa!«

»Morgen, Herr Rosenstrauch«

»Morgen, Al«, ertönte eine wesentlich jüngere Stimme.

»Morgen Robin!«, begrüßte er den Praktikanten.

Al setzte sich an seinen Schreibtisch und fragte sich wie jeden Morgen in den letzten Wochen, warum er der Einzige im ganzen Gebäude war, der keine neuen Büromöbel erhalten hatte? Hier drin grenzte es ja schon an ein Wunder, dass sie Flachbildschirme auf den Tischen hatten.

Bei Rosenstrauch konnte man es noch irgendwie verstehen, er ging eh in ein paar Wochen in Pension. Deshalb war der Kriminalbeamte auch hier untergebracht, weil es sich nicht gelohnt hätte, ihm für die kurze Zeit noch ein eigenes Büro einzurichten, aber Al hatte doch noch endlose Jahrzehnte vor sich.

Al´s Teil des Büros sah aus wie ein Schlachtfeld: Hinter ihm Regale, vollgestopft mit Elektrogerümpel, in der Ecke ein kleine Werkbank mit herumliegenden Werkzeugen und Lötkolben und auf dem Schreibtisch Papiere verschiedenster Größen und Farben in unübersichtlichen Haufen angeordnet und größtenteils von Al abgelegt ohne die Absicht, sie jemals zu lesen.

Robin saß an einer Ecke von Al´s Schreibtisch, ganz außen. Rosenstrauchs Teil war ordentlich und akkurat eingerichtet, sogar die Stifte lagen nach einem genau festgelegten System auf der Schreibunterlage sortiert. Der Stapel Akten über einen ungelösten Fall Rosenstrauchs, den er in seiner verbleibenden Zeit noch mal aufzuarbeiten gedachte, wirkte fast schon fehl am Platz.

»... und die Sortimentskästen habe ich auch schon in die Regale eingeräumt ...«, Al bemerkte erst jetzt, dass Robin mit ihm sprach, »... jetzt ist alles hier!« Der Finger des Jungen zeigte auf den Bereich von Al´s Regalen, in den nicht alles wahllos hinein geschmissen wirkte. Den Gedanken, ob er in Robins neuer Ordnung denn was finden würde, verwarf er schnell wieder. Bisher hatte er ja auch nichts gefunden.

Nun gut, das hatte der Praktikant erledigt, ohne Anlass zum Meckern zu geben. Trotzdem konnte ihn Al hier jetzt nicht brauchen. Da sich sein Magen ohnehin gerade meldete, gab dieses spontane Bauchgefühl Robins nächste Mission eigentlich klar vor:

»Okay, dann hast du dir deine Brotzeit ja jetzt redlich verdient«, versuchte Al eine positive Grundstimmung zu erzeugen, um darin sein eigentliches Anliegen »da könntest du mir doch auch gleich was mitbringen«, zu verpacken.

»Wie immer?«, fragte Robin diensteifrig, der genau wusste worauf Al abzielte.

»Wie immer!«, antwortete Al. »Oder warte ... nein ... doch ... wie immer«, fügte er dann noch hinzu. Nicht, dass er wirklich vorhatte, seine Bestellung zu ändern, aber allzu sicher sollte der Praktikant sich darüber dennoch nicht sein.

»Und das Geld?«

Al fing an, in diversen Taschen seiner Kleidung zu kramen, erinnerte sich an den Fünfer in seinem Geldbeutel, beschloss aber, diesen noch ein wenig zu behalten. Deshalb trug er Robin auf:

»Lass es anschreiben. Ich werde es dann beim Mittagessen bezahlen.« Obwohl Al schon seit mehreren Wochen nicht mehr persönlich in der Kantine aufgetaucht war und er diesen Trick schon öfters - nahezu täglich, um genau zu sein – benutzte, hatte er bisher immer noch funktioniert. Sein imaginärer Deckel musste inzwischen gigantische Ausmaße angenommen haben. Aber da Al nicht vorhatte, in nächster Zeit mal wieder in der Kantine Essen zu gehen, war ihm das reichlich egal.

»Okay, Chef! Für Sie auch etwas, Herr Rosenstrauch?«, fragte Robin der Höflichkeit halber, denn selbst er hatte schon gemerkt, dass darauf nur ein Fingerzeig auf die exakt an ihrem zugedachten Platz positionierte Tupperdose begleitet von einem gemurmelten

»Nein, danke« als Antwort folgte.

Als Robin gerade durch die Tür verschwunden war rief Al ihm nach:

»Ach, Robin!«

Der Kopf des Praktikanten erschien wieder im Türrahmen: »Ja, Chef?«

»Lass dich nicht aufhalten!«

Welch grandioser Witz, den Al da täglich brachte und auf den Robin ebenso täglich reinfiel. Rosenstrauch schüttelte in diesen Moment, ebenso täglich, in Missbilligung dieses Humors, kaum merklich den Kopf.

So, nachdem der Praktikant jetzt für einige Zeit verschwunden war (was wohl mit einer seit kurzer Zeit in der Kantine beschäftigten Auszubildenden zusammenhing, wie Marie Al einmal unter dem Siegel der Verschwiegenheit berichtete), konnte sich Al nun an die Arbeit machen.

Die Zeiterfassung musste auf den korrekten Stand gebracht werden. Nicht, dass an der Zeiterfassung irgendetwas falsch gewesen wäre, nur entsprach sie in Bezug auf seine Ankunftszeit nicht Al´s Vorstellung von Korrektheit - sondern eher der des Rests der Menschheit. Al musste also die für die Allgemeinheit korrekte Zeit in die für ihn korrekte Zeit ändern, was diese wiederum zur für die Allgemeinheit korrekten Zeit machte.

Insofern handelte es sich auch nicht um Betrug, schließlich kamen ja am Ende die richtigen Daten aus dem Computer und der hatte im Zweifelsfall ja immer recht. Schwieriger war es, die Zeiterfassungsbögen, die jeden Tag um 9:30 Uhr automatisch im Serverraum gedruckt wurden, um in irgendwelchen Aktenordnern in Papierform abgeheftet zu werden (eigentlich wusste keiner mehr, warum), eben dort zu entfernen und dann einen neuen Druck mit der wirklich korrekten Version, äh … na ja … Al´s Version halt … hm …, zu veranlassen.

Seit Al der IT-Abteilung bei der ein oder anderen Umzugsaktion überraschend hilfsbereit zur Hand ging, war er im Besitz von so ziemlich allen im Haus benötigten Passwörtern und so war der Zugriff auf den Server und die Zeiterfassungsverwaltung kein Problem.

Sein Gegenüber Rosenstrauch hatte so viel Ahnung von Computern wie ein Pinguin von der Gartenarbeit, der konnte sich wahrscheinlich nicht einmal vorstellen, dass es überhaupt eine Möglichkeit für das gab, was Al da tat, geschweige denn, dass er mit den Zahlen und Buchstabenkombinationen, die da auf Al´s Monitor flimmerten, irgendetwas hätte anfangen können. Al konnte also bequem von seinem Schreibtisch aus arbeiten.

Nachdem diese Aktion in wenigen Augenblicken erledigt war, konnte er sich nun auf den Weg machen, die Ausdrucke zu beseitigen. Dank Freddy wusste er ja, dass gleich eine Sitzung war. Damit dürfte der Weg frei sein, weil ja alle mit dem Wichtig sein beschäftigt waren.

Al griff sich den Werkzeugkoffer, den er unter seinem Schreibtisch deponiert hatte und ließ ihn erst einmal auf die Tischplatte knallen. Wie immer schreckte Rosenstrauch mit einem kleinen Hüpfen auf. Al öffnete den Koffer, schaute recht wichtig hinein, griff sich irgendeinen Gegenstand aus dem Regal hinter sich, knallte den Kofferdeckel zu, erfreute sich insgeheim an Rosenstrauchs zweitem, wenn auch kleineren, Hüpfer, murmelte etwas von wegen

»Bin dann mal unterwegs«, und verschwand Richtung Aufzug. Rosenstrauch atmete auf.

Als er im dritten Stock den Aufzug in Richtung Serverraum verließ, sah Al am Ende des Ganges Marie mit Freddy reden. Als die beiden auch ihn bemerkten, war Freddy abrupt um die Ecke verschwunden. Das war Al eh lieber, der Kerl hatte ihn heute schon genug gestresst. Sie schien eine neue Frisur zu haben. Er ging also auf Marie zu und brachte seinen immer gleichen Begrüßungsspruch:

»Hier arbeitest du also!?«

»Das weißt du doch!« Marie verdrehte die Augen.

»Ja, aber ich wusste jetzt nicht, was ich sagen soll.« Auch das hörte sie nicht zum ersten Mal.

»Aha!?!?«

»Ja.«

»Ach so!«

Das bis dahin nicht besonders aufregende Gespräch versandete nun komplett in einem kurzen Schweigen. Marie musterte Al genau und fragte:

»Al, hast Du schon gehört, was bei der Verkehrsüberwachung passiert ist?«

»Ja, habe ich«

Marie schaute ihn durch leicht zugekniffene Augen an und erwiderte mit einer dunklen Vorahnung: »So, hast du? Dann weißt du sicherlich auch, dass sie den Typen mit allen Mitteln suchen?«

»Ja, klar«, Al war etwas überrascht, sprach dann aber gleich beiläufig weiter:

»Und was gibt es so bei dir Neues? Erzähl mal!«

»Alfred, es ist gleich Sitzung ...« Alfred – wenn seine Ex-Frau ihn so ansprach, wurde es gefährlich ...

»Ist es schon zehn?«

»Fünf vor, aber ich muss jetzt echt los!«

»Wie geht es den Kindern?«

»Gut. Sie wollen mal wieder zu dir.«

»Oh, äh, schön... Alle vier?«

Al wollte cool wirken, aber insgeheim freute er sich.

»Ja klar! Sonst habe ich ja wieder keine Zeit für mich.«

»Und wann?«, wollte Al wissen, »gleich dieses Wochenende?«

»Hm, das ist eher ungünstig. Sie haben alle schon was vor«, grübelte Marie. »Fußball, Freunde, irgendein Konzert ...«

»Na gut«, sagte Al, »dann nächstes Wochenende!« Das war ihm ohnehin lieber – so hatte er noch mehr Zeit, seine Bude auf Vordermann zu bringen. Seine Kinder sollten sich ja bei ihm wohlfühlen.

»Toll!« Sie schien ehrlich begeistert »Ich sag den Kindern heute Abend gleich Bescheid, dass sie kommen können.«

»Na, dann ist das jetzt ausgemacht«, stellte Al munter fest.

»Ja gut. Dann könnt ihr die gemeinsame Zeit genießen. Ach, passt du ein bisschen auf Lisa auf? Sie hat Lukas in letzter Zeit öfters gebissen!«

»Äh, aber: Lisa ist vier - und Lukas 17?«

»Ja und?«

»Ich dachte nur: Er könnte sich ja wehren ...«

»Du kennst ihn doch!«

Oh ja, mein Sohn - der Held! ging es Al durch den Kopf.

»Jedenfalls freuen die Kinder sich bestimmt!«

»Ich mich auch!« Und das meinte er ernst.

»Ich muss jetzt echt zur Sitzung... wir telefonieren!«

»Okay, mach's gut!«, sagte Al, aber Marie war schon um die Ecke Richtung Konferenzraum unterwegs. Sie übte noch immer einen gewissen Zauber auf ihn aus. Warum nur hatte sie sich damals von ihm abgewandt?

Hast du ihn an das Fitnessstudio erinnert, wie besprochen?

Na toll, Marie hatte Freddy also angestiftet. Eigentlich hätte Al sich das denken können. Andererseits: Wenn er ihr dann wieder besser gefiel ...

Der Serverraum befand sich neben dem Konferenzraum. Praktischerweise waren hier auch gleich die Ordner untergebracht, in denen die Ausdrucke der Zeiterfassung abgeheftet wurden. Während Al alt gegen neu tauschte, hörte er durch eine Zwischentür, wie der Chef gerade mit dem Schwingen großer Reden beschäftigt war. Da überkam ihn ein Gefühl der Zufriedenheit, er war nur ein kleiner Techniker und kein superwichtiger Polizeibeamter, der sich gerade seinen Hintern beim Lauschen von Lichtenbergers grenzenlosem Selbstlob platt sitzen musste.

Es war Zeit, sich zurück in sein Büro zu begeben, schließlich musste er sich ja noch um die von Robin gebrachte Brotzeit kümmern - und wenigstens etwas arbeiten - bevor er mit Jan zum Mittagessen verabredet war. Er verstaute die alten Ausdrucke in seinem Koffer und machte sich auf den Weg.

Eine kurze Überlegung, ob er die Treppe nehmen und dabei einen Zwischenstopp im Kopierraum des zweiten Stockwerks machen sollte, um die falschen, ehemals richtigen, Ausdrucke im Reißwolf zu entsorgen, verwarf er, weil er sich ja heute Abend anscheinend ohnehin noch mehr bewegen musste, als gewünscht. Als er in sein Büro kam, fand er auf seinem Schreibtisch einen Pappteller mit drei Würstchen, Senf und einer Semmel vor.

»Brezen sind aus!«, informierte ihn Robin, mit vollem Mund, von seiner Ecke des Schreibtisches aus. Rosenstrauch machte sich gerade über die letzten Reste des Inhalts seiner Pausendose her.

»Schade«, murmelte Al. Aber da es sich nur um die Vorspeise für das bald stattfindende Mittagessen handelte, wollte sich Al im Moment nicht von solchen Details die Laune verderben lassen. Jetzt brauchte er erst einmal Platz zum Agieren! Er setzte sich also auf seinen geschätzte 53 Jahre alten Bürostuhl und begann in altbekannter und bewährter Weise sein Hindernis zu beseitigen:

»Robin, wir müssen heute Nachmittag ein paar Netzwerkbuchsen setzen. Holst du schon mal einen Karton voll und fünf, nein sechs, W-Lan-Kabel aus dem Lager?«

»W-Lan-Kabel?«, grübelte Robin.

»Ja!«, versicherte Al

»Wee-Lan-KABEL??« Robins Verwirrung wollte einfach nicht enden.

»Ja, W wie … Wichtig«, war Al´s Schlüssigkeit vortäuschende Erklärung. »Du weißt doch, hier bei der Polizei muss alles besonders sicher sein. Die Schachtel, in der die liegen, ist übrigens beschriftet.«

»Aha, ja gut ...« Der Kopf des Praktikanten war leicht gerötet, als er das Büro in Richtung Materiallager im Keller verließ. Den war Al erst mal los.

Jetzt konnte sich Al in Ruhe der Reparatur einiger Geräte widmen, die natürlich nicht von der Polizei waren, sondern von den Angestellten. Dass Al sich dieser Arbeit nicht aus reiner Nächstenliebe hingab, muss ja wohl nicht erwähnt werden.

Irgendwann kam Robin mit einem Karton und einer Kabeltrommel zurück.

»Sorry Chef, aber die Kabel konnte ich nicht finden! Ich hab dafür eine Rolle Cat. 6-Netzwerkkabel mitgebracht.«

Al blickte auf die Uhr, die im Büro hing.

»Macht nichts, ich habe mir den Plan noch mal angeschaut, Cat 6 tut's auch!«

Gut, es war eh schon fast zwölf Uhr. Al verabschiedete sich mit einem »Mahlzeit« und ging auf direktem Weg zum Alfredos, um sich mit Jan wie jeden Dienstag zum Mittagessen zu treffen.

Das Alfredos war ein Restaurant, das hielt, was der klischeehaft Name versprach: Alfredo Tisato war ein immer zuvorkommender und freundlicher Mann gesetzteren Alters, der durch nichts mehr (außer Fußball) aus der Ruhe zu bringen war. Seine Frau Rosina war zwar keine phantastische Köchin, aber auch sie konnte nichts mehr aus der Ruhe bringen (außer jemand betrat ungebeten ihre Küche – das war ihr Reich). Violetta, die Tochter der beiden, war wirklich sehr hübsch anzusehen und hatte in früheren Zeiten alleine durch ihre Anwesenheit dazu beigetragen, dass das Lokal immer gut gefüllt war, besonders mit jungen Männern.

In letzter Zeit war sie allerdings regelmäßig mit einem Knaben zu sehen, dessen unglaublich fetttriefendes Haar streng nach hinten zementiert war. Es machte auch den Anschein, dass es was Ernstes war. Seitdem nahmen die Besucherzahlen im Lokal stetig ab und der Altersdurchschnitt ging deutlich in die Höhe. Violetta jedenfalls brachte erst recht nichts aus der Ruhe, sie bekam ja sowieso immer, was sie wollte. Der Ober im Alfredos hieß Elio. Ihn brachte alles aus der Ruhe und sein Temperament verbot es ihm, seine Launen für sich zu behalten.

Es gab einen günstigen Mittagstisch, den man auch mit Essensgutscheinen bezahlen konnte. Da Al auf dem Polizeipräsidium arbeitete, bekam er solche Scheine und das war auch der Hauptgrund, warum er immer darauf drängte, ins Alfredos zu gehen. Die wie am Fließband produzierten Gerichte schmeckten zwar als wären sie in der Mikrowelle aufgewärmt worden, wahrscheinlich waren sie das auch, aber beweisen konnte man es nicht. Schließlich war Rosinas Küche Sperrgebiet.

Jan, der über Al´s Kontostand Bescheid wusste, hatte sich damit abgefunden, hier einmal die Woche zu essen. Ansonsten zog er es vor, mit seinen Kollegen eine etwas modernere Küche zur Mittagszeit zu genießen.

Als Al das Lokal betrat, saß Jan schon an dem Tisch, an dem die beiden immer saßen. Der blonde hochgewachsene Bankangestellte fläzte entspannt zurückgelehnt, die Karte auf der Tischplatte aufgestützt, seine überkreuzten Füße schauten gegenüber unter dem Tisch heraus. Wenn man ihn so sah, konnte man nicht ahnen, welche Eleganz und welch Benehmen dieser Mann an den Tag legen konnte, wenn es darauf ankam. Allerdings kam es für Jan meistens nur ›darauf an‹, wenn es um Damen ging oder wenn es beruflich für ihn zu eng wurde.

»Hallo, altes Haus«, begrüßte er Al freundlich.

»Hallo, Jan«, grüßte dieser zurück.

»Na, was macht die Liebe?«, machte Jan deutlich, dass er gedachte, alles über den gestrigen Abend zu erfahren.

»Nichts!«, machte Al deutlich, dass er nicht gedachte, auch nur irgendetwas über den gestrigen Abend zu erzählen.

»Nun erzähl schon! Wie war es?«, ließ Jan nicht locker.

»Was soll schon gewesen sein? Schief ist es gelaufen – wie immer!« beendete Al dieses Thema (zumindest für sich).

Elio kam an den Tisch und überreichte Al wortlos eine zweite Speisekarte. Damit war für ihn genug gesagt und schon war er wieder weg.

»Schief? Wie? Schief?«, verlieh Jan seiner bei weitem nicht befriedigten Neugier Ausdruck.

»Ich habe irgendeinen Quark geredet, sie hat irgendeinen Quark geredet …«

»Quark?«, murmelte Jan irritiert »Egal. Bisher klingt alles doch ganz normal!«

»Egal … normal … banal … ist die Tatsache, dass ich sie gelangweilt habe!«, zog Al ein gewagtes Wortspiel aus dem Ärmel.

»Gelangweilt? Das verstehe ich gar nicht, du bist doch so ein interessanter Typ. Oder zumindest, äh, nett«, wunderte sich Jan künstlich.

»Nett, na vielen Dank.« Al fühlte sich von dem Mangel positiver Attribute, die seinem Freund ihn betreffend einfielen, nicht gerade geschmeichelt. »Das sieht sie wohl anders!«

»Anders?« Warum wiederholte Jan immer das letzte Wort, das Al sprach?

»Jedenfalls hat sie mir zum Abschied ein wirklich ernst gemeintes ›Arsch‹ hinterher gerufen«, leitete Al so schnell wie möglich zum Ende des Treffens und somit auch dieses Gesprächsthemas über.

Jan grübelte: »Das verstehe ich gar nicht. Ich dachte, ihr würdet gut zueinander passen.«

»Gut zueinander passen?« Jetzt wiederholte Al die letzten Worte.

»Signore!« Die beiden Männer erschraken ein wenig, als sie sich plötzlich der Anwesenheit des Obers bewusst wurden. Er stand einfach nur so da an ihrem Tisch. Wie lange er da wohl schon gestanden haben mochte?

»Ähm, ich nehme die Spezzatino con Riso und dazu einen vino rosso. Aber nicht den von letzter Woche! Mit dem Sauerampfer könnt ihr höchstens noch ein Salatdressing zusammen panschen wenn euch der Essig ausgegangen ist!«, brachte Jan seine Wünsche klar zum Ausdruck.

»Menü 2 und ein Bier«, bestellte Al während er überlegte, ob ihm sein Freund jetzt peinlich sein musste. Abgesehen davon hatte er keine Ahnung, um was es sich bei Menü 2 handelte, aber man würde es schon essen können.

»Si, Geschnetzeltes mit Reis, Cavatappi al Salmone, lieblicher Rotwein e una birra«, wiederholte Elio barsch, während sein Blick Jan eisern fixierte und verschwand mit einem »Ecco!«

Jan hätte eigentlich noch gerne mit dem Ober geklärt, was dieser unter einem ›lieblichen Rotwein‹ verstand, aber der war ja inzwischen entschwunden.

Da fiel Al die Frage wieder ein, die ihn schon gestern Nacht beschäftigte:

»Wie heißt sie eigentlich?«

»Wer?«

»Na, die von gestern!«

»Äh, hab ich vergessen«, musste Jan eingestehen. »Habt ihr euch denn nicht vorgestellt?«

»Doch! Da war schon etwas in der Art.«

Elio erschien, stellte ein Bierglas vor Jan, ein Weinglas vor Al und tat sogleich das, was er am besten konnte, nämlich verschwinden. Wortlos, fast schon routiniert tauschten Jan und Al die Getränke. Al betrachtete dabei die rote Flüssigkeit in Jans Glas. Süßer Wein war gewiss nicht Al´s Ding.

Es verging einige Zeit, während die beiden Freunde sich schweigend gegenübersaßen und so taten, als grübelten sie über schwerwiegende Themen nach. In Wahrheit dachte Jan über Frauen, egal mit welchem Namen, und Al über Tiere, bei denen ihn weniger der Name als vielmehr der Geschmack interessierte, nach.

Jan versuchte die Konversation wieder in Gang zu bringen:

»Und, gehst du heute Abend ins Fitnessstudio, oder hast du dich drücken können?«

»Ich gehe!«, kam die knappe Antwort.

»Weißt du, was ich glaube?«, erwiderte Jan.

»Was?« Al wusste während des Sprechens schon, dass er diese Frage bedauern würde.

»Es ist echt keine schlechte Entscheidung von dir, ins Fitnessstudio zu gehen.« Und schon war es da, Al´s Bedauern bezüglich seiner Frage.

»Entscheidung von mir?«, versuchte er einen kurzen Fingerzeig in Richtung Realität in das Gespräch einzuflechten.

»Ja, nicht ...«, Jan hüstelte. Er hatte den ersten Schluck von seinem Wein genommen. »... dass du nicht gut in Form wärst ...«

»Eben!«

»Nur: die Form, in der du bist, ist halt etwas größer.« Auf was wollte Jan denn jetzt hinaus?

»Geht schon!« antwortete Al vorsichtig.

»Nicht, dass man, wenn du dir ein Bein brichst, einen Gabelstapler statt eines Rollstuhls bräuchte, um dich zu transportieren ...«

»Gabelstapler? Rollstuhl? Bein?« Al verstand gar nichts mehr! In ihm begann es zu brodeln.

».. aber es hätte schon seine Vorteile«, kicherte Jan.

»Na, danke!« Al musste bei Gelegenheit mal dringend die Basis der Freundschaft zu diesem Kerl überdenken.

»Wahrscheinlich gehen die Frauen deshalb nicht mit dir ins Bett, weil sie einfach Angst haben, du könntest sie rausdrängen und sie würden unsanft auf dem Boden landen.« Jan lief zur Hochform auf.

»Haha«, Al lief rot an.

»Aber: Von einem Luxuskörper hat man gerne auch etwas mehr!« Jetzt wurde Al das Gerede echt zu viel! Es war klar, dass Marie Jan offensichtlich angestiftet hatte, genauso wie Freddy. Al konnte gar nicht damit umgehen, dass quasi hinter seinem Rücken die Entscheidung getroffen wurde, was er heute abends zu tun hatte. Wenn Jan also so daran lag, dass er diese allseits gewünschte Figur bekam, dann sollte er doch die ganzen übertriebenen Sportklamotten bezahlen, die man erst mal brauchte. Er hatte ja genug Kohle.

Das war überhaupt die Idee! Al hatte Jans Kreditkarte sowieso noch nicht zurückgegeben. Na, dann würde er die fürs erste weiterhin für sich behalten. Der Gedanke an den bevorstehenden Einkauf verlor gleich etwas von seinem Schrecken.

Da kam das Essen. Für Jan ein Reisklumpen mit beiger Soße, für Al ein Nudelklumpen mit roter Soße. Für Rosina aß das Auge definitiv nicht mit! Während des Essens folgte ein Dialog zwischen den beiden Männern, in dem es um dies und das ging. Geocaching (das Jan langweilig fand, wobei es für Al einer der wenigen Gründe war, sich in der freien Natur zu bewegen), Planespotting (das Al langweilig fand, bei dem Jan aber, aus welchem unlogischen Grund auch immer, interessante junge Frauen vermutete) oder Basketball (das eigentlich beide langweilig fanden) … worüber man sich halt zwischen zwei Bissen Essen kauend und schmatzend unterhielt.

Eine Frage, die ihn schon länger beschäftigte, veranlasste Al dazu, das erste Gespräch wieder aufzunehmen, was er umgehend bereuen sollte:

»Warum bist du eigentlich gestern nicht zu dem Date gegangen?«

»Terminkollision!« Hier setzte sie bereits ein – die Reue.

»Na toll! Du kriegst deine Tanten nicht mehr unter einen Hut und ich darf das dann ausbaden!«

»Ich dachte, sie gefällt dir - vielleicht.«

Al schwieg.

Jetzt begann Jan aber erst richtig:

»Jedenfalls war ich mit Chantalle bis 5 Uhr morgens beschäftigt!«

»Ausreichend Schlaf ist wichtig«, versuchte Al einen Themenwechsel einzuleiten.

»Sie hat ein Nagelstudio. Muss ich noch mehr sagen?«

»Nein«, verlieh Al seiner Hoffnung auf ein baldiges Ende des Gesprächs Ausdruck.

»Sie hat so kleine Bäume und Blumen auf ihre Nägel gemalt!«, berichtete Jan mit einem seltsamen Glanz in den Augen.

»Hört hört!« Al gähnte innerlich.

»Und sie weiß gar wunderbare Sachen mit ihren Fingernägeln anzustellen!«, grinste Jan schmierig.

Al sagte lieber nichts. Nur nicht zum Weiterreden ermuntern!

Ein fürchterliches Geklapper setzte ein. Elio war bemüht, beim Abservieren von zwei Tellern und zwei Gläsern ein Maximum an Lärm zu produzieren.

»Jedenfalls haben wir uns erst Mal im Geronimos getroffen. Da sind wir aber nicht lange geblieben«, versuchte Jan seinen detaillierten Bericht durch den Radau des Obers hindurch fortzusetzen.

»Das wäre ich auch nicht!« Um genau zu sein, wäre Al nie auf die Idee gekommen, das Geronimos überhaupt freiwillig zu betreten.

»Ein Drink, dann sind wir rüber ins le Briquétte, wir hatten inzwischen etwas Hunger.«

»Da war das Briquétte ja dann eine kluge Wahl.« Bei den extrem kleinen Portionen, die dieses Szenelokal zu extrem hohen Preisen bot, war alles, was über ›etwas Hunger‹ hinausging, nicht finanzierbar.

»Danach bin ich noch auf einen Kaffee mit zu ihr, wenn du verstehst ...«, raunte Jan mit einem Augenzwinkern.

»Ja, ich weiß was Kaffee ist!« Al bekam Jans Andeutungen langsam satt.

»Uno Espresso?« war die Stimme des Obers auf einmal zu vernehmen.

»Zum Beispiel!«, ließ Al sein Fachwissen aufblitzen.

»Wünschen Sie noch einen Espresso?«, verlieh Elio seinem Anliegen Nachdruck.

»Nein danke, ich muss hier weg!«, entgegnete Al.

»Der Wein ist grauenhaft!«, brachte Jan sich plötzlich ein.

»Wen wundert's?«, fragte Al.

»Aber getrunken haben Sie ihn trotzdem ...« Der Ober wandte sich mit einem leisen, langgezogenen »Stronzo« auf den Lippen ab und ging.

Von Elio ignoriert kehrte Jan unbeirrt zu seinem Lieblingsthema zurück - was Al sehr bedauerte.

»Wir kamen dann also in der Wohnung von Chantalle an und da ging es dann richtig zur Sache ... hihi ... übrigens, sogar ihre Seidenbettwäsche hat denselben Farbton wie ihre Fingernägel und ihr Slip ist ...« Al dachte nur noch an eines: Flucht!

»Du, Jan, das ist ja fürchterlich spannend, aber ich muss jetzt wieder in die Arbeit.«

Jan brabbelte unbeirrt weiter.

Damit Jan nicht auf die Idee kam, mit seiner Karte zu bezahlen, sagte Al schnell:

»Ich lade dich ein. Ich muss jetzt wirklich ... wir sehen uns!« Al stand auf und gab dem Ober im Rausgehen einen Stapel Verzehrbons. Trinkgeld fiel heute flach, dafür war sowohl Elios wie auch Al´s Laune zu schlecht. Mit dem guten Gefühl, dass sich Jans Kreditkarte in Al´s Geldbeutel bald sehr viel leichter anfühlen würde, verließ er das Alfredos. Kurz darauf nahm sein Freund, der immer noch in den Erinnerungen der letzten Nacht gefangen war, von Al´s Abwesenheit Notiz.

Als Al wieder in seinem Büro eintraf, fand er seine zwei ständigen Zimmergenossen an ihren zugedachten Plätzen vor. Rosenstrauch ging seiner Arbeit nach, was auch immer er da machte - jedenfalls sah er dabei recht geschäftig aus. Robin saß an seiner Ecke mit einer Kiste Netzwerkbuchsen zur Wandmontage vor sich. Ach ja, sie mussten ja heute noch was arbeiten ... also fuhren der Techniker und sein Praktikant rauf in den Sechsten. Al zeigte Robin, wie man die Anschlüsse montiert und welche Kabel man ziehen muss und lies die restlichen Buchsen Robin anbringen. Währenddessen hatte er, wie er dem Praktikanten erklärte, wichtige andere Tätigkeiten zu erledigen, nämlich in der ersten Etage Kaffee zu trinken. Dann setzte er sich in sein Büro, tat so als müsste er fürchterlich wichtigen Bürokram erledigen und wartete auf Robin. Als dieser endlich kam, fand die Endabnahme der Buchsen mittels eines »Und? Alles angeschlossen?« statt. Da der Junge mit einem fröhlichen »Ja!« antwortete, konnten die beiden nach Hause gehen. Zumindest Robin ...

Isidro Käsinger war nun schon einige Jahre Verkäufer im ›Sport-Treff‹. Nach der Lehre war er gleich übernommen worden und außer diesem Laden hatte er in seinem Berufsleben noch nicht wirklich viel gesehen. Aber mit Sportarten aller Art kannte er sich aus, er hatte Tipps zu den besten Skipisten ebenso parat wie zu den angesagtesten Golf- oder Tennisclubs der Gegend. Natürlich konnte er jederzeit mit allen wichtigen Formel 1-, Schach- oder Fußballergebnissen der letzten 20 Jahre dienen. Sein spezielles Interesse aber galt der Sportunterwäsche, speziell der, die die knackigen Herren in den Katalogen immer anhatten. Isidro sortierte gerade eine Lieferung neuartiger schweißverzehrender Funktionssocken, als ein Kunde das Geschäft betrat. Die Socken waren nahe am Eingang positioniert, was ihn zur Zielscheibe für den anstehenden Kundenkontakt machte. Und so kam es, dass er ein resolutes

»Tach!« hinter sich vernahm. Isidro drehte sich um und wunderte sich. Dieser Mann machte den Eindruck, als hätte er die letzten Jahre damit zugebracht, aus den Fugen zu gleiten. Seine Kleidung war relativ altmodisch und zerknittert. Das war für einen Kunden des ›Sport-Treff‹ schon mal eher ungewöhnlich. Normalerweise konnte Isidro auf den ersten Blick ziemlich gut einschätzen, an welcher Art von Sport sein jeweiliges Gegenüber interessiert war. In diesem Fall nicht! Isidro überkamen sogar Zweifel, ob dieser Mann überhaupt schon mal Sport getrieben hatte. Sicherlich war er eher im Auftrag eines Verwandten oder Bekannten hier. Deshalb war sogar ehrliche Neugier dabei, als Isidro fragte:

»Wie kann ich Ihnen helfen?«

»Ich muss in ein Fitnessstudio. Was braucht man da?«

»Nun, in erster Linie geeignetes Schuhwerk, das ...«, begann Isidro.

»Schuhe, okay! Wo sind die?«, unterbrach ihn der Mann.

Isidro zeigte quer durch den Laden zur hintersten Wand, wo Sportschuhe aller Art ausgestellt waren.

»Na dann: Auf! Auf!« Dieser Kunde wollte es offensichtlich hinter sich bringen.

Isidro setzte sich also in Bewegung Richtung Schuhe, als nach wenigen Schritten zwei Meter hinter ihm ein »Was ist das?« erklang.

»Das? Skihelme!«, antwortete er irritiert.

»Skihelm? Nehm´ ich! Den da!« Der Mann zeigte auf ein Modell mit integrierter Skibrille. Während Isidro den Karton mit diesem Helm in der Größe XXL heraussuchte, kam auch schon die nächste Frage:

»Da fällt mir ein: Ich bin ja noch nie Ski gefahren. Haben sie da welche für mich?«

»Ski? Tut mir Leid, die Saison hat noch nicht begonnen. In sechs Wochen kommt wohl die erste Lieferung ...«

»Egal! Schuhe!« Dieser Mensch war Isidro definitiv unheimlich.

Sie machten sich also wieder auf den Weg, als nach wenigen Schritten abermals ein

»Was ist das?« hinter ihm zu vernehmen war.

»Fahrradtrikots?« Worauf wollte dieser Kunde hinaus?

»Nehme ich!«, bestimmte der Mann. Seine Wahl fiel auf mehrere, sogar für den ausgefallenen Geschmack von Radfahrern, hässliche Teile in bunten, sich gegenseitig bekämpfenden Farben.

Der Mann riss die Trikots vom Ständer und rief: »Gut! Schuhe!«

Es verwunderte Isidro nicht mehr wirklich, dass ihr Marsch nach wenigen Metern bei der Wanderzubehör-Abteilung stoppte, da noch ein Paar Nordic-Walking-Stöcke mitgenommen werden mussten. Der Kunde packte sie mit den Worten:

»Nehm ich!«

Bis Isidro den Kunden dann doch irgendwann zu den Schuhen geleitet hatte, hatten sich noch ein Tischtennisschläger, ein Sixpack isotonischer Getränke, verschiedene Sporthosen, eine Sporttasche und ein Eispickel für Bergsteiger auf die Einkaufsliste gesellt.

Die Auswahl der Schuhe war sofort erledigt, als Isidro die Frage »Sind sie teuer?« bejahen konnte. Auf dem Rückweg zur Kasse wurde der Einkauf um einen Trainingsanzug, einen Eishockey-Puck, verschiedene T-Shirts (atmungsaktiv und schweißtransportierend), mehrere Badeanzüge (für seine Töchter, wie der Kunde wissen ließ) und einen Fußball inklusive der restlichen für diesen Sport benötigten Ausrüstung (für den Sohn) erweitert.

Mit einem seltsam zufriedenen Grinsen streckte der Mann ihm die Kreditkarte zum Zahlen des aufgelaufenen vierstelligen Betrags hin und beim Unterschreiben des Belegs summte er fröhlich ein Lied, dessen Text sich anhörte wie ›Einszwonullfünf‹. Als der Mann den Laden mit all seinem Krempel verlassen hatte, bemerkte Isidro, dass der Eispickel noch da lag. Isidro legte ihn bei Seite, in der Hoffnung, dass er nie abgeholt werden möge.

Ein paar rot-blaue Fahnen mit der weißen Aufschrift ›Fit'n'Fun‹ begrenzten den Parkplatz des Fitnessstudios. Es war Viertel nach Sieben, Freddy lehnte lässig mit einen Becher Coffee to Go in der Hand am Treppengeländer des Eingangs und wartete. Da bog der rostbraune Kombi auf den Parkplatz des Fitnessstudios ein, was für die Verhältnisse seines Fahrers noch durchaus pünktlich war. Zumindest Freddy hatte ohnehin nicht mit einem früheren Eintreffen gerechnet.

Al parkte auf einem dem Eingang nahegelegenen freien Stellplatz und stieg aus. Er nahm die Sporttasche vom Rücksitz seines Wagens, kramte im Kofferraum in ein paar Tüten mit der Aufschrift ›Sport-Treff‹ und lief sodann aufrecht, aber mit einem grimmig wirkenden Gesichtsausdruck auf den Eingang zu. Freddy musterte ihn dabei. Als sein Blick am Preisetikett von Al's Sporttasche hängen blieb, überkamen ihn leichte Zweifel, ob das alles hier wirklich eine so gute Idee war.

Als Al vor ihm stehen blieb, verzog er sein Gesicht zu einem aufmunternden Grinsen:

»Und Champ, bereit?«

»Kann losgehen!«

Al schob sich an Freddy vorbei und schritt Elan vortäuschend durch die Glasschiebetür ins ›Fit'n'Fun‹.

Was für ein Name?! Dass Al hier Fitness erlangen würde, bezweifelte er. Dass er hier Spaß haben würde, schloss er dagegen mit absoluter Sicherheit aus.

Der überdimensionierte Empfangsbereich war mit dunklem Industrieparkett ausgelegt und erstaunlich modern und dezent dekoriert. Hinter dem geschwungenen Tresen stand eine junge hübsche Frau in einem roten Poloshirt, auf dem in weiß das Firmenlogo aufgenäht war. Auf dem Namensschild stand in Schreibschrift graviert ›Birgit‹, ihren blonden Kopf zierte ein dunkelblaues Basecap, ebenfalls mit Logo.

Al fühlte sich erwartungsgemäß völlig fehl am Platz. Freddy drängte sich vor ihn und trat an den Tresen. Er wurde mit einem dieser typischen, weltoffenen, unbeschwerte Freundlichkeit ausstrahlenden, Standardlächeln begrüßt.

Al kotzte das schon wieder an.

Freddy legte seinen Mitgliedsausweis auf den Tresen, Birgit zog diesen durch ein Lesegerät. Mit ihrem Blick den Monitor fixierend, aber immer noch mit dem Standardlächeln auf dem Gesicht, wurde Freddy nun mit Namen begrüßt.

»Hallo, Frederick! Schön, dass du heute hier bist. Wie ich sehe, hast du uns ja schon eine ganze Weile nicht mehr besucht!«, leierte es aus dieser Birgit heraus.

Al zog die rechte Augenbraue nach oben.

»Ja, ich hatte die letzten zwei Wochen viel zu tun, aber dafür habe ich heute jemand zum Probetraining mitgebracht!« Anscheinend hielt Freddy es für notwendig, sich zu rechtfertigen.

»Ach, das ist aber schön!« Jetzt schenkte sie Al, den sie bis dahin nicht einmal wahrgenommen hatte, auch ein solches Lächeln.

»Wie Sie meinen …«, sagte Al trocken.

»Wir sind übrigens alle per Du! Schließlich sind wir wie eine große Familie, die hier zusammen trainiert.«

In Al keimte eine homöopathische Dosis der Bewunderung für diese Frau auf, deren lächelnde Maske weder bei seinem

Anblick noch bei seiner Antwort auch nur den kleinsten Riss bekommen hatte.

Routiniert zog die Dame ein Formular, Kugelschreiber mit Firmenlogo und ein Klemmbrett unter dem Tresen hervor, ohne auch nur hinzusehen, reichte es Al und lächelte schon wieder, oder eigentlich: immer noch.

»Wir benötigen zuerst noch ein paar Angaben von dir. Wenn du das bitte dort drüben ...«, dabei deutete sie auf einen kleinen runden Tisch mit drei Stühlen, »... ausfüllen möchtest.«

Eigentlich hätte Al gerne gesagt, dass er das sicher nicht möchte, wurde aber umgehend abgewürgt. Natürlich wieder mit diesem Lächeln! Dennoch wählte sie einen mehr oder weniger unterschwellig befehlenden Tonfall:

»Füll′ das erst mal aus, Fragen besprechen wir nachher in aller Ruhe.«

Dann stand sie da, als ob Al und Freddy schon weg wären. Anscheinend war ihre programmierte Routine damit abgeschlossen und sie wechselte umgehend in den Standby-Modus.

Während sich Al und Frederick Ernesto (Eltern können ja so grausam sein) Buck an den Tisch setzten, sagte Freddy leise:

»Und Al, sei bitte freundlich zu den Leuten! Hier verliert man sehr schnell seine Mitgliedschaft. Außerdem trainieren hier auch viele Kollegen!«

»Was denn? Ich hab doch gar nichts gemacht!«,-glaubte Al zumindest.

»Ich sag's ja nur, die legen hier sehr viel Wert darauf, wer hier trainiert.« Freddy sprach, als würde er Al die Details eines Geheimbundes mitteilen.

»Wie meinst du das?« erschloss sich Al dieses Geheimnis jedoch noch nicht.

»Na, das Studio ist halt was Besonderes und ich finde, für 70 Euro Mitgliedsbeitrag kann man das auch erwarten!«

»70 Euro!«, schluckte Al. »Im Jahr? Oder im Quartal?«

»Nein, im Monat natürlich«, schmunzelte Freddy. Er hielt Al´s Frage für den Versuch eines Witzes. Al verzog sein Gesicht. Nicht mal, wenn er wirklich hier Mitglied werden wollte, hätte er sich das leisten können!

»Du zahlst 70 Euro im Monat, damit du Angst haben musst, beim kleinsten Vergehen rauszufliegen?« Al musste sich versichern, ob er das wirklich alles richtig verstanden hatte. »Und das ist dann was Besonderes?«

»Äh, nein ... So kann man das nicht sehen ...«, versuchte Freddy abzuwehren.

»So? Wie kann man es dann sehen?«

»Weißt du: Das ist hier ein exklusives Studio für exquisite Leute!«, zitierte Freddy den Werbeprospekt des Hauses. »Hier wird viel Wert auf Harmonie ...«, begann er einen Erklärungsversuch nachzulegen.

»Respekt, die haben euch hier ja voll im Griff!« Dabei huschte ein ironisches Lächeln über Al´s Gesicht. Inzwischen war sein letztes Fünkchen Lust, hier irgendetwas ernst zu nehmen, verflogen.

»So, mal schauen, was die alles von mir wissen wollen ...«, wandte er sich dem Fragebogen zu.

Al füllte das Formular gewissenhaft aus, was für ihn bedeutete: Als erstes fälschte er schon mal seinen Namen, dann seinen Beruf und weil er gerade dabei war, gleich alles andere auch. Bei der Frage nach dem Einkommen kreuzte er die mittlere Möglichkeit an: 5000 - 5500 Euro. Er überlegte kurz, wie es sich mit einem solchen Verdienst wohl leben würde, verwarf den Gedanken aber gleich wieder aufgrund seiner Unerreichbarkeit.

Es gab Zeiten, in denen Organisationen wie KGB oder CIA dafür zuständig waren, Informationen über Menschen zu sammeln. Sie gingen äußerst sorgfältig vor, betrieben einen hohen Zeitaufwand und arbeiteten unter strenger Geheimhaltung. Das war notwendig, da niemand seine Daten freiwillig Preis geben wollte. Inzwischen füllten die Menschen ohne Argwohn bereitwillig Fragebögen aus, die jeden Geheimagenten umgehend seiner Daseinsberechtigung beraubten. Wobei man der Fairness halber zugeben musste, dass das Formular im Fit'n'Fun ja noch recht zurückhaltend nachfragte.

Richtig interessant wurde die Datenerfassung ja erst bei Clubsmart-Punkten und beim Onlineshopping, sowie sonstigen unbedachtes Verhalten provozierenden Angeboten im Internet. Aber Gott sei Dank hatte der moderne Mensch heutzutage nichts dagegen, alles über sich offen zu legen. Wenn Al an all die sozialen Netzwerke dachte, gehörte es ja eigentlich schon zum guten Ton alles, aber auch wirklich alles, über sich der ganzen Welt mitzuteilen. Wer konnte sich schon vorstellen, dass zwischen all dem langweiligen Kram, der ständig die Datenautobahnen dieser Welt verstopfte, irgendetwas Interessantes für irgendjemanden zu finden sei. Was sollte denn auch so schlimm daran sein, was sollten all die Konzerne, Krankenkassen oder gar Banken, deren Mitarbeiter immer mit diesem vertrauenerweckenden Lächeln auf den Lippen von Werbeplakaten grinsten, denn schon mit all den persönlichen Daten anfangen? Bestimmt nichts Schlechtes oder gar Hinterhältiges! Das wäre ja unfair …

Für die geforderte Unterschrift zur Bestätigung der Richtigkeit der angegebenen Informationen wählte Al einen schwungvollen Schnörkel. Er neigte seinen Kopf leicht zur Seite, betrachtete ihn und empfand diesen als eine seiner kunstvollsten Fälschungen. Zufrieden brachte er das Klemmbrett mitsamt dem Formular zur Theke zurück. Den Kugelschreiber steckte er unterwegs in die Innentasche seines Parkas.

Birgit war nun nicht mehr allein hinter dem Tresen. Neben ihr stand ein schlanker, gut trainierter Mann, natürlich auch im roten Poloshirt und blauem Basecap. Sein Namensschild wies ihn als ›Bernd‹ aus. Er nahm das Klemmbrett entgegen, warf einen Blick darauf und sagte:

»Hallo Anton, ich bin Bernd - dein Personal Trainer. Ich freue mich, dass du hier mit uns trainieren willst.«

Will ich das?, ging es Al durch den Kopf, *da weißt du ja mehr als ich …*

Jedenfalls sprach und benahm sich dieser Bernd in einer Art, bei der Al kaum widerstehen konnte, zu fragen, ob er mit Birgit verwandt sei. Aber wahrscheinlich stammten beide nur aus der selben Fitnessstudio-Roboter-Produktionsreihe - daher auch der selbe Anfangsbuchstabe … ›Robot-Fit Serie B‹ oder so ähnlich ...

»Aber zuerst führ ich dich mal herum und zeige dir unser Studio«, ratterte es weiter aus Bernds Mund. Er trat hinter dem Tresen hervor und setzte sich mit einem

»Wenn du mir bitte folgen willst!« in Bewegung.

Al folgte ihm und Freddy kam vorsichtshalber auch mit. Mit einem leichten Kopfschütteln fragte Freddy:

»Schön hier, oder, ANTON?« Gelassen antwortete Al:

»Jap«

Als erstes ging Bernd zu den Umkleidekabinen. Er gab Al einen Spindschlüssel, den er wohl schon die ganze Zeit in der Hand gehalten hatte.
Bernd zeigte auf einen Spind in der Ecke und sagte:

»Für heute kannst du den da benutzen.« Mit einem aufgesetzten Lachen fügte er hinzu »Ich muss ja wohl nicht extra darauf hinweisen, dass sowohl hier in den Umkleideräumen als auch in den Duschen sehr auf Sauberkeit geachtet wird!«

»Nö, nö«, grummelte Al. Es machte sich ein Gefühl von Heimweh in ihm breit. Gut, eigentlich war es nur der Wunsch, von hier zu verschwinden. Er schaute Bernd an und fügte mit einer Imitation von dessen aufgesetztem Lächeln hinzu:

»Ich werde die Duschen, einfach so behandeln, als wäre es meine eigene Zuhause.«

Oh Gott, bitte nicht, hörte er Freddy denken.

»Zwischen den Umkleidekabinen der Männer und Frauen befindet sich die Sauna« spulte Bernd sein Programm weiter ab. »Natürlich gibt es bei uns auch ein ›ladies first‹-Zeitfenster.«

»Ladies was?«, bisher hatte Al gedacht, man sollte Damen in bestimmten Situationen immer den Vortritt lassen (auch wenn er sich zu selten daran hielt), aber dass diese Regel nur zu bestimmten Zeiten zutraf, war ihm neu.

»Da ist die Sauna nur für Ladies zugänglich. Jeden Werktag von 10 bis 11 Uhr«, führte Bernd aus, während er schon zum nächsten Programmpunkt unterwegs war. Deshalb bekam er nicht mit, wie Al sich zu Freddy beugte und sagte:

»Das ist vor allem für berufstätige Frauen eine tolle Sache.« Etwas lauter fügte er hinzu:

»Gibt es eigentlich auch eine Männerstunde?«

»Nein, hast du etwa etwas gegen unisex-Saunen?«

»Nö, aber ... «, machte Al sich bereit für den Beginn einer Grundsatzdiskussion.

»Brauchst dich nicht genieren, Anton. Nicht jeder hier hat schon einen voll austrainierten Body.«

Al warf Bernd einen vernichtenden Blick zu, aber allem Anschein nach hatte die B-Serie einen Lotuseffekt gegen diese Art von Kritik eingebaut ...

»Als nächstes gehen wir in den Spinningraum«, setzte sich Bernd in eine für ihn anscheinend völlig selbstverständliche Richtung in Bewegung.

»In was gehen wir?«, stutze Al. Bernd stoppte verwirrt.

»In den Raum, in dem die Spinning-Kurse abgehalten werden.« Bernd blickte in Al´s verständnislos dreinschauendes Gesicht.

Alle Spinner in einem Raum? Das klingt ja praktisch!, überlegte Al.

»Aber Anton, du kennst doch Spinning! Das kennt doch jeder!« Anscheinend brachte man Bernd so aus dem Konzept. Das gefiel Al.

»Ja, Anton!«, mischte sich Freddy ein, »das kennt doch nun wirklich jeder!«

»Bin ich vielleicht jeder?«, sagte Al leicht empört.

»Gewiss nicht!«, zitierte Bernd eine auswendig gelernte Phrase aus seinem Lehrgang für Sportkaufleute, »wir sind doch alle einzigartig!«

»Ich jedenfalls schon!«, erwiderte Al.

»Also, Spinning ist eine wundervolle Art, Konditions- und Ausdauertraining zu betreiben. Absolut für jeden das Richtige, egal mit welchen Skills er startet: Ob dick oder dünn, sportlich oder unsportlich.« Das konnte Bernd aber wirklich schön brav aufsagen. Er fuhr fort:

»Innerhalb weniger ...«

»Egal ob herz- oder zuckerkrank?«, dachte Al laut nach.

Aber Bernd schien das nicht einmal gehört zu haben. Freddy schon, Al spürte den Stoß seines Ellbogens in der Seite.

»... Einheiten kann man schon riesige Fortschritte feststellen. Spinning ist eigentlich schon uralt. Das gibt es schon seit 1994.« 1994 ist uralt? Der sollte mal Al´s Fahrrad sehen, das seit Jahrzehnten irgendwo im Keller mit platten Reifen verstaubte.

»Es wurde erstmals von Jonny G. vorgestellt. Das ist ein US Ultra-Marathonfahrer, ein richtiges Vorbild. Weil es eine so tolle Art zu trainieren ist, hat es sich schnell in allen Fitnessstudios der Welt verbreitet und etabliert. Extrem gelenkschonend ...« Bernd schien erst so richtig in Fahrt zu kommen. Wohingegen Al´s Geduld ihrem Ende entgegensteuerte.

»Ja, jetzt hör mal auf, die Werbetrommel zu rühren und sag mal endlich, was das ist!«, platzte er heraus.

Nach dieser Unterbrechung war kein Lächeln mehr auf Bernds Gesicht zu sehen.

Er antwortete mit einem langgezogenem

»Guuut ...«, machte eine kurze Pause und fuhr fort, »man fährt auf speziellen Cycles die extra hierfür entwickelt und gebaut wurden ...« Al´s Blick machte deutlich, dass er die Antwort gerne noch etwas schneller hätte.

»... also, man fährt nach Musik.«

»Ich kenn nur nach Gehör fahren.« Al fand diesen Scherz klasse, aber Bernd verstand ihn nicht. Ob wissentlich oder unwissentlich, würde für immer sein Geheimnis bleiben. Freddy erkannte zwar den Versuch eines Witzes in Al's Aussage, war aber gerade nicht in der Stimmung, darüber zu lachen.

»Ja genau! Darauf läuft es hinaus.« Bernds Humorlosigkeit erlaubte es ihm, die Aussage seines Gegenübers als ernsthaft und zielführend zu werten. »Man fährt nach Musikstücken wie Techno, Trance, House oder Rockballaden. Damit wirst du für ›Anstiege‹ und ›Abfahrten‹ motiviert, mit eher meditativen Stücken werden das Ein- und Ausrollen sowie Regenerationsphasen während des Hauptteils begleitet.«

Inzwischen standen sie in diesem Spinningraum. Laute Musik dröhnte aus einer Stereoanlage. Die unterschiedlichsten Menschen strampelten wie wild auf diesen speziellen Cycles. Der auf dem Heimtrainer, der vor all den anderen her radelte (Al war sich sicher, ein Cycle war eindeutig nichts anderes als ein Heimtrainer), rief Dinge wie: »Ja, gut so!« und »Da fühlt man richtig die Power!« oder Abwandlungen von »Ja, Jürgen, gib Gas, zeig was du kannst!«.

Die ganze Gesellschaft legt unglaublich viele Kilometer zurück, ohne auch nur einen Millimeter voranzukommen, ging es Al durch den Kopf, *wie im echten Leben halt auch!*

»Natürlich ist eine Spinningeinheit im Monat im Mitgliedsbeitrag enthalten«, informierte Bernd den eher uninteressierten Al.

»Ach nur eine, das ist aber schade!« Wieder spürte Al den Ellbogen.

Bernd antwortete ernst:

»Na ja, da müssen wir schon auf einen kleinen Obolus bestehen, immerhin brauchen wir dafür ja einen speziellen Trainer und die Cycles sind echte Hightech-Geräte, da entstehen relativ hohe Wartungskosten!«

»Speziellen Trainer ...«, wiederholte Al langsam mit Blick auf den Typen, der da vorne rumhampelte.

»Lass uns doch endlich umziehen und mit dem Training beginnen«, unterbrach Freddy schnell, um noch Schlimmeres zu verhindern. Er hatte ohnehin schon ernsthafte Bedenken, ob Al hier überhaupt aufgenommen werden würde.

»Eine gute Idee!«, stieg Bernd in Freddys Vorschlag ein. »Es wird auch Zeit, dass ihr beide endlich dazu kommt, euch die Power zu geben. Ich zeige euch noch schnell den Rest, dann treffen wir uns an den Cardiotrainern, wenn ihr euch umgezogen habt.«

»Na, wenigstens ist die Stereoanlage gut.« murmelte Al vor sich hin.

»Und?«, murmelte Freddy Al auf dem Weg Richtung Umkleiden zu, »ist doch ganz okay hier, oder?«

»Mjoo ...«, grummelte Al.

»Sei doch nicht so mürrisch!«, riet Freddy seinem Kollegen.

»Ich bin nicht mürrisch. Ich bin ernsthaft«, entgegnete Al. »Das ist ein Unterschied! Kann doch nicht jeder so ein lustiger Knallfrosch sein wie du.« - Damit war das Gespräch beendet.

Zwei Stangen ragten ungefähr 1 Meter 70 in die Luft, an ihren unteren Enden befanden sich lange Trittbretter, dazwischen war eine Art Säule mit einer Anzeige und einem Griff zum Festhalten montiert. Ein paar Gelenkstangen dienten als Verbindung zu einer Schwungscheibe am hinteren Teil des Geräts. Mit etwas handwerklichem Geschick konnte man daraus sicherlich ein brauchbares Folterinstrument konstruieren. Al schaute missmutig auf den Crosstrainer, der hier neben einigen anderen in einer Reihe stand. Er wartete mit Freddy auf Bernd, damit das Cardiotraining beginnen konnte.

Bernd verlor ein paar einführende Worte und schon stand Al auf einem Crosstrainer neben Freddy und es konnte beginnen. Und es begann ... schon während dem, was Bernd ›Warm-Up‹ nannte, da ihm der Begriff ›Aufwärmen‹ wohl zu banal war, bildeten sich leichte Schweißperlen auf Al´s Stirn. Bernds Vortrag über Sinn und Zweck dessen, was Al hier machte, geriet umgehend in Vergessenheit. Dann versprach der Trainer, gleich wieder zu kommen, und überließ die beiden sich selbst.

Vom Crosstrainer aus konnte man den ganzen Trainingsraum überblicken. Zu Al´s Beruhigung konnte er niemanden ausmachen, den er von der Arbeit oder sonst wo her kannte.

Der Boden war mit einem dunklen, besonders strapazierfähigen, Laminat ausgelegt, im ganzen Raum gab es verzinkte Metallgestänge, an denen Flachbildschirme befestigt waren. So hatte man von fast jedem Trainingsgerät aus einen Blick auf zumindest einen Bildschirm, auf dem Sportsendungen oder Ähnliches vor sich hin flimmerten. Eine von Bernds mannigfaltigen Informationen war, dass man am Empfang einen Bluetooth-Kopfhörer kaufen konnte, ausleihen ging natürlich wegen der Hygiene nicht. Al fand, dass es für das gerade laufende Autorennen eigentlich gar keinen Ton brauchte. Vereinzelt standen sogar ein paar Topfpflanzen (so große grüne ...) in der Gegend herum. Al kannte sogar ein paar beim Namen, Marie hatte da Interesse dran ...

Wenn man sich die überall im Raum verteilten Geräte und den Hantelbereich am hinteren Ende wegdachte und die Saftbar durch eine richtige ersetzte, dann musste man sich nur noch ein anderes Publikum vorstellen, und schon hätte das hier ein richtig angenehmer Ort sein können.

Ein Mann, der sein ziemliches Übergewicht in ein enganliegendes, mit allerhand bunten chinesischen Schriftzeichen bedrucktes Muscle-Shirt zwängte, schob sich gemächlich von links nach rechts durch Al´s Blickfeld Richtung Saftbar.

Zu seinem Wohlgefallen gab es hier aber auch eine Reihe hübscherer Menschen, besonders die weiblichen Geschlechts. Während eine leise Stimme in ihm versuchte, ihn auf seine Oberflächlichkeit hinzuweisen, blieb sein Blick an einem dieser hübschen Wesen hängen. Die Dame machte eine Bodenübung. Bauch, Beine, Po schätzte Al. Ja, es gab in der Tat auch noch was anderes als nur hübsche Nasen.

Zum Beispiel die zwei Beine neben der Dame. Neben? Al´s Blick wanderte die Beine entlang nach oben zur Hüfte, in die zwei Hände gestemmt waren. Diese befanden sich an muskulösen Armen, welche wiederum in breiten Schultern endeten. Darüber befand sich ein Gesicht mit düster dreinblickenden Augen, die Al direkt anvisierten. Offensichtlich war diese Frau ganz und gar nicht damit einverstanden, wen oder was er bis gerade eben betrachtet hatte – und schon gar nicht wie! Ein leichter Schauer lief ihm über den Rücken.

Das Muscle-Shirt schob sich erneut durchs Bild, diesmal in die andere Richtung. Durch einen Papierstrohhalm schlürfte es aus einem großen Plastikbecher in seiner Hand.

Al´s Konzentration schwand, der Crosstrainer hatte in eine höhere Stufe geschaltet und langsam fingen die Muskeln an zu schmerzen. Al befand sich jetzt schon eine gefühlte Ewigkeit auf diesem Monster. Was hatte Bernd gemeint: eine kurze Viertelstunde? Was sollte das eigentlich sein - eine kurze Viertelstunde? Fünfzehn Minuten mit je 50 Sekunden anstelle der üblichen 60? Ein Blick auf die Anzeige vor sich hätte ihm exakte Auskunft geben können, wie viel Zeit noch blieb. Nur konnte er sich nicht überwinden, hinzuschauen. Bestimmt würde er dort etwas sehen, was er nicht sehen wollte. Al schien aber bald darauf das Mitleid des Crosstrainers zu erregen, jedenfalls schaltete dieser in eine leichtere Stufe.

Wie aus dem nichts stand Bernd neben ihm.

»Gut, der Cool Down hat begonnen. Gleich hast du es geschafft!«

Es heißt Auslaufphase, du Depp!

Al´s Shirt fühlte sich nicht nur nass an, es klebte auch an ihm - so viel zum Thema Funktionswäsche und Qualitätsware. Er überlegte, ob er das Sportgeschäft noch mal aufsuchen sollte. Irgendwie hatte er eh das Gefühl, dort etwas vergessen zu haben. Aber was hätte er in einem Sportgeschäft schon vergessen können?

Bernd hatte weitergesprochen, aber seine Worte wurden nur bruchstückhaft von Al´s Ohren aufgenommen.

» ... Taibo ist auch sehr beliebt ... Saftbar ... zwei Getränke frei ... Blablabla ... Party ... «

Moment mal: Party? Hier? Welcher Art?

Al´s Konzentration stieg spontan an.

»Was für eine Party noch mal?«

»Wie ich schon sagte, Workouts macht man nicht mehr, man startet zur Party! Das nennt sich Zumba und kommt aus Kolumbien.«

Eine südamerikanische Party namens Zumba? An einem Ort wie diesem hier? Al war verwirrt.

»Nachher, vom Butterfly aus, kannst du es dir ja mal anschauen. Da ist ein großes Fenster zum Tanzsaal.«

»Tanzsaal?«, Al keuchte, »Wie genau sieht denn diese Party aus?«

»Na, du tanzt dich fit ... Blabla ...«, Al hatte schon wieder abgeschaltet. Eine Frage beschäftigte ihn aber dennoch:

»Nannte sich das früher nicht einfach Aerobic?« Bernd schüttelte kaum merklich, aber innerlich resignierend, den Kopf

»Nicht wirklich!«

Das übergewichtige Muscle-Shirt bewegte sich schon wieder Richtung Saft Bar.

Während Freddy sich nach dem Aufwärmen seinen eigenen Übungen hingab, ohne dabei Al unbeobachtet zu lassen, begab sich Bernd mit einem

»Vergiss dein Handtuch nicht ...« zum ersten Trainingsgerät. Al nahm sein Handtuch, das jetzt schon ziemlich durchnässt war und folgte ihm.

»Natürlich gibt es verschiedene Varianten, sein Training aufzubauen«, fing Bernd einen erneuten Vortrag an.

»Entweder du trainierst Fitness und Ausdauer oder du bringst deinen Body in Form. Je nachdem müssen die Gewichte und Wiederholungen festgelegt werden.« Al's Ohren begannen schon wieder, sich langsam zu verschließen, als Bernd ihn plötzlich mit der Frage konfrontierte:

»Kraft oder Figurbetont?« - Na, da gab es doch wohl nur eine Antwort:

»Kraft!«, sagte Al knapp und ohne Zögern.

Bernd musterte Al von oben bis unten.

»Ehrlich?«, murmelte er. »Na gut, wie du meinst.«

Es verging eine Stunde, in der Bernd Al auf allerhand Geräte schleifte, um Muskeln zu trainieren, von denen Al erst dann bemerkte, dass er sie hatte, als sie ihn schmerzten.

Während er sein eigenes Programm abspulte, beobachtete Freddy die beiden aus sicherer Entfernung und war doch recht erstaunt: Al gab sich anscheinend tatsächlich Mühe, die von Bernd aufgetragenen Übungen an den diversen Trainingsgeräten ernsthaft auszuführen. Selbst als Al am Butterfly saß und durch die Glasscheibe die sich wild bewegenden Körper der Zumba-Tänzer betrachtete, war kein Ton zu hören. Hatte er vielleicht Gefallen am Training gefunden?

»Dreizeeehhhn ...«, presste Al durch die Zähne, er war sich sicher, der Kack-Android von einem Trainer hatte ihm von Anfang an bei jeder Übung, mit voller Absicht, zu viel Gewicht aufgelegt. »Vierzeehhhn ...« Wenn der dachte, er könne Al in die Knie zwingen, dann hatte der sich aber so was von getäuscht »Füüüüünfzeeeeehn ...« und Schluss!

Bei dieser letzten Wiederholung rutschte Al der Griff aus der Hand, an dem über ein Stahlseil verbunden die Gewichte baumelten. Er hatte dann doch etwas geschwitzt und solche Handschuhe wie manch andere hier, in seinen Augen Wichtigtuer, schienen ihm bei seiner Einkaufstour im Sportladen nicht so notwendig.

Das harte Aufprallen der Metallquader auf den unteren Rahmen des Trainingsgerätes hallte durch das Studio.

Die geringschätzigen Blicke der anderen, die empört die Köpfe in seine Richtung streckten, ignorierte er. Genauso wie das von einem Kopfschütteln begleitete »tztztz« des Muscle-Shirts, welches immer noch seinen Plastikbecher in der Hand haltend unterwegs war. Al war das alles egal - er war gerade so stolz auf sich: Er hatte durchgehalten!

Mit geschwellter Brust und aufrechtem Gang folgte er Bernd in den hinteren Teil des Studios. Dabei gingen Bernds lobende Worte über seinen Trainingseifer runter wie Öl. Al fiel es gerade auch leicht, den Umstand zu übersehen, dass es nur Fitnessstudiotrainer-Standardgeschwafel war. Er ignorierte sogar, dass Bernd ihm an den Schultern rumfummelte, als sie vor Frederick Ernesto (Eltern können ja so grausam sein) Buck standen. Freddy hat Al vor einiger Zeit Bescheid gegeben, er würde sich jetzt dem Kurzhanteltraining widmen

»Frederick, machst du bitte mit Anton noch ein paar leichte Übungen mit den Hanteln? So was wie am hängenden Arm halten und mit den Schultern kreisen ... Anton hat eine sehr verspannte Schultermuskulatur, da sollte er die Gewichte nicht zu hoch nehmen.« Routiniert und von seiner Sache überzeugt fügte Bernd eher im beiläufigen Ton hinzu:

»Ich hole so lange schon mal den Vertrag. Anton, du bleibst ja sicherlich bei uns, jetzt wo du weißt, wie sehr dich unser Training pusht!«

Was, immer noch nicht vorbei? Scheiß Hanteln, das macht der Kerl doch mit Absicht! schrie es in Al´s Kopf. Aber mit einem Lächeln und Motivation vortäuschend sagte er:

»Ja, klar, aber logisch!« Gut, dann würde Anton Güterfeld halt Mitglied werden! Al scherte das wenig! Bernd machte sich sofort auf dem Weg.

Al schaute Frederick erwartungsvoll an. Freddy schaute erwartungsvoll zurück.

»ZUMBAAA!!!«, rief Al spontan.

»Was?«

»Och, nichts.«

Freddy drehte sich schweigend und stutzend um, er holte zwei Kurzhanteln vom Ständer und gab sie Al.

»Hast es ja gehört: Halten und die Schultern kreisen.«

»Klar: Halten und mit den Schultern kreisen!«, antwortete Al, so übertrieben motiviert klingend, dass es sich mehr wie ›Rutsch mir doch den Buckel runter‹ anhörte. Noch während Al sprach, trug er die Hanteln wieder zurück. Schon alleine das Tragen der Gewichte, ohne jegliches zusätzliches Rumfuchteln, bereitete ihm Schmerzen in den Armen und im Oberkörper, eigentlich überall.

»Ich hab jetzt schon einen Muskelkater!«, fing Al an zu jammern, »für heut hab ich wohl schon ...«

Doch da hatte das Schicksal noch einen kleinen Schabernack parat:

Währeddessen war Al am Kurzhantelständer angelangt und legte die Hanteln ohne hinzusehen auf dem Gestell ab. Die eine rutschte wie es sein sollte in die für sie vorgesehene Haltemulde, die andere tat dies nicht. Sie glitt knapp an der Halterung vorbei und rollte in die entgegengesetzte Richtung dem Ende des waagrechten Metallträgers zu. Von dort glitt sie bemerkenswert sachte auf den anschließenden schrägen Ständer, der ihr den Weg Richtung Boden wies. Dabei fing sie an, sich immer schneller um die eigene Achse zu drehen. Unten angekommen schlug sie mit einem lauten Knall auf dem Boden auf. Weil sie aber gerade so schön in Schwung war, rollte sie einfach auf der ebenen Fläche weiter. So nahm die Hantel ungehindert ihren Lauf durch das Fitnessstudio.

Sowohl Alfred als auch Frederick sahen diesem Schauspiel ebenso wort- wie bewegungslos zu. Da wurde der Lauf der Hantel mit einem dumpfen Geräusch, wie es nun mal typisch ist, wenn Metall in Glas einschlägt, jäh gestoppt. Sie hatte die mit Spiegeln verkleidete Wand des Raumes erreicht. Gleich darauf verwandelte sich die Scheibe metallisch klirrend in eine gläsern glitzernde Wolke, welche zu allen Seiten davon stob. Sie musste unter einer gewaltigen Spannung gestanden haben. Al und Freddy duckten und drehten sich vom Spiegel weg. Freddy hielt sich die Hände vors Gesicht, weniger um sich zu schützen, als um nicht erkannt zu werden. Langsam legte sich die Wolke auf den Boden nieder. Al schaute sich um, ob jemand verletzt worden war. Als er feststellte, dass niemand etwas abbekommen hatte, atmete er erleichtert durch. Eine Schrecksekunde verstrich, bevor lauter Applaus ausbrach. Gleichzeitig wurde Al mit allerlei geistreichen Kommentaren bedacht, wie:

»Hat das wirklich sein müssen?« oder:

»Bist jetzt stolz auf dich? « oder einfach:

»Was für ein blöder Idiot!«

»Ich muss dich bitten, mitzukommen!«, hörte Al eine ruhige, aber keinen Widerspruch duldende Stimme hinter sich. Er drehte sich um und sein Blick wanderte langsam nach oben. Al sah sich einem Typen in der hier üblicherweise getragenen ›Arbeiter-Uniform‹ gegenüber.

Er hatte halblange dunkle Haare, die an den Spitzen ausgebleicht waren und war ziemlich braungebrannt. Von welchem Strand kam der denn auf einmal hergesurft? Der Kerl war an die zwei Meter groß und wirkte in der Schulterpartie auch annähernd so breit. Dieser surfende Schrank zeigte in eine Richtung, schob sich mit einer eleganten Bewegung schräg hinter Al und drängte diesen so auf den eben angedeuteten Weg. Unwillkürlich erhöhte Al sein Tempo, er hatte Bedenken, anderenfalls überrollt zu werden.

Freddy blieb teilnahmslos und unschuldig blickend zurück. Vorsichtshalber stimmte er noch ein wenig in die allgemeine Verwunderung der um ihn herum Trainierenden mit einem eher halbherzigen »tztztz …« ein.

In der nächsten Kurve konnte Al gerade noch einen Blick auf das Namensschild seines Verfolgers, das sich in etwa auf Höhe seiner Augen befand, werfen: ›Andreas‹.

Na prima, kaum baust du Mist, lassen sie die A-Serie auf dich los …, dachte er, während er sich weiterhin durch das Studio treiben ließ.

Andreas geleitete Al durch eine massive Türe in einen vom eigentlichen Studiobetrieb abgetrennten Teil. Von einem kleinen Flur gingen ein paar Türen ab. Dahinter befanden sich wohl Funktionsräume wie Lager, Personalumkleiden oder Büros. Außer ein paar Werbeplakaten an den Wänden standen hier nur zwei Stühle vor einer der Türen. Die A-Serie deutete auf einen davon und sagte:

»Warte bitte hier, der Inhaber wird gleich kommen und alles mit dir klären.« Andreas formulierte seinen Befehl höflich, emotionslos und keinen Widerspruch duldend.

»Ja klar, kein Problem!« sagte Al. Er war nicht in der Stimmung, diesem Koloss auch nur den geringsten Anlass zur Kritik zu liefern.

Was für einen Tonfall diese A-Serie hatte und was für ein bewegungsloses Gesicht! Wenn die B-Serie ja eher kundenorientiert programmiert war, ob die A-Serie-Modelle dann mehr als Killer geplant waren? Jedenfalls verschwand dieser Andreas zu Al´s Beruhigung dann wieder Richtung Trainingsbereich und lies Al alleine auf dem Stuhl sitzend zurück. Er entschied sich vorsichtshalber, mal ruhig zu warten

So saß er eine Weile da, als auf einmal Freddy vor ihm stand. Der war geduscht und umgezogen mit der Sporttasche über der Schulter. Offensichtlich war sein Training für heute beendet.

»Und alles klar?«, fragte er so beiläufig, wie es ihm möglich war.

Al, der die Ellenbogen auf seine Knie gestützt hatte, damit er in seiner nach vorne gebeugten Haltung seinen Kopf auf die Hände legen konnte, drehte die Augen nach oben, um Freddy anschauen zu können. Dabei sagte er betont gelangweilt:

»Die lassen sich hier ganz schön Zeit!«

Das letzte Mal, dass er sich in so einer Situation befand, war als er als kleiner Schuljunge vor dem Direktorat warten musste.

›Junger Mann, das geht so aber nicht! Du kannst mit deinem Fußball nicht einfach so eine Fensterscheibe einschießen. Stell dir vor, das würden alle so machen!‹, äffte Al innerlich einen imaginären Schuldirektor nach. Als ob die hier nicht gegen Unfälle versichert wären! Und wenn nicht: dafür gab es ja immer noch eine Haftpflichtversicherung. Äh, Moment ... Al versuchte sich zu erinnern ... ja, er hatte diesen Monat das Geld für die Versicherung überwiesen. Na also: alles kein Problem!

»Du Al, ...«, begann Freddy zögerlich weiterzusprechen, »... ich müsste dann auch nach Hause. Aber Kopf hoch! Ich denke, die sind hier gegen so etwas versichert. Und wenn nicht, gibt es ja immer noch die Haftpflicht.«

Na toll, jetzt kann ich nicht nur Gedanken von anderen Personen hören, jetzt sprechen andere Personen auch noch meine eigenen Gedanken nach!, dachte Al - in der Hoffnung, nicht umgehend das Echo von Freddy zu hören.

Freddy schwieg.

Al richtete sich leicht auf seinem Stuhl auf.

»Ja klar, hat auch keinen Sinn wenn wir hier beide auf den Direktor warten.«

Freddy grinste leicht und verschwand mit einem

»Na, dann bis Morgen.«

Der war jetzt also weg und Al saß immer noch da, seinen Kopf wieder auf die Hände gestützt und wartete.

Plötzlich erschien ein schlanker, großgewachsener Mann im grauen Anzug. Er kam mit schnellem Schritt aus einer Türe. Al konnte einen kurzen Blick auf ein dahinter liegendes Treppenhaus erhaschen. Auf seiner Nase trug er eine Brille, in der rechten Hand einen braunen Aktenkoffer. Ohne Al eines einzigen Blickes zu würdigen schoss er an ihm vorbei ins Büro. Bevor Al auch nur reagieren konnte war die Bürotür schon wieder geschlossen.

Das musste der Inhaber sein! Al wollte gerade aufstehen, um sich bemerkbar zu machen, als ein weiterer Mann mit nicht minder schnellem Schritt auf das Büro zuging. Er war etwas kleiner als der Vorherige, aber offensichtlich sehr gut trainiert, mit einem schmalen schwarzen Oberlippenbart und einer schweren Goldkette um den Hals. In seiner Jogginghose erschien dieser Mann deutlich proletenhafter als sein Vorgänger. Ohne die Geschwindigkeit seines Laufes zu reduzieren, deutete er mit dem Finger seiner ausgestreckten Hand auf Al:

»Sie haben meinen Spiegel kaputt gemacht? Na, toll, toll! Sie warten hier!« Und schon war er durch die Bürotür verschwunden. Während er diese von innen verschloss, hörte Al noch:

»Ah, Gubach! Sie sind schon hier! Gut, gut! Haben sie das Päckchen? Ich ...«

In Al brodelte es, wie konnte der ihn nur so behandeln ... dieser aufgeblasene Proletenarsch! Für wen hielt der sich? Aber wenigstens wusste Al jetzt, wer der Inhaber war - auch wenn diese Erscheinung hier reinpasste wie die Faust aufs Auge. Das einzig Positive an dem war, dass er Al nicht wie all die anderen hier sofort geduzt hatte.

Da ist der Stoff! ..., hörte Al in seinem Kopf, ... *endlich, endlich!*

Der Stoff? Al´s Neugierde war geweckt. Er richtete sich auf, drehte sein Ohr zur Tür und hoffte, etwas hören zu können.

Endlich, endlich - das konnte nur von dem Proll kommen!

Auf was für einen Stoff konnte der nur gewartet haben? Befand sich der in dem Koffer des anderen? In Päckchen? Auf was würde so ein Sportlerheini warten? Anabolika, Cholesterol, Testosterone oder sogar Kokain? Al lechzte wie ein Bluthund auf der Jagd nach Beute!

Die Bürotür ging wieder auf, der Typ im Anzug trat hindurch. Ohne Koffer! Aha, also doch: der Koffer! Der Anzugmann blickte hinunter zum sitzenden Al und sagte:

»Sie können jetzt reingehen.« Dann war er weg.

Al wusste gar nicht, was ihn mehr beschäftigte: das Verhalten von diesem Schnauzer-Prol oder dessen geheimnisvolle Machenschaften ... Er stand auf und betrat das Büro. Der Koffer stand auf dem Schreibtisch. Er war geöffnet und stand in einem Winkel, dass der hochgeklappte Deckel Al den Blick auf den Inhalt verwehrte. Außer dem Koffer verloren sich noch ein relativ alter zugeklappter Laptop auf der einen und eine Basisstation für ein schnurloses Telefon auf der anderen Seite des viel zu großen Schreibtisches.

Hinter Koffer und Tisch saß der Prolet zurückgelehnt in einem ebenfalls riesigen Bürostuhl. Seine Hände, die aussahen wie zwei Pfannen von der Größe, dass man darin, sagen wir: drei Spiegeleier, zubereiten konnte, waren auf der Tischplatte gefaltet. Er musterte Al mit dem Blick eines Gefängnisdirektors, dem ein neuer Gefangener gegenüberstand.

»So, so ...«, begann dieser, »... Sie machen also einfach so meinen Spiegel kaputt!«

»Was soll das heißen? ›Einfach so‹?«, wehrte sich Al, »Das war ein Vers...«

»Ja, ja., wurde er unterbrochen. Zu Al´s Ärgernis schloss der Proll dabei den Koffer.

»Das ist mir egal! Sie kommen nicht einfach hier rein und zerstören mein Eigentum! Randalieren können sie woanders.« Al konnte sich einfach nicht erklären, warum der Typ das so persönlich nahm.

»Ihre Mitgliedschaft ist hiermit aufgehoben, sie betreten mein Studio nicht mehr.« Na, das traf Al, äh, Anton, dann weniger ...

»Und kommen Sie mir nicht mit so was wie ›Ich zahl es‹ oder ›Ich bin versichert‹, wir sind gegen solche Schäden selber versichert. Mit Leuten wie Ihnen, die sich solche Aktionen leisten, hat man eh nur Ärger, bis man sein Geld bekommt!«

Mit den letzten Worten war er schon aufgestanden und schob den die ganze Zeit stehenden Al zur Tür hinaus.

»Ich muss los, ich habe jetzt keine Zeit mehr, gehen Sie und lassen sich nicht mehr sehen!« Sein Zeigefinger wies Al den Weg zurück in den Trainingsbereich. Al schlich langsam in diese Richtung, während der Chefprolet durch die Türe des Hinterausgangs verschwand.

In der Umkleide verzichtete Al auf eine Dusche und zog sich gleich um. Seine Gedanken drehten sich um einen Fitness-Proleten, einen Koffer, eine ungewisse Anzahl Päckchen mit

Stoff, um was auch immer es sich dabei handeln mochte, sowie Genugtuung.

Im Durcheinander seiner Gedanken dauerte es etwas, bis es ihm auffiel: Der Proll hatte beim Verlassen seines Büros nicht abgeschlossen, und der Koffer stand immer noch auf dem Schreibtisch. Soweit Al sich erinnerte, hatte dieser Choleriker nicht einmal das Licht gelöscht.

Das war Al´s Chance, Beweise zu sammeln. Gut, wofür wusste er selber noch nicht so genau, aber er war sich sicher, etwas Großem auf der Spur zu sein.

Er warf sich die Sporttasche über die Schulter, schlenderte unschuldig dreinschauend von den Garderoben durch die Trainingshalle zum hinteren Bürobereich, ohne dass irgendjemand von ihm Notiz genommen hätte.

Die Tasche stellte er unter den Stuhl vor dem Büro. Er drückte die Klinke und die Tür glitt auf. Er betrat das Büro, lies die Türe leicht angelehnt, sodass er früh genug mitbekam, wenn sich im Flur was tat und ging um den Schreibtisch herum. Die Verschlüsse des Zahlenschlosses am Koffer waren eingerastet. Al drückte die Knöpfe zum Öffnen der Schlösser nach außen. Nichts rührte sich. Mist! Mit einem billigen Schraubenzieher, wie man ihn auf jedem Rummel als Trostpreis bekommt, hätte Al das Schloss in wenigen Augenblicken geknackt. Nur, er hatte überhaupt kein Werkzeug dabei. Irgendetwas Geeignetes musste es hier doch geben ... Sein Blick schweifte über den Schreibtisch auf der Suche nach etwas Brauchbarem.

Da fiel ihm der an der Seite liegende Laptop wieder auf.

Warum nicht?, dachte Al, *vielleicht finde ich ja etwas Interessantes darauf.*

Al griff nach dem Notebook, klappte es auf und schaltete es ein. Aber schon beim Hochfahren blieb das Gerät hängen.

NTLDR fehlt, stand auf dem Bildschirm.*

Na toll, der Kerl hat seinen MBR zerschossen. Wahrscheinlich, weil er in seiner boot.ini sinnlos rumgepfuscht hat. Ein Computer, der nicht startete, half Al jetzt als Allerletztes weiter...

Moment mal: Der und die boot.ini? Al konnte sich nicht vorstellen, dass der Kerl überhaupt wusste, dass so etwas existiert ...

Dann müsste das Problem eigentlich ziemlich einfach zu lösen sein. Al drückte auf einen kleinen Knopf auf der Seite des Gehäuses und es öffnete sich das CD-Laufwerk. Wie erwartet befand sich eine dieser runden silbrigen Scheiben tatsächlich darin, bedruckt mit einem Werbefoto von irgendeiner Fitnessgerätefirma. Er schloss das Laufwerk wieder, startete neu und änderte im BIOS die Reihenfolge der Laufwerke, auf denen ein Betriebssystem gesucht werden sollte. Jetzt würde der Laptop

---

*Im Folgenden tauchen ein paar Fachbegriffe aus dem Bereich der Computertechnik auf. Obwohl die Kenntnis dieser zum Verständnis der weiteren Handlung für den Leser absolut nicht notwendig ist, werden sie an dieser Stelle erklärt, um dem Bildungsanspruch dieses Werkes gerecht zu werden. Sollten Sie diese Fußnote ignorieren: selber Schuld!

- NTLDR – Net-Loader, eine Konfigurationsdatei, in der das Startverhalten von Windows angegeben wird. Der Laie kann da einiges rumstellen ohne den gewünschten Erfolg zu erzielen.
- MBR – Master Boot Record: der erste Datenblock eines partitionierten Speichermediums, in dem alles drinsteht, damit das Ding auch wirklich gelesen werden kann.
- boot.ini - bestimmt, welches Betriebssystem gestartet wird. Wenn es dieses auf einem Laufwerk sucht, wo gar keines ist, gibt es den beschriebenen Ärger
- BIOS – Basic Input Output System: Ein fest auf der Hauptplatine angebrachter Programmspeicher, der nachfolgende Programme startet. Also so was wie ein digitaler Türöffner.

nicht erst versuchen vom CD-Laufwerk zu starten, sondern gleich von der Festplatte. Schon fuhr das Betriebssystem ohne weiteres Meckern hoch. Al fing an, die Festplatte zu durchforsten.

Er hatte sich gerade mit der Ordnung, in der hier die Daten gespeichert wurden, befasst, als er von einem

»Was machen sie da?« barsch aus seinen Gedanken gerissen wurde.

Die Eingeweide unseres Spions verkrampften sich.

An der geöffneten Tür stand ein weiterer ›Uniformierter‹

Wieder einer aus der A-Serie: braune Haare - das Gesicht mit der Mimik eines Bewusstlosen - Ausmaße, dass sich der Raum verdunkelte: ›Amir‹!

Auch wenn sie vielleicht nicht direkt als Killer fungierten, so war Al sich jetzt doch sicher, dass sie hier das Wachpersonal stellten. Warum hatte er nicht aufgepasst und das Auftauchen dieses Klotzes schon früher bemerkt?

»Sind sie vom PC-Service?« PC-Service? Warum eigentlich nicht? So unschuldig wie möglich sagte Al:

»Klar, wer soll ich sonst sein?«

»Warum haben Sie sich nicht angemeldet? Sie können hier nicht einfach so ins Büro gehen!«

»Sie sind ja gut, glauben Sie, wir schleichen uns einfach wie Verbrecher in fremde Büros?«, stellte Al die Wahrheit geradezu auf den Kopf.

»Natürlich war ich am Empfang, wie heißt die Dame noch mal, Birgit?« gab Al leichte Empörung spielend von sich. Langsam gefiel ihm dieses Theater, das er gerade gezwungen war, abzuziehen.

»Na, gut!«, schien Amir überzeugt zu sein.

»Haben Sie den Fehler schon gefunden?«

»Klar, die NTLDR fehlt, das liegt daran, dass es einen Fehler in der Boot.ini gibt.« Al fand, das war nicht besonders gelogen, höchstens etwas dramatisch überspitzt.

»Lässt sich aber beheben, indem man den MBR neu schreibt!«, führte er weiter aus. Amir schaute recht verständnislos, was genau dem Effekt entsprach, den Al bei ihm hervorrufen wollte.

Al holte tief Luft und wählte für seinen Vortrag einem Unterton, als würde er versuchen, einem Mantelpavian die Benutzung von Papiertaschentüchern zu erklären:

»MBR steht für Master Boot Record, das ist der Teil der Festplatte, ...«

»Schon gut!«, wehrte Amir ab.

»Haben Sie schon mit Herrn Guerrieri darüber gesprochen? Sie wissen, dass der Laptop bis morgen Abend repariert sein muss! Er braucht ihn auf seiner Geschäftsreise!« Nein, das wusste Al bisher nicht. Es freute ihn aber, das jetzt zu erfahren. Dieser Amir machte es einem wirklich einfach. A und B standen anscheinend nicht für die Leistungsklasse, sondern waren wohl eher so eine Art Versionsnummer wie 1.0 und 1.1. Wenn Bernd noch ein paar kurze Momente eigenständigen Denkens durchblitzen lies, so war bei Amir in Bezug auf Denken im Allgemeinen nicht viel festzustellen.

»Natürlich habe ich mit ihm gesprochen.« Al´s Nervosität war gänzlich verflogen.

»Ich nehme das Gerät mit und bringe es dann morgen Abend wieder.« Gerne hätte Al Amir noch den ein oder anderen Bären aufgebunden, aber er hatte heute Abend definitiv Wichtigeres vor.

»Gut, machen Sie das!« auch hier schien Amir überzeugt. Er wandte sich schon ab zum Gehen, als ihn noch ein Gedankenblitz heimsuchte:

»Ach, hat Herr Guerrieri ihre Karte schon?«

»Ja klar!«, log Al.

»Geben Sie mir besser noch eine. Er verlegt Visitenkarten gerne mal ...«, sagte Amir mit dem Versuch eines nachsichtigen Lächelns, was so ziemlich die erste emotionale Regung seit Beginn ihres Aufeinandertreffens gewesen sein dürfte.

Automatisch griff Al in die Innentasche seines Parkas und zog eine seiner Karten hervor. Mit einem

»Kein Problem!« überreichte er sie Amir. Der schien daraufhin zufrieden, zumindest verschwand er wortlos durch die Bürotür.

Während Al den Computer herunterfuhr und das Stromkabel zusammenlegte, ärgerte er sich, dass er diesem Doofmann seine Karte gegeben hatte. Zumindest hatte es sich dann doch ausgezahlt, dass er am Empfang nicht seinen richtigen Namen angegeben hatte. Seine genaue Berufsbezeichnung oder Arbeitsplatz standen nicht auf der Karte, ebenso wenig wie Al´s Adresse. Er war der Meinung, Menschen gäben schon so genug von sich Preis. Außerdem war es doch eh so, dass man fast nie aufgrund einer Visitenkarte angerufen wurde. Das würde schon gut gehen!

Al holte seine Sporttasche, stopfte den Laptop hinein und verließ auf direktem Wege das Studio. Im Eingangsbereich sah er aus dem Augenwinkel Andreas mit Birgit hinter dem Tresen stehen. Birgit war der A-Serie zugewandt. Diese aber fixierte Al mit einem starren Blick auf dem Weg nach draußen.

Vor der Tür blieb er kurz stehen und lies seinen Blick über den Parkplatz schweifen. Er entdeckte sein Auto und wollte sich gerade wieder in Bewegung setzen, da bemerkte er das Muscle Shirt, mit einer Flasche Wasser in der Hand. Es schien hier vor dem Eingang auf jemanden zu warten.

Unverblümt begann es hektisch zu reden:

»Boah, nach so einem Training ist man immer so aufgeputscht! Wichtig ist ja, dass man immer genug Flüssigkeit zu sich nimmt.« Demonstrativ nahm es einen Schluck aus der Wasserflasche, um gleich danach weiter zu reden:

»Ich wüsste gar nicht mehr, was ich ohne tun sollte! Wüssten Sie es?« Dann lachte es, als ob es einen Scherz gemacht hätte.

Al machte ein erstauntes Gesicht und riet:

»Weniger fressen?«

»Was, nein, wie bitte?« Es rang sichtbar nach Fassung.

Al ließ es links liegen und ging zum Auto. Das Muscle Shirt schaute ihm verständnislos hinterher.

Das Geräusch hörte einfach nicht auf. Sehr zögerlich begann Al zu realisieren, dass es nicht seinem Traum entsprang. Es handelte sich hierbei um einen ausgesprochen lästigen Ton, der ihn da langsam und qualvoll aus einem Koma-ähnlichen Schlaf in Richtung Realität zerrte. Mühsam, von einem Stöhnen effektvoll untermalt, öffnete er die Augen. Durch die Jalousie drang etwas Tageslicht. Al visierte seinen Wecker an und nahm Maß. Die Schmerzen in seinem Arm verhinderten jegliche Bewegung.

Nach zwei weiteren Anläufen fand er die Kraft, den brennenden, steifen Arm zu heben, um den Wecker auszuschalten. Er rollte sich unter Qualen aus dem Bett, durch die Schinderei war er gleich hellwach. Aber nur im ersten Moment, im nächsten wurde ihm leicht schlecht. Er hatte seine sportliche Höchstleistung von gestern noch mit einigen Bier im ›Moni's‹ gefeiert. Die Nachwirkungen breiteten sich gerade aus. Es kostete ihn einige Mühen, seine Füße in die Badeschlappen vor seinem Bett zu stecken und sich ins Bad zu schleppen.

Eine heiße Dusche, schoss es ihm durch den Kopf. Das versprach Schmerzlinderung.

Der Brausestrahl prasselte auf ihn herab, Al hatte das Gefühl, seine Haut söge das Wasser regelrecht auf.

Viel besser ging es ihm danach nicht, aber seine Bewegungen wurden durch die Wärme doch etwas geschmeidiger. Beim Zähneputzen schaute ihm ein alter Mann mit dicken Augenringen aus dem Spiegel entgegen. So stellte

Al sich sein Aussehen in etwa zwanzig Jahren vor. Um wenigstens eine halbwegs menschliche Erscheinung abzugeben, stutzte er seinen Bart auf eine Dreitageslänge zurück.

Auf dem Weg nach draußen warf er sich in der Küche noch eine Schmerztablette ein und schnappte sein Handy. Ein entgangener Anruf von Robin, der sich wohl wie immer gemeldet hatte, wurde angezeigt. An der Haustür drehte er noch mal um und nahm die Sporttasche mit dem Laptop mit.

Wie ferngesteuert lenkte Al seinen Wagen Richtung Präsidium. Bei seiner Ankunft musste er feststellen, dass sein Parkplatz belegt war. Natürlich hatte er keinen eigenen Stellplatz mit Schild, auf dem seine Autonummer stand. Aber normalerweise war der Platz um diese Zeit immer frei. Ihm blieb wohl nichts anderes übrig, als das halbe Präsidium zu umrunden, bis er endlich eine Lücke fand, in der er den Kombi parken konnte. Die Tablette hatte schon zu wirken begonnen, wirklich gut ging es Al dennoch nicht.

Im Präsidium hatte er den Kaffeeautomaten für sich alleine, immerhin! Das hielt Al für ein gutes Omen. Dieser Tag konnte nur noch besser werden!

Natürlich wurde er das nicht. Al beugte sich steif nach vorne um den dampfenden Becher aus dem Automaten zu nehmen. Zäh richtete er sich wieder auf und begann im Gehen vorsichtig am Becher zu nippen. Die heiße Flüssigkeit versprach sogleich eine weitere Verbesserung seiner körperlichen Situation.

Auf seinem Weg zum Büro lief ihm Gröbner, ein übergewichtiger Beamter in Uniform, dessen Arbeitseifer dem von Al in nichts nachstand, über den Weg. Al kannte den eigentlich nur vom Sehen, mehr als zwei Worte hatten sie noch nie gewechselt. Er wollte schon, ein »Morgen« murmelnd, an ihm vorbei trotten, als dieser ihn erblickte. Ein Grinsen huschte über Gröbners Gesicht, dann schrie er künstlich auf und sprang einen Schritt zur Seite.

»Wo ist die Hantel, Humoa?«

»Was?«

»Vorsicht, ich habe den Taschenspiegel meiner Frau dabei!« Der Gröbner zeigte auf die Tasche in seiner Hand. Aus irgendeinem Grund fand er das unheimlich witzig.

»Ach so!« Al dämmerte, dass das wohl Anspielungen auf seine gestrige Aktion gewesen sein sollten.

»Ich bekomme echt Ärger, wenn der kaputt geht!«

Ja, ist ja schon gut. Ich hab´s verstanden, du witziges Kerlchen!, dachte Al.

»Pass lieber auf deine Nase auf. Da brauch ich nicht mal eine Hantel, um die kaputt zu kriegen!«, brummte Al, während er einfach weiter ging.

»Oh, hast du das dem Romolo auch in der Form mitgeteilt?«, rief ihm Gröbner nach.

Ich zieh dir gleich Romolos Laptop über die Rübe!, dachte Al

Eine gewisse Unausgeglichenheit machte sich in Al breit. Nicht, weil ihn dieser Gröbner angequatscht hatte, der war ihm nun wirklich von Herzen egal. Viel mehr, weil das als Zeichen dafür zu werten war, dass inzwischen das gesamte Präsidium über seinen gestrigen Fitnessstudio-Besuch Bescheid wusste. Das konnte doch eigentlich nur von Freddy ausgegangen sein, diesem miesen Verräter. Am schlimmsten empfand Al die Tatsache, dass Marie inzwischen sicherlich auch darüber informiert worden war.

Ziemlich angefressen riss Al die Tür zu seinem Büro auf.

»Morgen Rosen...« Rosenstrauchs Stuhl war leer. Al musste zweimal hinsehen, um es zu glauben. Dann sah er Robin an, der am Schreibtisch sitzend eine PC-Zeitschrift las.

»... wo ist Rosenstrauch?«

»Feldforschung«, erwiderte Robin, sich erst jetzt von seiner Lektüre abwendend.

»Wie, Feldforschung?«, fragte Al leicht erstaunt.

»Keine Ahnung ... er hat vor ´ner Viertelstunde plötzlich das Büro verlassen und nur gesagt, dass er Feldforschung betreiben müsse.«

Für Al war das genug Information, sollte der Rosenstrauch doch machen, wozu er Lust hatte. Er musste sich jetzt eh erst um sein Tagesgeschäft kümmern.

Er stellte die Sporttasche neben seinen Schreibtisch, griff nach seinem Werkzeugkoffer und ließ ihn aus Gewohnheit auf den Tisch knallen. Der einzige, der an diesem Morgen davon aufschreckte, war Al selbst. Dann begab er sich auf den Weg zu seiner täglichen Routine.

Das Korrigieren der Datenbankeinträge verlief reibungslos. Die alten Ausdrucke aus dem Serverraum verschwanden wieder in Al´s Koffer, heute ging es ihm einfach nicht gut genug, um dem Reißwolf im zweiten Stock einen Besuch abzustatten. Morgen war ja auch noch ein Tag.

Bei seiner Rückkehr ins Büro wurde Al von einem aufgeregtem Robin empfangen.

»Einer von der Kriminalpolizei war hier - der hat einen Auftrag gebracht! Es soll eine Wohnung verwanzt werden … und die haben gerade nicht genügend Leute!« Robins Begeisterung war nicht zu überhören.

»Wie schön!« Al´s Enttäuschung auch nicht!

Ausgerechnet heute! Klar, es kam immer mal wieder vor, dass Al einfach ausgeliehen wurde, wenn der Kriminalpolizei Leute fehlten. Er hatte auch mal extra dafür eine Unbedenklichkeitsprüfung über sich ergehen lassen müssen. Aber es bedeutete immer Arbeit, wenn die was von ihm wollten. Immer!

»Herr Humoa!«, fing Robin an, rumzudrucksen. »Ich habe mich gefragt, ob, also vielleicht ...«

Al wusste schon, was der Kleine von ihm wollte: er wollte mit! Aber ein Praktikant hatte bei solchen Aktionen nichts zu suchen. Egal wie sehr er das wollte. So jemand störte nur und brachte sich und andere in Gefahr. Rechtlich gesehen durfte Robin als Praktikant bei solch einer Aktion gar nicht dabei sein. Al überlegte, ob er es Robin schonend oder einfach in Kurzfassung beibringen sollte.

»... ich denke, da könnte ich bestimmt hilfreich sein ...«, winselte Robin weiter, »... also, Sachen tragen und so … ist ja auch im 14. Stock …«

Während er den Auftragszettel von seinem Platz nahm und durchlas, war Al immer noch am Überlegen. In Gedanken sah er sich ›Tonnen‹ an Material und Werkzeug in einem Gebäude mit defektem Aufzug in den 14. Stock schleppen. Aber er konnte Robin nicht mitnehmen, das war nicht erlaubt. Al wusste also, was zu sagen wäre: die Kurzfassung:

»Klar, heut Nachmittag geht's los!« Oha! Das hatte er doch gar nicht sagen wollen! Aber jetzt war es zu spät. »Aber du musst mir versprechen, dass es niemand erfährt!«, fügte Al schnell eindringlich hinzu. »Geht das klar?«

Mit einem verräterischen Grinsen, beinahe flüsternd, erwiderte Robin:

»'türlich, Chef! Von mir erfährt keiner was.«

Al stellte zufrieden fest, dass die Materialanforderung schon ausgefüllt dem Auftrag beigefügt war, ebenso die Reservierung für ein Transportfahrzeug.

»Gut, nach der Mittagspause packen wir das Werkzeug zusammen«, sagte Al. »Ich hab vorher noch einiges zu erledigen. Du machst einfach so lange mit dem weiter, was du bisher getan hast.«

»Okay!«, war Robins knappe Antwort, mit der er sich wieder seiner Zeitschrift zuwendete. Innerlich schlug seine Aufregung schon hohe Wellen. So musste sich James Bond bei seinem ersten Auftrag gefühlt haben.

Für Al war es jetzt erst mal an der Zeit, den Laptop, bzw. die Daten darauf, unter die Lupe zu nehmen. Er nahm das Gerät aus der Tasche und schaltete es ein.

Nach einer Weile erschien die Benutzeroberfläche des Betriebssystems auf dem Bildschirm. Al verstand zwar nicht, warum so wenige Menschen ihren Rechner mit einem Passwort schützten, aber im Moment hatte er bestimmt nichts dagegen.

Al durchforstete den Laptop gewissenhaft. Vor einiger Zeit hatte er für einen Auftrag ein spezielles Programm zur Suche nach versteckten und gelöschten Dateien und Ordnern zur Verfügung gestellt bekommen. Dieses war so exklusiv, dass er auf irgendeinen Schrieb sein Autogramm setzten musste, es nur für diesen einen Fall zu nutzen. Bisher hatte er sich auch daran gehalten - bisher. Und das Beste daran war: es ließ sich von einem USB-Stick aus starten. So blieben keine Spuren zurück.

Dennoch war die Ausbeute am Ende recht mager. Es gab nichts Verstecktes zu finden, der Typ hatte einfach alle Ordner auf dem Desktop angelegt. Gut, anhand einiger Geschäftsbriefe konnte Al herausfinden, dass es sich bei ›Fit'n'Fun‹ um eine Kette von Fitnessstudios handelte; mit knapp einem halben Dutzend Filialen über das gesamte Bundesland verteilt. Aber das hätte auch ein Blick ins Internet verraten.

Ein paar Geschäftsbriefe bestätigten Al´s Vermutung über Guerieris Charakter. In einem an eine Nahrungsmittelfabrik stand: ›Bitte nehmen sie Abstand davon, mich weiterhin mit ihren Proben zu belästigen. Außerdem möchte ich ihnen nahelegen, ihr Kraftpulver, oder wie sie es nennen, lieber als Zusatz für Scheuermilch zu vermarkten ... ‹

Soso, dachte sich Al, *wenigstens die persönliche Anrede hätte er groß schreiben können!*

Leicht nervös wurde der Meisterdetektiv nur, als er feststellte, dass sich Romolo - so wurde er anscheinend von allen genannt, auch wenn es sich dabei um seinen Vornamen handelte - im eigenen Adressbuch mit seinen vollständigen Daten eingetragen hatte. Da waren neben seiner Anschrift einige Email-Adressen und Telefonnummern verewigt, anscheinend so ziemlich alles, womit man den ach so wichtigen Geschäftsmann beruflich sowie privat erreichen konnte.

Selbst das Durchforsten des Terminkalenders war recht unergiebig. Immerhin wusste Al jetzt, dass Romolo vorhatte, übermorgen für drei oder vier Tage auf eine internationale

Sportausstellung zu fahren. Dafür gab es eine Hotelreservierung für Romolo nebst Gattin und ein paar bestätigte Termine mit Geräteherstellern und anderen Messebesuchern.

Die E-Mail-Korrespondenz bestand hauptsächlich aus Anweisungen an Angestellte in diversen Filialen und deren Rückantworten. Ein paar Mails wurden, mit mehr oder weniger persönlichem Inhalt, an das Smartphone einer ›Bonny Schatz‹ geschickt. Bei einigen Nachrichten war sich Al nicht so sicher, vielleicht an Freunde, in denen es um Verabredungen für verschiedene Aktivitäten ging.

Anscheinend spielte Romolo regelmäßig Golf. Alle paar Tage hatte er einen Termin eingetragen auf so ziemlich jedem Platz im Umkreis von 100 Kilometern. Sogar während der Messe hatte er sich auf einem dortigen Golfplatz verabredet. Morgen traf er wohl einen ›A.L.‹ im Golfclub Schloss Roth. Das Gelände des Clubs lag gar nicht weit weg am Stadtrand, Al war daran schon mal vorbei gefahren. ›A.L.‹ - Das klang doch fast wie Al - fand Al ... Nicht, dass er bisher jemals Golf gespielt oder auch nur irgendwann den Drang danach verspürt hätte. Er fand diesen Sport eher langweilig, aber den Termin behielt er mal im Hinterkopf ...

In einem weiteren Dateiordner mit der Bezeichnung ›Steuern und Abrechnungen‹ befand sich eine ausgiebige Sammlung an Dokumenten. Für einen Sachkundigen wäre das vielleicht interessant gewesen, Al aber hatte leider von der Materie so viel Ahnung wie ein Schabrackentapir vom Fliegen. Immerhin konnte er die Adresse und den Namen von Romolos Steuerfachmann oder Buchhalter oder wie der Verbrecher seinen Geldwäscher sonst nannte, herausfinden.

Al war gerade dabei, die Geschäftsbriefe noch einmal zu lesen, vielleicht hatte er ja einen Hinweis auf den Mann mit dem Koffer übersehen, als neben ihm ein paar Würstchen und eine Brezel abgestellt wurden.

»Aha, Brotzeit ...«, murmelte Al erfreut.

»Ne, ist schon vorbei, ist Mittag!« Robin schaute leicht betreten »Ich hab die Brotzeitpause vor lauter Lesen, äh, Arbeiten verpennt ... «

Al winkte mit der Hand ab:

»Schon gut, dann mach mal Mittag!« Robin fuhr immer noch leicht verlegen fort:

»Und ich bekomm noch 2,40. Die lassen nicht mehr anschreiben.«

Al war schockiert! Damit hätte er frühestens in einem Monat gerechnet.

»Äh, das geb ich dir morgen, hab grad kein Geld dabei.«

»Aha«, sagte Robin misstrauisch. Er holte tief Luft: »Aber wenn ...«

»Und jetzt iss!«, fiel ihm Al ins Wort, »wir fahren gleich nach Mittag los.« Damit war das Thema gewechselt und für Al gleichzeitig auch beendet.

Er nahm einen großen Bissen von einem der Würstchen und kramte währenddessen mit der anderen Hand nach einem USB-Stick in seiner Schreibtischschublade. Alles, was er gefunden hatte, wurde auf den Stick kopiert. Die CD wieder ins Laufwerk geschoben, und schon war der Computer wieder in der Sporttasche verstaut. Den Stick steckte er in die Hosentasche.

Da saß der Meisterdetektiv nun kauend am Schreibtisch, starrte über Rosenstrauchs säuberlich aufgetürmten Aktenstapel auf dessen leeren Stuhl und grübelte darüber nach, wie er die spärlichen Informationen nutzen konnte.

Nach der Mittagspause wurde das benötigte Werkzeug zusammengestellt: Bohrmaschine, Schraubendreher und einiges mehr. Das meiste befand sich ohnehin schon in zwei für den letzten Einsatz zusammengestellten Werkzeugkisten. Al war natürlich bewusst, dass er nicht alles brauchen würde, aber sicher war sicher. Und außerdem hatte er ja heute einen Helfer dabei. Während er und Robin alles auf einen kleinen Rollwagen beförderten, also er ›kontrollierte‹, wie Robin alles auf den Wagen hievte, fiel Al auf, dass er den Dienstwagen gar nicht zusammen mit dem Jungen holen konnte.

»Du, Robin, dir ist klar, dass wir nicht zusammen losfahren können? Die vom Fuhrpark schöpfen bestimmt Verdacht, wenn sie uns zusammen im Auto sitzen sehen«, erläuterte Al mit wichtiger Miene. »Wie wäre es, wenn wir uns vorne am Brunnenplatz treffen? Da kannst du dann schnell und unbemerkt einsteigen.« Dem Praktikanten schien die Heimlichtuerei offensichtlich zu gefallen. Mit einem breiten Grinsen wisperte er:

»Geht klar, Chef!« Da Robin den Wagen inzwischen komplett beladen hatte, sagte Al:

»Gut, geh schon mal los und warte auf mich! Ich erledigte den Rest.«

Nachdem Robin das Büro verlassen hatte, angelte Al, immer noch unter den Nachwirkungen des gestrigen Abends leidend, zwei Schmerztabletten aus seinem Schreibtisch. Kautabletten zählten für Al neben Penicillin und Tiefkühlpizza zu einer der sinnvollsten Errungenschaften der Menschheit.

Die Materialausgabe war im Keller, ebenso die Verwaltung des Fuhrparks. Genaugenommen waren beide in den Händen der selben Beamten. Al schob den Wagen mit dem Werkzeug vor sich her aus dem Büro in Richtung Aufzug. Sein Körper quittierte dies mit schmerzenden Muskeln. Als der Lift sich abwärts in Bewegung setzte, musste er erst einmal durchatmen. Im Keller angekommen, schob Al den Wagen aus dem Aufzug und ließ ihn gleich vor der Stahltür zur Tiefgarage stehen.

Er ging weiter zur nächsten Türe und öffnete diese. Ein Gitter teilte den dahinter liegenden Raum in zwei Bereiche. Im einen befanden sich die Regale der Materialausgabe und deren verwaltende Beamten, der andere, kleinere, war für die ›Kunden‹. Ein eisernes, leicht angerostetes Rollo verschloss ein zentral gelegenes Ausgabefenster.

Hier unten war gar nichts neu. Die Gitter waren, wahrscheinlich, um Geld zu sparen, aus dem alten Revier herausgerissen und recht lieblos in den hiesigen Kellerraum hinein gestückelt worden.

Ein dünner, blasser Beamter mit ausdruckslosem Gesicht kam von irgendwo hinter den Regalen hervor geschlendert, betätigte einen Knopf neben dem Ausgabefenster und das Rollo öffnete sich mit quietschendem Geschepper. Mit einem

»Servus!« streckte Al ihm seine Materialanforderung entgegen. Der Dürre nahm den Zettel wortlos entgegen und sogleich war er wieder hinter den Regalen verschwunden. Umgehend überkam Al eine gähnende Langeweile. Der Raum präsentierte sich als perfektes Musterbeispiel liebloser Funktionalität, ohne jegliche Anziehungskraft auf ein menschliches Wesen. Nach einer Weile, die Al aufgrund seines spontanen Unwohlseins nahezu ewig vorkam, erschien der Beamte wieder mit einem schwarzen stoßsicheren Kunststoffkoffer. Den knallte er auf die Ausgabe und legte einen Autoschlüssel daneben. Mit seiner nahezu muskelfreien Knochenhand öffnete der Mann den Hartschalendeckel, merkte an, dass der Inhalt komplett sei und schloss den Koffer dann auch gleich wieder. Al ging das alles viel zu schnell, aber es würde schon stimmen … Zwei Formulare und ein Kugelschreiber wurden schwungvoll auf die Ablage befördert.

»Unterschrift! Hier und hier!« Das Männlein verlor anscheinend nicht gerne viele Worte. Es deutete währenddessen mit dem Finger vage auf die unteren Enden der Formulare, ohne diese auch nur eines Blickes zu würdigen. Irgendwie umgab diesen Beamten die Aura von freudlos unmotivierter Arbeitsauffassung.

Al nahm den Kugelschreiber und unterschrieb.

»Alles klar!«, sagte er, den Autoschlüssel und den Kugelschreiber in seine Jackentasche stopfend. »Wünsche noch einen schönen Tag!« Er nahm den Koffer vom Tresen und drehte sich zum Gehen, als der Dürre doch noch mal das Wort ergriff:

»Der Kuli bleibt hier!« Mit einem unsicheren Grinsen sagte Al:

»Tschuldigung, kann ja mal vorkommen ...«

Das wandelnde Skelett nahm den Kugelschreiber entgegen, schloss wortlos das Gitter und ging.

Arschloch, hörte Al.

»Na, das kommt ja genau vom Richtigen!«, sagte Al. Der Magerquark drehte sich zu ihm um, in seinem Gesicht konnte man deutlich die Frage *Habe ich etwa laut gesprochen?* erkennen. Dann wandte er sich wieder weg und war endgültig verschwunden.

Vor der Tiefgarage legte Al den Koffer auf seinen Wagen, öffnete die Tür und schob diesen unter Gepolter über die Schwelle. In der Garage drückte Al auf die Fernbedienung am Schlüssel und sah an einem großen, feuerroten Lieferwagen die Blinker aufblitzen.

Na toll, wie unauffällig!, dachte Al, *welcher Depp kauft denn so ′ne Karre für die Polizei?* Da hätte nur noch ein Aufkleber ›Achtung, hier geht was vor!!!‹ gefehlt …

Al öffnete die Hecktüren und beförderte das ganze Werkzeug inklusive Wagen in den Transporter. Er bereute, dass Robin gerade nicht hier war, denn Teile seiner Anatomie gaben auch hier deutliche und schmerzhafte Signale von sich. Wenigstens machte die Mühle einen recht neuen Eindruck.

Im Fahrerhaus befand sich sogar ein fest eingebautes Navi. Man konnte nicht gerade behaupten, dass dies zur Standardausführung in Transportern gehörte. Dieses Geld sparte sich die Polizei, wie die meisten anderen Arbeitgeber auch. Sollten doch Handwerker, Monteure und Servicetechniker tagtäglich schauen, wie sie zu ihrem Ziel kamen. Hauptsache, im Firmenwagen vom Chef war eins. Dennoch schaute Al es abfällig an, wer braucht denn schon so was und dann noch in der eigenen Stadt?

Al fuhr zum verabredeten Treffpunkt am Brunnenplatz. Robin lehnte übertrieben lässig an einer Straßenlaterne, die Kapuze seiner Jacke so tief ins Gesicht gezogen, dass er wahrscheinlich nur noch die Spitzen seiner Turnschuhe sah. Al hielt den Transporter an. Der Knabe rührte sich nicht, also ließ Al das Beifahrerfenster runter und rief:

»Hey! Junge, steig ein!« Robin setzte sich in Bewegung, riss die Tür auf und schwang sich mit Schwung auf den Beifahrersitz. Er hielt sich selbst wohl gerade für so eine Art Geheimagent, für Außenstehende sah es aber eher aus, als würde da gerade einer vom Kinderstrich mitgenommen werden. Al hoffte, dass ihn niemand sah der ihn kannte, und gab Gas. Zu viel Gas, um unauffällig zu wirken.

»Hallo Chef!«, erklang es fröhlich neben Al. Er erwiderte den Gruß mit einem Grunzen. Danach setzte Schweigen ein. Nach einer Weile fragte Robin leicht verunsichert:

»Wo geht's denn eigentlich hin?«

»Großmannstraße, im Römerviertel.«

»Äh, müssen wir da nicht in die entgegengesetzte Richtung?«

»In die entgegengesetzte Richtung?« Wie kam der Jungen denn auf die Idee? »Auf keinen Fall.«

»Aber ...«, begann Robin.

»Was aber?« Al's Stimme dröhnte leicht »Meinst du, ich weiß nicht, wo es lang geht?«

»Doch, aber ...«, nahm der Praktikant noch einen Anlauf.

»Aber, aber, aber ... wenn du mir nicht traust, programmier halt das Navi!«, sagte Al herausfordernd. »Adresse steht auf dem Auftrag. Ist alles im Ablagefach.« Robin griff ohne zu Zögern nach dem Zettel und begann das Navi zu programmieren. Dieses Misstrauen in Al's Fähigkeiten empfand er als zutiefst beleidigend. Er war sein eigenes Navi, pah!

Die Route war berechnet.

»Bitte wenden!«, erklang die blecherne weibliche Stimme des Navi. Al´s Laune wurde dadurch nicht unbedingt besser. - *Was für ein Tag!*

»Bei nächster Gelegenheit wenden!«, schepperte es. Robin hatte ein Grinsen auf den Lippen - *Was für ein Tag!*

Nachdem sich Al trotz lautstarkem Einwand seines Egos dem in seinen Augen völlig unnötigen Diktat der Technik gebeugt hatte, kamen sie wenig später im Römerviertel an.

Al fuhr den Transporter in den Innenhof eines riesigen Plattenbaus und stellte ihn vor einem Hauseingang ab. Das Bauwerk versprühte einen dermaßen eleganten Charme, dass es gerade mal in den architektonisch dunkelsten Zeiten der DDR eine Daseinsberechtigung gehabt hätte. Hier wohnten nur Menschen, die wirklich keine andere Wahl hatten.

Al stieg aus. Überall lag Müll herum und die Wände waren mit Graffitis übersäht, die sich sicherlich nicht durch ihre künstlerische Ausdruckskraft auszeichneten.

Sprüche wie ›Bernd Verpiss Dich!!!‹ oder ›Mel ich libe dich‹ konnten hier schon zu den literarischen Höhepunkten gezählt werden. Das meiste waren hingeschmierte Namen, wahrscheinlich von Bewohnern des Blocks. Der örtliche Fußballverein mitsamt seinen Ultras war ebenso verewigt wie der Klassiker ›Fuck‹, den man fast alle zwei Meter an den Hauswänden finden konnte. Literarische Weisheiten wie ›die meiste Zeit wird durch Arbeit verschwendet‹ oder ›Nur tote Fische schwimmen mit dem Strom‹ waren da schon eher selten auf dem verwaschenen Sichtbeton zu finden. Ein schwarz durchgestrichenes rotes ›AntiFa‹ prangte neben einem rot durchgestrichenen schwarzen Hakenkreuz. Das allgemeine Flair dieses Wohnblocks lud zur baldigen Abreise ein.

Al und Robin luden das Material auf den Wagen und schoben es Richtung Eingang. Die Glastüre zierte ein riesiger mit Lackstift hingekritzelter Schriftzug.

»ACAB - was soll denn das bedeuten?« murmelte Al in sich hinein.

»Äh, na ja ... Polizisten sind hier wohl nicht gerade willkommen ...«, antwortete Robin.

»Polizisten nicht gerade willkommen? Das wäre doch: PNGW?«, grübelte Al.

»... ist Englisch!«

»Ach so!«

Neben der Türe befand sich eine große Tafel mit Klingeln, so an die hundert Parteien schien diese Hütte schon zu beherbergen. Al schaute auf den Auftrag und las die Namen: ›Justin Bergmann und Chiara Mayr‹. Er schüttelte den Kopf.

»Woher wissen wir eigentlich, dass die nicht da sind?« stellte Robin eine typische Praktikanten-Frage.

»Wissen wir doch gar nicht!«, schmunzelte Al. »Ne! Die sind wahrscheinlich zu einem Verhör ›eingeladen‹, oder sonst irgendwie beschäftigt, die Kriminaler sind da erstaunlich einfallsreich.«

»Ach so.« Robin war beeindruckt.

Al´s Blick schweifte suchend über die Tafel.

»Aber zur Sicherheit läuten wir doch.«

Auch nach zweimaligem Klingeln meldete sich niemand an der Gegensprechanlage.

»Gut, ...«, sagte Al, »... gehen wir rein!« Er öffnete den schwarzen Koffer, in einer Tasche am Deckel steckte ein Schlüssel mit Anhänger, auf dem die Adresse des Gebäudes stand. Der Zentralschlüssel des Hauses! Vielleicht vom Hausmeister, oder direkt vom Eigentümer. Al wusste es nicht, aber er war wie immer - auch wenn er es nie zugeben würde - von der genauen Vorbereitung der Kriminalpolizei beeindruckt. Darauf konnte man sich verlassen.

Im Inneren versprühte das Gebäudes ebenfalls keinerlei einladenden Charme. Der Boden war verdreckt. An den Wänden, von denen die Farbe blätterte, wechselten sich in regelmäßigen Abständen Schuhabdrücke mit dem ab, was jeder hier, wenn es ihm gerade einfiel, einfach mal mit Lackstift oder Spraydose hinterließ. Aber das interessierte Al im Moment wenig. Wichtig für ihn war nur der Aufzug - und der funktionierte.

An der Wohnung angekommen, klingelte Al vorsichtshalber noch einmal, bevor er aufschloss. Die Tür gab den Blick auf den recht versifften Flur einer Zweizimmerwohnung mit Bad und Küche frei.

Auf dem Wohnzimmertisch stand neben einer Bong allerhand Zeug, das sich so im Laufe der Zeit ansammelt, wenn man niemals aufräumt. Hier mögen es wohl Jahre gewesen sein. Al nahm Notiz von dem 85″-Fernseher, der allein durch seine Anwesenheit in diesem Raum Al schon Nackenkrämpfe verursachte. Daneben stand eine sich erst seit wenigen Wochen auf dem Markt befindliche Spielkonsole. Dass jeder, aber wirklich jeder, sich einen solchen Fernseher zulegte, daran hatte Al sich inzwischen gewöhnt. Auch wenn er noch nie verstanden hatte, warum er sich keinen leisten konnte.

Er hatte sich vor einiger Zeit einen 32″-er besorgt, der wegen eines Kratzers auf der Rückseite als B-Ware reduziert war. Der Verkäufer versicherte ihm, dass das Gerät sonst in Ordnung wäre und als Zweit- oder Drittgerät für das Schlafzimmer, das Bad oder die Toilette, oder wo man sonst anscheinend ohne Geflimmer nicht auskam, durchaus akzeptabel war. Al hatte nur diesen einen Fernseher und der stand im Wohnzimmer und nahm nach seinem Empfinden mächtig viel Platz ein.

Bei der Spielkonsole war er erst recht ratlos, nicht mal Jan hatte sich die neue schon gekauft, selbst dem war sie noch zu kostspielig.

»Warte mal schnell hier«, forderte er Robin auf. Er wollte erst den Rest der Wohnung inspizieren, um unvorhergesehene Zwischenfälle ausschließen zu können. Das Schlafzimmer war spärlich eingerichtet: Ein Bett, ein fast leeres offenes Regal, dafür der Boden bedeckt mit allerhand Krempel wie Zeitschriften, Kleidungsstücken oder Essensresten. Das Bad beheimatete verschiedene, teils exotische, Arten von Schimmel und die Küche zeigte sich in keinem wirklich besseren Zustand. In der Spüle und auf den Ablageflächen stapelte sich benutztes Geschirr, der Mülleimer quoll über und im hinteren Teil am Fenster waren zahllose Pfandflaschen gestapelt. Über allem lag ein unangenehmer süßlicher Geruch, als würde hier irgendwo eine Leiche verwesen. Dagegen war Al′s Wohnung penibel sauber und ordentlich.

Al ging ins Wohnzimmer zurück zu Robin.

»Die Luft ist rein!« Wenn man das bei dem Geruch hier so definieren konnte. »Wir können anfangen!«

Al öffnete wieder den schwarzen Koffer und nahm einen Installationsplan heraus.

Wirklich gut vorbereitet!, dachte er.

»Also …«, wandte er sich an Robin, »… sei vorsichtig, dass du keine Spuren hinterlässt! Das heißt: nichts verrücken, umschmeißen, verwischen oder ähnliches. Ist das klar?«

»Geht klar, Chef!« Kannte der Junge eigentlich nur diese einzige Antwort?

»Gut, dann gehen wir mal den Installationsplan durch«, begann Al. »Hinter die Steckdosen kommen die Mini-Cams, hinter den Bodenleisten bringen wir die Mikros an ...« Die beiden gingen alles genauestens durch. Al erklärte Robin, wie und mit welchem Werkzeug man die teuren Geräte am besten installierte.

Danach überprüften sie, welche Geräte an den Steckdosen hingen. Dadurch konnte man abschätzen, welche Folgen es haben würde, wenn die Sicherungen rausgenommen wurden. Das einzige zu beachtende Gerät war ein alter Radiowecker im Schlafzimmer. Im Gegensatz zu moderneren Geräten mit fest eingebauter Pufferbatterie, die dafür sorgen sollte, eingestellte Werte bei Stromausfall zu behalten, musste man hier noch selbst eine 9V-Blockbatterie einsetzen. Das machte so gut wie niemand. Ohne zu schauen, ob eine Batterie eingelegt war, verglich Al die eingestellte Uhrzeit mit der Uhrzeit seines Handys und merkte sich den Unterschied. Somit konnte er sie danach wieder richtig einstellen. Auch schaute er nach der eingestellten Weckzeit.

Der Sicherungskasten war in eine Wand im Flur eingelassen. Al öffnete ihn und nahm eine Sicherung nach der anderen raus. Dabei schaute er Robin ernsthaft an:

»Wie lauten die fünf Sicherheitsregeln für Elektriker?« Etwas sollte der Junge ja schließlich gelernt haben in seinem Praktikum.

Robin überlegte kurz:

»1. Freischalten! 2. Gegen Wiedereinschalten sichern! 3. Spannungsfreiheit feststellen! 4. Erden und kurzschließen! 5. Unter Spannung stehende benachbarte Teile abdecken oder abschranken!« Mit einem Nicken sagte Al:

»Richtig. Und vergiss die bloß niemals! Und denk daran: sie werden beim Arbeiten immer befolgt!«

»Gut, und wie sichern wir jetzt gegen Wiedereinschalten?«, wollte Robin wissen.

»Übertreiben brauchst jetzt auch nicht!« Al verdrehte die Augen. »Überprüf lieber die Steckdosen auf Spannung.« Mit diesen Worten reichte er Robin einen zweipoligen Spannungsprüfer.

Während Robin im Schlafzimmer die Installation vorbereitete, begab sich Al in die Küche. Seinem Kopf und dem Magen ging es schon um einiges besser als am Morgen. Aber der Muskelkater hielt sich hartnäckig. Er schraubte die Verkleidung von einer Steckdose ab, in die eine Kamera eingebaut werden sollte. Eigentlich eine teuflisch gute Idee, Kameras in Steckdosen zu verstecken, auch wenn sie einen Nachteil hatte: Sobald die Steckdose benutzt wurde, war die Sicht der Kamera blockiert.

Die Dose war schnell wieder zusammengebaut. Aber Al beschäftigten ohnehin andere, wichtigere Dinge. Wie sollte er Romolos Schandtaten aufdecken? Das einzige, was klar war: Der Laptop musste heute Abend zurückgebracht werden.

Al's Blick fiel auf den Kühlschrank. Er öffnete ihn und fand, was er erwartet hatte. Der Innenraum war zur Hälfte gefüllt, und zwar mit Bierflaschen. Eine angebrochen Packung Frischkäse, bedeckt mit zartem grünen Pelz, rundete das Bild ab. Al nahm sich mit der Gewissheit, dass die Bewohner bestimmt nicht wussten, wie viel sie getrunken hatten, eine Flasche.

Dann warf er die Türe schwungvoll wieder zu, dabei fiel eine kleine Fotofilmdose auf dem Kühlschrank um und rollte unbeachtet dahinter. Mit seinem Schraubenzieher öffnete er die Flasche, lehnte sich an die Küchenzeile und nahm einen tiefen Schluck. Er fühlte sich sogleich zufriedener.

Eines war klar: Er konnte das Notebook nicht zurückbringen. Nach seinem gestrigen Auftritt konnte und wollte er sich dort nicht mehr blicken lassen.

Aber, genau, Jan könnte das doch übernehmen! Schließlich hatte der ihn vorgestern auch zu diesem Date gescheucht. Und bei der Gelegenheit könnte man ihn eigentlich gleich verwanzen - und auch einen Besuch im Büro abstatten lassen.

Wie immer befanden sich im Koffer mehr Abhörgeräte als benötigt. Eigentlich waren sie für den Fall vorgesehen, wenn mal eines defekt wäre oder der Techniker es für nötig befand, zusätzliche zu installieren. Das war zwar mit einigem Papierkram verbunden, aber durchaus möglich.

Und da er ja dabei war, ein Verbrechen aufzuklären, empfand er es auch als durchaus angebracht, bei dieser Gelegenheit etwas von dem Material abzugreifen. Den Koffer musste er sowieso erst morgen zurückbringen, also würde es niemandem auffallen. Er nahm sein Handy aus der Tasche und rief Jan an. Als er gestern zu dem Studio fuhr, fiel Al ein Café gleich um die Ecke auf. Von außen machte es sogar einen recht angenehmen Eindruck. Dort verabredeten sich die beiden Freunde für den heutigen Abend. Vorsichtshalber verriet Al Jan nicht zu viel, nur, dass er ihm einen kleinen Gefallen tun sollte. Den Rest würde er heute Abend erklären. Damit hatte er wohl Jans Neugierde geweckt und so war sichergestellt, dass dieser auch wirklich kam. Jan schien zumindest recht begeistert zu sein, dass sie das Café besuchen wollten.

Die mittlerweile leere Flasche legte Al auf den Stapel zu den anderen.

Als er die Küche verließ, hatte Robin schon die Arbeit im Wohnzimmer beendet und, weil er gerade dabei war, auch gleich die Wanzen im Flur angebracht. Während Al Robins Werk mit dem Installationsplan verglich, ließ er ihn schon mal das Werkzeug zusammenpacken. Die Sicherungen wurden wieder reingedreht und der Radiowecker exakt gestellt.

Auf dem Rückweg warf Al Robin wieder am Brunnenplatz raus und schickte ihn in den Feierabend. Er musste jetzt ungestört im Büro arbeiten können.

Dort angekommen blickte Al zufrieden auf Rosenstrauchs leeren Stuhl. Dieser war so liebenswürdig, immer noch mit Abwesenheit zu glänzen.

Al wühlte in den Regalen hinter seinem Schreibtisch, er war sich sicher, irgendwo noch eine Krawatte zu haben. Diese wollte er präparieren, indem er eine Mini-Cam darin unterbrachte. Er war sich sicher, Jan würde direkt von der Arbeit zum Treffpunkt kommen und da ein Anzug mit Krawatte zu Jans ›Dienstkleidung‹ gehörte, bot sich diese geradezu perfekte

Möglichkeit einfach an. Das Modell war zwar schon etwas älter, aber immer noch chic! - fand Al.

Nachdem der Schlips soweit vorbereitet war, wurde alles, was später benötigt wurde, in die Sporttasche gepackt. Inklusive eines Laptops aus dem Koffer mit speziellem Programm und eines USB-Sticks, der als Empfänger für Cam und Mikro diente. Eigentlich waren diese Geräte zum abschließenden Test der ausgeführten Installationen vor Ort vorgesehen, der Empfangsbereich ging aber um einiges darüber hinaus.

Inzwischen waren bei wirklich modernen Ausrüstungen die Cam und das Micro mit einem Quad-Band-Sender ausgestattet. Ein Smartphone würde von jedem Punkt der Welt als Empfänger völlig ausreichen. Aber diesen Luxus benötigte Al gar nicht, er besaß ja nicht mal ein Smartphone. Gegen diese Technik hatte er sogar etwas.

Die Menschen waren einfach noch nicht bereit dafür! Anstatt es sinnvoll zu nutzen, standen oder saßen sie überall in der Gegend rum, wie Gehirntote auf das Display starrend und daddelten aufs Sinnloseste darauf ein. Sie spielten Spiele, die ihnen einen bestimmten Tagesablauf aufzwangen, man musste ja zu bestimmten Zeiten online sein. Andere bewegten sich ohne Rücksicht auf ihre Umgebung durch die Gegend. Sie waren auf der Jagd nach imaginären Monstern, Aliens oder ähnlichem, deren Existenz in dieser Welt nur durch die Cam ihres Smartphones enthüllt wurde. Oder noch schlimmer: Sie schickten sich ständig SMS, bzw. die Nachfolger davon wie WhatsApp, irgendwelche Signale oder Telegramme. Al kannte sich da nicht so aus. SMS war ja schon eine Technik, die vom Menschen an sich nicht wirklich beherrscht wurde. Es bedeutetet ja schließlich ›Short Messenge Service‹ und nicht ›Schick Massenhaft Scheiß‹.

Al wollte gerade noch ein Mini-Mikro verstauen, als das Telefon läutete. Er hob den Hörer mit einem

»Hmm ...« ab.

»Hab ich's doch gewusst!«, erklang Maries Stimme. »Vor einer Viertelstunde hab ich dich angerufen ...«, sie klang aufgebracht, »... und du hast gesagt, du gehst in fünf Minuten.« Sehr aufgebracht. »Jetzt bist du immer noch da!«

»Mir ist was dazwischengekommen«, benutzte Al eine seiner Standardausreden.

»Mir egal!« Jetzt wurde sie auch noch laut. »Schwing die Hufe!« - Damit war das Gespräch beendet.

Al wusste nicht, was er vor 15 Minuten Marie versprochen hatte, er wusste nur, dass es besser war, es schnell zu erledigen. Um was auch immer es sich dabei handeln mochte ...

Er packte die Trainingstasche und eilte aus dem Büro. Mehr, als ohnehin schon geschehen, wollte er sie nicht verärgern.

Alfred Humoas Gehirnwindungen lag eine eher labyrinthartige Struktur zugrunde. Manchmal waren deshalb intensive Recherchen nötig, um sich an Details zu erinnern, an denen sein Geist vorher unaufmerksam vorbeigeschlendert war. Daher dauerte es eine gewisse Zeit, bis die Erinnerung zum Vorschein kam, weshalb seine Exfrau ihn angerufen hatte. Er sollte seinen Sohn Lukas vom Fußballtraining abholen. Normalerweise erledigte Marie das immer, aber heute hatte sie keine Zeit. Sie erwähnte auch, warum, aber daran konnte er sich nicht erinnern. Da hätte er ihr wohl besser zuhören sollen.

Lukas saß auf dem Rand eines Blumenkübels aus Beton vor dem Eingangstor des Vereinsgeländes. So wie er da saß, bot der Junge einen recht Mitleid erregenden Anblick: leicht nach vorne zusammengekauert mit hängenden Schultern und gesenktem Kopf. Als Al ihn so erblickte, bekam er sofort ein schlechtes Gewissen.

Er stieg aus und ging auf Lukas zu.

»Hey, Sohn!«, begann er zögerlich, »Tut mir Leid … musste noch was Wichtiges ... «

»Hab` nicht damit gerechnet, dass du pünktlich bist!«, unterbrach Lukas. »Lass uns einfach fahren.« Er stand auf und ging an ihm vorbei in Richtung Auto.

»Jetzt hab dich doch nicht so!«

Lukas stieg wortlos auf der Beifahrerseite ein. Al seufzte.

Schweigend fuhren sie so eine Weile dahin, da wurde Al die Stille zu viel:

»Und wie läuft es im Training so? Spielst du am Samstag?«

»Wir spielen gar nicht Samstag«, murmelte Lukas. »Wir spielen nie Samstag!« Al stutzte. »Immer sonntags ...«

»Äh, ja.«, wahrscheinlich hätte Al das wirklich wissen sollen. »Meinte ich ja!«

»Warum? Würdest du kommen, wenn es so wäre?« Al überhörte diese Spitze, auch wenn sie ihn schmerzte. Zwar hatte er in den letzten Monaten nicht wirklich viel Zeit mit seinen Kindern verbracht, aber wie hätte er auch, es gab halt viel zu tun.

»Klar, hab den Samstag schon fest eingeplant. «

»Sonntag!« Oh Mann, wie ungeschickt! Al ärgerte sich über sich selbst.

»Oh ja. Meinte ich doch: Sonntag!«, versuchte er eine gewisse Schadensbegrenzung

»Vielleicht wollen deine Schwestern ja auch mit ...«

»Wohin?« Lukas verdrehte die Augen.

»Zum Fußball! Wir könnten dann alle zusammen hinfahren.«

»Äh, ich kann auch alleine fahren«, versuchte der Junge das abzuwenden, »mit dem Roller.«

»Dein Roller?« Al war verwundert »Ich dachte, der ist Schrott.«

»Nee, jaa, naja ...«, stammelte Lukas, »ich hab da so ´nen Kumpel, der hat ihn wieder hinbekommen.«

»Wer?«

»Kennst du nicht.« Wie sollte Al auch? Er wusste ohnehin nicht mehr viel von seinem Sohn. »Jedenfalls hat er gesagt, ich könnte das Teil Samstag-Vormittag abholen.«

»So? Wo musst´n den Roller holen? Soll ich dich hinbringen?«

»Danke ,...«, Lukas winkte ab, »aber der schraubt in einer Garage … gleich drüben hinter dem Supermarkt … da bin ich in drei Minuten hingelaufen.«

»Na, dann ist's ja gut.«

»Und dann kann ich auch am Sonntag zum Spiel fahren.«

»Nein, ich bringe dich auf jeden Fall hin! Ich will dich doch mal wieder spielen sehen.« Al wollte sich dann doch nicht so komplett nutzlos vorkommen.

»Naja …«, brummte Lukas, »vielleicht werde ich ja eingewechselt.«

»Vielleicht? Warum nur vielleicht?« Al war empört. »Du spielst doch recht gut?«

»Kann sein, aber die anderen auch.« Der Junge sah aus dem Fenster. »Wahrscheinlich sogar besser.«

»Ja und?« Jetzt wurde Al richtig zornig. »Deswegen kannst du dich doch nicht immer auf die Ersatzbank verbannen lassen! Stell dich mal mehr auf die Hinterbeine und sag dem Meiler ...«

»Hinze!«, unterbrach ihn Lukas, »Der Meiler war vor zwei Jahren mein Trainer.«

»Dann halt dem Hinze ...«, das war Al doch egal, »... erklär dem mal, dass du spielen willst! Ich finde, du hast das Recht, dich auch mal auf dem Platz beweisen zu können, wie jeder andere!« Nun geriet Al so richtig in Fahrt »Nicht immer nur ein paar Minuten zum Schluss - wenn schon alles gelaufen ist.«

Lukas seufzte. Aus dem Augenwinkel musterte Al seinen Sohn, der auf dem Beifahrersitz zusammengekauert, regelrecht matschig dasaß. Was dem Kleinen fehlte, war einfach etwas Motivation und sehr viel Selbstbewusstsein!

»Herrgott!«, entfuhr es Al, »das kann's doch nicht sein, Junge! So kann es mit dir doch nicht weitergehen!« Offensichtlich handelte es sich hier um den plumpen Anfang einer zwielichtigen Motivationsrede.

»Was soll das denn jetzt?« Lukas schien zugleich überrascht und verärgert.

»Na,. ...« Al kam ins Schleudern. Tief Luft holen und über Inhalt und Notwendigkeit der Ansprache nachzudenken wäre jetzt wohl angebracht gewesen. Nur leider war für Al zu diesem Zeitpunkt sein überaus pädagogischer Vortrag schon beschlossene Sache.

»... jetzt sei doch mal ehrlich! Das ist doch nicht nur beim Fußball so! Was soll denn mal aus dir werden, wenn du immer nur so antriebslos in der Gegend rum eierst? Du lässt doch alle Chancen an dir vorbeiziehen, anstatt einfach mal zuzugreifen und dir zu nehmen, was dir zusteht. Stattdessen nimmst du einfach alles hin. Mann, du kannst dich nicht mal gegen Lisa durchsetzten! Die beißt dich immer noch, wie es ihr grad gefällt. Und du ... du ...« Al holte Luft »Sag wenigstens was dazu!«

»Wozu? Mit dir kann man eh nicht vernünftig reden.« Lukas war endgültig angepisst.

»Doch!«, was sollte das denn heißen? »Kann man!« Und wie man mit ihm vernünftig reden konnte! Das ließ sich ja wohl ganz leicht beweisen: »Führen wir eine ernsthafte Unterhaltung. Das heißt: Zuerst spricht du - und dann ich. Alles klar?« Er würde dem Bengel schon beweisen, wie vernünftig man mit ihm reden konnte.

Lukas Augen verengten sich zu Schlitzen. Er starrte eine Zeit beim Fenster raus, dann holte er tief Luft und begann zu sprechen:

»Ausgerechnet du beklagst dich über verpasste Chancen …«, platzte es aus Lukas heraus, »… und fehlendes Durchsetzungsvermögen! Als ob du da so ein großartiges Vorbild wärst. Du hast dein Leben ja selber komplett versemmelt. Aber über mich beschweren! Wenigstens bin ich kein so grantiger Typ, der an allem was auszusetzen hat und sich ständig künstlich aufregt. Bei dir ist doch alles immer nur schlecht! In deiner Nähe kann man ja nicht einfach mal etwas Spaß haben oder sich für etwas begeistern!« Lukas´ Kopf hatte inzwischen eine rötliche Färbung angenommen. Er atmete noch einmal durch und beendete seine Rede mit:

»Und, hab ich mich jetzt genug durchgesetzt?«

Das war zu viel für Al. Aber irgendwie beschlich ihn das Gefühl, er hätte sich das selbst zuzuschreiben.

»Gut, so geht das! Und jetzt bin ich dran!« Er holte Luft:

»Aaach, halt doch die Klappe, du Weichei!« Mehr fiel ihm im Moment nicht ein – irgendwie nicht viel.

Na, dann einfach ignorieren und den Ball zurückspielen: »Du bist dran, macht Spaß, findest du nicht auch!« Ihm machte es ehrlich gesagt keinen Spaß, aber zugeben wollte Al das gerade auch nicht. Ein Gedanke begann zu keimen: War er vielleicht doch nicht zum Führen einer vernünftigen Unterhaltung geschaffen? Sei's drum, bis Sonntag würde ihm bestimmt was einfallen, wie er diesen erziehungstechnischen Schnitzer wieder ausbügeln könnte. Oder war's Samstag?

Lukas starrte seinen Vater mit aufgerissenen Augen und offenem Mund an. Bis der Junge wenig später von seinem Vater Zuhause abgeliefert wurde, fiel kein Wort mehr.

Al wartete schon eine ganze Weile, mit der Sporttasche über der Schulter, vor dem Café. Mit fortgeschrittener Zeit wurde er immer nervöser. Jans Pünktlichkeit war in etwa so ausgeprägt wie seine eigene. Eine Ausnahme gab es da höchstens mal, wenn es sich um die holde Weiblichkeit drehte. Normalerweise war das Al egal, er plante es einfach in sein eigenes Zeitmanagement mit ein, aber heute war es ihm wichtig - zu wichtig. Romolos Laptop musste zurück, um keinen Verdacht zu erwecken. Und wenn Jan bis ins Büro vordringen und sich dort umschauen konnte, würden sich hoffentlich neue Anhaltspunkte für Al´s Recherchen ergeben.

»Servus! Dass du mal auf die Idee kommst, hier einen Kaffee zu trinken!« Jan war bester Laune, als er Al begrüßte: »Ich wollte eh schon hierher, die sollen seit kurzen auch Kopi Luwak anbieten.« Al verzichtete auf den Gruß:

»Was? Ist das nicht der Katzenkaffee? Weißt Du eigentlich, wie der hergestellt wird?« Jan grinste breit:

»Klar - Schleichkatzen fressen die Kaffeekirschen und scheiden die Bohnen aus. Daraus wird dann der Kaffee hergestellt.«

»Und du möchtest diesen ›Kaffee‹ trinken?«

»Der soll sehr mild sein und ein sehr gehaltvolles Aroma haben.«

»Und muffig soll er auch sein.«, konterte Al. »Na dann, Prost Mahlzeit!«

»Hab dich nicht so! Komm, ich lad dich auf eine Tasse ein. Es ist nie zu spät für eine neue Erfahrung. Auch nicht für dich!«

»Katzenkacke? Vielen Dank!« Auf so was hatte Al ja mal überhaupt keine Lust. »Außerdem ist grad der Monkey Chew mehr angesagt!«, konnte er es sich nicht verkneifen, noch etwas von seinem Wissen einzubringen.

Jan grinste wieder: »Aber auch nur, weil die Affen die Kerne wieder ausspucken.«

»Bohnen!«, konterte Al, »Kaffeebohnen!«

»Wie auch immer, weißt du was ich wirklich gerne mal probieren würde?« Jan war sichtlich im Kaffeethema gefangen: »Bat Crop Kaffee! Der ist so selten, dass ihn die Plantagenbesitzer für sich selber behalten.«

›Bat, Englisch für Fledermaus‹, dachte sich Al. Damit war sein Wissen über diesen Kaffee auch schon aufgebraucht. Er beschloss, sich wieder auf das Wesentliche zu konzentrieren.

»Aber dafür haben wir sowieso keine Zeit. Du musst für mich eine Kleinigkeit erledigen.«

Al brachte Jan auf den Stand der Dinge und erläuterte die Vorfälle der letzten 24 Stunden. In Al´s Augen war Jans Reaktion wegen des zerstörten Spiegels ziemlich übertrieben, der war schon unangemessen belustigt. Er musste um Fassung ringen, um das über sich ergehen lassen zu können. Wohingegen die Tatsache ihn mit Genugtuung erfüllte, dass die Erwähnung des Koffers und eines möglichen Verbrechens offensichtlich starkes Interesse bei Jan erweckte. Er steigerte diesen Effekt, indem er einfließen ließ, dass bisher nur sie beide davon wussten. Ein paar kleine, an der richtigen Stelle platzierte Übertreibungen taten ihr Übriges. Sie gingen zu Al´s Auto, wo der nun bereitwillige Jan von Al verkabelt wurde.

Dies war der zweite Westentaschen-James-Bond, mit dem Al heute zu tun hatte. Wo Robin den besonderen Reiz eher im Heldentum und der Weltrettung sah, lag dieser für Jan zweifelsohne eher bei schnellen Sportwagen und – natürlich, was auch sonst - den Schönsten der Schönen.

Eigentlich war es Al völlig egal, woran Jan dachte (schnelle Autos und die Schönsten der Schönen konnte er eh nicht ran schaffen), wichtig war nur: Jan war zur Mitarbeit überredet! Der blickte auf die Krawatte:

»Die zieh ich nicht an!«

»Die ist ideal ...«

»Sag mal, gab es die nicht wenigstens in der Ausführung ›halbwegs erträglich‹? Ich meine, die stammt doch aus dem letzten Jahrhundert!« Al rechnete im Kopf nach. Das stimmte tatsächlich - sogar aus dem letzten Jahrtausend. Aber das brauchte er Jan ja nicht mitzuteilen. Stattdessen sagte er:

»Erhebungen haben ergeben, dass dieses Modell das gleichfalls dezenteste wie auch effektivste für solche Zwecke ist!« Er glaubte sich selbst nicht.

»Erhebungen? ...« Jan zog eine Augenbraue nach oben. Für modische Diskussionen hatte Al jetzt wirklich keinen Kopf! Er band Jan einfach die Krawatte um, drückte ihm den Laptop in die Hand und mit einem

»Ich warte im Café. Und beeil dich!« zeigte Al in Richtung Fitnessstudio.

Während Jan davon trottete, ging Al, die Sporttasche über der Schulter, in das Café. Im Inneren erweckte es den Eindruck, als hätte ein Klon des bekannten Café Eilles aus Wien sich hier eingenistet.

Al wirkte mal wieder ziemlich fehl am Platz, aber das fiel ihm wie meistens nicht auf. Seine Gedanken waren gerade ohnehin wo anders. Er schaute sich im Café um. Ein kleines blondes Mädchen mit geflochtenen Zöpfen erblickte den rundlichen Mann, der da am Eingang stand. Umgehend begann sie, ihn anzustarren, als ob sie noch nie einen Mann im Parka gesehen hätte. Als ihre Mutter sie fragte:

»Miri, träumst du schon wieder?«, nahm sie das gar nicht wahr.

Al suchte sich einen Tisch für zwei Personen nahe einer Wand aus. Dort konnte er sich so hinsetzen, dass sonst niemand Blick auf den Bildschirm des Laptops hatte. Sofort baute er das Gerät hektisch auf und schaltete es ein. Er hatte es eilig, Jan musste bald am Studio ankommen. Das Booten schien eine Ewigkeit zu dauern. Seit dem ersten PC kamen jedes Jahr neue und bessere Geräte mit immer schnelleren Prozessoren auf den Markt. Aber dass die auch mal schneller hochfahren würden, schien ein Ding der Unmöglichkeit zu sein.

Al fluchte wegen des lahmen Laptops ausgiebig in sich hinein, als eine Stimme erklang:

»Sie wünschen?«

Al schaute hoch. Vor ihm stand ein steifer Kellner. Er trug stilvolle, wenn auch altmodisch wirkende Dienstkleidung, zu der sogar weiße Handschuhe gehörten. Aus Gewohnheit sagte Al:

»Ein Helles!«

»Helles?« Der Kellner schaute leicht pikiert. »Es tut mir Leid, ein normales Bier führen wir hier nicht. Ich kann Ihnen höchstens ein Pils anbieten.«

»Nun, auch nicht schlecht«, grinste Al.

»Sehr wohl!« Der Kellner verschwand so lautlos wie er gekommen war.

Endlich war der Computer funktionstüchtig und ein wackeliges Bild, offensichtlich das von der Kamera in Jans Krawatte, war zu sehen. Al konnte erkennen, dass die Binder-Kamera sich schon auf den Tresen zu bewegte. Diese Birgit, die Al gestern schon auf die Nerven ging, stand dahinter und schien an ihrem PC zu arbeiten.

»HALLO!«, tönte es schrill schallend aus den Lautsprechern des Laptops. Al schreckte hoch. So schnell wie möglich stellte er den Ton aus. Einige Gäste hatten den Kopf zu ihm hingedreht. Als er den Kopfhörer aus der Tasche holen wollte, fiel ihm auf, dass er gar keinen eingesteckt hatte. Er ärgerte sich … wie konnte er das nur vergessen?

Na toll, dann halt ohne Ton. Al war mit sich wirklich nicht zufrieden!

Ohne Ton? Es machte sich sogar tiefgreifende Unzufriedenheit in ihm breit. Erst jetzt offenbarte sich Al die Schwachstelle dieser Aktion.

So hat das alles überhaupt keinen Sinn!

Sie beide konnten ja gar nicht miteinander kommunizieren. Ohne einen Sender für sich und einem Knopf im Ohr für Jan war es Al unmöglich, irgendwelche Anweisungen zu geben. Selbst wenn Jan es, wie auch immer, schaffen würde, alleine das Büro zu finden, wusste der doch gar nicht, was er da machen sollte.

Vor seinem geistigen Auge breitete sich sein Schreibtisch aus, auf dem Mikros und Kopfhörer vergessen rumlagen, weil Al durch einen Anruf abgelenkt wurde.

Vielen Dank, Marie! Diesmal war Al aufgebracht. Aber jetzt war es zu spät. Er konnte sich nur noch auf Jans Intuition verlassen. Sein Freund würde das schon hinbekommen … Al wusste, dass er sich gerade selbst belog! Der kleine Alfred in ihm schlug die Hände über'm Kopf zusammen und verfluchte sich und seine Vorfahren.

Auf dem Bildschirm konnte er Birgit erkennen, wie sie sich mit Jan unterhielt. Sie hatte einen ungewohnt freundlichen Blick und schien zu kichern. Al wurde mulmig. Jan würde doch nicht ...

»Was machst du da?«, sagte er, anscheinend lauter als beabsichtigt. Denn als er hochschaute, ruhten wieder die Blicke der anderen Gäste auf ihm.

»Fußball ...«, versuchte er sich mit dem Finger auf den Computer deutend zu entschuldigen. Die Damen wandten ihre Blicke distanziert ab. Die männlichen Gäste machten eher den Eindruck, als würde sie überlegen, welches Spiel denn gerade stattfand.

Die kleine Miri, die, seit er das Café betreten hatte, ihren Blick nicht mehr von Al abwenden konnte, rutschte dichter an ihre Mutter heran. Der unheimliche dicke Mann schaute wieder angestrengt auf den Laptop. Sie fand Fußball schon immer blöde und konnte gar nicht verstehen, warum die Jungs immer so begeistert davon waren. Aber Jungs waren sowieso doof, sie fand Pferde viel interessanter.

Der Kopf des Mannes nahm langsam eine rote Farbe an. Ab und zu fuchtelte er wirr mit den Armen. Bewegungslos, mit großen Augen, starrte das Mädchen Al an. Nein, Fußball konnte wirklich keinen Spaß machen.

Wie sollte sie auch ahnen, was der arme Mann wirklich mit ansehen musste und wie nervenaufreibend das für ihn war? Im

Gegensatz zu ihm blieb ihr ja verborgen, dass Birgit jetzt schon zum zweiten mal die Hand auf Jans Oberarm legte.

»Ja, sie wünschen?« Der Ober stand schon wieder am Tisch des vermeintlichen Fußballfans. Anscheinend hatte er das Gefuchtel falsch verstanden.

»Nichts!«, war die Antwort. »Doch, mein Pils hätte ich gerne!«

»Ein Pils dauert bei uns immer noch sieben Minuten, so wie sich das gehört.« Damit zog sich der Kellner wieder zurück. Al schaute auf seine Armbanduhr. Er war doch eigentlich schon viel länger … egal!

»Dann mach am besten gleich noch ein zweites, Lahmarsch!«, brummelte Al. Ein Junge am Nachbartisch fragte sich, wer wohl das erste Tor geschossen haben mag und für wen …

Das Mädchen konnte die Augen einfach nicht von Al lassen. Nach einer Weile schien das Spiel wieder spannender zu werden. Sein Gesicht hatte einen noch tiefere Rotfärbung angenommen. Die Arme zuckten auch schon wieder.

Ihr rechter Arm setzte sich wie von selbst in Bewegung und zog ein Smartphone aus der Tasche. Immer noch mit großen Augen richtete sie es auf Al. Der Junge am Nachbartisch, der bisher mittels seines Handys versucht hatte, herauszufinden, welches Spiel denn gerade stattfand, folgte ihrem Beispiel.

Das Gesicht des Mannes war verkrampft und er fixierte irre dreinschauend seinen Bildschirm. Nicht einmal das Glas Bier, das der Ober an seinen Platz stellte, registrierte er. Sie war sich sicher: sie würde niemals einen Mann heiraten, der Fußball mochte!

Sie wusste ja nicht, dass der Fußball in diesem Fall unschuldig war. Auf Al´s Monitor spielten sich ganz andere Dramen ab. Jan war mittlerweile tatsächlich ins Büro vorgedrungen. Mit Birgit! Das Bild wurde immer schlechter, weil die Servicekraft sich anscheinend immer näher auf die Kamera zu bewegte. Bald war nur noch das Rot ihres Poloshirts zu sehen, kurz darauf schwenkte für eine Sekunde die Farbe in eine Art Rosa um, ein Nabel war kurz zu sehen.

Al war nahe daran, durchzudrehen!

Plötzlich riss der Mann die Arme hoch. Ein lautes:

»Oh Gott!«, drang aus seiner Kehle »Ist das ekelig!« Der Mann schlug den Deckel des Laptops zu. Dabei stieß er mit dem Ellenbogen an das Glas, das daraufhin augenblicklich umkippte und vom Tisch rollte. Der Inhalt überschwemmte den Laptop, aus welchem sogleich ein Funke schlug. Der Mann rutschte abrupt mit seinem Stuhl vom Tisch weg. Aber es war schon zu spät: Ein dicker Schwall Pils ergoss sich über seine Hose. Das Glas zerbrach auf dem Boden.

Nein, Fußballfans sollte man nicht nur nicht heiraten, man sollte sie meiden! Da war sich Miri jetzt endgültig sicher. Wenn sie allerdings gesehen hätte, was Al mit anschauen musste, dann hätte sie seine Reaktion auf jeden Fall nur zu gut verstanden.

In Windeseile erschien eine Putzkraft, die den Boden um diesen merkwürdigen Gast herum aufwischte und kaum später stand schon der Kellner bei Al.

»Das macht dann 4 Euro 50 für das Pils.« Jedem, der das hörte, war klar, was der Tonfall bedeutete: ›Gehen Sie, auf nimmer Wiedersehen!‹

Der Dicke zog einen Fünfer aus der Tasche und reichte ihn dem Ober.

»Entschuldigung …«, murmelte er dabei, »… stimmt so!« Dann packte er den tropfenden Laptop in die Sporttasche und ging.

Gerade als er aus dem Café auf die Straße trat, hörte Al
Fett, der abgefahrene Dicke muss auf YouTube … !

Al fluchte innerlich wie es einem Maurer zur Ehre gereicht hätte. Wie konnte das nur so schief laufen? Wie konnte Jan nur …? Wie machte der das eigentlich? Al konnte sich beim besten Willen nicht erklären, wie so etwas ging! Wie konnten diese wenigen Minuten ausreichen, es so weit kommen zu lassen?

Al beschloss, das, was er gesehen hatte, einfach zu verdrängen. Und am besten ging das natürlich mit ein paar Bier im Moni's.

Eine geraume Zeit später saß er immer noch da am Tresen, inzwischen mit einer leichten Schlagseite, als ihm eine Hand auf die Schulter klopfte.

»Dachte ich mir doch, dass ich dich hier finde.« Für Al´s Geschmack klang das viel zu fröhlich. Er drehte sich nicht mal zu Jan um, als sich dieser auf den Barhocker neben ihm setzte.

»Jetzt schau nicht so mürrisch, beim nächsten Mal bekommen wir sicher mehr heraus.«

Jan legte die Krawatte und das Mikro auf den Tresen.

»Und ... hier wäre noch der Laptop!«, tat Jan wesentlich ruhiger kund. »Sorry, ich weiß gar nicht, warum ich den wieder mitgenommen habe! Ist doch nicht so schlimm, oder?«

Al wendete seine ganze Kraft auf, um ruhig zu bleiben. Er versuchte, betont gelassen zu klingen, als er sagte:

»Wir reden darüber, wenn ich weiß, wie es weitergeht!«

»Übrigens, warum hast du mir nicht gleich von der Kleinen im Studio erzählt ...?«, wollte Jan ansetzen, um von seinem neuesten Abenteuer zu berichten. Al würgte ihn ab:

»Brauchst mir nichts erzählen. Ich hab mehr gesehen, als ich wollte!«

»Ja, oh ja - die Kamera! Da wollt ich dich eh noch fragen, ob du das aufgenommen hast? Da hätte ich gerne eine Kopie!«, grinste Jan.

Al stopfte die Ausrüstung und Romolos Notebook in die Sporttasche. Den kaputten Laptop zog er aus der Sporttasche und knallte ihn auf den Tresen:

»Hier! Viel Spaß damit!« Er holte seinen Geldbeutel aus der Jackentasche, nahm Jans Kreditkarte heraus, schmiss sie auf das Notebook und sagte zu der jungen Dame hinter der Bar:

»Er zahlt!« Dabei deutete er mit dem Finger auf Jan. Al griff nach der Tasche und ging ohne ein weiteres Wort. An der Ausgangstür drehte er sich noch einmal um und schrie:

»Lokalrunde!« - Das war zwar sinnlos, weil nach seinem Abgang Jan der letzte Gast war, aber gut getan hatte es trotzdem.

Die Barkeeperin schaute lächelnd zu Jan:

»Was hat er denn?«

»Keine Ahnung. Hey, wie heißt du denn eigentlich?« Jan lenkte das Gespräch in eine Richtung, in der er sich auskannte.

»Na, wie werde ich heißen, wenn der Laden hier Moni´s heißt?«

»Ich bin hier Stammgast und kenne Moni. Und: so bezaubernd wie du ist sie nicht …«

»Ach ...«, Das Gesicht der jungen Frau nahm ein verlegenes Rot an.

Ein paar Jahre später entdeckte Al´s Tochter Lisa beim Stöbern auf YouTube:

›Miris Channel – Ratgeber für Mädchen – warum ein Fußballfan nichts für euch ist‹ ...

Das Geräusch hörte einfach nicht auf. Ohne auch nur ein Auge zu öffnen, rollte Al sich auf die Seite und wühlte sich durch den Wäscheberg neben seinem Bett. Als er sein Handy zu fassen bekam, drückte er die grüne Taste und begrüßte seinen Anrufer mit einer Mischung aus Stöhnen und Grunzen.

»Einen wundervollen guten Morgen!«, erklang es aus dem Telefon. Das war ja gar nicht Robin, um ihn zu wecken – schlimmer – das war Jan.

»Ich parke gerade vor deinem Haus ein. Bin gleich da!«, teilte der seinem Freund mit fröhlichem Ton mit. Das »O, je!«, mit dem Al antwortete, hörte Jan schon nicht mehr. Da hatte er schon aufgelegt.

Mit einem leicht schwindligen Gefühl im Kopf setzte sich Al auf. Er griff das T-Shirt vom Haufen und zog es sich über. Dann schlüpfte er in die Badelatschen vor seinem Bett und zog die Jogginghose, in der er seit vielen Jahren zu schlafen pflegte, nach oben. Zufrieden stellte er fest, dass sein Muskelkater auf ein erträgliches Maß zusammengeschrumpft war.

An seiner Wohnungstür angekommen, betätigte Al mit einer Hand den Türöffner und öffnete mit der anderen gleichzeitig die Türe. Er erschrak nicht schlecht, als Jan schon direkt vor ihm stand.

»Unten war auf«

Dass die Gegensprechanlage zu benutzen keinen Sinn machte, wusste Al. Die funktionierte schon lange nicht mehr. Aber dass der Türschließer jetzt auch noch den Geist aufgegeben hatte, das war neu.

»Oha, du siehst ja ganz schön verrupft aus!« Mit diesen Worten überreichte er dem Geweckten einen Becher Coffee to Go

»Schwarz und ohne Zucker, so wie du ihn magst.« Von Al kam ein Grunzen als Antwort, welches ihm fröhlich genug klang. Auch wenn es ihn nicht wirklich scherte, musste er sich dennoch fragen, wie Jan, der gestern unzweifelhaft nach Al das Moni´s verlassen hatte, so gepflegt, gut frisiert, und vor allem: ohne Augenringe, einfach so vor ihm zu stehen konnte - zu dieser Uhrzeit? Wobei Jan immer noch das selbe Hemd trug. Am Kragen war Lippenstift zu sehen. In der Filmgeschichte würde das wohl als Klassiker zählen.

»Schau, mein Freund der Morgenstunde! Ich habe dir noch etwas mitgebracht!«, grinste Jan und hielt Al einen Laptop unter die Nase.

Oh, den hätte ich fast vergessen! durchfuhr es Al.

Jan wollte eigentlich, dass Al sich um eine Datenrettung bemühte, aber das war Al ziemlich egal. Hauptsache war, er konnte das Gerät zurückgeben. Klar, es war kaputt - aber immer noch besser, als es gar nicht mehr zu haben. Am Ende würde es noch den Anschein erwecken, er hätte es nötig, ein Notebook zu stehlen.

Durch den morgendlichen Besuch erhielt Al die Gelegenheit, mal pünktlich zur Arbeit zu erscheinen – das war ja auch nicht schlecht! Dann fand er auch noch einen Stellplatz im Parklizenzbereich direkt vor dem Präsidium. Dass er da eigentlich nicht parken durfte, war ihm wie immer einerlei.

Deshalb war Al´s Laune an diesen Morgen gar nicht mal so schlecht, als er das Gebäude betrat. Auch wenn die letzten zwei Tage in der Zusammenfassung nicht gerade aufbauend waren, um es mal vorsichtig zu formulieren.

Mit einem Becher Automatenkaffee der Marke ›Gratis‹ in der Hand und seiner Sporttasche über der Schulter betrat er mit einem launigen

»Morgen zusammen!« sein Büro.

Rosenstrauch und Robin war die Überraschung ins Gesicht geschrieben. Während Robin ein »Mo...Morgen« stammelte war von Rosenstrauch ein sarkastisches

»Herr Humoa, Sie schon hier? Na, so was!« zu hören.

Al verkniff sich ein ›Sie mich auch‹ und quittierte stattdessen diese spitze Bemerkung mit einem breiten Grinsen. Dieser Rosenstrauch ... na ja, kurz keimte eine Hoffnung in Al auf:

»Und? Die Feldforschungen schon abgeschlossen, oder bleiben Sie uns heute erhalten?«

Rosenstrauch musterte Al. Aufgrund der Plumpheit dieser Frage wollte er über ihre Intention nicht hinwegsehen und antwortete deshalb möglichst geheimnisvoll:

»Wir werden sehen, wir werden sehen ...«

»Ich wollte Sie jetzt dann gleich anrufen«, schaltete sich der Praktikant ein. »Ich bin nämlich auch gerade erst gekommen.«

»Schon Okay!«, antwortete Al, »jetzt bin ich ja eh da.«

»Soll ich trotzdem Litzen sortieren, wie Sie gestern gesagt ...« der Junge hatte eindeutig zu viel Arbeitseifer.

»Ne, ne!« Hier an seinem Schreibtisch konnte Al einen mit Kleinkram puzzelnden Praktikanten in der nächsten Zeit wirklich nicht gebrauchen »Wir machen erst mal an unseren Aufträgen weiter.« Robin atmete auf. So toll hätte er diese Arbeit wohl auch nicht gefunden.

»Sind Sie mit ihren Arbeiten im alten Präsidium jetzt fertig?« Er hatte wohl die Hoffnung, das Sortieren würde dann komplett entfallen.

»Nein, morgen muss ich da schon noch mal hin.« Wie sollte er denn sonst geweckt werden?

»Gut, dann morgen.« Irgendwie war Robin schon wieder diensteifrig. »Was soll ich denn dann heute alles machen?«

Al war noch nicht lange genug im Raum, um sich an seinen Schreibtisch setzen zu können. Arbeitseifer war ja eine schöne Sache, aber er konnte auch furchtbar nervig sein.

»Lass mich doch erst mal ankommen«, grummelte Al und nahm auf seinem Stuhl Platz.

Aus einem Ablagefach auf dem Schreibtisch nahm er einen zusammengehefteten Packen Papier. Es war eine Auflistung aller Arbeiten, welche Al in diesem Gebäude noch zu erledigen hatte. Er wusste zwar recht schnell, was er seinem Praktikanten aufhalsen würde, da dieser ihn aber ungeduldig anstarrte, ließ er sich extra viel Zeit um die einzelnen Seiten zu durchstöbern und unter undefinierbarem Gemurmel genau zu studieren.

»Weißt du eigentlich noch, wie wir die Netzwerkbuchsen im sechsten Stock installiert haben?«

»Klar, war ja erst vorgestern!«

»Nicht wann - wie!« Vorlauter Bengel »Wie man die Buchsen anbringt?«

»Ja klar!«, begann Robin. »Zuerst muss das Kabel aus der Wand auf die richtige Länge …«

»Gut!«, unterbrach ihn Al. »Ich sehe, du kannst das.« Er riss zwei Seiten aus dem Packen heraus und reichte sie Robin.

»Damit fangen wir heute an! Hier auf den Zetteln stehen Büroräume, in denen wir noch nicht waren.« Er reichte Robin die Blätter »Such das Material zusammen, und geh schon mal vor. Ich muss noch runter zur Materialausgabe.« Dabei sah er den Jungen recht konspirativ an. Mit einem

»Geht klar, Chef!« verlies der Praktikant das Büro.

Um beschäftigt zu wirken, tat Al so, als ob er die restlichen Seiten der Auflistung genau durcharbeitete. Eigentlich überlegte er aber, wie er den gestern überschwemmten Laptop zurückgeben sollte. Bei den Funken, die aus dem Gerät kamen, musste man nun wirklich nicht viel Ahnung haben um zu wissen, dass das Gerät irreparabel defekt war.

Das Ding war zwar versichert, das bedeutete aber, man musste eine Schadensmeldung schreiben. Formulare waren jetzt aber nicht wirklich Al´s Fall. Und die Sache mit dem Bier sollte schon gar nicht in einem offiziellen Dokument auftauchen.

Al legte den Plan wieder in das Fach zurück. In ihm reifte eine Idee. In der untersten Schublade seines Schreibtisches musste doch noch … genau … er kramte ein Reinigungsmittel für Kunststoff und ein paar Papierhandtücher hervor.

Vom Schreibtisch seines Gegenübers ertönte ein ratterndes ratschenähnliches Geräusch. Es wiederholte sich ein paar Mal in unterschiedlicher Länge. Rosenstrauch wählte eine Nummer auf dem alten Wählscheibentelefon.

Sieh an! Ein als ausgestorben vermutetes Geräusch!, dachte sich Al; er war immer wieder aufs Neue verblüfft, dass der Apparat echt noch funktionierte.

Al hatte diesbezüglich eine durchaus romantische Ader. Diesem alten Telefon konnte er ebenso etwas abgewinnen wie dem Klackern einer alten Schreibmaschine. Da hörte man noch, dass gearbeitet wurde. Genauso wie bei den Modems der ersten Generation, die auch die kleinste Information mit einer Tinnitus erzeugenden Geräuschkulisse durch das Internet begleiteten. Al schätzte das sehr: zum einen konnte man so gut feststellen, ob sich was tat, zu sehen war die ersten Minuten nämlich nichts. Zum anderen - und für ihn eigentlich noch wichtiger - machte der Lärm die Kommunikation mit anderen anwesenden Personen unmöglich. Die Allgemeinheit sah das als Nachteil, er eher als Vorteil. Oder wie er das Geräusch liebte, wenn eine Schallplatte zu Ende war und die Nadel hochfuhr und in die Ruheposition zurückschwenkte. Vor kurzen musste er Lisa erklären, was das denn für komische schwarze Scheiben waren aus diesem Vinyl. Das empfand er als sehr irritierend.

Versunken in solcherlei Gedanken holte er den Laptop aus seiner Sporttasche und begann, das hin getrocknete Bier abzuwischen. Kurz darauf waren alle Spuren, zumindest oberflächlich, beseitigt. Das Reinigungsmittel überdeckte sogar den restlichen Biergeruch.

Al blickte auf Rosenstrauch, der offensichtlich immer noch in sein Telefonat versunken war. Nebenbei machte er sich währenddessen etliche Notizen.

Der schreibt ja ein ganzes Buch, dachte Al.

Egal! Die Ausrüstung musste zurück. Al wollte gerade mit dem zweiten Teil der ›Operation Laptop‹ beginnen, als sein Handy klingelte. Leicht verwundert darüber zog er es aus der Tasche. Für den ein oder anderen ›normalen User‹ heutzutage mag es überraschend klingen, aber er wurde nicht so oft angerufen. Al musterte das Display. Früher hatten ihm seine Kinder öfter mal SMSen geschrieben. Aber da die inzwischen schon wieder komplett aus der Mode waren und Al's Handy zu aktuelleren Kommunikationsformen nicht mehr fähig war, bekam er eigentlich gar keine Meldungen mehr von seinen Kids. Die Wahrscheinlichkeit, dass sie ihn einfach anriefen, ging ohnehin gegen Null.

Die angezeigte Nummer sagte ihm ... nichts! Wer konnte das sein?

»Jetzt gehen Sie halt ran!«, rief Rosenstrauch über die Schreibtische hinweg. »Das Gebimmel stört kolossal beim Telefonieren!«

»Ja, ja ... geht klar Chef«, parodierte Al seinen Praktikanten und ging ran.

»Humoa!«, begrüßte er den noch unbekannten Anrufer mit einem nicht gerade freundlichen Unterton.

»Humor? Sind Sie der Computer-Freak?« Romolo! Al erkannte die Stimme sofort wieder. Diese in jedem Wort unterschwellig mitschwingende Aggression hatte nicht jeder. Und der fuhr, ohne auf eine Antwort zu warten, fort:

»Wo ist mein Laptop? Sie sollten ihn gestern Abend zurückbringen!« Nein, freundlich konnte man dem seinen Tonfall wirklich nicht nennen »Er hätte bis dahin repariert sein sollen! Also wo ist er? Oder können Sie ihn etwa nicht reparieren?«

Al riss sich zusammen und versuchte, mit einer möglichst beruhigenden und der sympathischsten ihm zur Verfügung stehenden Stimme zu antworten:

»Natürlich haben wir Ihren Laptop schon repariert.« Wir? Was faselte er da zusammen? »Leider war es gestern Abend schon zu spät ...«

»Was, zu spät?«, wurde Al unterbrochen »Wir haben 23 Stunden am Tag offen, wie kann es da zu spät sein, einen Laptop zurückzubringen? Sie hatten ja wohl eher keine Lust mehr, vorbeizukommen!« Dieser Romolo war wirklich ein bezauberndes Bürschchen. »So lange ich Sie bezahle, will ich keine Ausreden hören, sondern meinen Laptop haben!«

Bezahlen? Keine schlechte Idee! Daran hatte Al noch gar nicht gedacht. Der Kerl dachte ja, er hätte es mit einem Dienstleister zu tun, den er bezahlen musste. Aber fürs Erste konnte man daraus vielleicht ein Ablenkungsmanöver konstruieren:

»Ja, da Sie gerade davon sprechen: Brauchen Sie eigentlich eine Rechnung?«, erkundigte sich Al. Romolo stockte kurz:

»Ja, natürlich brauche von Ihnen ich eine Rechnung!«, kläffte er, »So wie Sie arbeiten, verzichte ich doch nicht auf eine Garantie.«

Garantie ..., ja, du Depp!!!, schoss es Al durch den Kopf. Schade, auf eine gefälschte Rechnung wollte sich Al nicht einlassen, auch wenn es ihm gefallen hätte, sich von Romolo für seine Spionage auch noch bezahlen zu lassen.

»Ja, natürlich bekommen Sie eine Rechnung«, erwiderte Al in einer zuckersüßen Tonlage. »Unsere Garantie beträgt übrigens zwei Jahre.«

»Das ist ja wohl das Mindeste!« Damit konnte man bei dem ach so tollen Geschäftsmann natürlich nicht punkten. »Aber bevor ich Ihnen was zahle, bringen Sie das Teil erst mal zurück. Und zwar heut´ Abend. Zu mir nachhause. Da brauch ich es nämlich! Ich bin pünktlich um sieben da, bis dahin ist das erledigt.« Im Befehlen war dieser Kerl ja ein ganz ein Großer. »Ich sag meiner Frau Bescheid, dass Sie kommen.« Aha, daheim saß also auch jemand, der brav darauf wartete, vom Chef Befehle entgegen zu nehmen »Und wo Sie schon da sind, können Sie gleich nach meinem anderen Computer schauen, der kommt nicht mehr ins Internet. Da können sie gleich mal ihre Nachlässigkeit wiedergutmachen.« Jetzt hatte er auch noch eine Zusatzarbeit in Petto. Al war ja fast schon begeistert von so viel Mitarbeiter quälerischer Kreativität »Glauben Sie ja nicht, dass

Sie da eine Rechnung schreiben müssen, Sie verstehen, was ich meine?« Und ein Motivationsgenie war er auch noch.

Al war's egal, er konnte sein Glück gerade gar nicht fassen: ein zweiter PC! Zu Hause! Und er war sozusagen eingeladen!

Der unterwürfige Tonfall gab das leicht dämonische Grinsen in Al´s Gesicht nicht wirklich wieder:

»Ja, natürlich verstehe ich, was Sie meinen. Es wird mir eine Freude sein!«

»Da können Sie sich freuen oder nicht, das ist mir egal. Ich muss mich heut Abend freuen!«, blaffte Romolo. »Immerhin bezahle ich Sie.«

»Ja, natürlich, bei welcher Adresse darf ich denn erscheinen?«, fuhr Al ungerührt fort.

»Fliederweg 7 natürlich, wo denn sonst?« Schön, dass das wenigstens für ihn selbstverständlich war »Und seien Sie pünktlich!« Damit legte Romolo auf.

Das Handy verschwand wieder in der Tasche, begleitet von einem leisen

»Arschloch«.

Rosenstrauch, der sein Telefonat ebenfalls beendet hatte, verzog eine Augenbraue.

Al überlegte kurz, wie es so einem überhaupt möglich war, Geld zu verdienen. Offensichtlich nicht einmal wenig. Andererseits konnten eigentlich nur seine Verbrechen der Grund dafür sein.

Verbrechen ist gut, dachte sich Al, *Ich habe noch nicht mal eine konkrete Spur.*

Dennoch hellte dieser Anruf Al´s Laune erheblich auf. Heute Abend bestand die Chance, ach was, er war sich sicher, dass Erfolge erzielt werden konnten.

Der Kaffee war mittlerweile nur noch lauwarm. Al leerte den Inhalt in einem Zug und warf den Becher in Richtung des Mülleimers neben der Türe. Wenig überraschend verfehlte er das Ziel deutlich. Unter argwöhnischer Beobachtung von Rosenstrauch ging er zu dem Becher, hob ihn auf und ließ ihn in den Eimer fallen. Mit einem

»Dunk! Zwei Punkte!« ging er zurück. Schnaufend und ungelenk kletterte er auf den Schreibtisch.

Rosenstrauch lehnte sich auf seinem Stuhl zurück, um sich das genau anzuschauen. Al griff nach dem Laptop und stellte sich an die Schreibtischkante. Mit seiner Ansicht nach effektiv zusammengekniffenen Augen hob er das Gerät hoch über seinen Kopf und ließ es einfach fallen.

Es trat der gewünschte Effekt ein: der Laptop brach auf dem Boden auseinander. Das war deutlich einfacher zu erklären wie: ›Hab abends in einem Café ein Pils darüber geschüttet‹.

Rosenstrauch legte seine Hände an die Hosenträger:

»Na, ich kenn mich ja nicht so aus mit der Technik. Aber glauben Sie nicht, dass es bessere Methoden gibt, so einen Computer zu öffnen?«

»Hey, können Sie sich nicht um ihre eigenen Angelegenheiten kümmern?«, schnauzte Al.

Die Hände in einer gespielt abwehrenden Haltung angehoben, antwortete Rosenstrauch: »Ich mein ja nur, so werden Sie ihn heute Abend nicht zurückgeben können.«

Da Al keinerlei Veranlassung sah, auf den Umstand hinzuweisen, dass ihm gerade mehrere Notebooks Probleme bereiteten, blieb er erst mal im Kampfmodus:

»Sagen Sie mal, ich belausche doch auch nicht Ihre Telefonate mit dem Zoll!«

»Na, dass ich mit dem Zollamt telefoniert habe, wissen Sie ja schon mal.« Lächelnd fuhr er fort: »Und kaufen Sie sich mal eines dieser Smartphones. Das ist inzwischen ja wahrlich kein Luxus mehr. Besonders Sie als Techniker sollten nicht den Eindruck erwecken, als müssten sie dauernd Steinzeit spielen.« Damit griff er sich eine Akte von seinem Schreibtisch, klemmte sie unter den Arm und verließ das Büro.

Der immer noch auf dem Tisch stehende Al starrte auf die Tür. Er richtete seine Hand auf Rosenstrauchs Telefon.

»Wählscheibe?«, stammelte er mit einem verwirrten Gesichtsausdruck.

Al schüttelte den Kopf, mit jeder Bewegung bröckelte ein Teil seiner guten Laune ab.

Nur ein kurzes Klopfen und schon wurde die Bürotüre aufgerissen und ein Wagen fuhr herein. An dessen Ende erschien eine junge, durchaus attraktive Frau: Kerstin Baumann von der Poststelle. Ungerührt von dem Mann auf dem Tisch und den Computerteilen auf dem Boden. legte sie einen gepolsterten Briefumschlag auf Al´s Schreibtisch:

»Sie haben Post, Herr Humoa!«

»Äh, danke, Frau Baumann«, antwortete Al, Normalität vorspielend.

Dann war sie schon wieder mit einem

»Gerne, immer wieder!« aus dem Büro verschwunden.

In einer so umständlichen Art, dass man es schon wieder akrobatisch nennen konnte, stieg Al vom Schreibtisch herab. Er sammelte die Überreste des tragbaren PC's auf und verstaute sie im schwarzen Kunststoffkoffer, genauso wie den Rest der Spionageausrüstung aus seiner Sporttasche. Zusammen mit zwei Werkzeugkisten wurde der Koffer auf den kleinen Transportwagen gestellt.

Der Brief war von ›Elektro-Online‹, einem günstigen Internetversand für elektronische Kleinteile. In dem Luftpolsterumschlag befand sich ein Thermoschalter, den Al schon erwartete. Dieser fehlte nämlich noch, um Fischers Kaffeemaschine zu reparieren. Der Einbau war kurze Zeit später durchgeführt.

Unter seiner Werkbank stand noch ein Karton mit Geräten, die Al in letzter Zeit zum Reparieren gehabt hatte. Der wurde ebenfalls auf den Wagen gestellt. Heute war ein guter Tag, sie ihren Eigentümern zurück zu geben, das spürte Al deutlich. Er hatte nämlich kein Bargeld mehr in der Tasche.

Es wurde Zeit, in den Keller zu gehen!

Scheppernd schob Al den Wagen über die Türschwelle der Materialausgabe.

Der schon wieder, vernahm er.

Hinter dem geöffneten Rollo war im Halbdunkel der Dürre gerade noch so zu erkennen. Er starrte Al an. Hier wurde jede Hoffnung auf Kundenfreundlichkeit schon beim Betreten rüde abgewürgt.

Al trat an das Gitter und kam ohne Umschweife zum Wesentlichen:

»Ich brauch ein Formular für eine Schadensmeldung an der Ausrüstung oder so ...«

Die Mundwinkel seines Gegenübers zuckten kurz nach oben.

»Na, der Herr Humoa, der bekommt ja auch wirklich alles kaputt!«, schnauzte der Typ »Können Sie nicht einfach mal aufpassen? Dass Sie das halbe Mobiliar des Fit'n'Fun zerstört haben, ist ja Ihre Sache. Aber die Ausrüstung ist Eigentum des Staates, das belastet den Steuerzahler! Aber das ist ja einem wie Ihnen eh egal. So haben wir Sie ja schon immer eingeschätzt.«

Damit war Al´s restliche gute Laune auch schon aufgebraucht. Bei ihm handelte es sich genauso um einen ach so belasteten Steuerzahler, und überhaupt: wer waren diese ›wir‹, die es wagten, ihn da so – in seinen Augen völlig falsch – einzuschätzen? Al fragte sich, ob er eigentlich nur auf der Welt war, um blöd angemacht zu werden.

»Hör mal zu, mein Freund ...«, setzte Al an.

»Wir sind keine Freunde!«, wurde er sogleich unterbrochen.

»Das ist auch gut so!«, fauchte Al zurück. »Und jetzt hör auf zu Heulen und rück das Formular raus!« Seine Augen sendeten dabei eine unmissverständliche Nachricht:

Dich treffe ich auch mal außerhalb deines Käfigs!

Das Gerippe schnaubte abfällig, ließ sich aber doch dazu hinreißen, ein Formular, wenn auch in Zeitlupe, zu holen.

Al war sich sicher, dass der Käfig hier unten nur dazu diente, diesen Typen darin zu verwahren. Affen gehörten schließlich auch in einen. Nur, für einen Zoo war der viel zu hässlich. Die Abwicklung des Papierkrams fand ohne weitere Gespräche statt.

Auf dem Rückweg machte sich Al daran, die reparierten Elektrogeräte auszuliefern. Er schob seinen Karren im ersten Stock in Richtung seines ersten Kunden, einem etwas redseligen, kleingewachsenen Besserwissers namens Fischer. Beim Öffnen der Bürotür wurde Al erst mal mit einer fröhlichen Anspielung auf zerbrochene Spiegel empfangen.

Fischer saß, sichtlich stolz auf seinen geistigen Erguss, dämlich grinsend auf seinem Stuhl.

Diesen Kommentar hätte er sich besser verkniffen.

»Na Fischer! Aber sonst ist alles klar?« Al holte zum Gegenschlag aus, und zwar da, wo es jedem wehtat: beim Geld. »Du, deine Kaffeemaschine läuft wieder, aber das Heizelement musste ich auch tauschen. War total zerfressen. Hättest deine Maschine öfters entkalken sollen!« Al nannte ihm den dreifachen Preis, den er eigentlich vorhatte zu verlangen. Das Grinsen verschwand augenblicklich von Fischers Gesicht:

»Da hätte ich mir ja gleich eine neue kaufen können!«, rief er.

»Sei froh, dass ich überhaupt ein so günstiges Ersatzteil bekommen hab«, erwiderte Al trocken, »ich hab dir gleich gesagt, Kaffeemaschinen rentieren sich nicht. Aber du wolltest ja unbedingt eine Reparatur, weil das gute Stück noch von deiner Mutter ist.«

»Jaja, schon gut!«, wehrte Fischer ab. »Hier, du Halsabschneider. Nimm einfach die Kohle!«

Die Rückgabe der restlichen Geräte erfolgte, wenig überraschend, nach genau dem gleichen Muster. Wenigstens hatte Al jetzt wieder ein paar Euro in der Tasche.

Etliche Gemeinheiten später fand Al seinen Praktikanten auf allen Vieren vor einer Öffnung in der Wand kniend vor. Robin starrte auf die daraus heraushängenden Drähte. Al musste unweigerlich an eine vor einem Mauseloch sitzende Katze denken, die darauf wartete, dass ihr Abendessen vorbeikam.

»Na, hat sie sich schon blicken lassen?«

»Wer?« Robin starrte weiter auf die Drähte.

»Na, die Maus!«

»Welche Maus?« Robin war total entgeistert.

»Vergiss es!« Sein Praktikant teilte diese Assoziation wohl nicht. »Was schaust du da eigentlich?«

Robin drehte sich um und sah lethargisch auf dem Boden. Die Katze bekam nun eher den Anschein eines traurigen Teddybärs:

»Ich glaube, die Leerrohre sind nicht normgerecht!«

Al vermutete eher, dass der Kleine einen elektrischen Schlag erlitten hatte.

»Ähhh, jaaa, mag sein …«, begann er vorsichtig, bei Verrückten musste man vorsichtig sein: »Aber das ist eine Steckdose! Also, soll es mal werden. Und die installiert, wie du weißt, eine Elektroinstallationsfirma. Also ist das nicht unsere Angelegenheit.«

»Ja«, mehr sagte Robin nicht.

»Das kann uns egal sein!«, versuchte Al den Jungen zu beruhigen. Der reagierte aber jetzt gar nicht mehr. Da wurde es wohl eindeutig Zeit für einen Themenwechsel.

»Und, hast´ schon Brotzeit gemacht?«

»Äh, nein.« Al war froh, dass überhaupt eine Antwort kam.

»Ja, dann wird's wohl Zeit«, tat er seine Meinung, mit dem Versuch aufbauend und schwungvoll zu klingen, kund.

»Geht nicht, hab kein Geld dabei …« Robin hatte sich in seine Lethargie regelrecht verbissen. »… und keinen Hunger!« Da Al aber Hunger hatte, zog er einen seiner gerade eingetriebenen Scheine aus der Tasche und hielt ihn Robin vor die Nase:

»Wer den ganzen Tag buckelt, muss auch was essen!«

Diesen Spruch hatte Al in seiner Ausbildungszeit immer gerne gehört. Auf Robin schien er aber keine Wirkung zu haben. Die Jugend von heute!

»Meinen Sie, sie hat einen Freund?«, brach es ohne Vorwarnung aus ihm raus.

»Ja, da musst´ sie schon fragen!« Al hatte keine Ahnung, von wem sein Praktikant sprach. »Aber kümmern wir uns doch erst mal um die Brotzeit!«

»Ich kann doch nicht jetzt einfach so hingehen und fragen!« Robin schien nicht zu verstehen: Er sollte jetzt nicht irgendwo hingehen, um irgendjemanden irgendwas zu fragen, er sollte einfach in die Kantine gehen ... Oha! Al erinnerte sich an Maries Andeutung. Da musste er wohl seine Taktik ändern:

»Doch, du kannst das!« Einfach mal ermutigen! »Und zwar genau jetzt!« Schließlich hatte Al Hunger. Er griff nach dem Arm des Jungen und zog ihn vom Boden hoch. »Los, mach hin! Sonst kommt dir zum Schluss noch ein anderer zuvor.« Sanft schob er seinen Laufburschen schon Richtung Aufzug, als dieser den Versuch eines Einwands vorbrachte:

»Ja, aber das geht doch nicht!«

»Doch! Das geht! Und zwar genau so!« Der Knabe musste offensichtlich noch etwas mehr Motivation erfahren. »Glaub mir. Ich war schon mal verheiratet, ich kenn mich da aus.« Die Vorstellung verstörte Al, dass der Kleine heiraten könnte - und vielleicht auch noch Nachwuchs produzieren! Al schüttelte diese Vorstellung ab. »Und komm ja nicht zurück, bevor du gefragt hast!«

War dieser letzte Satz wirklich schlau? Al sah sich schon hungernd bis zum Abend wartend, während sein Knecht zitternd und von Schüchternheit geplagt vor der Kantinentür rumlungerte. Und was war, wenn sie tatsächlich einen Freund hatte, wie würde er dann den Bengel jemals wieder dazu bewegen können, die Kantine zu betreten? Al sah eine entbehrungsreiche Zukunft auf sich zukommen.

Jedenfalls begab sich der Junge nun Richtung Kantine und Al machte sich mit knurrendem Magen an die Arbeit.

Diesmal hatte er sich zu viele Sorgen gemacht. Es dauerte nicht lange, bis hinter ihm ein siegreiches

»Sie hat keinen Freund!« erklang. Mit einem breiten Grinsen, er machte fast schon den Eindruck, er würde eine Belobigung erwarten, stand Robin in dem Büro, in dem Al gerade mit Kabeln hantierte.

Al hatte aber eigentlich nur Augen für die sehnsüchtig erwarteten Würstchen. Während er sie dem Praktikanten abnahm, sagte er:

»Siehst du, sag ich doch! So geht das!«

»Und was soll ich als nächstes machen?« In Al´s Ohren eine seltsame Frage.

»Essen.«

»Nee, das meinte ich nicht. Soll ich sie jetzt vielleicht mal einladen?«

»Oh Gott, nein!«, entfuhr es Al.

Du solltest niemals eine Frau einladen, dachte sich unser neuer Beziehungsexperte:

»Äh, das wäre jetzt viel zu früh«, versuchte er es weniger schroff zu formulieren. »Jetzt lässt du's erst mal langsam angehen, dann erscheinst du viel interessanter.«

Und ab dem Zeitpunkt, wenn sie dir einen Korb gibt, kann ich mir meine Brotzeit selber holen, dachte Al.

»Verstehe, ich soll nicht mit der Tür ins Haus fallen«, interpretierte Robin.

»Genau! Immer schön langsam«, antwortete Al, mehr auf sein eigenes Wohl als auf das des Jungen bedacht. Robin schien zu verstehen und Al glaubte sein Essen für die Zukunft gesichert zu haben.

Den restlichen Tag wurden Netzwerkbuchsen in den Büros gesetzt. Diese Arbeit konnte sogar komplett abschlossen werden. Darüber freute sich Robin sichtlich. Ab jetzt würden sie Computer installieren und in den noch ›unbewohnten‹ Büros aufstellen.

Al´s Freude, wenn man diesbezüglich überhaupt von Freude sprechen konnte, bestand eher darin, in den leeren Büros nur wenigen Menschen über den Weg zu laufen. So konnte er nicht auf Spiegel, Sport und Hanteln angesprochen werden. Robin schien auch schon Bescheid zu wissen, aber er stellte keine einzige Frage. Al hatte sich heute ohnehin schon genug anhören müssen.

Am frühen Nachmittag verließ Al die Arbeitslust, was nichts Ungewöhnliches war. Deshalb beauftragte er seinen Praktikanten, die letzten zwei Buchsen selbstständig zu installieren, er müsse noch einiges im Büro erledigen und schauen, ob wichtige Aufträge reingekommen wären. Wobei es objektiv betrachtet keinen noch so wichtigen Auftrag geben konnte, der ihn noch länger im Haus gehalten hätte.

Sein nächster Weg führte ihn mit dem Aufzug nach unten zum Automaten. Um diese Zeit war da niemand, so konnte er sich in Ruhe seinen Kaffee holen. Dann ging Al in sein leeres Büro. Rosenstrauch war anscheinend schon nicht mehr da, sowohl seine Aktentasche als auch er selbst fehlten. Al fuhr den

Computer runter, der den ganzen Tag sinnlos vor sich hin gelaufen war, warf auf dem Weg hinaus seinen inzwischen leeren Becher in den Mülleimer und schon war für ihn Feierabend.

Draußen begann es zu regnen. Al war gerade am überlegen, ob er Einkaufen gehen sollte. Bevor er am Abend zu dem halbseidenen Romolo musste, hätte er noch genug Zeit, die Einnahmen des heutigen Tages in Nahrungsmittel anzulegen. So bekäme sein Kühlschrank mal wieder mehr zu tun, als die Temperatur der Spinnweben darin zu reduzieren. Da erblickte er unter dem Scheibenwischer seines Autos einen Strafzettel.

Er zog den Papierstreifen hervor und überflog ihn:

`0,00 Euro - Vielen herzlichen Dank für Ihren Besuch!`

Das klappte ja mal gut!, ging es durch Al´s Kopf. Er hatte nämlich vor einiger Zeit ein Ein-Mann-Projekt ins Leben gerufen, das sich die Modifizierung des Programms der Verkehrsüberwachung zur Aufgabe gemacht hatte.

Seines Erachtens arbeiteten da nur Erbsenzähler, deren geistiger Horizont viel zu begrenzt war, um sein kreatives Parkverhalten in angemessener Weise würdigen zu können. Ebenso missfielen ihm sowohl die emotionalen als auch finanziellen Einbußen, die ihm diese Verbrecherorganisation, natürlich völlig ungerechtfertigt, bescherte.

Der Zeitpunkt war aufgrund des allgemeinen Chaos, das wegen des Umzugs herrschte, günstig. Als man Al dann auch noch zu einem leidigen Job in den Räumen der Verkehrsüberwachung im obersten Stockwerk des neuen Präsidiums abgeordnet hatte, fand er es nur gerecht, dass er sich in einem günstigen Moment die Software, mit dem die Handgeräte der

Zettelhexen liefen, besorgte. Wenn er schon mal für seine persönlichen Feinde arbeiten musste, dann wollte er wenigstens das Beste daraus machen.

Herzstück des Programms war eine im Grunde simple Datenbank, in der Zeit, Ort, Autonummer, Daten zu Fahrzeug und Halter sowie Beweisfotos und ein paar Details zu den Wegelagerern (um welche es sich in Al's Augen handelte, jemand anderes würde sie wohl Mitarbeiter des VÜD nennen ...) erfasst wurden. Das ganze wurde durch ein Passwort gesichert, das Al auf der obersten Seite eines Ordners fand, der im Großraumbüro neben dem Kopierer rumlag.

Eigentlich hatte Al da nur eine schicke kleine neue Funktion hinzugefügt. Bei seiner nächsten Tätigkeit für diese Brut hatte er seine aktualisierte Version auf deren Server gespielt und anscheinend waren die Handgeräte inzwischen auch synchronisiert und auf dem neuen Stand.

Jetzt wurden ein paar Berechnungen angestellt, die aufgrund des Kennzeichens die Höhe des Bußgeldes neu berechneten. Je kleiner der Hubraum des Autos war, umso geringer wurde der Betrag. Kamen die Initialen des Halters im Kennzeichen vor, wurde es ein bisschen teurer. Je nach Fabrikat ließ Al einen Zu- oder Abschlag einfließen. Spitzenreiter war da der Hummer, da wurde gleich mal auf das Dreifache aufgerundet. Schnapszahlen fand Al lustig, wenn eine solche vorkam, wurde es billiger. Wie es der Zufall wollte, wurde der Betrag bei seinem Auto mit Null multipliziert. Alles in allem hatte Al aber darauf geachtet, dass die Summe aller Bußgelderhebungen so in etwa die selbe blieb, nur eben anders verteilt.

Darüber hinaus erkannte er aber die Notwendigkeit, das Image der Verkehrsüberwachung durch eine originellere Textgestaltung aufzupolieren. So fanden sich auf den aktuellen

Tickets neben positiven Anmerkungen wie `Wir wünschen allzeit gute Fahrt!` oder `Lass Sonne in Dein Herz!` auch kritische Kommentare wie `Augen auf im Verkehr!` wieder.

Al erfreute sich gerade an seinem Knöllchen, als er sie aus dem Augenwinkel wahrnahm: die Politesse, die ihm den Zettel beschert hatte. Sie war relativ groß und dünn, hatte einen blonden Pagenschnitt und die Nase ziemlich weit oben. Irgendetwas an ihr erinnerte Al an eine Giraffe.

Wie zufällig schlenderte sie direkt auf Al zu.

Oh, die Zettelhexe wird´s doch nicht geschnallt haben ..., dachte Al.

Der kommt mir jetzt gerade recht!, dachte die Politesse. *Den kauf ich mir!*

»Guten Tag!«, täuschte Al Freundlichkeit vor.

»Sie wissen schon, dass Sie hier im Halteverbot stehen?«, giftete sie ihn an.

»Ähm, naja ...«, natürlich wusste er das. Was für eine blöde Frage! »... schon möglich.«

»Und zwar schon den ganzen Tag!«, sagte die Schnepfe. »Da brauchen Sie sich nicht wundern, wenn Sie das ziemlich teuer kommt!« Doch, das hätte ihn schon sehr gewundert.

»Passt schon«, grummelte Al mit einem Blick auf sein ach so teures Ticket.

»Seien Sie froh, dass Sie nicht abgeschleppt wurden!«

Blöde Kuh, dachte Al.

Blöder Hund, dachte die Politesse.

»Na, dann ist ja alles noch mal gut gegangen ...«, sagte Al. Als ob er nicht wüsste, dass an dieser Stelle noch nie ein Wagen abgeschleppt wurde. Dafür standen hier zu oft Autos von Polizisten. »Schönen Tag noch!«

Arschgeige, dachte Al, als er in sein Auto stieg.

Idiot!, dachte die Politesse.

Insgesamt fand Al diese Konversation etwas ermüdend. Er würde wohl erst mal nach Hause fahren und sich ein bisschen aufs Ohr legen. Dann war er wenigstens fit für seine abendlichen Recherchen. Und … einkaufen konnte er irgendwann später auch noch!

Fliederweg – hier wohnten nicht die Reichen, hier wohnten die Schwerreichen. In dieser Straße kam man sich vor wie in der Musterhaussiedlung von ›Teurer Wohnen‹. Hier standen mächtige Klötze in angemessenem Abstand zueinander durch parkartige Grünflächen getrennt. Die meisten Grundstücke waren eingezäunt, andere ummauert, einige wenige Hauseigentümer gaben sich mit einer Hecke zufrieden. An Baustilen war so ziemlich alles zu finden, das protzig und angeberisch wirkte. Von goldenen griechischen Säulen über albern verschnörkelte Erker und gotische Fensterrahmen mit bleiverglasten Jugendstil-Blumen-Scheiben bis hin zu Würfeln, inspiriert von der klassischen Moderne oder dekonstruktivistischen Trümmerhaufen war hier so ziemlich alles zu sehen, was extravagant, aber vor allem teuer wirkte. In besonders absurden Fällen sogar alles in einem Gebäude vereint.

Als der rostbraune Kombi in die Straße einbog, drängte Al sich die Frage auf, wie sich ein Fitnessstudiobesitzer ein Haus in dieser Gegend leisten konnte. Durch Mitgliedsbeiträge alleine – auch wenn diese für Al deutlich den Tatbestand des Wuchers erfüllten – konnte man eine solche Bleibe nicht finanzieren. Das bestärkte ihn in seiner Vermutung, dass der Kerl irgendeine andere ergiebige Geldquelle haben musste. Es war ausgeschlossen, dass bei dem alles mit rechten Dingen zuging.

Al hatte das Anwesen von Guerrieri erreicht. Im Gegensatz zu den anderen Hütten hier, bei denen man umgehend die Assoziation zu einer Dreifach-Turnhalle hatte, wirkte dessen Villa ja richtig bescheiden. Mehr so wie eine kleine Lagerhalle. Ein zweigeschossiges Haus, daneben eine Doppelgarage, eine

Hecke drum rum – das war´s! Ein schmaler, wenn auch sehr gepflegter umzäunter Vorgarten wurde von einem gepflasterten Weg geteilt, der zu einer Art Torbogen, in dem die Eingangstüre eingelassen war, führte.

Al fuhr noch etwas weiter und stellte das Auto an der nächsten Kreuzung ab. Von da aus hatte er immer noch einen guten Blick auf die Villa, ohne jedoch allzu auffällig davor rum zulungern. Zu offensichtlich sollte sein Besuch im Haus des Verbrechers doch nicht sein.

Oh, o que um homem bonito! Was war denn das für eine Sprache, die Al da auf einmal hörte? *No pacote, tais como o de músculo velho.* Was das wohl bedeutete? *O que uma barriga de doce ...* * Sicher nichts Gutes!

Guerrieri hatte gesagt, er wäre nicht vor 19 Uhr zuhause. Das hieß, Al hatte noch ungefähr eine halbe Stunde Zeit, bis der auftauchen würde. Hoffentlich kam er wirklich nicht früher. Das wäre eine ganz schöne Überraschung für den, wenn er seinen neuen Computertechniker sehen würde.

Al stellte seinen Rückspiegel so ein, dass er darin einen guten Blick auf das Haus hatte. Da stand also die Villa, das Tor der Garage daneben war geöffnet und die Bäume wogen leicht im Nieselregen. Sonst tat sich recht wenig. Nach ein paar Augenblicken griff er sich seinen Werkzeugkoffer vom Beifahrersitz, stieg aus und sperrte seinen Wagen ab.

Mit einem Schritt der souverän wirken sollte, schlenderte Al den Gehweg entlang. Als er an der Garage vorbei ging, war sich der schlaue Herr Humoa endgültig sicher, dass der Verbrecher

---

* Oh, was für ein gutaussehender Mann! Kein solcher Muskelberg wie der Alte. Was für ein süßer Bauch ...

wirklich nicht da war. Ein rosa Kleinwagen stand neben einem leeren Stellplatz. In der Seifenkiste hätte der Klotz niemals Platz gehabt.

Al ging also Selbstverständlichkeit spielend den Weg auf die Türe zu und klingelte. Es passierte: Nichts! Der Kerl hat doch behauptet, seine Frau wäre da. Das hätte Al jetzt gerade noch gefehlt, dass niemand zuhause wäre. Er wartete eine Minute, dann betätigte er die Klingel nochmal. Da war von innen eine weibliche Stimme zu vernehmen, die ebenso lautstark wie unverständlich durch die Tür drang.

Die Tür schwang auf und Al stand einer Frau gegenüber. Sie hatte kaffeebraune Haut und war vielleicht etwas größer als ein Hydrant. Passend zu ihrer seltsamen Schürze hatte sie ein albernes Rüschenhäubchen auf ihrem schwarzen Haar sitzen.

»Guten Tag, mein Name …«, wollte Al sich vorstellen.

»Signorakommeglei!«, unterbrach sie ihn.

»Aha«, sagte Al, ohne wirklich was verstanden zu haben.

»Biddewaddehia!« schrie sie ihn an.

»Aha …« Al erschloss sich auch das nicht ganz. Die kleine Dame drehte sich um und wollte anscheinend von dannen ziehen. Hätte er sie verstanden, hätte Al sicherlich eher gewusst, was er jetzt tun sollte. Er wagte einen zaghaften Schritt nach vorne und trat mit seinem Fuß einen an den inneren Türrahmen angelehnten Tennisschläger um. Als er sich bückte um den Schläger aufzuheben, schoss von hinten ein rosa Jogginganzug heran. In diesem steckte eine blonde Frau, perfekter Körper, makelloses Gesicht, langes Haar …

B-Serie, ging es Al durch den Kopf. Leider hatte die Frau kein Namensschild, das seine Theorie bestätigt hätte.

»Mein Mann ist in einer halben Stunde da«, sagte sie, während sie Al den Schläger aus der Hand riss.

»Cocada wird ihnen solange alles zeigen ...«, rief sie noch im Vorbeilaufen, kurz bevor sie in der Garage verschwand. Einen Augenblick später schoss der Kleinwagen auf die Straße hinaus und schon war er verschwunden. Mit einem

»Siekommemitbidde« wurde Al aus seiner Überraschung gerissen.

Die kleine Dunkelhäutige, er nahm an es handelte sich um diese Cocada, wollte ihm wohl irgendetwas mitteilen. Al wählte seine Standardantwort:

»Aha« - Na, das konnte ja noch eine fruchtbare Kommunikation werden, wenn er weiterhin nicht verstand, was diese Frau ihm sagen wollte und er auch nicht im Stande war, ihr wirklich Geistreiches mitzuteilen.

»Da!«, sagte sie, wies den Flur entlang und setzte sich auch sofort in diese Richtung in Bewegung. Al ging ihr einfach mal nach, was sollte er auch sonst tun?

Cocada zeigte in einen Raum hinein:

»Computador!«

Offensichtlich handelte es sich um das Arbeitszimmer, vor dem sie hier standen. Auf einem Schreibtisch stand ein Monitor, eine Tastatur lag davor. Hinter dem Schreibtisch stand ein verschlossener Schrank, an einer Wand stand ein Regal voller Ordner. Al trat in den Raum und schielte, während er sich Richtung Tisch bewegte, so unauffällig wie möglich auf die Ordnerrücken: ›Fit'n'Fun 2015‹, ›Fit'n'Fun 2016‹, ›Fit'n'Fun 2017‹, ›Fit'n'Fun 2018/1‹ ... So ging das weiter bis ›Fit'n'Fun 2022/3‹. Die aktuelleren Ordner standen wohl wo anders, vielleicht im hinteren Schrank.

Es mag ja sein, dass da irgendwelche Hinweise drin versteckt sind, nur: Um das alles durchzuarbeiten, müsste ich hier erst mal für ein Jahr einziehen ..., dachte Al *Ich werde mich wohl besser auf den Computer konzentrieren!*

Mit einem

»So, und das Internet geht also nicht?« setzte sich Al auf den Bürostuhl und startete den unter dem Schreibtisch stehenden Computer. Cocada folgte ihm und während sie anfing, mit einem Staubwedel, der Al bisher nicht aufgefallen war, wahllos in irgendwelchen Ecken zu wischen, sagte sie:

»Weisnich«. Er hörte ihr nicht wirklich zu, schließlich war er gerade damit beschäftigt, seinen bisher in der Hosentasche verwahrten USB-Stick unauffällig in den Rechner zu stecken. Irgendwie fühlte er sich schon von ihr in seiner geheimen Mission gestört. Lieber wäre ihm gewesen, er könnte seine Verfolgerin los werden. Deshalb versuchte er, sie mit einem freundlich vorgetragenen

»Hätten Sie ein Glas Wasser für mich?« zu einem Gang in die Küche motivieren. Die Haushaltshilfe blickte ihn an, man konnte sehen, wie ihr Übersetzungsprogramm ratterte, setzte sich zu dem Schrank in der Ecke hinter ihm in Bewegung und öffnete diesen. Es kamen Unmengen Kartons mit noch eingepackten Kugelschreibern, Handtüchern, Gläsern, Plastik-Trinkflaschen, Schweißbändern und allem möglichen weiterem Werbekram zum Vorschein. Dem ganzen Tineff war gemeinsam, dass ihn ein ›Fit'n'Fun‹-Logo zierte. Ganz unten stand ein Getränkekasten voller Wasserflaschen, mit dem selben Schriftzug verziert. Cocada zog eine Flasche aus dem Kasten, nahm ein Glas aus einem Karton des obersten Regals, stellte es auf den Tisch vor Al und goss den Inhalt der Flasche mit einem

»Ora essa! Biddächon!« hinein.

Wahrscheinlich handelte es sich um irgendein isotonisches oder extra sauerstoffreiches Getränk, fürchterlich leistungssteigernd, fürchterlich teuer ... Al hatte schon lange festgestellt, dass diese Art von Plörre auf seine körperlichen und geistigen Kräfte keinerlei positiven Einfluss hatte. Überhaupt war das Einzige, was eine Wirkung bei ihm zeigte, kostenloser Kaffee. Al nahm, eigentlich nur weil er danach gefragt hatte, einen Schluck des Getränks. Sobald dieses die Geschmacksknospen seiner Zunge benetzte war es klar: Gut ist anders!

Und los wurde er die Haushälterin so auch nicht, aber zumindest war der Computer in der Zwischenzeit hochgefahren. Al begann ihn nach Stellen zu durchsuchen, wo ein Fitness-Prol wie Guerreiri seiner Meinung nach am ehesten seine Daten abspeichern würde. Natürlich vergaß er nicht, die Ordneransicht so einzustellen, dass versteckte Dateien auch angezeigt wurden. Cocada tänzelte während dessen wieder mit ihrem Wedel um ihn herum. Mann war die anstrengend!

»Sagen Sie, ... «, versuchte Al sein Gegenüber durch den Einsatz von langweiligen Smalltalk zu vertreiben, »gibt es noch mehr Internetanschlüsse hier im Haus?«

»Weisnich«, antwortete Cocada, unbeirrt weiter wedelnd. Na, wenigstens hatte er inzwischen die von Guerrieri angelegten Verzeichnisse und Dateien ausfindig gemacht und konnte beginnen, diese auf seinen Stick zu ziehen.

»Wo sind denn die Internetzugangsdaten von ihrem Provider?« Al fand es nicht verkehrt, mal zur Abwechslung so zu tun, als ob er sich um das kümmern würde, wofür er eigentlich bestellt worden war. Zumal es laut dem Programmfenster auf dem Bildschirm noch einige Minuten dauern konnte, bis alle Daten auf den Stick gezogen waren.

»Weisnich.« Gut informiert klang irgendwie anders. Na egal! Hauptsache, ihm blieb genug Zeit, die Daten zu ›sichern‹. Um die gekappte Verbindung würde er sich noch früh genug kümmern.

Er konnte sich ja schon mal anschauen, welche Netzwerkverbindungen der Computer hatte. Die Auswahl war nicht sonderlich groß. Da gab es nämlich genau eine: Eine deaktivierte LAN-Verbindung.

Mit zwei Mausklicks (einmal rechts, einmal links) war die Verbindung hergestellt.

Auch wenn Al noch nicht wusste, um wen es sich bei diesem halbseidenen Studiobesitzer genau handelte, so stand für ihn dennoch schon mal fest, dass der so was von gar keine Ahnung von Computern hatte, dass es am besten wäre, er würde die Finger davonlassen.

Andererseits passte ihm das ja im Moment ganz gut.

»Und wo ist der Router?«, fragte Al aus Gründen des Zeitgewinns.

»Weisnich.« Auch wenn Al diese Antwort nicht überraschte, so kam sie ihm doch gelegen. Zum einen war der Kopiervorgang abgeschlossen, zum anderen konnte er sich so unauffällig ein bisschen im Haus umsehen und ein paar Indizien sammeln.

Al zog den USB-Stick ab und ließ ihn wieder in seiner Hosentasche verschwinden. Dann veranlasste er einen Neustart des Rechners, so würde sich zeigen, ob die Internetverbindung automatisch hergestellt werden würde.

Er stand auf und sagte:

»Wir müssen das Modem resetten!*« Cocada sah irgendwie andächtig zu ihm auf. Offensichtlich hatte sie kein Wort verstanden, was durchaus in Al's Sinn war. Was sie wohl gerade denken mochte?

Er ging um den Schreibtisch herum und beugte sich nach unten, um den Computer von hinten betrachten zu können. Die Kabel waren wie meistens zu einem gordischen Knäuel arrangiert, irgendwo mittendrin auch das für den Internetzugang. Es führte vom Rechner weg unter dem Schreibtisch durch zur nächstgelegenen Wand und verschwand in einer Netzwerkbuchse. Daraus ließ sich für Al nicht mehr schließen, als dass in diesem Haus mehr Ordnung herrschte als bei ihm Zuhause.

»Wo ist denn der Telefonanschluss?«, versuchte er den Standort des Gerätes zu ergründen. Die Haushaltshilfe grübelte ein paar Sekunden, bis sie die Frage glaubte verstanden zu haben, kramte kurz in ihrer Schürze und reichte Al das Mobilteil des Telefons. Das war sehr freundlich, aber nicht besonders hilfreich.

---

* Wieder mal ein paar nicht wirklich nötige Begriffserklärungen:

· Internetzugangsdaten: Ein Papier, das man ganz am Anfang von seinem Provider (s. u.) bekommt, auf dem ein Haufen wirrer Buchstaben und Zahlen stehen. Damit kann man mit dem Internet eine Verbindung herstellen, bzw. ein Freund kann das, oder der Nachbar oder meistens der Sohn des Nachbarn.

· Provider: Die Firma, die den Internetzugang zur Verfügung stellt und dafür klammheimlich stetig und unauffällig die Gebühren erhöht.

· LAN: Lokal Access Network – Die Internetverbindung halt. Es gibt auch andere, aber: Egal!

· Router: Nachfolger des Modems

· Modem: Vorgänger des Routers

· resetten: Aus- und wieder Anschalten. Die wirkungsvollste Methode, in der Computertechnik ein Problem zu lösen.

»Danke«, sagte Al, als er den Telefonhörer automatisch entgegennahm, »aber ich meinte: Wo steht die Basis?«

»Weisnich.« Auch wenn Al diese Antwort nicht sehr wunderte, so versuchte er es doch nochmal:

»Die Basis-Station!«

»Weisnich.« Cocada blieb stur.

»Ich geh sie dann mal suchen«, brummelte Al. Er ging aus dem Arbeitszimmer, stellte sich in die Mitte des Flurs und sah sich um:

Die Diele besaß die ungefähren Ausmaße einer kleineren Bahnhofshalle. Es gingen ein paar Räume ab. Auch wenn sämtliche Türen offen standen, so konnte Al doch nicht allzu viel erkennen. Die einzige geschlossene Türe schien dem Schloss nach zu einem Bad oder einer Toilette zu gehören. Ein offener Bogen führte wohl in das Wohnzimmer. Diesem gegenüber führte eine Treppe nach oben, daneben eine nach unten. An den Wänden hingen vereinzelt Bilder, bei denen man nur hoffen konnte, dass sie zumindest teuer waren, denn dekorativ waren sie nicht.

Außer einem kleinen Schuhkästchen neben der Garderobe an der Eingangstür stand eigentlich nur noch ein kleiner Beistelltisch an einer Wand. Auf diesem befand sich die gesuchte Station. Al legte den Hörer auf, den er immer noch in der Hand hielt. Von der Basis ging ein Kabel ab, auch dieses verschwand in der nächstgelegenen Wand.

»Ich …«, wollte Al gerade Cocada zurufen, als er überrascht feststellte, dass sie direkt hinter ihm stand.

»… werde dann mal in den Keller schauen … nach dem Router!« So richtig wusste er nicht, was er da sollte, aber die

Hoffnung auf den ein oder anderen, wenn auch zufälligen, Hinweis hatte ihn doch noch nicht ganz verlassen.

Al schlurfte also die Treppe hinunter. Gerade unten angekommen hörte er ein

»Lisch!« von oben. Was wollte sie denn jetzt schon wieder? Als kurz darauf die Beleuchtung im Keller anging, verstand er was sie ihm mitteilen wollte. Al rief

»Danke!« nach oben, weniger wegen des angeschalteten Lichts, mehr, weil die Haushälterin ihn dort unten endlich nicht zu verfolgen schien.

Er sah den Gang entlang … Wo sollte er anfangen? Was wollte er überhaupt hier? Nun gut, er ging einfach mal los. Die Türe des ersten abgehenden Raums stand offen. Ein Blick hinein offenbarte ihm die wenig interessante Ansicht einer Art Heizkessel umgeben von einer größeren Anzahl von Rohren in verschiedenen Größen, die in alle möglichen Richtungen abgingen.

Al betätigte den Lichtschalter. Eine Glühbirne, die ohne Verkleidung von der Decke hing, erhellte den Raum minimal. Er ging zwei Schritte in den Raum hinein und sah einen größeren Hängeschrank an einer der Betonwände, dessen Glastür eine Unmenge Kabel zum Vorschein brachte. Dabei handelte es sich wohl um den Schaltschrank für diese Heizanlage. Es war wärmer als im Flur, was Al weder sonderlich überraschte noch interessierte. Außerdem war die Luft hier ziemlich abgestanden, auch wenn sich ein Fenster in diesem Raum befand.

Moment … das Fenster! Al glaubte, daran etwas entdeckt zu haben. Es hatte eine ungefähre Höhe von 40 Zentimetern und war einen guten Meter breit. Die Oberkante schloss mit der Kellerdecke ab. Auch wenn der obere Teil des Fensters deshalb im Dunkeln lag, so hatte sein untrüglicher Blick doch erkannt, dass sich an der oberen linken Ecke des offenbar nur zum Kippen konstruierten Fensters zwei kleine schwarze Kästchen befanden. Eines war am Fensterstock befestigt, eines am Rahmen. Al schloss daraus, dass es sich dabei nur um eine Art Magnetkontakt für die Alarmanlage handeln konnte.

Al ging näher, um sich die Montage genauer zu betrachten. Von dem Magnet führte ein Draht seitlich die Laibung hinunter und verschwand an der unteren Kante in einem Kabelkanal. Al griff vorsichtig nach dem Kabel, vielleicht lies sich daraus ja irgendein Rückschluss auf die Art der Schaltung schließen. Er musste sich ziemlich strecken, um die Leitung da oben überhaupt zu erreichen. Dann bekam er den Draht aber doch zu fassen und sofort hatte er ihn komplett in den Fingern.

Das Kabel hatte sich vom Magneten gelöst. Besonders stabil schien die Verbindung nicht gewesen zu sein. Jedenfalls musste Al die Sache irgendwie wieder in Ordnung bringen. Die Aussicht, dass im ganzen Haus beim Einschalten der Alarmanlage die Sirene losheulte, war wenig einladend. Wer, außer dem Techniker, der vorher noch nie das Haus betreten hatte, hätte daran Schuld haben sollen? Al bedauerte, seine Visitenkarte überhaupt hergegeben zu haben.

Er sah sich um. Der Raum war komplett leer, sodass aber auch wirklich gar nichts herumstand, geschweige denn irgendetwas, auf das er sich hätte stellen können, um an den Magnetkontakt zu kommen. Nun gut, dann war es wohl erst mal besser, eine provisorische Lösung zu finden. Auf die Suche nach einer Leiter konnte er sich später immer noch machen.

Wenn er das Fenster kippte, musste es eigentlich möglich sein, das Kabel in seiner Hand mit dem am Rahmen befestigten

Kontakt zu verbinden, die Alarmanlage also mehr oder weniger ›kurzzuschließen‹.

Al streckte sich zum Griff im oberen Bereich des Rahmens hinauf, bekam ihn gerade so mit den Fingerspitzen zu fassen, drehte daran und lies das Fenster sachte soweit nach unten kippen bis die Seitenführung dessen Weg begrenzte. Er ließ den Griff los, das Gewicht des Fensters zog die Verschraubung der Halterung mitsamt den Dübeln leicht aus der Kellerwand, die Führung rutschte zur Seite und das Fenster knallte mit ungebremster Wucht nach unten gegen die Wand.

Das Klirren der Scheibe kam ihm ohrenbetäubend laut vor. Eine Welle des Selbstmitleids ereilte ihn. Was würde wohl als nächstes passieren? Würde der Keller einbrechen oder gleich das ganze Haus über ihm einstürzen?

Er schob die Scherben mit dem Fuß zu einem Haufen zusammen und versuchte, einen Plan zu entwickeln, wie das ganze Chaos hier wieder zu beheben wäre.

»Allsordnuu?«, klang es von oben. Die Haushälterin hatte ihm jetzt gerade noch gefehlt! Jetzt waren auch noch ihre Schritte auf der Treppe zu hören ...

Al eilte zur Türe, schaltete das Licht des Raumes aus und hastete den Gang entlang in Richtung Treppe. So locker wie möglich sagte er zur auf der vorletzten Stufe stehenden Cocada:

»Ja, alles in Ordnung!« Ihm stand der Schweiß auf der Stirn. Er reckte den Daumen nach oben und fügte hinzu:

»Ich musste nur eine Spinne erschlagen.« Al zeigte mit Daumen und Zeigefinger einen imaginären Abstand. Die Haushälterin blieb erschrocken stehen. Da das anscheinend wirkte, bewegte Al die beiden Finger noch etwas weiter auseinander und sagte:

»Dann werde ich noch schnell den Fleck entfernen und dann komme ich wieder hoch.« Die inzwischen ziemlich erbleichte Haushaltshilfe machte mit einem

»Sim!« auf dem Absatz kehrt und begab sich flott nach oben.

Al ging zurück zum Hausanschlusskeller. Jetzt musste es aber wirklich schnell gehen. Er hatte Cocada zwar erst mal abgewimmelt mit dem Spinnen-Unsinn, aber allzu lange konnte er sich nicht mehr hier unten aufhalten, ohne dass es auffallen würde.

Al machte das Licht des Raumes wieder an und besah den Schlamassel. Das Wichtigste war erst mal, die Alarmanlage vom Auslösen zu hindern. Er riss am Kabel des anderen Kontakts, auch dieses löste sich sofort. Dann verzwirbelte er die beiden Drähte miteinander. Er schloss das kaputte Fenster, riss dabei die Seitenführung endgültig aus der Wand, was aber auch schon egal war, und auf den Zehenspitzen stehend gelang es ihm, es zu verriegeln. Es war zwar jetzt ungefähr so einbruchsicher wie ein Teesieb wasserdicht, aber es würde wohl einige Zeit dauern, bis das jemandem auffiel. So ein Heizungskeller ist ja im Allgemeinen nicht der am häufigsten genutzte Aufenthaltsort in einem Haus. Bis dahin würde ihm schon ein Weg einfallen, die Spuren zu beseitigen.

Bevor er den Raum verließ, drehte er noch die Birne aus der Fassung, sodass man kein Licht mehr anmachen konnte. Für was diese Aktion gut sein sollte, entzog sich sogar seiner Kenntnis, aber er fühlte sich so irgendwie wohler. Zumindest kurzzeitig, denn dann setzte auch schon der Schmerz ein von den Verbrennungen, die er sich an den Fingerspitzen, die die Glühlampe berührten, zugezogen hatte. Er zog die Türe hinter sich zu und ging mit den Fingern im Mund den Flur entlang und die Treppe nach oben.

In der Diele erwartete ihn Cocada mit dem randvollen Glas aus dem Arbeitszimmer in der Hand und strahlte ihn an. Mit einem

»Bidde!« reichte sie es ihm, er nahm es unwillkürlich. Al zog die immer noch schmerzenden Finger der anderen Hand aus dem Mund und musste dem Impuls widerstehen, sie in das Glas zu stecken. Stattdessen trank er einen Schluck, das Wasser schmeckte so abgestanden wie vorhin.

»Danke …«, sagte er, »… ich muss dann mal los!« Al hatte doch einige Zeit verplempert beim Demolieren des Kellers. Er wollte jetzt schnell weg, bevor der Guerrieri nach Hause kam.

»Aranha … Spinnö … uiiii!« Sie verzog das kleine Gesicht zu einer angewiderten Fratze. Al dämmerte, dass ihr seine Spinnengeschichte immer noch nachging.

»Sie ... mackwegweg!«, verlieh sie ihrer Bewunderung Ausdruck. Na, die war ja begeistert. Mit einem

»Halb so wild! « wollte er ihre emotionalen Wogen glätten. Wie nebenbei fing er an, in Richtung Ausgang zu schlendern. Es wurde echt langsam Zeit!

»Lanch?, cafezinho!« Jetzt wurde sie auch noch laut. »Musseessä!«, rief sie. Die kleine Frau hüpfte zweimal in die Höhe und machte dabei den Eindruck eines in eine Serviette eingepackten Gummiballs. Noch irgendwelche für Al völlig unverständlichen Wortfetzen rufend, verschwand sie in einem Raum, bei dem es sich anscheinend um die Küche handelte. Zumindest lies das Geklapper daraus, durchsetzt vom ununterbrochenen Gerede der Haushälterin, darauf schließen.

Nach einem kurzen Moment der Verwunderung witterte der große Detektiv die Chance, endlich aus diesem Haus raus zu kommen. Er setzte also seinen Weg Richtung Ausgangstür fort.

Da war zu hören, wie ein Schlüssel ins Türschloss geschoben wurde. Na toll! Al blieb stehen, sah sich, den kühlen Atem der Panik im Nacken spürend, um und hastete in die Toilette. Zum einen lag diese relativ nah, zum anderen konnte er sich hier erst mal einsperren, bis er einen neuen, vielleicht zur Abwechslung mal funktionierenden, Plan gefasst hatte. Er verriegelte die Türe hinter sich.

Während er den Wasserhahn öffnete und seine Finger darunter hielt, wurde die Haustüre ebenso geräusch- wie schwungvoll aufgeworfen.

»Ich muss kacken!«, hallte es durch das Haus. Beim Verursacher dieser eher intimen Information schien es sich um den Hausherren zu handeln.

»Sim, senhor«, erklang es von irgendwo her, »komeglai!«

Da wurde auch schon der Griff der Toilettentüre nach unten gedrückt. Nachdem sich die Türe trotzdem nicht öffnete, wurde heftig daran gerüttelt. Zu Al´s Beruhigung blieb die Türe standhaft.

»Verdammt, was ist denn jetzt?«, schrie es von draußen.

»Äh, hallo«, versuchte sich Al dezent durch die Türe bemerkbar zu machen. Es rüttelte wieder.

»Wer ist denn da auf meinem Klo?« Anscheinend hielt Guerrieri es für notwendig, die Besitzverhältnisse nochmal klarzustellen.

»Oh, der Computertechniker«, antwortete Al.

»Dieser Humor-Typ da?«, wollte Guerrieri wissen.

»Ja, genau der!«, sagte Al.

»Scheiße!«, klang es vom draußen. Diese Information hätte Al nicht benötigt.

»Ich hab den Internetzugang repariert«, rief er durch die Türe, vielleicht würde das den Wüterich erst mal beruhigen.

»Jaja, ist recht«, war der Kerl da draußen zu vernehmen. »Ich muss jetzt erst mal ...« Die Stimme von Al's Gesprächspartner wurde leiser, er schien sich zu entfernen.

»Ich bin oben, wir sprechen später!« Kurz darauf hörte man eilige Schritte die Treppe hinauf rumpeln. Jetzt musste der Weg für Al eigentlich frei sein, um hier endlich wieder raus zu kommen.

Al drehte den Wasserhahn wieder zu, seine Finger waren inzwischen ohnehin eiskalt. Er öffnete langsam die Verriegelung und schob die Türe leise und vorsichtig einen Spalt auf. Er wagte einen verstohlenen Blick in den Flur, niemand war zu sehen.

Al trat in die Diele, schloss vorsichtig die Toilettentüre hinter sich, drehte sich zurück Richtung Ausgangstüre und stand Cocada gegenüber. Sie musste sich spontan vor ihm materialisiert haben, er hatte sie vorher weder gehört noch gesehen.

In der einen Hand hielt sie schon wieder das Wasserglas, in der anderen einen Teller, auf dem zwei belegte Brote liebevoll mit Gürkchen und Tomätchen angerichtet lagen.

»Mussessä«, strahlte sie ihn an. »Sdaggeman!«, Ihre Wimpern klimperten. Al spürte zu seinen bisher schon vorhandenen Gefühlen des Unwohlseins ein weiteres hinzukommen. Auch wenn er grundsätzlich nichts gegen einen kleinen Imbiss einzuwenden gehabt hätte, so hatte er im

Moment doch andere Sorgen. Es musste doch möglich sein, dieses Haus zu verlassen, ohne von Hausherren mit menschlichen Bedürfnissen oder Haushälterinnen mit zwischenmenschlichen Bedürfnissen daran gehindert zu werden.

»Vielen Dank, ...«, sagte er, das eine Brot war mit Käse belegt, »... aber ich habe noch einen weiteren Termin!« Auf dem anderen war italienischer Schinken. »Ich muss mich jetzt echt beeilen!« Er machte einen Schritt nach rechts und wollte an ihr vorbei.

»Grosema mussessä!«, antwortete sie, sich mit einem schnellen Schritt nach links ihm wieder in den Weg stellend.

Al spürte seinen Arm langsam nach oben schwenken, seine Hand machte sich bereit, nach den Broten zu greifen. Mittels nahezu unmenschlicher Willensanstrengung war es ihm möglich, seine Körperteile von ihrem Vorhaben abzuhalten.

»Oh, äh …«, stammelte er, »… herzlichen Dank, aber ich habe echt keine Zeit mehr!« Al wagte einen weiteren Schritt zur Seite.

»Aber nächstes Mal gerne!«, zwinkerte er Cocada zu.

»Nexemal?«, fragte sie, »komewida?« Ein Ausdruck der Vorfreude huschte über ihr Gesicht.

»Ja, natürlich!«, beruhigte er sie. »Mit diesen Computern gibt es doch immer was zu tun!« Al hoffte inständig, dass er hier gerade log und er diese kleine Frau nie mehr in seinem Leben zu Gesicht bekam.

»Ahgudd«, sagte sie, während sie ihn zur Tür begleitete.

»Na, gut dann …«

Al hielt inne, was hatte er sich eigentlich gedacht?

Schnell griff er nach den zwei Broten und klappte sie wie ein Sandwich zusammen.

»Danke!… bis bald.« Und schon floh er durch die Haustür.

»Awiddese«, rief ihm Cocada noch hinterher.

Kauend ging Al die Straße entlang und konnte es gar nicht fassen, dass er echt noch unbeschadet aus der Villa raus gekommen war. Seine Erfolgsbilanz war zwar eher durchwachsen, aber immerhin hatte er einen gut gefüllten USB-Stick in seiner Hosentasche. Für das Kellerfenster würde ihm schon noch eine Lösung einfallen.

Als er den Sicherheitsabstand für ausreichend hielt, drehte er sich noch mal um. Cocada stand immer noch in der Türe. Er winkte ihr mit dem noch zur Hälfte vorhandenen ›Sandwich‹ zu, drehte sich um und ging die letzten paar Schritte zu seinem Auto.

Er schloss auf, setzte sich hinein und lies den Motor an. Im Rückspiegel sah er durch den Nieselregen die Villa mit ihrer Haushälterin davor.

Er stellte seinen Spiegel wieder richtig ein und schob sich das letzte große Stück Brot in die Backen. Lecker war es, das musste man Cocada lassen. Dann verließ der ohnehin wie ein Fremdkörper in dieser Umgebung wirkende Kombi die Straße.

Das Klingeln hörte einfach nicht auf …

»Telefon!«, blaffte Rosenstrauch. »Es läutet jetzt schon zum dritten Mal. Vielleicht hätten Sie die Güte, endlich einmal hinzugehen.«

»Jmm …«, brummelte Robin. Eine deutlichere Aussprache war ihm mit dem Dübel, den er gerade im Mundwinkel hatte, nicht möglich. Er stieg von der Leiter, die er vor die Bürotür gestellt hatte, und ging zu Al's Schreibtisch, wo das Telefon unaufhörlich schepperte. Er hob ab und meldete sich mit

»Hmgrr …«, nahm den Dübel aus dem Mund und legte ihn in ein kleines Kästchen auf dem Schreibtisch, in dem sich schon allerhand Kleinteile wie Schrauben, Nägel und ähnliches befanden.

»Äh, ja …?« So genau wusste Robin nicht, wie man sich ordnungsgemäß meldete. Sein Praktikumsanleiter nahm die meisten Gespräche mit einem simplen »Yo?« an.

»… Technische Abteilung.« Das hörte sich doch schon ganz gut an »Apparat Humoa. Sie sprechen mit …«

»Ja, auch Humoa!«, erklang eine weibliche Stimme »Ist mein Mann, äh, Ex-Mann, zu sprechen?«

»Guten Tag, Frau Humoa.« Robin strengte sich an, seriös zu wirken »Nein, Herr Humoa ist nicht im Hause.«

»So, wo ist er denn dann?«, wollte die Dame wissen.

»Er hat angerufen. Er sagte, er wollte noch zum Glaser …«

»Glaser???«

»Hat er gesagt, ja!«

»Was will er denn da?«

»Das hat er nicht gesagt«. antwortete Robin »Vielleicht: Glas?«

»Hat er wieder was kaputt gemacht?« Frau Humoa wirkte wenig überrascht.

»Nicht, dass ich wüsste.«

»Wie dem auch sei. Könnten Sie ihm ausrichten, dass ich angerufen habe?«

»Selbstverständlich.«

»Und: dass er seine Tochter heute zum Ballett bringen muss.«

»Ja«, sagte Robin, der sich umgehend auf die Suche nach Stift und Zettel machte, um die Nachricht aufzuschreiben. Das war gar nicht so einfach bei der Unordnung, die Al´s Arbeitsplatz prägte.

»Am besten sagen sie ihm beides!«

»Okay, mach ich.«

»Mich anrufen und Lisa abholen!«, fasste Frau Humoa zusammen. Wen hielt diese Frau für blöd? Ihn, Robin, oder ihren Ex-Mann? Egal, der Praktikant antwortete jedenfalls:

»Wird erledigt.«

»Vielen Dank.« Jetzt schien sie halbwegs beruhigt »Sagen Sie, heißen Sie eigentlich wirklich Robin?«

»Robin?«, fragte Robin. »Ich? Äh … nee! So nennt mich nur Herr Humoa. Ich heiße ...« Da brach am anderen Ende der Leitung ein fürchterliches Getöse los. Für Robin klang das wie eine übersteuerte Gegensprechanlage. Er hörte nur noch ein:

»Ich muss dann mal! Guten Tag!« und das Klicken einer beendeten Telefonverbindung.

»Ja, guten Tag«, stammelte Robin in die leere Leitung und legte dann auch auf.

Inmitten eines der mehrfach auf dem Schreibtisch seines Chefs vorhandenen Papierhaufen fand er einen nur halb ausgedruckten Installationsplan. Auf der leeren Rückseite konnte Robin die Notiz verfassen. Worauf man solche Nachrichten schrieb, schien dem Herrn Humoa egal zu sein - Hauptsache, man schmiss kein Papier weg. Auch nicht den kleinsten Fetzen.

Den Zettel legte er dann gut sichtbar in die Mitte der Papierhaufenlandschaft. Sodann begab er sich wieder auf die Leiter, um die begonnene Installation fortzusetzen.

»Robin, was machen Sie da eigentlich?«, erklang es aus Rosenstrauchs Richtung.

»Ich bringe diese Notbeleuchtung an.« Jetzt nannte Rosenstrauch ihn auch schon ›Robin‹.

»Aha?«

»Das ist der Prototyp«, erklärte Robin, während er von der Leiter stieg. »Der kommt zu Testzwecken hier bei uns ins Büro.« Er nahm den Dübel aus dem Krimskramskästchen. »Später sollen die wohl in allen Räumen angebracht werden.«

»Hm, interessant!« Rosenstrauch beäugte die Lampe misstrauisch »Und wer hat die entsprechende Anweisung gegeben?«

»Mein Onkel, also der Herr Lichtenberger.« Robin befand sich wieder auf dem Weg die Leiter hoch.

»Oh, der Präsident höchstpersönlich!«

»Ja, er hat Herrn Humoa und mich vor drei Wochen extra deswegen in sein Büro bestellt.« Robin war inzwischen oben angekommen.

»Interessant ...«, murmelte Rosenstrauch.

»Herr Humoa musste nur noch ein paar Modifikationen vornehmen.«

»So, was denn?«

»Hm, weiß nicht ...«, Robin hatte die wirren Ausführungen seines Chefs damals einfach nicht verstanden. »Irgendwas wegen Spannungsangleichung oder so ...«

»Und das soll in jeden Raum?«

»Na, in jedes Büro halt.« Der Rosenstrauch wollte es aber genau wissen »Ist wohl so eine neue Sicherheitsverordnung.«

»Sagt der Präsident?«

»Ja.«

»Ah ja, ich verstehe.« Rosenstrauch wandte sich wieder seinen Akten zu. So konnte Robin die Arbeit endlich in Ruhe fertig stellen. Den Dübel hatte er gar nicht benötigt.

Relativ wahllos hatte Al sich die Adresse eines Glasers aus den Gelben Seiten herausgesucht. Er nahm einfach den, der auf seinem Arbeitsweg am günstigsten lag. Deshalb parkte er seinen Kombi nahe einer Hofeinfahrt, an deren Seite ein Schild mit der Aufschrift ›Glaserei Brutz‹ befestigt war.

Direkt daneben hing ein Kaugummiautomat. In einem Anfall von Nostalgie kramte Al eine Münze aus seiner Hosentasche und warf sie hinein. Was hatte er in Kindheitstagen nicht allerhand Unrat aus solchen Geräten nach Hause gezerrt? Und wie viele Sätze Winterreifen hatte sein Zahnarzt sich wohl mit dem Füllen der davon verursachten Löcher finanziert?

Er drehte am Hebel, das typische Ratschgeräusch war zu vernehmen, dann ein leichtes Klimpern, gefolgt von einem dumpfen Aufprall im Innenraum des Gerätes. Al´s Hand griff unter die Klappe und brachte eine grüne Kaugummikugel sowie einen Plastikring zum Vorschein. Der Ring befand sich in einem tadellosen Zustand, außer an zwei kleinen Stellen, wo der goldene Überzug etwas abblätterte, dort kam der weiße

Kunststoff zum Vorschein. An seiner Oberseite zierte ihn ein Krönchen und hinten war er durchtrennt, sodass sich die Größe einstellen ließ. Zufrieden steckte Al den Ring in die Jackentasche und die Kugel in den Mund.

Im Hof ging er am Transporter der Glaserei vorbei auf die Werkstatttüre zu. Beim Öffnen brüllte ihm umgehend hochfrequenter Lärm entgegen. Es war niemand zu sehen, deshalb machte sich Al auf die Suche nach dem Ursprung des quälenden Gequietsches. Hinter einem Regal, das vollgestopft mit Glasscheiben in unterschiedlichsten Dicken, Größen und (für Al überraschend) Farben war, befand sich tatsächlich ein Mensch. Er stand mit den Rücken zu Al an einer Maschine, deren Sinn für ihn nicht ersichtlich war. Außer markerschütternden Krawall zu veranstalten. Der Typ hatte einen grauen Overall mit der Aufschrift ›Glas Brutz‹ auf dem Rücken an, Schutzbrille und Kopfhörer auf und starrte in diese Maschine hinein. Al ging auf den Arbeiter zu und klopfte ihm auf die Schulter. Der Kerl bewegte sich nicht. War der vertieft in seine Arbeit! Al klopfte nochmal etwas fester. Jetzt drehte sich der Mann tatsächlich um. Als er Al erblickte, fing er an seine Lippen zu bewegen. Anscheinend sagte er etwas, es war aber absolut nichts zu verstehen. Ohne die Maschine am Lärm machen zu hindern ging er ein paar Schritte um das Regal und deutete Al, ihm zu folgen. Dann fuchtelte er in Richtung Tür und bewegte weiterhin sinnloserweise seinen Mund dazu. Al vermutete, er solle wohl die Werkstatt verlassen. Als er draußen die Türe hinter sich schloss, war er erleichtert, diesem Getöse entkommen zu sein.

Als er seinen Blick in die Richtung lenkte, in die der Typ so ungefähr gefuchtelt haben musste, konnte er auf der anderen Seite des Hofes über einer Tür ein Schild mit der Aufschrift ›Büro‹ erkennen. Al ging hin und klopfte an der ziemlich alten Holztüre mit einer kleinen Milchglasscheibe in Augenhöhe an. Es kam keine Reaktion, aber bei genauem Lauschen konnte er von innen eine Stimme wahrnehmen. Der Tonfall ließ auf ein Telefonat schließen.

Al öffnete einfach mal die Türe und steckte seinen Kopf hindurch. Neben einem Regal voller Aktenordner und überall verteilten Anschauungsmustern bestand der größte Teil des kleinen Raumes aus einem Schreibtisch. Dahinter saß ein Mann in mittleren Jahren.

In der einen Hand hatte er einen Becher, der außen ziemlich mit Kaffeeflecken verziert war. Mit der anderen hielt er sich tatsächlich ein Telefon an's Ohr. Die Füße hatte er überkreuzt auf den Tisch gelegt. Er trug denselben grauen Overall wie der Typ aus der Werkstatt, allerdings war der Reißverschluss nahezu bis zum Nabel geöffnet und gab den Blick auf ein über den Bauch gespanntes weißes Feinrippunterhemd frei. An den nackten Füßen hatte er Badelatschen. Al ging die Frage durch den Kopf, ob es sich hier um einen Vollprofi oder einen Vollpfosten handelte. Wer bitte arbeitete in solchem Schuhwerk mit Glas?

Aber im Moment telefonierte er ja auch. Er winkte Al mit seinem Becher zu. Während der Mann jenseits des Schreibtischs sich weiter seinem Gespräch widmete, setzte sich Al auf einen Stuhl, der vor dem Schreibtisch stand. Auf dem Tisch stand ein Schild mit der Aufschrift ›Holger Brutz, Glasermeister‹.

Wenige Augenblicke später hatte Herr Brutz das Telefonat beendet, schwang die Beine vom Schreibtisch, faltete die Hände und lehnte sich mit den Ellenbogen auf die Tischplatte.

»Was kann ich für Sie tun?«, wandte er sich nun an Al.

»Guten Tag, äh, ich bräuchte eine Glasscheibe.«

»Da sind Sie hier richtig«, lächelte der Glasermeister, »davon haben wir so viele, dass wir sie sogar verkaufen.«

»Gut«, grummelte Al mit dem Versuch eines Lächelns.

»Welche Größe soll die Scheibe denn haben?« Brutz legte sich einen Block für Notizen zurecht.

»Hmm ...«, Al begann mit den Armen zu fuchteln, »... in etwa ...«, er gestikulierte wild und für Außenstehende relativ sinnlos herum, »... so einszwanzig auf achtzig.«

»In etwa?« Der Glaser runzelte die Stirn. »Ich bräuchte da schon die genauen Maße.«

»Sind sie ja«, hoffte Al, »Einszwanzig auf achtzig!« Hauptsache, das Ding war ganz, den Rest würde Al schon irgendwie hinbekommen.

»Wofür soll die Scheibe denn sein?« Vielleicht konnte sich Brutz so zusammenreimen, was dieser Kunde wollte. »Innenbereich, Außenwand, Vitrine?«

»Äh, Außenwand«, murmelte Al »Ein Kellerfenster.«

»Aha!« Der Glasermeister notierte. »In Einfach- oder Mehrfachverglasung?« Was sollte denn das jetzt bedeuten?

»Na, eine Scheibe halt.«

»Ja, schon.« Brutz überkam das Gefühl, sein Gegenüber wusste nicht wirklich, was er wollte. »Aber: Ist es eine simple Glasscheibe oder handelt es sich um Isolierverglasung?«

»Ach so!«, entfuhr es Al. Da hätte er in Romolos Keller wohl mal sorgfältiger nachgeforscht, was er da eigentlich zerstört hatte.

»Und bei Isolierverglasung wäre dann zu beachten: zwei oder drei Glasscheiben, in welchem Abstand, also welche Gesamtdicke und davon abhängig: welche Füllung? Luft, Argon, Krypton. Oder ist erhöhter Schallschutz nötig? Dann ...«

»Einfach!«, unterbrach Al das Referat. »Eine einfache Glasscheibe!«

»Okay ...«, Brutz wunderte sich. »Das ist für eine Außenverglasung eigentlich gar nicht mehr zulässig.«

»Ist aber so!«, beharrte Al ohne den geringsten Hauch einer Ahnung.

»Nun gut ...«, grübelte der Glaser, »... und welche Dicke hätte die Scheibe dann?«

»Dicke?« Al hob die Hand und deutete mit Daumen und Zeigefinger einen zufälligen Abstand an. Brutz taxierte die Finger seines Gegenübers und schätzte:

»Fünf Millimeter.«

»Genau, fünf Millimeter.« Hätte der Glaser zehn Meilen gesagt, hätte er dies genauso bestätigt.

»Sagen Sie ...«, Brutz war sich nicht sicher, wo dieser Kunde eine solche Scheibe einbauen wollte. »Wie alt ist das Gebäude eigentlich?« Was sollte denn jetzt diese Frage? Wollte der jetzt auch noch Architekt samt Geburtsort und -datum wissen? »Das klingt nach einem Altbau.« Al's Blick konnte als durchaus verblüfft bezeichnet werden. »Eher noch 19. Jahrhundert!«

»Schon möglich«, gab Al sein ganzes Wissen Preis. Brutz grübelte.

»Wissen Sie, am einfachsten wäre es, man würde den Rahmen ausbauen, dann könnten wir hier das passende Glas einpassen.«

»Das geht leider nicht. Der Eigentümer ist da sehr eigen«, umschrieb Al die Tatsache, dass eben dieser Eigentümer der Letzte war, der davon erfahren sollte.

»Wir könnten auch kommen und uns das Fenster vor Ort ansehen. Dann könnten wir dort weitere Schritte ...«

»Einfach nur die Scheibe!«, zischte Al.

»Hundertzwanzig mal achtzig mal fünf«, fasste Brutz zusammen, »Normalverglasung.«

»Genau!«, sagte Al, »kann ich die Scheibe jetzt mitnehmen?«

»Na, so schnell geht's nicht!«, lächelte der Glasermeister. Er begann in einem Kalender zu blättern.

»Hmm ...«, er blätterte intensiv, »... in zwei Wochen, vielleicht drei!«

Na hurra!, dachte Al. Da hatte er einen komplett anderen Zeitplan.

»Gut, in zwei Wochen!«, sagte er, »Oder drei.«

»Auf welchen Namen?« fragte Brutz.

»Hu ...«, ach, was sollte es, »... ber«, sagte Humoa.

»Gut, Herr Huber«, notierte Brutz. »Dann bräuchte ich noch eine Telefonnummer, wo wir Sie erreichen können.«

»Einszwonullfünf«, begann Al und zählte dann noch ein paar Ziffern auf, die ihm gerade so einfielen. Danach verabschiedete er sich in der Gewissheit, mit der Glaserei Brutz nie mehr etwas zu schaffen zu haben.

Die Parkplatzsituation vor dem neuen Präsidium war wieder einmal bestürzend. Al fuhr eine Runde um das Gebäude herum und parkte dann ziemlich nahe am Eingang in einer

Halteverbotszone hinter einem LKW. Als er an dem Kastenwagen vorbeiging, bemerkte Al eine Parkerlaubnis für Handwerker hinter der Windschutzscheibe. Das wäre doch auch etwas für ihn …

Polizeitechniker im Einsatz – das wäre cool!

Als eben jener coole Polizeitechniker seinen Arbeitsplatz aufsuchte, war der andere anwesende Nutzer seines Büros wie immer vertieft in viel Papier, während sein Praktikant abwesend war.

»Mahlzeit!«, gab Al in einer Lautstärke von sich, als hätte er eine Industriemontagehalle betreten. Rosenstrauch zuckte leicht zusammen, hob die Augen und knurrte:

»Guten Tag«, bevor er sich mit leichtem Kopfschütteln wieder seinen Akten widmete.

»Wissen Sie, wo Robin ist?«, fragte Al, während er den obligatorischen Plastikbecher im Abfalleimer neben der Türe versenkte.

»Nein, aber ich denke, er hat Ihnen eine Nachricht geschrieben.« Rosenstrauch zeigte abwesend auf Al´s Schreibtisch. »Ach, bevor er ging, hat er noch das da montiert!« Jetzt deutete er auf das neu installierte Licht über der Tür.

»Oh, Lichtenbergers Lieblings-Leuchte!«, brummte Al, »naja, irgendwann musste es ja sein ...«

Er ging zu seinem Schreibtisch und hob den Zettel auf:

›Morgen Chef ihre Ex Frau hat angerufen sie sollen mit ihrer Tochter zum Ballet und ich hab diese Notleuchte angebracht hoffe es passt bin jetzt weiter Computer aufbauen‹

Wieder einmal hatte Robin es geschafft, eine Nachricht ohne Punkt und Komma zu verfassen. Aber das hielten ja viele junge Leute heutzutage für angebracht.

Marie hatte also angerufen - in der Sorge, er könnte den Termin mit Lisa vergessen. Dann würde Al also erstmal bei ihr vorbeigehen, um sie zu beruhigen. Seine Arbeit wurde ohnehin gerade von dem Jungen erledigt.

Da die Türe zum Vorzimmer des Chefs offenstand, trat Al mit einem beschwingten Klopfen gegen den Rahmen ein. Marie tippte noch kurz etwas auf ihrem Computer, bevor sie aufsah.

»Oh, sieh an, der Herr Humoa gibt sich auch mal wieder die Ehre und lässt sich an seinem Arbeitsplatz blicken.«

»Dir auch einen schönen Tag!«, entgegnete er, »Bist du mein Chef, dass dich das stört?«

»Nein, deine Frau … zumindest war ich das.«

Ja, warst du!, dachte Al.

»Und obendrein die Mutter deiner Kinder!«, fuhr sie fort. »Du kannst dich erinnern? Die Menschen, die du gerne mal irgendwo wie begossene Pudel rumstehen lässt.« Mann, hatte die eine miese Laune!

»Ach komm! Beruhige dich doch!« Al´s Position bezüglich seiner väterlichen Pflichten war gerade recht dürftig - da hatte es vor Kurzem einen gewissen Vorfall gegeben.

»Vergiss nicht, Lisa heute Nachmittag zum Ballett zu bringen!«

»Natürlich nicht!« Das hatte sie Robin doch schon ausrichten lassen. Andernfalls hätte Al vielleicht, aber nur vielleicht ... aber egal!

»Vor zwei Wochen hat sie eine Dreiviertelstunde im Studio gewartet ...«

»Ich bin hier nicht rausgekommen.«

»Hingebracht habe ich sie sowieso schon. Aber wer hat sie nicht wie ausgemacht abgeholt?«

»Ja, ich weiß.«

»Und rate mal, wie sie dann heimkam? Mutter wurde angerufen und machte sich auf den Weg!«

»Aber ich hab mich doch entschuldigt!«

»Jaja, trotzdem soll es nicht mehr vorkommen!«

»Nein.« Al´s Gewissen nagte, sie hatte ja Recht. »Sicher nicht.«

»Sag mal, ...«, versuchte Al das Gespräch auf ein anderes Thema zu bringen, »... bist du eigentlich zuhause, wenn ich Lisa heute Abend bringe?«

»Nein!« Das war ihre ganze Antwort. Nicht gerade ausufernd. Dabei hätte ihn das schon brennend interessiert, wo sie sich rumtrieb … und mit wem …

»So, wo ...«, wollte Al gerade etwas nachbohren, als Lichtenberger nebenan ein

»Mariiiiiiiie!« in die Gegensprechanlage brüllte, das man auch so durch die geschlossene Türe gehört hätte.

»Oh Mann, der hat heute wieder eine Laune«, murmelte Marie.

Nicht nur der, dachte Al. Sie nahm ihre Schreibutensilien und begab sich mit einem

»Ich muss dann mal ...« in das Büro ihres Chefs. »Der nächste Mann mit der Selbstständigkeit einer Litfaßsäule wartet.« An der Türschwelle drehte sie sich noch einmal um und sagte:

»Vergiss Lisa nicht!«

»Natürlich nicht«, antwortete Al, während sich die Türe schon schloss.

Gerne hätte er Marie besänftigt. Es wurmte ihn, dass er sie so oft verärgerte. Wo sie ihm doch eigentlich so viel bedeutete. Da hatte er eine Idee. Al griff in seine Tasche, zog den

Plastikring aus dem Kaugummiautomaten hervor und legte ihn mitten auf ihre Tastatur.

Zurück im Büro bemerkte Al, dass er noch gar nicht wusste, wann er die bisher nicht vorhandene Glasscheibe überhaupt an ihren Bestimmungsort bringen konnte. Vielleicht war es sinnvoll, diesen Punkt schon mal zu klären. Der USB-Stick in seiner Hosentasche erinnerte ihn daran, dass er den Terminkalender des Fensterbesitzers ja in Kopie besaß.

Der Kalender bestätigte, was Al noch in Erinnerung hatte: Romolo war mit seiner Frau für ein paar Tage auf einer Fitness-Messe - und zwar ab heute. Manche Sachen liefen eben doch wie von selbst. Euphorisch fasste er das als ein gutes Zeichen auf. Ab jetzt würde Schwung in die Sache kommen. Sobald er die Scheibe hatte, konnte es losgehen!

Aber zuerst musste er sich um seinen Praktikanten kümmern. In der sechsten Etage machte sich Al auf die Suche. Er fand Robin in einem der zukünftigen Büros. Außer je zwei Schreibtischen und leeren Regalen waren nur die von Robin aufgestellten Computer und Monitore an Mobiliar vorhanden. In Ermangelung einer Sitzgelegenheit kniete der Junge vor einem der Schreibtische und bearbeitete die darauf liegende Tastatur. Al bekam umgehend Phantomschmerzen in den Beinen. Mit einem

»Na, wie läuft's?« machte er sich bemerkbar. Ein Blick auf den Monitor über Robins Schulter hinweg verriet ihm, dass die übliche Installationsroutine gerade durchlief.

»Alles klar!«, erstattete der Praktikant Bericht, »Bisher ist alles problemlos verlaufen.«

»Gut«, sagte Al. Dann konnte er den Burschen ja weiter arbeiten lassen, während er sich Wichtigerem widmete – der Glasscheibe zum Beispiel.

»Nur ...«, jetzt schien Robin doch ein Problem zu quälen, »die Installation geht schon seeehr langsam.«

»Tja, das sind alte Kisten«, klärte Al ihn auf. »Neue Geräte hat nur die Chefetage unten bekommen. Die Computer hier oben waren alle schon im alten Präsidium im Einsatz.« Al erinnerte sich an die ein oder andere Diskussion, die er zusammen mit den Leuten von der IT-Abteilung mit Menschen führte, die zwar keine Ahnung von Technik, aber die Macht über das Geld dafür hatten. Die Argumentation, dass es sich bei dem vorhandenen Bestand teilweise schon um Elektroschrott handelte, wurde mit dem Runterrattern irgendwelcher Zahlen niedergebügelt. Al´s Vorschlag, doch dann Buschtrommeln statt Computern zu verwenden, beendete damals jegliches Gespräch.

»Ja, aber es ist doch absehbar, dass das Netzwerk hier ziemlich lahm sein wird«, bemerkte Robin, »das macht doch keinem Freude!« Freude - der Junge hatte Ideen!

»Tja, für was Neues ist im Moment kein Geld da«, erklärte Al. Er spürte, wie sein damaliger Groll wieder hochkam. »Aber: keine Sorge! Irgendwann merkt auch der Letzte, dass er hier vor einem Steinzeit-Computer sitzt und dann wird der ganze Krempel einfach nachgerüstet.«

»Das ist aber nicht logisch!«, bockte Robin.

»Ja, aber bis das jemand einsieht, der auch was zu sagen hat, schleppen wir weiterhin den Müll vom alten Präsidium hierher.« Und da hatte Al einen Einfall: *das alte Präsidium* – da müsste sich doch irgendwas finden lassen, das aus Glas war und in Romolos Keller weniger auffiel als gar keine Scheibe. Mit einem

»Ich muss dann mal weiter!« war Al schneller weg, als Robin sich umsehen konnte. Der Praktikant dachte zwar, sie wären gerade mitten im Gespräch gewesen, aber so genau war er diesem auch nicht gefolgt, er musste ja dem grünen Balken auf dem Bildschirm beim Wachsen zusehen.

Fünfzehn Minuten später betrat Alfred Humoa das alte Präsidium.

Entgegen anderslautenden Behauptungen seinerseits war er seit Wochen nicht mehr hier gewesen. Die Polizeistation war inzwischen komplett ausgezogen und das Gebäude den neuen Eigentümern übergeben. Dabei handelte es sich um ein Konsortium vom betuchten Unternehmen, das hier ein Ärztezentrum mit angeschlossenen Operationssälen, Apotheke und Rehazentrum - für was Investoren halt gerade ihr Geld ausgaben, wenn sie keine überteuerten Wohnungen bauen durften – erstellte. Al war das eigentlich ziemlich egal, wichtig war, dass deswegen größere Umbaumaßnahmen im Gange waren, die ihm Zugriff auf gewisses Baumaterial ermöglichten.

Er trug eine Basecap, auf die das Wort ›Polizei‹ aufgestickt war. Seine Kinder hatten die irgendwann auf einem Flohmarkt erstanden und ihm zum Vatertag geschenkt. Seitdem fuhr die Cap immer unbeachtet im Handschuhfach seines Autos mit. Aber jetzt hatte er die Hoffnung, damit vor den anwesenden Bauarbeitern den Anschein zu erwecken, er wäre in so etwas wie einer offiziellen Mission hier.

Die Eingangshalle war staubig und leer. In einer Ecke saßen drei Bauarbeiter und lasen in irgendwelchen Zeitschriften; sie beachteten Al nicht weiter. Die langgezogene Theke war ebenso abgerissen wie die dahinter anschließenden Funktionsräume. Die Aufzugtüren waren geöffnet und gaben den Blick auf die Wand dahinter frei, die Kabine war wohl gerade wo anders. Aber bis in den Keller runter konnte sogar ein Mensch von ausbaufähiger Kondition wie Al die Treppe benutzen.

Dort angekommen hielt er sich links. Seiner Erinnerung nach, wurden ungebrauchte Glasscheiben immer im Hausmeisterraum gelagert. Al hatte sich immer gefragt, warum. Ein erfolglos betätigter Lichtschalter zeugte davon, dass es zumindest hier unten keinen Strom gab. So musste das dämmrige Licht, das durch die Lichtschächte fiel, genügen.

Er begann, die Räume den Gang entlang abzugehen, bis er im dritten fündig wurde. Die Werkbänke und Schränke der Hausmeister waren genauso entfernt wie alle sonstigen, noch verwendbaren, Materialien. Was aber wie eh und je vor sich hin staubte, waren die nutzlosen Dinge, die hier gelagert wurden. Das hieß, auch der Stapel mit allerhand aufrecht gelagerten Glasscheiben stand noch immer in dem Regal, in dem sie, erst mal abgestellt, nie mehr beachtet wurden. Al besah sich die Scheiben, zog die ein oder andere etwas heraus, überlegte, welche wohl der zerbrochenen aus Romolos Keller am ehesten glich und entschied sich dann für irgendeine. So genau konnte er sich beim besten Willen nicht erinnern.

Er zog das gute Stück heraus, balancierte es vorsichtig so aus, dass er es unter dem Arm tragen konnte und machte sich auf den Weg nach oben. Als er den oberen Treppenabsatz erreicht hatte, vernahm er ein

Vollarsch – wer war denn das? Al drehte sich instinktiv nach hinten um. Dabei stieß er die Scheibe gegen einen Bauarbeiter, der gerade mit einer Bohrmaschine ausgerüstet um die Ecke kam und die Treppe hinunter gehen wollte. Das Glas schlug direkt auf dem Bohrer auf und zersprang umgehend in kleine Splitter. Der Polizeitechniker und der Bauarbeiter betrachteten starr das Schauspiel. Das hatte Al gerade noch gefehlt! Irgendwie schien er zurzeit kein Glück mit Glas zu haben.

Als Al sich den Parka abklopfte, stand der Arbeiter immer noch bewegungslos da. Er trug Stahlkappenschuhe und Montagehose, in seinem relativ jungen Gesicht hatte er zwei Piercings: eines an der rechten Augenbraue und eines in der Nasenscheidewand. Der Knabe hatte ja nicht mal das Alter von Robin.

»Na, ganz prima!«, blaffte Al los, »Kannst du nicht aufpassen?«

»Aber ...«, wollte der Kerl sich verteidigen.

»Nichts aber!« Al wurde noch lauter. »Du kehrst jetzt sofort den Saustall hier zusammen!« Wenn der Bursche so alt war wie sein Praktikant, dann konnte er ihn auch so behandeln. »Und zwar flott, sonst zieh ich dich am Nasenring über die Baustelle wie einen Ochsen!« Al fand, er strahlte sehr viel Autorität aus, zumal er ja auch noch eine Polizeimütze aufhatte. Grimmig schauend, aber innerlich zufrieden, machte er kehrt und stapfte wieder die Treppe hinunter.

Vollarsch – jetzt wusste er, von wem der Gedanke stammte.

Im Hausmeisterraum zog er noch wahlloser als beim ersten Mal eine Scheibe heraus, nahm sie wieder unter den Arm und verschwand. Als er oben ankam, sah er den Bauarbeiter, wie er gerade mit einem Besen auf dem Weg zum Scherbenhaufen war. Als er Al erblickte, blieb er in sicherer Entfernung stehen und wartete, bis dieser vorbei war.

Al verließ das Präsidium, lehnte die Scheibe an sein Auto, schloss es auf und öffnete den Kofferraum. Die Scheibe hatte darin gut Platz, nur: Al hatte in den letzten Tagen genug Scherben gesehen. Er brauchte etwas, um das Glas zu schützen. Also trottete er wieder zurück in das Gebäude, auf der Suche nach etwas Passendem. In der Ecke, in der bei seiner ersten Ankunft die drei Arbeiter Pause machten, waren Rollen mit Filzbahnen und auch ein paar Reststücke gelagert. Al nahm sich ein Stück, das er für ausreichend erachtete und begab sich nach draußen, um die Glasscheibe gut eingepackt in seinen Kofferraum zu befördern und sich auf den Weg zum neuen Präsidium zu machen.

Auf dem Weg machte er noch an einem Supermarkt halt, um sich etwas zu Essen zu kaufen. Er entschied sich für zwei belegte Semmeln von der Wursttheke. Hätte er beim Bezahlen nicht intuitiv die Schlange gewählt, an der es am längsten dauerte, wäre er auch in einer akzeptablen Zeit wieder draußen gewesen.

Vor dem Präsidium war noch derselbe Parkplatz wie vormittags frei. Er ging in sein Büro, sah einen Auftragszettel auf seinem Schreibtisch liegen und ignorierte diesen. Dann begab er sich zu Robin und ›überwachte‹ dessen Arbeit, während er auf den sich langsam anbahnenden Feierabend wartete. Dank seiner maßlosen Geduld traf dieser auch irgendwann ein und er brach umgehend auf. Er wies seinen Praktikanten an, seine Arbeit noch zu vollenden und dann auch zu verschwinden.

Am Auto befand sich inzwischen ein Gruß von VÜD: `Viel Glück und viel Segen auf all deinen Wegen!`

Trotzdem er meinte, sich beeilt zu haben, war Al wohl nicht zu früh dran – zumindest hüpfte Lisa schon vor Maries Haus abwechselnd auf einem Bein hin und her. Als sie den Kombi ihres Vaters erblickte, schnappte sie sich den in das nächstbeste Eck gefeuerten Rucksack mit ihren Sportsachen und sprang zu ihm auf den Rücksitz ins Auto. Rechtzeitig kamen sie am Ballettinstitut an und weil Al nichts Besseres zu tun hatte, entschloss er sich, seiner Tochter bei ihren Übungen zuzusehen. An einer Wand des Studios waren Bänke aufgestellt, auf denen vereinzelt Mütter saßen. Die Spezies der Ballettmütter konnte man in zwei Gruppen unterscheiden: die einen erlebten jede Bewegung ihre Töchter so leidenschaftlich mit, als würden sie selbst sich vor dem riesigen Spiegel verbiegen wollen, die anderen zogen sich ständig die Lippen nach oder begutachteten ihre Fingernägel. Wenn sie ihre Töchter beachteten, dann, um festzustellen, ob der rosa Tüllrock richtig saß. Al zählte weder Marie noch sich zu einer der beiden Gruppen. Er setzte sich auf eine freie Bank und wartete, bis seine Tochter vom Umziehen kam.

Durch einen Stoß in den Bauch wurde Al aus seinem Schlummer gerissen. Er war wohl etwas müde geworden und hatte sich ein bisschen auf der Bank hingelegt. Und jetzt saß seine siebenjährige Tochter auf seinem Bauch.

»Fertig!«, jubilierte Lisa.

»Na, dann lass uns mal gehen«, brummte Al, hob das Kind auf den Boden und stand auf.

»Pappaaa!«, klang es von hinten, kaum dass sie losgefahren waren.

»Yo?«

»Kennst du eigentlich Mama?«

»Was?« Eine sehr irritierende Frage. »Ich glaube schon, wir waren schließlich verheiratet.«

»Ja, schon, aber ...«

»Und wir haben zusammen Kinder ... wie du wissen solltest! Unter anderem dich …«

»... woher kennst du Mama jetzt?«

»Ach, du willst wissen, wie wir uns kennen gelernt haben?«

»Von mir aus.«

»Das ist eine lange Geschichte!«

»Echt?« Lisa hauchte gegen das Autofenster und malte dann mit dem Finger auf der beschlagenen Scheibe »Mmhh.«

»Na gut ...«, begann Al. Es war gar nicht so einfach, sich daran zu erinnern. »Da sind einige Zufälle zusammen gekommen. Kennst du den Brunnen hinter dem Kirchplatz?«

»Ja«, sagte Lisa abwesend. Keine Ahnung, wo das sein sollte.

»Da ist sie gesessen.«

»Am Brunnen?«

»Ja.«

»Zufällig?«

»Eigentlich nicht … sie hatte ja das Buch dabei.«

»Welches Buch denn?«

»Der Bildband über Irland, der stand immer im Schlafzimmer.« Soweit Al sich erinnerte.

»Das grüne Buch mit den rothaarigen Menschen?«

»Genau das. Das hatte sie aufgeschlagen und drin rumgeschrieben – jedenfalls hat es so ausgesehen.«

»Die Mama hat in das Buch geschrieben?«

»Nein, nicht wirklich! Sie hat einen Block drin liegen gehabt und das Buch nur als Unterlage benutzt.«

»Ach so. Das ist gut, man darf nämlich gar nicht in Bücher kritzeln!«

»Eben.« Al war erfreut über diesen kleinen erzieherischen Erfolg. »Und da habe ich gedacht, ich wäre lustig, wenn ich sie frage, wie lange sie denn schon an dem Buch schreibt.«

Lisa runzelte die Stirn »Und hat Mama das lustig gefunden?«

»Naja, sie hat so ausgesehen, als würde sie lächeln.« Später hatte Al herausgefunden, dass Marie gegen die Sonne schauen musste, als sie zu ihm hinauf sah und deshalb den Mund verzog.

»Und dann?«

»Dann haben wir uns unterhalten – über Irland, Bücher und alles Mögliche andere.«

»Aha«, nuschelte Lisa, ihr Kunstwerk an der Fensterscheibe betrachtend. Eine Minute später fragte sie:

»Und du bist da einfach so rumgesessen? Wegen dem Zufall?«

»Was?« Al´s Gedanken waren inzwischen wieder ganz wo anders »Wo?«

»Na, am Brunnen!« Lisa verdrehte die Augen.

»Nein, eigentlich nicht.«

»Ach, bist du gestanden?«

»Ja, das auch. Aber ich habe da auf jemanden gewartet … Mama übrigens auch.«

»Auf wen denn?«

»Hm, die hieß, glaube ich, Anne – und Mama wartete auf Jan!«

»Der Anzug-Jan?«

»Genau der!« Al´s Kinder fanden Jan eigentlich ganz nett. Aber wie er sich berufsbedingt kleidete, das war ihnen unheimlich »Die haben sich nämlich da verabredet: Jan und Anne!«

»Wieso sind sie dann nicht selber gekommen?«

»Hm, Anne hat wohl weder Lust noch Zeit gehabt, Jan zu treffen und deswegen Mama gefragt, ob sie ihm das Buch bringen kann.«

»Aha« Lisa hauchte erneut gegen das Glas.

»Und da Mama in den Chor wollte und der Kirchplatz für sie auf dem Weg lag, hat sie halt ›Ja‹ gesagt.«

»Und du? Dich hat Jan geschickt.«

»Nein, Benni! Oder eigentlich: Eddie – das war sein bester Freund.«

»Ja, wer nun?«

»Also: Benni war mein Mitbewohner in der WG, in der ich damals gewohnt habe. Als Eddie angerufen hat, war ich am Telefon. Ich sollte Benni ausrichten, dass der Anne ausrichten soll, dass er nicht kommen kann.«

»Warum nicht?«

»Eddie hatte einen Autounfall. Deshalb hat er von einer Telefonzelle aus ...«

»Von was?«

»Von einer Telefonzelle!« Das Kind kannte ja gar nichts mehr. »Egal! Jedenfalls wollte er Benni sprechen, das ging aber gerade nicht.«

»Nicht?«

»Nein. Der war gerade mit Astrid, seiner Freundin, in seinem Zimmer und ...« Oh, Vorsicht! Hier waren Minderjährige anwesend! »... die konnten gerade nicht rauskommen.«

»War abgesperrt?«

»Ja.« Natürlich hatte Benni bei solchen Aktionen immer abgesperrt. Dabei bekam man, wenn Astrid da war, auch bei verschlossener Türe in der ganzen Wohnung genau mit, was in dem Zimmer vor sich ging.

»Haben sie den Schlüssel dann wieder gefunden?«

»Wie?« Al brauchte einen Moment, um Lisas Schlussfolgerung zu verstehen. »Ja, später dann schon.« Also weiter in der Geschichte: »Jedenfalls hat Benni durch die Türe gestö … ah, gesagt, ich soll sein Fahrrad nehmen und der Anne das ausrichten. Das habe ich dann getan.« Und zwar gerne. Wie Al dieses Gestöhne aus Benni´s Zimmer oft auf die Nerven ging!

»Ja, aber ...« Lisa besah sich nachdenklich ihre von der Scheibe graue Zeigefingerspitze, »wer ist jetzt dieser Eddie?«

»Eddie? Das war ein Freund von Jan. Der hat mit Benni zusammen BWL studiert.«

»Was ist das? BWL?«

»Das ist nichts für dich!«, sagte Al mit bestimmten Ton. »Jedenfalls behauptete Jan, Eddie hätte ihn beschissen beim Spielen.«

»Welches Spiel?« Was hatte denn das jetzt wieder damit zu tun?

»Keine Ahnung, was die gespielt haben. Jedenfalls durfte sich der Gewinner mit Anne treffen.«

»Hat die Anne das gewusst?«

»Wohl eher nicht.«

»Unfair! Warum machen die so was?«

»Hm, Eddie war wohl, äh, Anne hat ihm eben gefallen ...«

»Und dem Jan auch!«, stellte Lisa fest.

»Nein, eigentlich nicht. Der hat nur gedacht, er würde so an Mama rankommen.«

»Meine Mama?«

»Ja!« Lisa prustete laut – Al prustete in sich hinein. »Und das Buch?«

»Das Buch«, Stimmt, davon war vor längerer Zeit auch schon mal die Rede gewesen. »Das Buch hatte Jan Anne geliehen, um einen Grund zu haben, sie später mal wieder sehen zu können.«

»Aha.« Lisa wirkte nicht sonderlich überzeugt. »Und wo war jetzt dieser Zufall?«

»Na, überall! Merkst du denn nicht, dass ...« An diesem Punkt wurde es Al zu mühsam. Außerdem waren sie gerade vor Maries Haus angekommen.

»Endstation! Alle aussteigen!« Lisa öffnete die Türe und rutschte mit einer letzten Frage von der Rückbank:

»Papa ...«

»Ja?«

»Muss man eigentlich?«

»Was?«

»Erwachsen werden?«

»Ich fürchte ja, mein Schatz.«

Al beobachtete seine kleine Tochter noch, bis sie durch die Haustüre verschwunden war, dann fuhr er sich selbst nach Hause. Er hatte noch etwas Zeit, bis er die Glasscheibe in seinem Kofferraum an ihren Bestimmungsort bringen konnte.

Endlich war Abend, Al wollte es wagen: er würde nicht nur das Fenster in Ordnung bringen, sondern hätte auch noch genug Zeit, um eindeutige Beweise für Romolos Untaten aus dessen Haus zu besorgen. Hätte jemand ihn darauf hingewiesen, dass es nicht legal sei, in anderer Leute Häuser einzubrechen (was schon deshalb nicht passieren konnte, weil niemand von seinem Vorhaben wusste), dann hätte Al ihn mit einem kühlen Lächeln und der Bemerkung, dass im Namen der Gerechtigkeit auch manchmal außergewöhnliche Maßnahmen ergriffen werden müssten, abgefertigt. Dass im Bungalow des Verbrechers zumindest Informationen oder Hinweise auf seine kriminellen Machenschaften zu finden waren, stand für Superagent Humoa außer Frage.

Natürlich war er exzellent vorbereitet: Al wusste anhand des Terminkalenders auf dem Laptop, dass sich beide Bewohner nicht im Haus aufhielten; er wusste, wo man in das Gebäude eindringen konnte – nämlich über das Kellerfenster - und welches Werkzeug man dafür benötigte: einen Schraubenschlüssel, einen 13er, um das Gitter zum Kellerschacht abzuschrauben. Da eine Taschenlampe nie schaden konnte, hatte er eine solche ebenso selbstverständlich in seinem Parka verstaut wie sein Schweizer Messer, Einweghandschuhe, Fensterkitt, eine Rolle Draht und etwas Panzer-Tape.

Über die Raumaufteilung war er im Bilde. Er wusste den Weg vom Keller in das Arbeitszimmer im Erdgeschoss, wo seine Spürnase klare Hinweise auf ein verbrecherisches Treiben vermutete. Er hatte sich auch vorgenommen in anderen Zimmern nach Indizien zu suchen. Wäre ihm die Haushälterin letztes mal nicht auf Schritt und Tritt gefolgt, hätte er sicher schon mehr herausfinden können. Wenigstens hatte er bemerkt, dass innerhalb des Hauses keine Bewegungsmelder installiert waren.

Nun stand also das Auto von Meisterdetektiv Humoa auf der Straßenseite gegenüber Romolos Haus unter einer Laterne und dessen Fahrer observierte aus dem Inneren sorgfältig das Objekt. Wie erwartet, brannte im ganzen Haus kein Licht. Er konnte sich auf den Weg machen. Vorsichtshalber fuhr er seinen Wagen in die nächste Querstraße und stellte ihn dort ab. Zurück am Haus war niemand zu sehen, also ging er höchst unauffällig die Einfahrt durch den Vorgarten entlang und um die Garage herum. Da das Wetter die letzten Tage keine Lust auf Überraschungen hatte, es war viel mehr damit beschäftigt, mittels monotonem Dauerregens eine Atmosphäre ähnlich dem Inneren eines gefüllten Aquariums herzustellen, war Al´s Parka ziemlich schnell durchnässt.

Er leuchtete kurz in das seitliche Fenster des Anbaus. Wieder stand nur der rosa Kleinwagen darin. Kein Zweifel: Romolo war weggefahren! Rasch setzte er seinen Chamäleon-Gang fort und war auch schon auf der Rückseite des Hauses im Garten. Dort sah Al erst mal: schwarz! Das andere Ende des Gartens war in der Dunkelheit nicht mehr auszumachen. Anscheinend handelte es sich hier um eine Grünfläche mit Ausmaßen einer mittelgroßen Parkanlage. Von hier konnte man in aller Ruhe seine Ermittlungen starten, selbst wenn ein Nachbar zufällig auf die Idee gekommen wäre, aus dem Fenster zu schauen, hätte er schon einen Scheinwerfer und einen Feldstecher benötigt, um jemanden in diesem Garten ausmachen zu können.

Al stapfte durch das matschige Gras zum Kellerschacht, streifte die Einweghandschuhe über, wobei er ignorierte, dass seine Fingerabdrücke eh schon überall am Fenster waren und zog seinen Schraubenschlüssel aus der Innentasche seiner Jacke. Er entfernte das Gitter, bekam durch die von seinem letzten Besuch noch zerbrochene Glasscheibe den Griff zu fassen und drehte ihn um 90 Grad. Das Fenster schnellte nach unten und Al schlüpfte hindurch. Nun gut, eigentlich zwängte er sich eher unter leisem Fluchen durch die enge Leibung, aber am Ende klappte es jedenfalls. Auch wenn er hart auf dem Kellerboden aufkam; er war im Haus.

Al strich sich ein paar vereinzelte Glassplitter ab, schnaufte durch und sah sich um. Er befand sich in dem Heizungskeller, in dem sein letzter Besuch eine so überraschende Wendung genommen hatte. Er griff in seine Jacke, um die Taschenlampe herauszuholen. Als er in seinen Händen eine Packung Kitt spürte, überkam ihn der Verdacht, dass er doch irgendetwas Essentielles vergessen hatte. Oh genau, die Glasscheibe … die lag immer noch im Kofferraum seines Autos. Durch das Fenster zurück würde er nicht kommen, um das Ding zu holen. Das hieß wohl, er müsste erst mal hoch zum Auto, und dann mit der Scheibe wieder hier runter. Aber das konnte er später auch noch erledigen, jetzt würde er sich erst einmal umsehen.

Das Anschalten der Taschenlampe brachte die Bestätigung, dass mit Ausnahme der Rohre immer noch hauptsächlich Leere das Bild des Raumes bestimmte. Al nahm sich vor, in den anderen Kellerräumen nachzusehen, ob da Interessanteres zu finden wäre. Aber erst mal wollte der erfahrene Polizeimitarbeiter in den oberen Geschossen ermitteln. Er öffnete die Tür zum Kellerflur, leuchtete in beide Richtungen und ging dann nach links Richtung Treppe. Mit der Geschmeidigkeit eines Betonlasters glitt er die Stufen hinauf und fand sich im mächtigen Flur des Erdgeschosses wieder.

Links lag die Eingangstür und dieser gegenüber eine Glastür zur Terrasse, dazwischen gingen noch einige andere Räume ab. Vielleicht konnte Al später auf diesem Weg das Haus verlassen. Am besten, er ging erst mal hin und sondierte die Lage. Er besah sich die Türe genauer, auch hier befanden sich am oberen Ende zwei Magnetkontakte. Al nahm die Drahtrolle aus der Innentasche seines Parkas, kappte mit seinem Taschenmesser ein längeres Stück ab und verband die Enden mit den Magneten. Er entriegelte die Türe am seitlichen Hebel, öffnete sie und zu seiner Freude blieb es leise.

Al sah hinaus auf die Terrasse, dahinter befand sich wohl im Schwarz der Garten. Dieser Ausgang sollte funktionieren. Er begab sich wieder ins Haus und schloss die Türe, ohne sie zu verriegeln. Im Falle einer nötigen, wenn auch höchst unwahrscheinlichen, spontanen Flucht konnte es nicht schaden, wenn diese schnell zu öffnen wäre.

Auf dem Weg zurück zur Treppe warf Al noch einen Blick ins Lagerhallen-große Wohnzimmer: Ein Esstisch für geschätzte 12 Personen, eine Couchlandschaft, ein Flügel und einige Schränke verloren sich in einem Raum, der von wandhohen Bücherregalen eingefasst wurde. Diesen Raum würde Al als letztes unter die Lupe nehmen. Zum einen wirkte er dermaßen repräsentativ, dass hier nicht wirklich geheime Unterlagen zu erwarten waren. Zum anderen hätte Al auch gar nicht gewusst, wo in diesem Saal er mit der Suche beginnen sollte.

Auf der gegenüberliegenden Seite des Ganges befanden sich weitere Türen. Al öffnete eine davon und blickte in einen Ankleideraum mit einem Stuhl, einer Kleiderstange, einem Tischchen vor einem Spiegel und ansonsten wenig Inventar. Im nächsten Raum befand sich ein Bett, ein Sessel, eine Kommode mit integriertem TV-Gerät und ein Schrank. Anscheinend handelte es sich um eine Art Gästezimmer. Al fiel auf, dass er sich gar keine Gedanken gemacht hatte, ob Cocada, das Dienstmädchen, im Haus lebte, offensichtlich nicht, sonst wäre er wahrscheinlich schon längst erwischt worden. Was wohl in dem Schrank sein mochte? Al´s innerer Spürhund nahm Fährte auf.

Al musste sich wohl einen Moment der Unaufmerksamkeit gestattet haben, sonst wäre ihm das Auto sicher nicht entgangen, das gerade die Garagenauffahrt hinauffuhr. Vielleicht hatte auch das leichte Quietschen des Scharniers an der gerade von ihm geöffneten Schranktür das Röhren des 12-Zylinders überdeckt. Jedenfalls widmete sich Al erst mal dem Inhalt des Schranks, während sich das Garagentor draußen wieder schloss. Der Innenraum war zweigeteilt: auf der einen Seite waren mehrere Fächer, in denen sich ein paar Handtücher verloren, auf dem Boden stand ein Paar hochhackiger Schuhe, also nicht viel. Auf der anderen Seite hingen um die 12 Damenkleider in ca. 14 verschiedenen Farben. Gerade, als Al den Schrank wieder schließen wollte, hörte er es: Die Haustür wurde aufgesperrt. Wenige Sekundenbruchteile später stand der mutige Held zwischen der Kollektion des letzten Sommers im Dunkel des von innen geschlossenem Schrank. Al fluchte innerlich. Der Typ sollte doch noch weg sein, warum war der nicht auf seiner Sportmesse?

Anscheinend hatte der Verbrecher jemanden angerufen. Al hörte ihn laut sprechen, die Fußschritte verrieten aber, dass der Verbrecher allein nach Hause gekommen war. Wo war seine Frau? Dumpf konnte er die einzelnen Worte hören:

»...Nein! Sobald es aufgehört hat zu regnen, Herr Hafenecker! Ich habe in einer Woche ein Gartenfest, da muss alles in Ordnung sein! Verstehen Sie? Wirklich in Ordnung!« Den Namen hatte Al schon mal gehört - Hafenecker, der Gartenbauer für die etwas Reicheren. Er verdiente ein Schweinegeld, weniger für seine botanischen Künste als für die Geduld, mit der er die Flausen seiner überheblichen Kundschaft ertrug.

»Ja, dann mähen Sie halt vorsichtig...« Al tastete nach seinem Handy, zog es aus der Jackentasche und begann gleich damit, alle Soundeffekte wie Klingelton oder Wecker abzuschalten, vorsichtshalber sogar auch noch den Vibrationsalarm.

»Ja, ist gut... genau, wenn das Wetter besser werden soll ...«, hastig und mit leichtem Unwohlsein, tippte Al eine SMS. Gegen diesen Schrank war die Toilette, in der er sich bei seinem ersten ›Besuch‹ in diesem Haus versteckt hatte, richtig geräumig. Der einzige Empfänger, der in Frage kam, war Jan. Jemand anderes konnte er in dieser Situation nicht um Hilfe bitten. »... Ja, ist gut Herr Hafenecker. Nächsten Mittwoch dann ...«

Jan, sitze fest! Im Schrank vom Verbrecher, lock ihn zur Tür, damit ich auf der Rückseite abhauen kann. Fliederweg 7. Und beeil Dich! Dringend! Kein Scherz!!!

»...Herr Hafenecker, und dass Sie mir diesmal auch die Hecke ordentlich schneiden ... Ja ... Nein, die war nicht ordentlich ...« Al stand immer noch, bedrängt von sich allmählich verknautschenden Kleidungsstücken, gebückt im Schrank. Er hielt das Handy mit beiden Händen vor die Augen und starrte der Panik nahe auf das Display. Endlose Minuten wartete er so auf eine Antwort und musste dabei auch noch dem Schnösel beim Telefonieren zuhören, der jetzt auch noch richtig arrogant wurde.

»... Nein, Herr Hafenecker, schauen Sie: Wenn Ihr Lehrling die Blumen nicht zertrampelt hätte, würde ich mich ja gar nicht bei Ihnen beschweren. Oder halten Sie mich etwa für so dumm?« Al war sich sicher, egal was Hafenecker hier abgriff, es war zu wenig, definitiv zu wenig. Das Display wurde hell! Al freute sich schon über die Antwort und begann zu lesen:

AKKU BALD LEER! AKKU LADEN!

Na prima! Ich sitze im Schrank, lausche einem Idioten am Telefon und mir geht der Saft aus. Das alte Ding wird nicht mehr lange durchhalten, noch schlimmer kann es ja kaum werden.

»... und nehmen Sie den Dünger nur im Vorgarten ... Nein, Sie nehmen meinen Dünger! ... Ja, und nur im Vorgarten, ich habe nicht so viel davon ...«

Al´s Maß an Verkrampftheit war nahe dem Zenit, als das Display wieder aufleuchtete:

AKKU BALD LEER! AKKU LADEN!

Der Verbrecher hatte sein Telefonat mittlerweile beendet und für nächsten Mittwoch einen Termin mit dem Gartenbauer ausgemacht. Wieder leuchtete das Display auf, und wieder war es nicht die erwünschte Antwort. Im Haus war es jetzt recht still.

Hm, nehme ich Tonino, der ist schnell und günstig - oder flotte Pizza, da schmeckt´s besser?

Aha, der Schurke war anscheinend von der Belästigung seines Gärtners derart geschwächt, dass er sich eine Pizza bestellen musste. Erneut leuchtete das Display auf:

AKKU BALD LEER! AKKU LADEN!

Wie lang werde ich hier noch festsitzen?

Draußen war es mittlerweile dunkel geworden und es goss wie aus Eimern, aber das war Jan gerade Recht. Er hatte einen wirklich guten Plan.

Er hatte sich mit dem Taxi fahren lassen und als er endlich Al´s Auto in der nächsten Querstraße unter einer Laterne erspähte, sagte er zum Taxifahrer:

»Halten Sie bitte hier an.« Er drückte ihm einen Geldschein in die Hand, raunte »Stimmt so!« und war ausgestiegen, bevor der Fahrer auch nur antworten konnte.

Jan wartete, bis das Taxi um die Ecke gebogen war. Dann zog er den Ersatzschlüssel von Al´s Auto, den er noch aus ihren Studienzeiten hatte, aus der Tasche seines Trenchcoats und machte sich daran, den Wagen nach seinen Vorstellungen zu präparieren. Schließlich sollte am Ende ja alles nach Kfz-Diebstahl aussehen. Jan hielt es für harmloser, wenn es so aussah, als hätten Jugendliche beim Feiern das Auto geklaut. Dafür verteilte er eigens mitgebrachte Alkopop-Flaschen im Auto. Mit dem Schlüssel machte er Kratzer in den Lack, dann montierte er die Nummernschilder ab und versuchte den Innenraum etwas zu verwüsten. Zum Schluss nahm er die Verkleidung unterm Lenkrad ab, eigentlich riss er sie mehr ab, sodass er später die Kabel zum ›Kurzschließen‹ rausziehen konnte. Da Jan dies selbstverständlich nicht beherrschte, musste diese Aktion warten, bis er gefahren war, würde aber im Nachhinein bestimmt nicht auffallen.

Nach Abschluss der Vorbereitungen verschloss er das Fahrzeug sorgfältig, steckte den Schlüssel wieder in seine Manteltasche, ging in den nächstgelegenen Garten, suchte sich einen passenden Stein aus, den er aufhob und gegen das Fenster der Fahrertür rammte. Dabei demolierte er nicht nur die Scheibe, sondern auch seine rechte Hand. Er schrie schmerzerfüllt auf.

Als er auf dem Fahrersitz Platz genommen hatte, atmete er erst mal tief durch, bis der größte Schmerz vergangen war. Er startete also den Wagen und lenkte ihn ums Straßeneck und geradewegs auf Romolos Haus zu. Dass dieser Weg ihn genau durch den Vorgarten führte, kam Jan ganz gelegen.

Er drückte das Gaspedal durch.

Der Wagen rauschte in gehobenem Tempo über den Bordstein, durchbrach den Gartenzaun, und im Anschluss gruben sich die Autoreifen tief in das, was bis dahin ein Rasen war. Der Wagen erzeugte im durchweichten Beet Furchen hinter sich, für deren Erzeugung im Allgemeinen landwirtschaftliche Geräte zum Einsatz kamen. Kurz vor dem Haus blieb das Auto dann endgültig stecken. Herr Hafenecker hätte diese Aktion sicherlich mit der Vorahnung eines größeren Geldbetrags auf seinem Geschäftskonto interessiert zur Kenntnis genommen.

Al kauerte weiterhin im Schrank und wartete auf das Zeichen. Das Handy hielt er immer noch in der Hand, auch wenn das wenig Sinn machte, da der Akku jetzt endgültig leer war. Aber eine SMS hatte er noch empfangen. Was meinte Jan, als er schrieb, Al würde es schon hören? War sein Freund tatsächlich mal von selbst auf eine gute Idee gekommen? Hatte er sich bei einem Italiener eine Pizza zum Mitnehmen geben lassen, um mit dieser dann an der Tür zu läuten? Klar, der Pizzamann, prima Idee, so alt und abgedroschen, dass schon keiner mehr damit rechnete! Das würde auf jeden Fall genügend Zeit und Ablenkung schaffen, um ihn hier ungesehen rauskommen zu lassen. Andererseits ... woher sollte Jan wissen, dass Romolo eine Pizza bestellt hatte? Aber für diesen Trick musste er es ja auch gar nicht wissen. Dieser Gedanke entspannte Al ein wenig, er schob das Handy in seine Jackentasche und lauschte auf die Türglocke.

Ein lauter dumpfer Schlag erklang, ein Geräusch wie beim Einschlag einer Abrissbirne. Al zuckte zusammen, sein Puls schnellte in die Höhe.

Was zu Hölle geht da vor?, hörte er Romolos Gedanken, oder waren es seine eigenen? Das konnte nicht Jan gewesen sein, oder? Egal, nichts wie raus hier! Al sprang aus dem Schrank. Er rannte gleich so gegen das Gästebett, dass er in einem halbkreisförmigen Bogen darüber flog, auf den Boden knallte und bis unter das Fenster rollte. Panisch riss er es auf, kletterte schnaufend auf Fensterbrett, sah sich um (überraschenderweise: Garten - schwarz) und konnte es selbst nicht fassen, dass er nicht einfach durch die blöde Terrassentür daneben rausspaziert war. Egal! Er sprang vom Fensterbrett und rannte los.

Seine Schuhe hinterließen in dem nassen aufgeweichten Gras tiefe Abdrücke, Erde spritzte von den Sohlen, das Blumenbeet bemerkte er nicht einmal, als er mitten hindurch rannte. Kurz: er zog eine Spur der Verwüstung quer durch den Garten.

Jetzt noch über die Hecke!

Al keuchte schon bedenklich - wie immer in einer solchen Situation, nahm er sich fest vor, dass er wieder anfangen würde mit dem Laufen, und Rauchen war ja eh nicht mehr... *Verdammt, ist die Hecke weit weg...*

Er blieb kurz stehen und drehte sich um. So wie das Haus von hinten erleuchtet war, musste der Verbrecher Scheinwerfer haben, die jetzt den vorderen Teil des Grundstücks ausleuchteten.

Was hat da so viel Krach gemacht?

Egal, über die Hecke! Al lief weiter, versuchte sich mit Schwung über das Gestrüpp zu werfen, flog mitten hindurch und landete sehr unsanft auf einem Gehweg. Dabei schlug er mit dem Knie auf, Schmerz durchströmte seinen Körper und er schrie laut auf. Er rappelte sich hoch, während er aus Instinkt nach Altväter Sitte wie ein Maurer fluchte.

Leise, Junge, leise! Hoffentlich hat das jetzt keiner gehört!, ermahnte er sich selbst.

Halb hinkend, halb laufend schleppte er sich bis zur nächsten Straßenkreuzung und bog in die Querstraße, wo er sein Auto abgestellt hatte. Da griff aus dem Dunkeln eine Hand nach ihm und hielt ihn fest. Mit leicht schmerzverzerrtem Gesicht, sich dennoch ein Grinsen abringend, stand Jan vor ihm.

»Du hast mich fast zu Tode erschreckt!«, brüllte Al ihn an.

»Na, wie hat dir mein Manöver gefallen? Lief doch astrein!«, fragte Jan in Vorahnung eines dicken Lobes seines Freundes.

»Klar, astrein! Deswegen tut mir jetzt auch alles weh!« Da fiel Al auf, dass auch Jan ein paar Kratzer hatte und nahezu die Hälfte seiner Stirn von einer farbenfrohen Beule geziert wurde. »Warum siehst du eigentlich so scheiße aus?«

»Ich bin doch mit dem Wagen durch den Zaun gefahren. Der Airbag ist nicht aufgegangen. Kannst du mich zum Krankenhaus bringen? Ich glaube, ich habe mich ernsthaft verletzt!«, lies Jan Al in aller Kürze die wichtigsten Informationen zukommen.

»Klar, ich habe meinen Wagen hier in der Straße geparkt.«

»Ich weiß, da habe ich ihn ja gefunden. Oder dachtest du, ich gehe davon aus, dass ausgerechnet du bis hierher läufst?« Jan zeigte auf die leere Parklücke, wo vor Kurzem noch Al´s Kombi stand.

»Ja, nein ...« In Al fing es an zu rattern. »Moment mal, hast du gesagt, du bist durch den Zaun gefahren? Mit welchem Auto ...?« Er blieb stehen und ein böser Verdacht erzeugte eine spontanes Bauchgrimmen in ihm.

»Na, mit deinem! Das ging nicht anders. Ich hab mich ja mit dem Taxi hier herbringen lassen. Deinen Ersatzschlüssel habe ich mitgenommen.«

»Mit meinem Auto? Mit MEINEM Auto?« Al´s Stimme wurde mit jeder Silbe lauter. »Ja, hast du sie denn nicht mehr alle? Du Riesenross! Du Depp!«

»Jetzt beruhige dich und sei leise. Wir dürfen nicht auffallen. Außerdem habe ich ja an alles gedacht. Ich habe deine Nummernschilder abgeschraubt!«

»Meine Nummernschilder!«, kam es erstaunlich ruhig über Al´s Lippen, wahrscheinlich weil er keinen Schimmer hatte, wofür diese Aktion gut sein sollte. Jan grinste immer noch, obwohl er wirklich Schmerzen hatte

»Ja, siehst du: alles kein Problem!«

»Natürlich, alles kein Problem, bleibt ja nur noch die Fahrgestellnummer.«

»Nein, stell dich nicht so an! Ist doch klar, dass der schon längst deine Kollegen angerufen hat. Die kommen und nehmen dann das Auto mit. Du musst dann nur noch die Daten im Polizeirechner hacken, also alle Hinweise auf dich als Fahrzeugbesitzer löschen, und alles wird gut!«

»Ja, heilige Einfalt!«, rief Al, » Ich kann doch keinen Polizeicomputer hacken ...«, aber Jan winkte ab:

»Komm mir jetzt bloß nicht mit ›Das ist verboten‹, immerhin hast du gerade einen Einbruch getätigt!«

»Ja, ja schon richtig ...«, Al antwortete hastig,

» ... aber ich kann das nicht! Weil ich das einfach nicht kann! Ich bin Elektroniker und kein Hacker! Hier geht's nicht darum, ab und zu mal einen Freikaffee aus dem Automaten zu bekommen, oder um eine kleine Manipulation bei der VÜD, die anhand ihrer Folgen sowieso irgendwann auffällt. Hier geht es um ein Hochsicherheitsnetzwerk, mit Backups und ... und ... verdammt! Das geht nicht, ohne eindeutige Spuren zu hinterlassen!«, klärte Al Jan lautstark auf. Bei diesem eigentlich sensiblen Thema konnte eine solche Vorgehensweise nicht als unumwunden angebracht bezeichnet werden.

»Selbst wenn, wäre es eh sinnlos, die Daten sind beim Landratsamt gespeichert. Führerscheinstelle, schon mal gehört?« Al holte tief Luft: »Und hör auf, die Bullen als meine Kollegen zu bezeichnen!« Das musste einfach auch noch gesagt, oder besser: gebrüllt, werden.

»Leise, Mann!«, beruhigte Jan Al.

»Deine Frau hat übrigens recht: Du bekommst immer so ´nen irren Blick, wenn du dich so aufregst!«, beunruhigte er ihn zusätzlich.

»Oh, leck mich doch!« Ab hier konnte Al´s Zustand ohne Übertreibung als ›in Rage‹ bezeichnet werden. »Lass Marie jetzt aber da raus. Weißt du was, um die Bullen mach ich mir nicht mal Sorgen, weil die wird so ein Krimineller nicht rufen. Du hast seinen Garten verwüstet, der wird das Auto behalten und mich suchen!«

»Ja, aber die Nummernschilder sind abgeschraubt. Und die Fahrgestellnummer ... so gute Kontakte hat er nicht, dass er dich dadurch rausfindet, das ist nämlich viel schwieriger, als den Halter über die Nummernschilder zu ermitteln. Diese Auskunft bekommt er nicht so leicht, besonders wenn er die Bullen nicht fragen kann und sich selbst rächen will. Und das muss er, damit er seinen Ruf als harter Typ festigen kann«, quoll es aus Jan heraus.

»Wo sind die Schilder eigentlich?« Al wusste im Voraus, dass er die Antwort gar nicht hören wollte.

»Weißt du, ich konnte sie ja nicht einfach so auf der Straße liegen lassen...« Al packte Jan mit beiden Händen am Kragen und sprach überbetont deutlich:

»Wo sind die Nummernschilder?« Jan schluckte schwer und sagte reichlich belämmert:

»Im Kofferraum, beim Ersatzrad.« Ruckartig lies Al ihn los. »Da liegt sogar noch eine Glasscheibe drüber. Die findet niemand.«

»Erinnere mich daran, dir nie wieder einen Ersatzschlüssel für irgendetwas zu geben!«

»Jetzt sei mal nicht undankbar. Immerhin habe ich dir die Flucht ermöglicht.«

»Na, vielen Dank auch!«

»Hast du eigentlich was herausgefunden?«, versuchte Jan, das Thema zu wechseln.

»Nichts!«, fasste Al kurz und treffend zusammen.

»Naja, wer weiß, wofür es noch gut ist ...«, wollte Jan eine besänftigende Rede beginnen. Es dauerte einige Sekunden, in denen er in seinem hingebungsvollen Monolog vertieft war, bis er merkte, dass All gar nicht mehr neben ihm stand.

»Wo willst du hin?«, rief Jan der inzwischen um die 20 Meter entfernten Silhouette nach.

»Zu meinem Auto!«, brummte Al über seine Schulter hinweg. Er humpelte an der Kreuzung unauffällig über die Fahrbahn, Jan humpelte nahezu ebenso unauffällig hinterher. Sie postierten sich an einem dunklen Plätzchen, von wo aus sie das Treiben um Romolos Haus herum gut beobachten konnten. Dieser stand bemerkenswert ruhig in seinem Vorgarten und telefonierte. Die Minuten vergingen, in denen nichts Aufregendes passierte. Aus einigen der umliegenden Häuser, in denen schon kurz nach dem Unfall Lichter angegangen waren, kamen Nachbarn in Morgenmänteln und mit Regenschirmen, um ihre Neugierde zu befriedigen. Jan spürte gerade etwas Müdigkeit in sich aufsteigen, als er einen Rempler gegen die Schulter bekam.

»Wolfstein ...«, flüsterte Al, und wie er es flüsterte, klang es sehr wissend.

»Was?«, gab Jan sein Unwissen preis.

»Na: Abschleppdienst Wolfstein«, klärte Al ihn auf. Und jetzt sah Jan es auch: Ein Abschleppwagen näherte sich von der anderen Straßenseite und hielt vor Romolos Haus.

Der Verbrecher selbst stand wild gestikulierend davor, was auf den inzwischen ausgestiegenen Fahrer des LKWs nur begrenzten Eindruck zu machen schien. Jedenfalls zog der Mann anschließend in bemerkenswerter Geschwindigkeit und Souveränität Al´s Auto aus dem Vorgarten, wuchtete es auf sein Gefährt und war auch schon wieder verschwunden.

Die beiden Männer standen in ihrer dunklen Ecke und dachten nach.

Derweil näherte sich ein weiter Wagen, ohne Sirene, aber mit Blaulicht. Der Fahrer hielt vor dem Grundstück und stieg gemächlich aus. Das Blaulicht ließ er an. Er zog einen Notizblock mit Kuli aus seiner Uniform und so auch die Aufmerksamkeit der bis gerade noch miteinander diskutierenden Nachbarn auf sich. Al konnte den Polizisten auf die Entfernung nicht verstehen, aber er erkannte ihn. Gröbner, der Scherzbold!

Für Al war dies sehr beruhigend, vor morgen früh würde der faule Sack eh nicht weit gekommen sein mit seinen Ermittlungen. Es blieb also noch Zeit, etwas zu unternehmen.

»Der Wolfstein hat doch seinen Abstellplatz draußen im alten Industriegebiet?«, murmelte Al.

»Oh ja, genau«, erinnerte sich Jan, »direkt neben dem Schrottplatz.«

»Hm, dann würde ich sagen: wir schauen mal, ob wir mein Auto da irgendwie rauskriegen«, bestimmte Al. »Hast du Geld?«

»Wie? Willst du dem Wolfstein dein eigenes Auto abkaufen?«, wunderte sich der inzwischen mehr von Müdigkeit als von Schmerz geplagte Jan.

»Nein, du Schlaukopf. Fürs Taxi! Oder willst du laufen?«

Jan tastete seine Jacke ab, dann nochmal, dann ein drittes mal. Dabei wurde er zusehends blasser.

»Äh, mein Geldbeutel ist weg. Den muss ich im Taxi liegen lassen haben.«

»Perfekt.« Al´s Vorrat an Nerven war inzwischen für mehrere Jahre im Voraus aufgebraucht. »Na, dann fahren wir halt Bus. Zwei Straßen weiter muss doch eine Haltestelle sein.«

»Um diese Zeit? Da fährt doch kein Bus!«

»Doch, doch!«, versicherte Al.

Sechs Minuten später erreichten sie die Haltestelle und schlugen erst mal Wurzeln. Zwei Stunden später saßen sie im ersten Frühbus Richtung altes Industriegebiet. Dass es sich dabei um eine Schwarzfahrt handelte, war in Anbetracht der sonstigen Straftaten, die die beiden Helden in den letzten 24 Stunden begangen hatten, ein geradezu vernachlässigenswertes Delikt. Zumal sie auch nicht kontrolliert wurden ...

Außer den beiden Männern war ein älterer Herr der einzige Passagier des Busses, der den Eindruck machte, er hätte diesen Ort gewählt, weil ihm sonst auch kein besserer Platz zum Schlafen einfiel. Er trug einen Rauschebart wie der Nikolaus. Dieser war gespickt mit Überresten eines irgendwann sicherlich frischen Nudelsalats. Al fragte sich, wann dessen Frischedatum wohl abgelaufen sein mochte. Jan fand die Zeit für ein Nickerchen.

»Was meinst du, welche Verbindung haben Wolfstein und Romolo, dass der dem so schnell zur Hilfe eilt?«, riss Al Jan aus seinem Dämmerzustand.

»Was? Na … Romolo hatte ein Auto im Vorgarten, das er da nicht haben wollte. Wolfstein stellt Gerät und Personal gegen Geld zur Verfügung, um sowas zu entfernen. Das klingt für mich nicht nach einer großen Verschwörung.«

»Doch, da steckt mit Sicherheit mehr dahinter!«

»Na, wenn du meinst. Meinetwegen.« Eigentlich wollte Jan einfach nur seine Ruhe. »Vielleicht hast du aber einfach nur einen Verfolgungswahn ...«

»Paperlapapp! Verfolgungswahn!« Al war entsetzt über die Ignoranz seines Freundes.

»Doch, ich glaube schon, immerhin hat er doch auch deine Kollegen geholt«, hielt Jan dagegen.

»Herrgott! Hör endlich auf, die Bullen als meine Kollegen zu bezeichnen!«

Stille trat wieder ein.

»Wir sind da«, hielt er Jan kurze Zeit später abermals vom Dösen ab. »Komm, aussteigen!«

Als die beiden Männer aus dem Bus stiegen, hatte der Regen im beginnenden Morgengrauen etwas nachgelassen. Aus unerfindlichen Gründen befand sich die Bushaltestelle direkt am Eingangstor des Schrottplatzes, so mussten die beiden nicht weit zum nebenan gelegenen Tor des Autoabstellplatzes humpeln. Das Einfahrtstor, ein Stahlrahmen um ein Maschendrahtgeflecht, war bombensicher verschlossen, die Türe daneben war aber dermaßen verbogen, dass es wahrscheinlich gar nicht mehr möglich war, sie abzusperren. Al und Jan spazierten also hindurch und schnurstracks auf Al´s Auto zu. Das stand gegenüber dem notdürftig geflickten Grenzzaun zum Schrottplatz, der ebenfalls aus Maschendraht war. Al stellte mit einem

»Ich fahre!« erstmal unmissverständlich klar, dass das Vertrauen in seinen Freund immer noch komplett erschüttert war, auch wenn der mit seinem schmerzenden Bein ohnehin nicht in der Lage gewesen wäre, zu fahren. Er mühte sich also auf den Fahrersitz. Als Jan zögerte, forderte er ihn auf:

»Los, steig ein, worauf wartest du?«

»Das Tor ist verschlossen, da kommen wir nicht raus!«

»Hört, hört! Der Mann, der dieses Automobil über die Bordsteinkante und durch einen Zaun gejagt hat, bekommt Bammel vor einem größeren Gartentor – reichlich spät, deine Skrupel in Bezug auf die Umzäunungen anderer Leute!«

Jan nahm auf dem Beifahrersitz Platz und schloss die Tür. Al stieg auf das Kupplungspedal und legte einen Gang ein.

»Ah, da ist ja mein Geldbeutel!« Jan fischte das Portemonnaie aus der Ritze zwischen den Sitzen und hielt es nach oben.

»Na, dann ist ja alles in Ordnung«, bemerkte Al, auch wenn ihm diese Tatsache völlig egal war.

Er drehte den Zündschlüssel herum, ein metallisches Scheppern, welches in diesem Zusammenhang eher selten zu hören war, untermalte das Anlassgeräusch des Autos. Al nahm den Fuß langsam von der Kupplung und sein Auto setzte sich ebenso langsam in Bewegung. Al lenkte nach rechts, das Auto fuhr geradeaus. Dabei legte es an Geschwindigkeit zu. Das Motorgeräusch wurde geradezu seltsam laut. Al riss das Lenkrad vehement nach rechts, das Auto fuhr geradeaus. Auch wenn er den Erfolg der Aktion schon ahnte, schlug Al das Lenkrad dennoch nach links ein und, genau, das Auto fuhr, mit weiter steigender Geschwindigkeit, geradeaus.

»Scheiße!«, analysierte Al, wenn auch nicht sonderlich wissenschaftlich, dennoch treffend, die Situation. Das Auto brach sich seinen Weg durch den Maschendrahtzaun auf das Nachbargelände.

»Brems!«, schrie Jan, den langsam eine leise Panik erfasste.

»Ich stehe bereits auf der Bremse, du Schlauberger!« Diese Information lies die Panik zunehmen. Währenddessen fuhr das Auto unbeirrt quer über den Schrottplatz in Richtung der nächsten dort aufgetürmten Wracks.

»Die Handbremse?«, rief Jan.

Al zog ruckartig an. Erfolg war, dass der Lärm die Frequenz wechselte und die immer noch standhaft anwesende Panik sich inzwischen auf die selbe Lautstärke einpegelte. Al drehte den Zündschlüssel und zog ihn ab, als könnte das zusätzlich was bewirken. Mit beiden Beinen gegen das Bremspedal gestemmt, klammerte er sich an das ansonsten nutzlose Lenkrad. Da stieg aus dem Motorraum plötzlich Rauch auf. Dies war der Moment, in dem ein dramatisches Gebrüll von Seiten der Panik zu vernehmen war, selbst ihr wurde es nun zu viel. Al riss die Türe auf und rollte sich wie Colt Seavers aus dem Wagen. Kurz darauf rammte das Auto einen anderen Wagen, schleuderte mit der Seite gegen einen weiteren und kam schräg vor diesem zum Stehen.

»Uff!«, hörte Al den ein paar Meter neben ihm ebenfalls auf dem Boden kauernden Jan stöhnen. Die beiden Männer standen auf und besahen sich den Schaden. Al´s Auto stand nun in ziemlich vorderster Front eines ganzen Haufens von Autos, die alle vor der Schrottpresse für die baldige Komprimierung bereitgestellt waren. Äußerlich unterschied sich dieses noch vor 24 Stunden so schicke Schmuckstück (in Al´s Augen) von den anderen herumstehenden Wracks überhaupt nicht mehr.

»So wie es aussieht, wird mein Baby wohl im Laufe des Tages zu einem Blechwürfel verarbeitet werden«, bedauerte Al.

»Wenigstens sind dann alle Spuren beseitigt«, versuchte Jan der Situation noch etwas Positives abzugewinnen.

»Na, vielen Dank auch!«, benutzte Al das Stilmittel der Ironie.

»Bitte«, missverstand Jan dieses Stilmittel.

»Hast du deinen Geldbeutel dabei?«, fragte Al.

»Ja, das ist wirklich ein Glück, dass ich den wieder gefunden habe«, brach es aus Jan heraus »Was hätte ich nur ...« Aber Al war schon in Richtung Ausgang humpelnd unterwegs.

»Und dein Handy?«, rief er.

»Äh, ja, warum?« Jan tastete vorsichtshalber noch mal schnell an seiner Hosentasche.

»Dann ruf ein Taxi!«

»Taxi?«

»Ich muss ins Krankenhaus. Mir tut alles weh!«, fauchte Al, »Und du zahlst das Taxi!«

Bis das Taxi erschien, kehrten sie noch mal auf das Gelände zurück und versteckten die Nummernschilder in einem anderen Schrottwagen. Sie durchsuchten Al´s Auto nach persönlichen Sachen und leerten das Handschuhfach, sodass wenigstens die gröbsten Spuren verwischt waren. Al hielt auch nach Überwachungskameras Ausschau, seltsamerweise konnte er keine sehen.

Wenig später erschien das gerufene Taxi und brachte seine zwei Fahrgäste zum Krankenhaus St. Bonifaz. Dort stieg Al aus und machte sich schon mal auf den Weg in Richtung Notaufnahme. Jan zählte dem bedauernswerten Taxifahrer während des Bezahlvorgangs noch wortreich all seine Verletzungen auf.

»Humoa«, sagte Al der jungen Schwester an der Aufnahme »Alfred Humoa. Alles tut mir weh. Brüche, Prellungen, offene und versteckte Wunden, was Sie wollen ...«

»Sie haben ja einen fröhlichen Namen, Herr Humor!«, quietschte sein Gegenüber. Sie wurde Al spontan unsympathisch.

»Nein!«, stellte er klar, »Humoa: Hha – Uuh – eMm – Ooh – Aaah!«

»Und was haben Sie?« War die Trulla taub?

» Schmerzen – überall!«, fasste Al kurz und bündig zusammen. Diese Frau machte ihn noch pampiger, als er eh schon war.

»Jan!«, brach es auf einmal aus der jungen Dame hervor.

»Nein, Alfred!« Langsam gab er jede Hoffnung auf eine halbwegs sinnstiftende Kommunikation auf. Da merkte er, dass inzwischen sein Freund neben ihm stand.

»Hallo, meine Zuckerschnute«, zirpte Jan. Al´s vor Überraschung offenstehender Mund verlieh ihm ein Aussehen fortgeschrittener Verblödung.

»Schön, dich zu sehen. Erst vorgestern wollte ich dich anrufen!«

»Da hatte ich Dienst. Wie meistens!« seufzte Zuckerschnute. Jan setzte sein mitfühlendes Gesicht auf:

»Aber jetzt bin ich ja da. Und du bist da. Was für ein Glück! Wie lange hast du denn noch Dienst?«

»Noch zwei Stunden«, stöhnte sie. »aber: sag mal, wie siehst denn du eigentlich aus?«

»Naja, wir hatten da ein paar … Probleme ...«

»Warte, ich komm mal rüber«, sagte sie und verschwand durch eine Türe hinter der Aufnahmetheke.

»Wenn ich mich nur an ihren Namen erinnern könnte …«, stöhnte Jan.

»Veronika«, murmelte Al. Ihm gefiel das Theater, das sein Freund mit dieser Schwester aufführte, irgendwie gar nicht.

»Was? Du kennst sie auch?«, platzte Jan heraus.

»Nein, steht auf ihrem Namensschild!« Al verdrehte die Augen.

»Darauf habe ich gar nicht geachtet«, sagte Jan. Al's Meinung nach befand sich das Schild aber definitiv in der Körperregion, die Jan an dieser Veronika die meiste Zeit fixierte.

»Du, pass auf, was du bei deiner hormonellen Verwirrung zu der Tante sagst! Bring uns mal ausnahmsweise nicht in Schwierigkeiten«, startete Al einen wahrscheinlich sinnlosen Versuch, noch Schlimmeres zu verhindern. Da kam auch schon die Krankenschwester von Jan's Vertrauen mit einer Art Verbandskoffer ausgerüstet und zog Jan auf einen Stuhl im Wartebereich. Die Notaufnahme war anscheinend jetzt geschlossen, jedenfalls wurde eine ältere Dame, die ebenfalls an der Theke wartete, von Veronika mit Nichtachtung gestraft.

»So, wo tuts denn weh?«, wollte sie von Jan wissen.

»Ich habe höllische Schmerzen am Knöchel.« Jan deutete auf die Stelle. Sanft streichelte Veronika drüber.

»Und hier!«, sagte Jan, auf sein Schienbein zeigend. Auch diese Stelle streichelte die Schwester. Jans Finger glitt langsam Richtung Knie. Da wurde es Al doch zu blöd. Er griff seinem

Freund in die Innentasche der Jacke und nahm den Geldbeutel heraus. Bis auf einen Zehner nahm er sich alle Scheine und steckte die Geldbörse zurück. Jan hat von dieser Aktion keinerlei Notiz genommen, er war ja mit Veronikas Hand, die sich inzwischen schon auf dem Oberschenkel befand, beschäftigt.

»Wenn Sie mit einem Taxi ins Theresienhospital fahren und dort in die Notaufnahme gehen, kommen Sie schneller dran als hier!«, sagte Al zu der immer noch an der Theke ausharrenden Frau. »Wir könnten uns auch ein Taxi teilen. Ich fahr da jetzt nämlich hin!« Da außer einem verdutzten Blick keine Reaktion kam, ging Al alleine hinaus in den Regen zum Taxistand und fuhr auf Jan´s Kosten in das andere städtische Krankenhaus. Dank der Abwesenheit seines Freundes wurde er dort schnell behandelt und konnte sich bald auf den Weg nach Hause machen. Wenigstens war Samstag und er konnte ausschlafen, ohne befürchten zu müssen, dass Robin ihn wieder weckte.

Müde schlürfte Al den Gang entlang zu seiner Wohnungstür. Als er an der Tür der Nachbarin vorbei kam, hörte er rhythmisches Quietschen. Das fehlte ihm gerade noch! Al schloss seine Türe auf und trottete in die Küche. Im Kühlschrank fand er noch eine angebrochene Flasche Bier. So recht konnte er sich nicht daran erinnern, wann er sie geöffnet haben mochte.

Egal - wird schon noch genießbar sein.

Er nahm sich die Flasche und setzte sich an den Küchentisch.

Mann, wann wird der denn endlich mal fertig, hörte er. Keine Ahnung, von wem dieser komische Gedanke stammte. Ihn konnte es jedenfalls nicht betreffen: Er fühlte sich definitiv komplett fertig! Erst mal ein kräftiger Schluck aus der Flasche.

Das Bier war unglaublich abgestanden. Jeglicher Geschmack musste schon seit einiger Zeit daraus verflogen sein. Wobei sich im Nachgeschmack ein gewisses Brennen im Rachen einstellte.

Mal sehen, ob ich diesen lahmen Rudi auf Touren bringe, wenn ich lauter werde. Al war sich relativ sicher, dass er nicht wirklich wissen wollte, wer dieser Rudi war.

Er stellte die Flasche auf den Küchentisch und machte sich auf den Weg in sein Schlafzimmer. Während er sich entkleidete, ermöglichte ihm die nachlässige Bauweise des Hauses, dass er das Gequietschte des nachbarlichen Bettes zu hören bekam. Al´s Schlafzimmer und das seiner Nachbarin lagen nebeneinander. Eine klare Fehlentscheidung des Architekten!

Al zog seine Schlafklamotten an und vergrub sich in seinem Bett. Die Wand neben ihm vibrierte leicht.

»Oh ja!« Jetzt fing die auch noch zu Schreien an. »Rudi!« Al vergrub seinen Kopf unter seinem Kissen »Ich komme! Ich komme!« Ihm wäre lieber gewesen, sie würde gehen – und diesen Rudi gleich mitnehmen.

Einige Minuten später, die Al endlos vorkamen, hatte das zweifelhafte akustische Feuerwerk ein Ende.

Endlich, dachte er.

Endlich, hörte er. Na, da war er ja mal ausnahmsweise derselben Meinung wie seine Nachbarin.

Wenige Augenblicke später zog eine bleierne Müdigkeit den Helden in einen tiefen Schlaf.

Das Klingeln hörte einfach nicht auf. Es handelte sich dabei um einen ebenso seltenen wie ungewöhnlichen Klang: Al´s Festnetz-Telefon, an dessen Seite sich eine echte metallene Klingel befand – kein künstlich erzeugtes ›Düdelüdelüt‹, nein: ein nicht überhörbares ›Kliinnnngg‹. Nicht, dass das Gerät so alt gewesen wäre wie etwa das von Rosenstrauch im Büro. Es war einfach nur nicht mehr das Jüngste. Als der eingebaute Lautsprecher irgendwann den Geist aufgab, hatte Al kurzerhand eine Glocke, die er in einer seiner zahlreichen Kisten mit Krimskrams gefunden hatte, montiert. Dass dieses Geräusch erklang kam aber so gut wie nie vor. Ab und zu wurde er mittels seines Handys von irgendjemand belästigt, über den Apparat in seinem Büro ließ sich das ein oder andere Gespräch nicht vermeiden, aber sein Anschluss zuhause verharrte zumeist in segensreicher Stille.

Al wälzte sich aus dem Bett, schlüpfte in seine Hausschuhe, zog sich die Jogginghose hoch und trottete in den Flur. Dabei ließen seine Schmerzen jede Bewegung zu einer nicht enden wollenden Qual werden.

»Hmmmrr!«, brummte er in den Telefonhörer.

»Papiii!«, erklang es aus dem Hörer. ›Papiii‹ mit drei ›i‹ – das konnte nur eines bedeuten: Al´s große Tochter Laura wollte etwas von ihm.

»Was willst du?«, fragte er in der Hoffnung, sich und ihr ein unnötiges Vorgeplänkel zu ersparen.

»Aalsooo …«, begann Laura zögerlich. »du kennst doch Franzi!«

»Ja«, sagte Al. Franzi war irgendeine Freundin von Laura, die er wohl schon mal gesehen hatte. Er konnte sich nicht erinnern, mit der jemals schon ein Wort gewechselt zu haben. Wobei Mädchen im Alter von 14 Jahren ab einer Anzahl von zwei ohnehin nur noch Gleichaltrige wahrnehmen und mit diesen kommunizieren. »… und?«

»Wir wollten doch heute Abend zu dem Konzert gehen.«

»Aha«, murmelte Al.

»Ihre Mutter wollte uns hinbringen.«

Na, wenn die sich das antun mag, dachte er. »Aber jetzt darf sie nicht.«

»Wer? Die Mutter?«

»Quatsch!«, stöhnte Laura, »Franzi! Sie darf nicht zum Konzert, weil sie irgendwie so schlechte Noten hat. Voll gemein!« Al konnte an diesem Standardargument zum Verbot verschiedenster Aktivitäten nichts Falsches oder Gemeines erkennen. Aber das sahen Kinder wohl anders als Eltern.

»Mein Beileid!«, spöttelte Al. »Was versteht man denn heutzutage unter ›irgendwie so schlechte Noten‹?«

»Naja …«, Laura wurde etwas kleinlaut »das war jetzt nicht gerade ihre Woche.«

»Das heißt?« Langsam begann die Sache Al doch zu interessieren.

»Hm, dreimal fünf«, grummelte Laura, »und eine sechs.«

»Oha«, entfuhr es Al. »Und du?«

»Alles cool! Releinsdeutschzweienglischzweimathedrei!«, sprudelte es aus Laura raus. Soweit Al dem folgen konnte, waren das bessere Noten, als er je gehabt hatte.

»Klingt ja ganz gut«, versuchte er ein Kompliment.

»Sagt Mama auch«, antwortete Laura »deshalb wärs doch voll ungerecht, wenn ich nicht zum Konzert dürfte!« Al überkam eine Ahnung, auf was seine Tochter hinaus wollte … und die gefiel ihm nicht!

»Dann geh halt mit deiner Mutter da hin«, unternahm Al einen von Anfang an zum Scheitern verdammten Versuch, das Unvermeidliche abzuwenden.

»Die muss doch bei den Zwergen bleiben«, entgegnete Laura. Wie so oft war Marie ihm zuvor gekommen mit ihrer Ausrede. Sie war einfach cleverer als Al. Das war ihm schon lange bewusst. Ein weiterer Grund, warum er Marie bewunderte.

»Dumm ...«, murmelte Al. Jetzt war seine letzte verbleibende Möglichkeit, auf Zeit zu spielen.

»Was ist das überhaupt für ein Konzert?«

»Savio Karimi.«

»Ojeh!«, entfuhr es Al. Dieser Savio war so ein spätpubertäres Haarmodenmodel, das gerade aus einer Boygroup ausgestiegen war, wie sie seit Jahrzehnten von der Stange produziert wurden, ›No Way Home‹ – wenn sich Al richtig erinnerte. Wenn nicht: auch egal! Das unmittelbar einsetzende Jammern und Wehklagen aller Mädchen dieser Welt zwischen 10 und 16 Jahren erfuhr akute Linderung, als bekannt wurde, dass dieses Bürschchen nun alleine weiterträllerte. Und jetzt hatte der Wicht seine Androhung anscheinend wirklich wahr gemacht. Darüber hinaus schickte der sich wohl sogar noch an, den armen Mädchen durch das persönliche Vortragen seinen seichten Liedguts das Geld aus den Taschen zu ziehen. Al´s Ahnung färbte sich inzwischen dunkelschwarz. Er musste nachdenken, wie er dieser Bedrohung entkam.

»Papa!« Laura wurde langsam ungeduldig »Du weißt, dass ich nicht alleine reinkomme!« In der Tat war sie dafür mit ihren 14 Jahren noch zu jung. »Gehst du mit mir da hin? Musst auch nichts bezahlen, die Karte von Franzi ist ja übrig.« Was für ein toller Anreiz! Ebenso hätte man Al anbieten können, sich ein Bein amputieren zu lassen, weil der Chirurg mal eben gerade einen Termin frei hatte. »Ich hab mich echt angestrengt …«, die süßliche Phase begann, »… mit den Noten!«

Oh nein, dachte Al, *sicher nicht!*

»Von mir aus«, sagte er.

»Super!«, frohlockte es aus der Leitung »Du bist der Größte!« Irgendwie wollte Al das eigentlich gerade gar nicht sein.

»Wann ist das denn überhaupt?«, fragte er. »Und wo?«

»Heute Abend um 20 Uhr im Glaspalast«, sprudelte es aus Laura. »Wir müssen spätestens um 6 da sein, sonst komme ich nicht nach ganz vorne!«

»Äh! Problem!«, murmelte Al. Der Glaspalast war irgendwo am Stadtrand. Zur Freude der örtlichen Taxifahrer war die Halle mit öffentlichen Verkehrsmitteln nur als Tagesreise zu bewältigen. »Ich habe gerade kein Auto.«

»Waaas?« Laura war entsetzt.

»Kaputt!«, fasste ihr Vater die Ereignisse der letzten Nacht extrem vereinfacht zusammen.

»Aber wir müssen!«, stellte Laura hysterisch fest. »Warte mal!« Anscheinend keimte in ihr irgendeine Lösung. Al hoffte, dass diese nichts mit ihm zu tun hatte.

»Hey, Luusah!«, hörte er es aus der Leitung grölen.

»Lukas!«, brummte Al ganz automatisch.

»Ja, genau!«, sagte Laura und dann brüllte sie vom Hörer weg: »Loooser!« Im Anschluss war ein lauterer Wortwechsel von Laura mit dem sich anscheinend hinter der verschlossenen Türe seines Zimmers befindlichen Lukas zu vernehmen.

»Oh, Mann!«, jaulte Laura, »Dem sein Roller ist auch nicht da … in der Werkstatt!« Wieder begann eine lautstarke

Unterhaltung am anderen Ende der Leitung. Für Al hörte sich das an wie das Aufeinandertreffen zweier verfeindeter Affenhorden.

»Also, …«, anscheinend hatte das Gebrüll inzwischen Früchte getragen, »Lukas sagt, er kann den Roller heute Nachmittag holen.« Na, wunderbar! »So um vier.«

»Okay«, entgegnete Al, »dann ist der ja rechtzeitig da.« Ein Blick auf seine Uhr verriet ihm, dass es relativ bald so spät war.

»Lucki meint, dass es gut wäre, ihr würdet euch gleich bei der Garage treffen.«

»Was? Wo? Warum?«

»Keine Ahnung!«, antwortete Laura, »Er sagt, du weißt, wo der Schrauber ist.«

»Die Garagen hinter dem Supermarkt«, erinnerte sich Al.

»Genau«, antwortete Laura. »Du Papi, ich muss jetzt Schluss machen! Muss mich noch umziehen. Bis später.«

Al´s »Is´ recht! Bis später« hörte sie schon gar nicht mehr.

Viel Zeit blieb Al nicht mehr, bis er für seine Kinder durch die Stadt tanzen durfte. Er duschte sich, verteilte ein paar Pflaster wahllos über seinen Körper und zog sich frische Klamotten an – das musste samstags auch mal sein. Dann spülte er noch schnell drei Schmerztabletten mit einem Kaffee runter und schon ging es außer Haus.

Unten auf der Straße empfing ihn Sonnenschein. Es hatte aufgehört zu regnen. Wehmütig blickte er nach links und rechts. Sein Auto musste er jetzt nicht mehr suchen!

In Ermangelung einer anderen Möglichkeit machte er sich auf zur nächsten Straßenbahnhaltestelle. Al hasste Straßenbahnen. Nicht so direkt die Straßenbahn, gegen Straßenbahnen an sich gab es ja nichts einzuwenden. Wenn nur die Fahrgäste nicht wären! Gegen die hatte Al sehr oft sehr viel einzuwenden. An der Haltestelle blickte er lange auf den Netzfahrplan, bis er sich endlich sicher war, wie er fahren musste. Linie drei bis zum Dr.-Hyronimus-Stegler-Platz, dort kreuzten sich drei Linien, und von da mit der 6er bis zur Haltestelle Langstraße - gleich beim Supermarkt. Al kaufte am Automaten eine Fahrkarte für Beförderungszone 2, schob das geforderte Geld in den Automaten und fluchte über den stattlichen Preis, drehte sich um und sah gerade noch, wie sich seine Straßenbahn in Bewegung setzte.

»Na, tolle Wolle ...«, stöhnte er. Dank Wochenendfahrplan konnte er jetzt eine Viertelstunde auf die nächste warten.

Zehn Minuten lang geschah gar nichts. Al fläzte auf der Wartebank und überlegte, wie er an ein neues Auto kommen könnte. Doch dann war es vorbei mit der Ruhe:

Ein nicht gerader freundlich aussehender Zeitgenosse in grauer Baumwolljoggingshose und schwarzer Kunstlederjacke ließ sich neben ihm auf die Bank plumpsen. Seine fettigen schwarzen Haare wurden von einer, wie Al dank seiner Kinder wusste, sogenannten ›NEW ERA BASECAP‹ verdeckt. Ein hervorstechendes Merkmal dieser weitverbreiteten Kopfbedeckungen war ein Schirm, der in Al´s Augen mehr an einen Toilettendeckel als an ein Kleidungsstück erinnerte. Der Mann wurde von einem deutlichen Schweißgeruch begleitet. Deutscher Gangsterrap ertönte aus der Kunstlederjacke, einer dieser fast schon lyrischen, an Poesie anmutenden Texte über

Analverkehr drang in Al´s Ohren. Seine Hände ballten sich zu Fäusten.

Endlich nahm der Typ sein - brandneues - Smartie aus der Tasche und wischte über das Display. Die Musik hörte auf. Aber das folgende Gespräch war auch nicht besser:

»Joo!«, war die elegante Gesprächseröffnung. »Na, hier du Opfer!«

»Digga! Na Haltestelle halt ...« Dabei erhob der junge Mann seine Stimme. Diese Lautstärke sollte er den Rest des Gespräches beibehalten.

»Nö ...«

»Weil halt.«

»Alda, bring ich nächste Mal halt!« Al überlegte sich, ob Körperverletzung in bestimmten Situationen nicht doch straffrei bleiben sollte.

»Ich schwör!« Mittlerweile gesellten sich weitere Fahrgäste zu ihnen an die Haltestelle.

»Sag der Gesichtswurst, sie soll sich nicht einmischen. Geht den gar nichts an.«

»Ja, tschö mit ö du Loser.« Das Phone verschwand jetzt aber nicht etwa wieder in der Tasche, nein, es erforderte weiterhin die ganze Aufmerksamkeit des Mannes, der angestrengt auf dem Display herum wischte. Dies tat er auch noch, als er die eingefahrene Straßenbahn bestieg. Al folgte ihm ins Innere.

Dort wurde er von einer Wolke aus Schweiß, Parfümgeruch und Ammoniak empfangen. Angewidert ging er zum Stempelautomaten, um seinen Fahrausweis zu entwerten. Als er die Hand mit der Fahrkarte in Richtung Schlitz streckte, fuhr die Straßenbahn ruckartig los. Al verfehlte den Schlitz und die Karte bekam einen Knick.

Vom Sitz neben dem Automaten verfolgte ein kleiner blonder Junge mit riesigen Segelohren das Schauspiel. Er grinste den Mann am Stempelautomaten mit einem recht debil wirkenden Gesichtsausdruck an. Al starrte ihm in die Augen, dies interessierte den Jungen aber nicht im Geringsten. Eine Rotzblase formte sich unter seiner Nase. Al entschied, lange genug gewartet zu haben. Er strich seine Fahrkarte glatt und gerade, als er sie entwerten wollte, schob sich eine Hand, die auch eine Karte hielt, an ihm vorbei und traf damit zielsicher den Schlitz. Das typische Geräusch des Entwertens ertönte. Begleitet von einem Schnauben, das kundtat, dass Al schon zu lange vor dem Automaten gestanden hätte.

Er riss sich zusammen, schluckte einen Kommentar hinunter, entwertete schließlich doch noch und nahm endlich Platz.

Am Dr.-Stegler-Platz angekommen, war Al um die Erfahrung einiger Klingeltöne und fruchtbarer Telefongespräche reicher. Hastend erreichte er auch gleich die 6er-Linie und sprang gerade noch, bevor sich die Türen schlossen, hinein. Auch hier wurde er von einer Wolke umschlossen. Ein Blick nach links ließ ihn keinen freien Sitzplatz in dieser Richtung erkennen. Ein Typ im Mantel lehnte an einer der Haltestangen. In einer Hand hatte er zwei Tüten und in der anderen ein Smartphone. Anscheinend wollte er die Anzeige auf dem Display vergrößern: mit dem Daumen der haltenden Hand und der Nasenspitze wischte er auf dem Display. Dann grinste er - offensichtlich hatte er Erfolg.

Ein Blick nach rechts offenbarte einen ähnlich trostlosen Anblick.

Na, dann halt ohne Sitzen, dachte sich Al. Zwischen verschieden Klingeltönen und den Soundeffekten diverser Apps meinte er an einem Text, den er links von sich hörte, einen Film wieder zu erkennen, der da offensichtlich gerade angeschaut wurde.

Es war wie ein Schritt in die Freiheit, als er endlich aussteigen konnte. Er blickte auf den Supermarktparkplatz und sah dort drei Mädchen mit Longboards sitzen. Zwei, wie konnte es auch anders sein, daddelten auf ihren Handys, die dritte schaute ihnen leidenschaftslos zu. Al schüttelte den Kopf.

Bei seiner Ankunft an den Garagen war weit und breit niemand zu sehen. Abgesehen davon, dass es ihn sehr irritierte, anscheinend der Erste zu sein - eine Situation, die nicht zu oft eintrat - war das Problem, dass er einfach nicht wusste, in welcher der gefühlten dreihundert Garagen sich diese ominöse Werkstatt befand. Al begann also, durch die schier endlosen Reihen von Fertigbetonkisten zu schlendern. Als er gerade am Ende einer Reihe um die Ecke biegen wollte, erklang eine Stimme von hinten. Er drehte sich um und nahm den kaum noch wahrnehmbaren Umriss seines Sohnes am anderen Ende der Ödnis wahr.

Die beiden gingen aufeinander zu und trafen sich vor einem Garagentor, an dem ein kleines Schild mit der Aufschrift ›Schrauber Schorre‹ mit Panzerklebeband befestigt war. Offensichtlich handelte es sich hier um die besagte Werkstatt.

Sehr vertrauenerweckend!, dachte Al.

»Der wird gleich da sein«, stellte Lukas fest. Dann setzte er sich vor das Garagentor, lehnte sich mit dem Rücken dagegen und schloss die Augen. Al setzte sich daneben und besah sich ein wenig die Umgebung: hirnerweichendes Niemandsland ohne jeglichen visuellen Anreiz.

»Und sonst?« Vielleicht würde ein Gespräch zwischen Vater und Sohn einen kleinen Zeitvertreib bieten. »Alles klar?«

»Yo!«, antwortete Lukas. Eine sehr gehaltvolle Kommunikation!

Die folgenden 5 Minuten kamen Al wie 20 Jahre vor.

Einem nach und nach anschwellenden Geknatter folgte kurz darauf die Erscheinung eines kuriosen Umrisses am Horizont, der sich in eher gemächlichem Tempo der Werkstatt näherte. Beim Näherkommen war langsam ein eher länglicher Mann zu erkennen, der auf einem Roller saß. Dieser wirkte um einiges zu klein für seinen Fahrer. Vor sich trug er einen beträchtlichen Bauch, so dass er aussah, als hätte er ein Bierfass auf dem Schoß.

Mit einer, naja, eleganten, 180°-Drehung brachte er das Gefährt direkt vor den beiden Humoas zum Stehen.

Der schwang sich vom Roller und hielt Al mit einem

»Schorre!« seine ölige Hand hin. »Nu, jetzt schnurrt das Kättchen widda!« Dann klopfte er Lukas mit seiner Pranke auf die Schulter und begrüßte ihn mit

»Na, Checker … alles senkrecht?« Marie würde sich bei der nächsten Wäsche sicher riesig über einen nicht mehr zu entfernenden Handabdruck auf Lukas′ Jacke freuen.

»Alles cool!«, antwortete Lukas, »Und … was war?«

»Eieiei!« Schorre verzog schmerzvoll sein Gesicht. »Gaaanz schwierige Operation!«, begann er im Jammerton, »… und nich ganz billig!« Al beschlich eine düstere Vorahnung, Lukas′ Gesichtsfarbe wurde um ein paar Nuancen heller.

»Die Zündkerze is anscheinend mal nass geworden«, begann Schorre zu erklären »dadurch war de Kompression natürlich ziemlich im Eimer. Sollt es noch ´nen Funken gegeben ham, wärer sicherlich ersoffen, bevor da irgendwas gezündet hätte. Dass da ´n Motor noch startet, kannse vergessen!« Al sah Schorre verblüfft an. Was sprach der da?

»Der Zündzeitpunkt war sowieso irgendwann!«, setzte der Mechaniker seine Erklärungen fort. »Das Polrad war so verdreht, dass et fast schon widda gestimmt hätt. Aber halt nu fast!« Ein Blick hinüber zu Lukas und seinem erstarrten Gesicht verriet Al, dass der auch keine Ahnung hatte, worum es hier ging.

»Dadurch kriechste dann ein Benzin-Luftgemisch, das mal zu fett, mal zu mager is – je nach Lust und Laune.«

Aha, dachte Al. Das konnte stimmen – oder auch nicht.

»Dat war abba alles nicht das eichentliche Probblem!« Oh, jetzt ging's also erst richtig los? Al war überzeugt, dass er auch weiterhin nichts verstehen würde.

»In den Kabelschuhen von de Zündspule is Wasser gestanden, da hättste ´n Schwimmbad eröffnen können. Ein regelmäßiger Funken ist da genauso wahrscheinlich wie ein arbeitender Beamter Freitagnachmittag!«

Jetzt war Schorre fertig mit seinen Ausführungen und putzte schweigend mit einem Lappen an der Sitzbank von Lukas Roller rum – was beim Zustand des Lumpens den Sitz eher schmutziger machte.

»Ja, und …«, begann Lukas nach einer Weile, »… jetzt?«

»Na, ich hab den ganzen Kram halt gewechselt: Zündkerze, Kabelschuh, Zündspule, Polrad ...« Lukas fing leicht zu wanken an.

»Weil ich grad dabei war, hab ich den Versager auch gleisch gereinigt und den Auspuff etwas aufgebohrt«, fuhr Schorre mit einem Blick aus dem Augenwinkel fort. »Nach dem ganzen Zinnober war natürlich noch ´n Ölwechsel nötig, mit der Brühe wärse nich mehr weit gekommen!«

»Ich habe noch nie Öl gewechselt«, stammelte Lukas.

»Dat hab ich gemerkt!« Jetzt fing dieser windige Schrauber auch noch zu grinsen an. »Die Batterie musst ich übrigens auch wechsln, de war durch!«

Wieder trat Stille ein. Bedrohliche Stille!

Mussmamuddawidaanrufe, dachte Schorre in Al´s Kopf.

Sogar die Gedanken von dem sind unverständlich, dachte Al.

»Ja … und was … macht das jetzt?« nahm sich der Junge ein Herz

»Hm …«, Schorre versuchte, es offensichtlich spannend zu machen »lass ma überlegen … die Mühle is noch ungefähr … na sagn ma 800 wert. Dann: Ersatzteile, Lieferkosten, Entsorgung … wei dus bist: 750!« Nun wankte Lukas beträchtlich. Ein suchender Blick traf Al.

»Freundschaftspreis!«, raunte Schorre. »Da ist jetz keine Arbeitszeit verrechnet. Wenn de keine Rechnung brauchst, kommt auch keine Steuer mehr dazu!« Irgendwie wurde das Grinsen von dem Typen immer breiter.

»Man muss überhaupt kein Öl wechseln«, murmelte Lukas, »nur nachfüllen!«

Es entstand ein Moment nahezu absoluter Stille.

»Na, endlich!«, schrie Schorre auf, »Willkommen in der Welt der Zweitakter!« Dann brach er in ein schallendes Gelächter aus. Ein weiterer Klapps hinterließ einen zusätzlichen Fleck auf Lukas´ Schulter.

»Und weil de so ein schlaues Bürschen bist, drehen wa doch gleich an da Preisschraube!«, brachte der Mechaniker unter fortwährendem Gelächter hervor. »Da war nämlich nur de Sicherung durch. Materialkosten: Paar Cent – größter Kostenfaktor war der Sprit. Für mich!« Schorre führte seine Hand mit einem Augenzwinkern an den Mund, um so eine Trinkbewegung anzudeuten. »Ich sach ja: die Teile laufen und laufen! Eigentlich kannse davon nich leben! Dat bringt jeden Mechaniker ins Grab!«

»Ja, aber …«, versuchte Lukas, das Gespräch auf das Thema Geld zurück zu lenken.

»Sach ma: ′n Zehner!«, wurde Schorre konkreter.

Wieder wurde Al von einem Blick seines Sohnes getroffen. Anscheinend war der hier komplett blank erschienen. Kein Wunder, dass er nichts dagegen hatte, mit seinem Vater aufzutauchen. Widerwillig zog Al seine Geldbörse und holte einen Schein raus. Der Schrauber ließ den Zehner mit einem

»Ihr Sohn lässt sich nich übern Tisch ziehen!« in seiner Latzhose verschwinden. Al war sich da nicht so sicher.

»Braucht ihr noch ′n Helm?«, fragte Schorre. Lukas sah Al an, dieser steckte instinktiv schnell seinen Geldbeutel weg.

»Yo«, grummelte Lukas.

»Ich geb dir ein von meinen. Bringste halt mal wieder!«, sagte Schorre auf dem Weg in seine Garage und kehrte kurz darauf mit einem Helm zurück, der eigentlich besser aussah als der von Lukas.

Schorre reichte Al die Hand.

»Schönen Gruß auch an Die Frau Mama«, sagte Al. Offensichtlich verblüfft über diese Empfehlung starrte Schorre in den Boden.

»Woll«, murmelte er. Lukas' Blick ließ keinen Zweifel daran, wie peinlich er seinen Vater fand. Da hatte der Schrauber sich aber schon wieder gefangen. Mit einem Klopfen hinterließ er einen dritten Ölfleck auf Lukas' Schulter und dann brachen Vater und Sohn auf ihrem Boliden auf.

Wenige Minuten – eher schon Sekunden – später hatten die beiden ihr Ziel erreicht: Al's ehemalige Wohnung, in der jetzt nur noch seine Exfrau und die vier Kinder lebten. Sie stellten den Roller vor der Haustüre ab. Im zweiten Stock des Mietshauses schloss Lukas die Wohnungstür auf.

»Halli, hallo!«, rief Al in den leeren Flur hinein, um seine Anwesenheit kund zu tun. Innerhalb kürzester Zeit kam ein 8-jähriges Mädchen an seinem Hals gesprungen.

»Papaaa!«, kreischte Lisa wenige Zentimeter von Al's Ohr entfernt.

Naja, Hauptsache, das Kind freut sich!

Mit einem Rums flog eine Türe auf und es erschien eine irrwitzig überschminkte junge Dame. Al erinnerte ihr Aussehen an Karneval.

»Können wir jetzt endlich gehen?« Ein quengelnder Unterton war nicht zu überhören.

»Gleich!«, versuchte Al, zu beschwichtigen.

In der Zwischenzeit war Lukas schon so gut wie in seinem Zimmer verschwunden.

»Äh, …«, rief sein Vater ihm hinterher, » … was ist jetzt mit Fußball?«

»Morgen!«, nuschelte Lukas und schon schloss sich die Tür hinter ihm.

»Der muss jetzt zocken«, erklärte Lisa, während sie vom väterlichen Hals Richtung Boden glitt.

So, muss er das?

»Vater!«, knurrte Laura, »Wir sollten jetzt wirklich gehen!«

»Gleich!«, wiederholte sich Al. »Wo ist denn Lena?«

»Die ist im Zimmer.« Lisa verzog das Gesicht. Die beiden kleineren Mädchen teilten sich ein Zimmer. Das führte von Zeit zu Zeit zu den üblichen Unstimmigkeiten.

Al ging zur Zimmertüre, klopfte an und öffnete. Lisa lag bäuchlings auf ihrem Bett und tippte auf ihr Handy ein.

»Äh, hallo …«, grummelte Al, »… was machst du da?«

»Hausaufgaben!«, murmelte Lena und hielt ein Schulheft hoch, auf dem sie bis zu diesem Zeitpunkt zu liegen schien. Jedenfalls war es für ihn vorher nicht zu sehen gewesen.

»Aha, naja …« Irgendwie erschien Al diese Arbeitshaltung nicht ideal – aber was sollte er dazu sagen? Seine Hausaufgaben wurden damals eher selten überhaupt erledigt. Leise schloss er wieder die Tür.

»Alfred!«, hallte es aus der Küche. Unverkennbar wurde er von seiner Exfrau gerufen – mit einem Ton, der keinen Widerspruch zuließ.

Al öffnete also die Küchentüre und fand Marie leicht über den Herd gebeugt vor. Sie schien an dem Gerät irgendetwas zu putzen. Als er eintrat, drehte sie sich nicht einmal um. Al stellte sich schräg hinter sie und fragte:

»Was ist hier passiert?«, mehr um auf sich aufmerksam zu machen. Geistreich war die Frage sicher nicht, Marie schabte offensichtlich mit einem Messer eine angebrannte Kruste weg.

»Lisa hat Milch überkochen lassen«, erklärte Marie wenig begeistert.

»Dann lass sie den Schlamassel doch selbst bereinigen.«

»Ich möchte den Herd auch irgendwann wieder nutzen können!«

Al schaute betreten, Marie kratzte weiter

»Genauso wie mein Bügeleisen!«

»Oh« Al fiel ein, dass er versprochen hatte, Maries Bügeleisen zu reparieren.

»Die letzten Tage war sehr viel los. Ich bin echt nicht dazu gekommen, ...«

»Toll, Humoa!« Sie war echt übellaunig »Und die Kinder und ich laufen solange in zerknüllten Lumpen rum?«

»Nein.«

»Na, anders ist es ja nicht machbar – ohne Bügeleisen!«

»Papaaa!«, hallte es aus dem Flur, »Wir müssen jetzt echt!«

»Ich geh dann mal«, brummte Al. Im Türrahmen sagte er noch »Wegen dem Bügeleisen komme ich dann … morgen … wenn ich´s schaff ...«

»Als Partner bist du eine Katastrophe,« zischte Marie, »als Vater … akzeptabel« Al schloss leise die Türe.

Er ließ sich von seiner übermotivierten Tochter aus dem Haus zerren, sie nahmen auf Lukas´ Roller Platz und tuckerten dann Richtung Konzerthalle. Während der Fahrt sang Laura vor sich hin. Al war froh, dass der Motor des Fahrzeugs nicht gerade der leiseste war.

Die Halle befand sich auf dem Gelände einer schon seit Jahren stillgelegten Fabrik und hörte auf den klangvollen Namen ›Glaspalast‹. Das Gebäude war nämlich großflächig verglast, was von außen trotzt des hohen Alters immer noch einen schicken Eindruck machte. Ironischerweise war im Innenraum davon inzwischen nichts mehr zu sehen, da sämtliche Scheiben mit reichlich Dämmmaterial und Spanplatten versiegelt worden waren. So sollte das Geschepper, das anfangs der treue Begleiter eines jeden Konzerts gewesen war, zumindest minimiert werden.

Rund um das ehemalige Werksgelände befand sich der Parkplatz, dessen Einfahrt von Männern in albernen orangeroten Jacken kontrolliert wurde, die die anfallende Gebühr kassierten und jedem Fahrzeug einen Platz zuwiesen. Al brauste freundlich winkend an den Parkplatzanweisern vorbei, ohne auch nur daran zu denken, anzuhalten oder gar zu bezahlen. In einer Nische an der Rückwand des Glaspalastes stellte er den Roller ab. Lauras, also Schorres, Helm deponierte Al unter der Sitzbank, den von Lukas hängte er einfach an den Lenker – sehr diebstahlsicher!

Als sie um die Häuserecke bogen, war schon eine Menschenansammlung zu erahnen, die sich beim Näherkommen als ziemlich mächtiger Pulk erwies. Al war erschüttert. Wollten wirklich so viele Menschen diesem windigen Trällerheini Aufmerksamkeit schenken? Wobei sich diese Menschenmenge eher in die Breite, als in die Höhe ausdehnte. 98 % der Anwesenden waren Minderjährige weiblichen Geschlechts, im Schnitt wohl so um die 13 Jahre. 1,7 % waren deren Mütter, ausgestattet mit besorgten Blicken auf ihre einzigartigen Töchter, die in der Menge gar nicht mehr so einzigartig wirkten.

Der Rest waren Jungen, die sich aufgrund irgendwelcher Versprechen oder Hoffnungen die Mädchen betreffend wohl überreden lassen hatten, was sie im Moment sehr zu bedauern schienen. Irgendwo zwischendrin verstreut befanden sich in einer Anzahl im kleineren einstelligen Bereich Väter, die dasselbe Schicksal erlitten wie Al. Grundsätzlich hatte er ja nichts gegen ein Dasein als Exot, hier fühlte er sich dennoch unwohl.

Es waren noch ungefähr zwei Stunden bis zum Konzert, also eine bis zum Einlass. Was zwar skurril, aber nicht besonders beängstigend begann, bekam dann doch verstörende Ausmaße: Innerhalb weniger Minuten hatte sich die Anzahl der Anwesenden verdoppelt, ohne dass der Platz zugenommen hätte. Es wurde zusehends enger und bald waren Laura und Al wie Sardinen in die Masse hineingepresst. Nun schlug die Stunde der Amazonen. Alle anwesenden Mütter setzten einen kampfbereiten Blick auf und hoben langsam aber bestimmt ihre Ellenbogen an. Während die Menschenmenge wie ein zäher Brei zwischen den vor dem Haupteingang errichteten Absperrgittern der Halle und der Wand des benachbarten Gebäudes hin und her waberte, bekam Al immer wieder heftige Stöße in die Rippen ab. Die Schmerzen der letzten Nacht feierten fröhliche Wiederkehr. Er versuchte, seine doch vorhandene körperliche Überlegenheit zu nutzen und einfach starr stehen zu bleiben. Da er aber der einzige war, der das für eine gute Idee hielt, wälzte sich die Masse weiterhin von Seite zu Seite.

Wenn es eine Schwarmintelligenz gibt, dann existiert wohl auch eine Schwarmdummheit!

Langsam näherte sich sein Groll dem der aggressiven Glucken an.

So verging die Zeit im Schneckentempo. Bis sich endlich in gemächlichem Tempo ein Trupp laufender Kleiderschränke in schwarzen Bomberjacken mit der Aufschrift ›Security‹ aus dem Glaspalast Richtung Absperrung bewegte und die Türen zum Einlass nach einer gefühlten Ewigkeit öffnete. Bald beschlich Al die Erkenntnis, dass sich die Abfertigung der Wartenden empfindlich verzögerte, weil zwei Drittel davon erst mal ihren Ausweis und die Einwilligung von irgendwelchen Erziehungsberechtigten vorzeigen mussten.

Es verging eine weitere Ewigkeit, bis er auch endlich zur Kontrolle dran war. Al schob Laura vor sich, diese zeigte die Tickets und schon waren sie zur Sicherheitskontrolle dran. Diese war gleich so genau, dass Al vermutete, man könnte alles kleiner als eine Panzerfaust hier problemlos einschmuggeln. In der Halle war im Moment relativ wenig los, die meisten mussten anscheinend noch draußen warten. Laura nahm Fahrt auf und mit einem über die Schulter gerufenen

»Bis später!« war sie im Gedränge vor der Bühne verschwunden.

An den Rändern der Halle waren neben einem Verkaufsstand für hässliche T-Shirts von dem Sangesbürschchen ein paar Getränkestände aufgebaut. Al begab sich zum nächstgelegenen. Eigentlich war das der ideale Zeitpunkt für ein Bier - nur für ihn als verantwortungsvollen Vater nicht. Er bestellte sich ein Mineralwasser.

Nach und nach füllte sich die Halle, wobei sich eine eigenartige Anordnung der Besucher ergab. Die Kinder und Jugendlichen drängten sich in einer großen Traube vor der Bühne, die Eltern standen in einem eher lockeren Kreis darum herum. Al gesellte sich also auch da dazu, als ihm auffiel, dass er seinen Becher schon wieder leer getrunken hatte. Da er immer noch Durst hatte, begab er sich aus finanziellen

Erwägungen Richtung Toiletten, um diesen vorerst mit Leitungswasser zu vertreiben.

Auf dem Weg entdeckte er in einer Nische einen Kaffeeautomaten. So lieblos ins Halbdunkel verfrachtet und eingestaubt, machte das Gerät den Eindruck, als wäre es übriggeblieben aus längst vergangenen Tagen, in denen hier Handwerker noch sinnvollere Arbeiten verrichteten als heutzutage, wo den Leuten was vorgesungen wurde. Eigentlich rechnete er auch gar nicht damit, aber ein dezent glimmendes Display ließ erkennen, dass der Automat anscheinend in Betrieb war. Al kratzte einige Groschen aus seinem Portemonnaie zusammen, bis er die geforderten 1,50 Euro zusammen hatte, und warf sie ein. Umgehend fiel ein Plastikbecher in den Ausgabeschacht und eine heiße dunkle Flüssigkeit floss hinein. Beim Herausnehmen bekam Al das Gefühl, die Temperatur des Inhalts befände sich nur knapp unterhalb des Siedepunktes. Seine Hand schmerzte. Der Becher war halb gefüllt, der Rest war wahrscheinlich umgehend verdampft. Al pustete kräftig hinein, bevor er einen Schluck nahm. Noch grauenhafter als die Temperatur war der Geschmack der Brühe. Solche Flüssigkeiten mussten sich wohl im Inneren von Heizkörpern befinden. Trinkbar im eigentlichen Sinne war das nicht.

Al ging auf die Toilette, schüttete den Rest des Kaffees ins Waschbecken, warf den einen Becher weg, den anderen füllte er mit Wasser und machte sich wieder auf den Weg zum Elternkreis.

Wenig später war es dann so weit. Nahezu pünktlich erlosch das Saallicht und lautstarke Musik erklang, die von Anfang an keinen Zweifel an ihrer absoluten Banalität aufkommen ließ.

Auf der Bühne hatte sich eine Ansammlung von Musikern eingefunden, die allesamt gute Miene zum faden Spiel machten.

Die sind jung und brauchen das Geld!, analysierte Al.

Die Band plätscherte also eine Zeit lang vor sich hin, dann kam er: der Pumuckl!

Savio Karimi trug zu seinem grünen T-Shirt und gelber Hose rote Haare. Gut, die Farben der Kleidung waren vertauscht, aber das fiel wohl unter künstlerische Freiheit. Dennoch erinnerte dieser Pfau Al eindeutig an seinen über unzählige Hörspielkassetten treuen Begleiter aus Kindheitstagen.

Die Stimme des Sängerknaben fügte sich nahtlos in den restlichen Brei harmloser Melodien ein. Zur Verwunderung von Al, der im Alter der sich vor der Bühne drängenden Mädchen Heavy Metal gehört hatte, schien das Savio´s Publikum in Ekstase zu versetzen. Vom Kreis der Erziehungsberechtigten war nicht mehr als ein leichtes Mitwippen vereinzelter, anscheinend jung gebliebener, zu erkennen.

Der Klabauter trällerte sein Liedgut, hauptsächlich Cover-Versionen, vor sich hin. Er holte ab und an Mädels auf die Bühne, denen er Tanzschritte zeigte, mit ihnen Selfies machte oder sich seine Haare, die ja ohnehin schon im Eimer waren, mit Haarspray verunstalten ließ.

Al verlor relativ rasch das Interesse an diesem harmlosen Schauspiel. Seine Gedanken schweiften ab. Er hatte auch wirklich Wichtigeres zu tun, als sich hier volldudeln zu lassen.

Ein Kriminalfall wartete immer noch auf seine Lösung. Außer der Überzeugung, dass Romolo an irgendeinem Verbrechen beteiligt war, wusste Al nicht so wirklich viel. Bis auf extrem viel Ärger hatten seine Besuche auch keine großen Erkenntnisse gebracht. Vielleicht sollte er sich die Dateien noch mal genauer ansehen, die er auf dem Laptop des Schurken gefunden hatte.

So pünktlich, wie die Veranstaltung begonnen hatte, endete sie auch nach exakt 75 Minuten wieder. Al war deswegen alles andere als unglücklich. Zwei Lieder als Zugabe noch und das Saallicht ging an.

Schnellstmöglich begab sich Al aus der Halle. Nach wenigen Minuten war Laura auch da und begrüßte ihn mit:

»Geil, oder?«

»Hm, ja«, log Al.

Sie machten sich auf den Weg zum unbeachtet in seiner Nische wartenden Roller und brausten wenig später an den endlosen Schlangen von Autos vorbei, die darauf warteten, vom Parkplatz in den Verkehr einbiegen zu können.

Angekommen vor Maries Haus, stieg Laura ab. Al wollte schon weiterfahren, als ihm das Bügeleisen einfiel. Also begleitete er seine Tochter nach oben und schnappte sich zur Verwunderung seiner Exfrau seinen Reparaturauftrag. Laura drückte Al einen Kuss mit einem

»Danke!« auf die Backe. Das hatte sein Vaterherz dann doch für diesen eigentlich äußerst entbehrlichen Abend entschädigt. Laura begann umgehend damit, ihre Mutter mit einer euphorischen Berichterstattung zuzutexten. Al beobachtete die beiden eine Zeit lang. Mit welcher Engelsgeduld sich Marie all das anhörte. Und wie selig Laura war … Leise verdrückte er sich.

Gerade, als er aus dem Hauseingang kam und den Roller da so stehen sah, überkam ihn ein Gefühl: er hatte gar keine Lust, jetzt noch Bus zu fahren. Eigentlich auch keine Zeit, schließlich wollt er noch einen Plan aushecken, wie dem Verbrecher beizukommen war. Al erinnerte sich da an noch einen Eintrag in dessen Terminkalender.

Der Schlüssel befand sich ohnehin noch in seiner Hosentasche. Also begab sich ein müder Mustervater auf dem Roller seines unwissenden Sohnes nach Hause.

Vielleicht würde er Lukas noch eine SMS schreiben. Vielleicht ...

Der blaue Roller fuhr holpernd über den Waldweg, von dem im matten Scheinwerferlicht früh morgens nicht viel zu erkennen war. Das Gefährt bremste ab. Darauf war ein Umriss zu erkennen, der mit seiner unförmigen Jacke und dem klotzigen Rucksack recht eigenartig aussah. Die Gestalt stieg ab. Sie zog ein Stück Papier aus einer Tasche ihres Parkas und hielt es in den Lichtkegel. Daraufhin drehte sich der Helm, in dem sich unzweifelhaft der Kopf des Fahrers befand, in fast alle Richtungen. Auch wenn es nicht den Anschein machte, als ob die Gestalt fündig geworden wäre, verschwand das Papier wieder in seiner Tasche und der Roller setzte sich in Bewegung.

Al war sich immer noch nicht sicher, wie er es geschafft hatte, so früh aufzustehen. Anscheinend war genügend Motivation doch alles!

Indirekt schrieb er die Zerstörung seines Wagens Romolo zu. Immerhin, wenn der Kerl sauber wäre, dann wäre Al ja auch nicht gezwungen gewesen, in sein Haus einzudringen ... um ein Kellerfenster zu reparieren, welches ja niemals in Mitleidenschaft gezogen worden wäre, wenn er nicht einen Laptop hätte zurückbringen müssen. Den musste er ja nur zurückgeben, weil er ja ... nun gut, vielleicht sollte die Schuldfrage zu einem besseren Zeitpunkt geklärt werden.

Er hielt den Roller wieder an, zog abermals den Zettel aus der Tasche und hielt ihn in das Scheinwerferlicht. Bei dem Papier handelte es sich um eine Art Landkarte. Die hatte Al noch in der Nacht, unter Verwendung von Online-Kartendiensten und der Homepage des Golfclubs angefertigt.

An alles war gedacht: die einzelnen Löcher des Platzes waren ebenso akribisch genau eingezeichnet wie die Driving Range und das Clubhaus. Sogar die Lage eines kleinen Geräteschuppens war angegeben. Alle anderen markanten Punkte, wie Bäume und Gebüsche des gesamten Platzes, fehlten natürlich auch nicht. Durch die im Netz verfügbare Satellitenansicht hat er auch eine Stelle außerhalb des Clubs ausfindig gemacht, von der sich Al einen unbemerkten Zugang zum Gelände erhoffte.

Die Karte verriet ihm, dass er das Gelände bald erreichen würde, wenn er dem Waldweg weiter folgte. Wieder verschwand das Papier und der Roller fuhr weiter.

Für den Platz musste ein sehr großes Stück des Neunerwaldes weichen. Für Al unbegreiflich, wie sich die Stadt darauf einlassen konnte. Immerhin war der Wald ein Wasserschutzgebiet, unter dem sich ziemlich große Trinkwasserreserven für die Stadt befanden. Aber wenn der halbe Stadtrat Mitglied im Golfclub war …

Auf der Homepage des Clubs war davon natürlich nichts zu lesen. Hier wurde nur beschrieben, wie schön der Platz bewachsen war. Und wie wundervoll das doch auch für die Natur wäre, da so viele Bäume auf ihm standen. Aber davon, wie viele Bäume gefällt wurden, war nichts zu lesen. Eine Riesenheuchelei! Al verabscheute diese natürlich zutiefst. Er nahm an, man hatte halt an den Stellen, wo sie nicht störten, die Bäume einfach stehen lassen. Seiner Meinung nach wurden so Kosten für die Abholzung gespart.

Im Moment waren diese Bäume klar von Vorteil: Sie würden für die folgende Aktion genügend Sichtschutz bieten.

Im fahlen Licht des Scheinwerfers kam ein Maschendrahtzaun zum Vorschein. Al hatte sein Ziel erreicht. Der Zaun sollte Waldspaziergänger davon abhalten, sich auf den Platz zu verirren. Doch heute würde er als Zugangspunkt benutzt werden.

Al schwang sich vom Roller, nahm den Helm ab und ließ diesen im Stauraum unter der Sitzbank verschwinden. Bewegungslos lauschte er in die Nacht. Nichts zu hören! Unter Ächzen schob er den Roller vom Weg, um ihn im Schutz eines Baumes zu verstecken. So sah man das Gefährt wenigstens nicht gleich, wenn es hell wurde. Trotz Schmerzmittel gab sein Körper immer noch bei jeder Bewegung deutliche Signale von sich. Aber Al entschloss sich, dies wie ein Mann zu erdulden. Immerhin erhoffte er sich viel von dieser Aktion. Er würde zumindest rausfinden, wer A.L. war.

Wieder lauschte Al in die Dunkelheit, immer noch war nichts zu hören. Gebückt schlich er sich zum Zaun und ging davor in die Hocke. Mit einem kleinen Bolzenschneider, welchen er selbstverständlich nebst allerlei anderen nützlichen Gegenständen in seinem Rucksack mit sich führte, begann er eine Öffnung in den Zaun zu schneiden. Dies gestaltete sich als recht schwierig, weil so gut wie nichts zu sehen war. Als er sein Werk endlich vollendet hatte, schmerzten seine Oberschenkel schon recht stark. Stöhnend schlüpfte er samt Rucksack durch das Loch.

Auf der anderen Seite zog er abermals die Karte aus seinem Parka, und erkannte... nichts! *Was soll's,* dachte er, *in ´ner halben Stunde müsste es hell werden, bis dahin komm ich ohne aus.*

Als Ziel hatte er sich eine Stelle ausgesucht, von der aus der Abschlag des Lochs Zwei genau einzusehen sein würde. Somit konnte er Romolo und seinen Golfpartner dort gut beobachten. Die grobe Richtung hatte er sich eingeprägt, also konnte er schon mal loslaufen.

Dreißig Minuten später war tatsächlich schon mehr zu erkennen. Al hatte Blick auf eine Flagge, auf der deutlich die Ziffer ›7‹ zu erkennen war, er befand sich also an Loch Sieben. Die Karte verriet ihm, dass er nicht so weit vom gedachten Weg abgekommen war, wie er befürchtet hatte. Na ja, vorausgesetzt, man definierte die Entfernung bis zur Bahn Zwei als ›nicht allzu weit weg‹. Ein Blick auf die Uhr seines Handys machte ihm klar, dass er keine Zeit zum Trödeln hatte.

Al bahnte sich geduckt und keuchend seinen Weg durch die Bäume.

Warum mussten die Golfplätze auch immer so gepflegt sein? Unterholz war praktisch nicht vorhanden und die geraden Baumstämme boten ihm nicht die erhoffte Deckung. Keuchend spurtete er – also, er versuchte zumindest zu spurten - durchs Gehölz.

Sein T-Shirt war schon komplett durchgeschwitzt und er atmete schwer. Die Zeit wurde knapp, dennoch gönnte er sich eine kleine Pause. Er musste die Hälfte des Weges zurückgelegt haben.

An einen Baum gelehnt, zog er eine Wasserflasche aus dem Rucksack und trank gierig. Die Flasche tauschte er gegen seine Karte aus der Jackentasche und orientierte sich wieder. Ja, er war sich sicher: er würde rechtzeitig am Abschlag sein.

»Fore!«, schallte es über den Platz. Selbst Al wusste, dass es Englisch für ›Achtung‹ bedeutete und weltweit ein Warnruf der Golfer war. Zum Beispiel bei einem verzogenen Schlag, wenn der Ball in die Bäume ging.

Bäume?

Al ließ sich auf den nassen Boden fallen, und war nicht einmal überrascht als der Golfball mit einem lauten ›Tock‹ genau an der Stelle, an der sich vor wenigen Augenblicken noch sein Kopf befunden hatte, gegen den Baum schlug. Der Ball sprang ab, prallte an einem gegenüberliegenden Baum zurück und blieb neben Al liegen.

Verdammt! Hoffentlich find ich den Scheißball gleich. Ich kann echt keinen Strafball brauchen, der Wagner ist eh kaum noch einzuholen!

Al wusste weder, wer dieser Wagner war, noch wer den Ball geschlagen hatte. Aber eines wusste er mit Gewissheit: dass es einen Strafschlag geben würde. Im Aufstehen steckte er sich nämlich den Golfball zusammen mit der Karte in den Parka. Schnaufend setzte er seinen Weg fort, in der Hoffnung, weiterhin unentdeckt zu bleiben.

Dieser Wunsch ging auch in Erfüllung. Die ersten 150 Meter von Loch Zwei waren schnurgerade. Zu beiden Seiten der Bahn waren Erdwälle angelegt, auf denen Bäume wuchsen. Für Al sah das eher wie der erste Teil eines Schießstands aus. Er hatte sein Ziel erreicht und fand, wie erhofft, eine Stelle, an der er, geschützt von zumindest etwas Unterholz, in Stellung gehen konnte. Also ließ er sich erschöpft fallen. Dicke Schweißtropfen rannen über sein Gesicht.

Ein Blick auf sein Handy verriet: er hatte Zeit gut gemacht und konnte entspannt auf seine Zielpersonen warten. Mit einem Fernglas, das er aus dem Rucksack zog, beobachtete Al auf seine Ellenbogen gestützt den Abschlag. So mussten sich Scharfschützen fühlen, bewegungslos wartend auf den großen Moment, bis ihr Opfer erschien.

Ob denen wohl auch so kalt war? Der Durchgeschwitzte lag nun bewegungslos auf dem von der Nacht ausgekühlten Boden und begann zu frieren. Al hätte sich doch eine Thermoskanne mit heißem Kaffee mitnehmen sollen. Aber er hatte darauf verzichtet, es sollte ja schließlich kein Campingausflug werden. Was hatte er sich nur gedacht? Obwohl er fror, rannen ihm immer noch dicke Tropfen übers Gesicht. Al war sich sicher, er würde ernsthaft krank werden, wenn er hier ewig warten müsste. So lange warten musste er zwar dann nicht, aber einen Schnupfen bekam er ein paar Tage später trotzdem.

Im Fokus seines Feldstechers konnte er drei sich dem Abschlag nähernde Gestalten erkennen. Al senkte sein Fernglas, das konnten nicht seine Zielpersonen sein, er wartete ja auf zwei. Um nicht entdeckt zu werden, legte er sich ganz flach auf den Boden.

Als die kleine Gruppe den Abschlag erreichte, und der erste von ihnen sein Tee in den Rasen steckte, riskierte Al doch noch einen weiteren Blick.

Er war überrascht: der Mann, der gerade seinen Golfball auf das Tee legte, war Romolo!

Also war das doch die Gruppe, auf die er gewartet hatte. Der zweite, der Romolo dabei zuschaute, war der Koffermann aus dem Studio.

»Hallo, A.L.!«, flüsterte Al, »Jetzt hab ich dich!« Aber wer war Nummer drei? Der Unbekannte stand halb weggedreht über seinem Golfbag gebückt und wühlte in der Seitentasche. Al konnte erkennen, wie er einen Ball herausfischte, aber das Gesicht konnte er nicht sehen, eine von diesen potthässlichen Golfmützen versperrte seinen Blick.

Romolo drosch mehr auf den Ball ein, als dass er ihn schlug, sodass dieser viel zu steil anstieg. Nun gut, wenn er Wert darauf legte, kurze Distanzen in hohen Bögen zu überbrücken, so war der Abschlag durchaus gelungen. Ordentlich gespielt war das nicht. Der Schläger, der Koffermann und der Mützenträger hoben ihre Köpfe an, um dem Ball nachzuschauen. Dabei konnte Al die Gesichter der drei im Morgenlicht gut erkennen.

Al setzte den Feldstecher ab, atmete einmal durch und hielt ihn sich wieder vor die Augen. Er musste sichergehen, dass es wirklich stimmte, was er gerade sah. Während der Koffermann seinen Ball bereitlegte, stellte Al fest, dass er sich wirklich nicht geirrt hatte.

Anton Lichtenberger hatte ein feistes Grinsen auf seinem Gesicht, während er den ebenfalls schlecht abgeschlagenen Ball des Koffermanns mit seinem Blick verfolgte!

Tief atmete Al durch die Nase ein. Es begann zu kitzeln, er hatte keine Chance. Das »Hatschi« schallte unüberhörbar über den Platz. Die Golfgruppe drehte synchron die Köpfe in seine Richtung.

Panik überkam ihn. Er rollte die andere Seite des Walls hinunter.

»Hey, Sie da!«, hörte er Romolo bellen. »Wer ist da?«

Gefolgt von Lichtenbergers:

»Kommen Sie her, wir haben Sie gesehen!«

Romolo setzte gleich im gewohnt sympathischen Tonfall nach:

»Wird's bald?«

Und wieder Lichtenberger:

»Sie brauchen sich gar nicht zu verstecken!«

Al kam auf die Beine und rannte, was ging. Mit ihrem Geplärr erinnerten die beiden an zwei Gorillas zur Paarungszeit. Da fehlte nur noch, dass sie sich mit ihren Fäusten auf die Brust trommelten. Aber wenigstens verschaffte ihm dieses Machtgehabe einen kleinen Vorsprung.

Allerdings konnte es nicht lange dauern, bis sie merkten, dass da jemand ihre Autorität in Frage stellte und Ungehorsam praktizierte. Die würden ihn bestimmt nicht einfach so ziehen lassen. Nein, das war ihr Golfplatz. Hier war er leichte Beute - und auf so was standen die beiden gewiss.

Al rannte einfach drauf los, sein Puls hämmerte in seinen Ohren. Wieder rannen dicke Schweißtropfen über sein Gesicht. Erst als er an einem Geräteschuppen angelangt war, begriff er, dass er in Richtung Clubhaus gerannt sein musste. Weiter kam er von hier nicht, gleich hinter dem Schuppen, der ihn vor neugierigen Blicken schützte, erstreckte sich die Driving Range. Zweifelsohne wurde dort schon trainiert. Links von ihm war ein Carport, unter dem zwei Golfcarts abgestellten waren. Er dachte kurz daran, mit einem von den beiden davon zu brausen. Aber dann wäre er ein leicht auszumachendes Ziel und, vor allem, für seine Verfolger einfach zu identifizieren gewesen.

Eines stand jedenfalls fest: er war viel zu weit weg von dem Loch im Zaun.

Die Schuppentür befand sich auf der von der Range abgewandten Seite. Das war seine einzige Chance!

»Oh, bitte! Gott, nur dieses eine Mal! Nur dieses eine Mal! Bitte!«, kam ein Stoßgebet keuchend über seine Lippen.

Al war sich schon lange sicher, dass Gott, falls es ihn tatsächlich geben sollte, ihn hasste. Aber heute erwies er sich als gnädig. Der Schuppen war nicht abgesperrt!

Er schloss die Tür hinter sich.

Ich weiß, wo er ist, breitete sich eine Stimme in Al´s Kopf aus.

Der Schweiß lief brennend in seine Augen. Verschwommen nahm er das Innere wahr: ein paar Gartengeräte, eine Wand, an der Werkzeuge hingen, ein Tisch, ein Stuhl und ein paar aufgestapelte Säcke. Ohne nachzudenken warf sich Al gleich hinter sie. Er zog seine Beine so an, dass diese nicht mehr zu sehen waren. Er atmete immer noch schwer und laut. Im Schutz der Säcke konnte er sich erst mal beruhigen.

Seine Gedanken kreisten wie wild.

Was macht der Lichtenberger hier? Wer hängt da noch alles mit drin? Was zum Geier treiben die für gemeinsame Geschäfte? Was hat der Koffermann damit zu tun? Wie schlimm ist das alles wirklich? Und: warum zum Teufel hab ich Idiot mich hier in die Falle gesetzt?

Al saß fest, schon wieder! Bald war auf dem Platz voller Betrieb und er hatte keine Ahnung, wie er hier unentdeckt verschwinden sollte.

Falsch ... er war ja schon entdeckt worden! Damit hätte sich dieses Problem ja schon erledigt! Nur, es gab schon wieder ein neues: er war sich sicher, weder Romolo noch Lichtenberger würden die Suche nach dem Eindringling schnell aufgeben. Lichtenberger, dem Pedanten, traute er ohne weiteres zu, sich den restlichen Tag in die Sache reinzusteigern.

Könnte ihm Jan weiterhelfen? Vor seinem geistigen Auge sah er Romolos Vorgarten. Insofern war die Antwort darauf klar: Nein! Was würde sein unberechenbarer Kumpel wohl mit einem ganzen Golfplatz anstellen?

Eine Stimme drang von draußen in die Hütte. Sie hatten ihn also in der Falle! Al war wieder kurz vor der Panik.

»Also, hier kümmer ich mich um alles … Kannst froh sein, hier ein Praktikum zu machen. Bei mir kannste noch was lernen … Verstehste? Weil ... da kannste eine Menge sehen ...«

ungebremst weiter plappernd näherte sich die Stimme. Dennoch beruhigte sich Al etwas. Das waren sicher nicht seine Verfolger.

» … Hier ist unser Geräteschuppen. Siehst du ...« Wohl eher der Greenkeeper. Und dieser schien gerade anderes im Kopf zu haben, als nach einem großen Unbekannten zu suchen.

»... Vieles zu tun ...« Die Tür wurde geöffnet. Al sah davon ab, einen Blick zu riskieren. Er konzentrierte sich lieber darauf, leise und flach zu atmen.

» ... so hier sind unsere Geräte ...« Wer auch immer da sprach, dieser Mann hatte eine offensichtliche Vorliebe für unnötige Informationen. Eine zweite, weitaus jüngere Stimme war zu hören:

»Äh, was ist denn das für ein Teil?«.

»Das brauchen wir jetzt nicht!«, erklang die andere Stimme wieder »Also, die Geräte solltest du schon kennen, wenn du hier bist, sonst biste der falsche Mann für den Job ...« So so.

Bei mir kannste noch was lernen ging es Al durch den Kopf.

»... Jetzt nimmste erst mal den Karren da. Also jetzt leerst du erst mal die Abfalleimer aus. Und beeil dich! Wir haben nicht den ganzen Tag Zeit, verstehste?«

»Welche Abfalleimer?«, entgegnete der Praktikant

»Na die vorm Glubhaus, also da bei der Driving Ränsch!«

Klar, dachte Al, *jetzt weiß jeder, was gemeint ist!*

Al konnte hören, wie etwas bewegt wurde. Der Schubkarren?

»Was ist eigentlich in den Säcken drin?«

»Da lässt du die Finger weg. Und jetzt komm, das muss schneller gehen. Wir haben noch ´n Arsch voll Arbeit vor uns.«

Al beschloss, seinem Praktikanten mal zu erklären, wie gut es dieser bei ihm eigentlich hatte.

Scheppernd wurde die vermeintliche Karre aus der Hütte geschoben.

»Kommst dann wieder hier her, muss hier noch was erledigen.«

»Geht klar, Chef!« Dieser Praktikant hatte schon Ähnlichkeit mit Robin. Waren Praktikanten die ersten real gezüchteten Deltas? *Schöne neue Welt*, dachte Al.

Die Tür wurde geschlossen. Aber unser Westentaschen-James-Bond konnte hören, dass nur der Praktikant gegangen war. Der Stuhl wurde bewegt, und kurz darauf war das Rascheln von Zeitungspapier zu vernehmen.

Na prima, der hatte ja wohl die richtige Einstellung zur Arbeit: seinen Praktikanten einfach so schutteln zu lassen und selbst Zeitung zu lesen. Al war entsetzt, immerhin hatte man ja Verantwortung gegenüber seinem Auszubildenden.

Es dauerte nicht lange, bis die Tür aufgerissen wurde. Al's Atem stockte!

»Sie da!« Lichtenbergers Stimme war scharf zu hören »Waren Sie gerade draußen?«

»Wie draußen?«, klang die verständnislose Stimme des Zeitungsraschlers.

»Ja, draußen halt!« Für einen Polizeipräsidenten war die Befragungsmethode ausgesprochen banal. »Jetzt stellen Sie sich doch nicht so an! Wer sind Sie eigentlich?«

»Der Hausmeister, und Sie?« *Ah, also doch nicht der Greenkeeper*, schoss es Al durch den Kopf, auch wenn diese Information absolut unwichtig war.

»Das geht Sie gar nichts an«, herrschte Lichtenberger, »Ist sonst noch jemand hier drinnen?«

»Äh, nein«, stammelte der andere mit immer noch verunsicherter Stimme. »Der Prakti...«

»Waren Sie an den Säcken?«, wurde er nun angekeift.

»Nein, warum sollte ich? Ich bin doch nicht der Greenkeeper!«

»Es ist noch nicht mal neun Uhr! Aber schon gemütlich Zeitung lesen.« Al erkannte immer noch keinen Plan in Lichtenbergers Gerede. Dass der jemanden suchte, war Al nur klar, weil es sich bei dieser Person ja um ihn selbst handelte. Aber Säcke, Uhrzeit, Zeitung ...?

»Was glauben Sie eigentlich, wer Sie sind? Über Sie werde ich mich bei der Clubleitung beschweren!«* Leute niedermachen, das war Al dann wieder vertraut.

---

* Zwei Tage später hatte der Praktikant einen neuen ›Chef‹. Einerseits hätte Al zwar sicherlich nicht viel Mitleid mit dem Kerl gehabt, aber andererseits: gleich seinen zu Job verlieren, wegen so was?

Die Türe wurde mit einem Knall geschlossen. Von draußen erklang Wichtelsbergers Stimme:

»Hier ist er nicht, gehen wir weiter zum Clubhaus.«

Die Zeitung wurde hektisch zusammengefaltet, und kurz darauf erklang, wenn auch deutlich leiser, die Tür auf ein Neues.

Al lauschte. Offensichtlich war er nun alleine! Aber immerhin fühlte er sich sicher, der Schuppen war ja sozusagen durchsucht worden.

Der Herr Polizeipräsident konnte ja noch ekliger sein, als er bei der Arbeit war! Musste Marie sich das auch bieten lassen? Al beschloss, sich was einfallen zu lassen. Diesem Fatzke musste mal einer die Grenzen aufzeigen. Aber zuerst musste Al hier raus. Er konnte sich nicht darauf verlassen, hier den ganzen Tag sicher zu sein. Und den Roller musste er auch zurückgeben.

Hinter den Säcken sitzend, die Karte aus dem Parka studierend, leerte er seine Wasserflasche. Sie war jetzt genauso voll wie sein Vorrat an Ideen.

Zusammenfassend galt es, das Loch im Zaun unerkannt zu erreichen. Klang eigentlich einfach. Ein Kontrollblick in den Rucksack offenbarte die mitgenommene Ausrüstung: Fernglas, Taschenmesser, Bolzenschneider, sowie ein obligatorisches Stück Draht, eine Rolle graues Klebeband, ein paar Arbeitshandschuhe und ein Notizblock mit Kugelschreiber. In der Jacke befand sich sein Handy. In der Hosentasche noch ein Taschentuch, Schlüssel und Geldbeutel.

Vorsichtig schob Al seinen Kopf nach oben, um über die Säcke zu linsen. Alles wie vorher, nur auf dem Tisch lag jetzt eine Zeitung. Al ließ sich wieder auf den Boden sinken. Er starrte auf die Säcke.

Die Säcke? Warum hatte Lichtenberger nach den Säcken gefragt?

Waren Sie an den Säcken? ...

Hatte Al gefunden, wonach er suchte? Auf den Säcken stand der Name ›Optiterra‹. Er nahm sein Taschenmesser und stach in einen der Säcke. Sogleich rieselte der Inhalt heraus. Etwas davon fing Al mit der leeren Wasserflasche auf. Er besah sich den körnigen Inhalt durch den durchsichtigen Kunststoff. Dann ließ er die Flasche im Rucksack verschwinden. Auch wenn Al im Moment noch nicht wusste, um was es sich beim Inhalt dieser Säcke handelte, so hatte er doch das Gefühl, dass ihm dieser einen entscheidenden Hinweis geben könnte. Von dieser Wendung beflügelt, hatte er auch eine Idee, wie er verschwinden konnte.

Zunächst galt es, unerkannt zu bleiben. Die Jacke wurde gewendet, so dass man sie nicht gleich wieder erkennen konnte. Den Rucksack trug er unter der Jacke. Die Zeitung auf dem Tisch war die Lösung fürs Gesicht. Ein Blatt wurde gefaltet, mit dem Messer Öffnungen für die Augen reingeschnitten und vors Gesicht gehalten. Um die vor Handwerkskunst nicht gerade strotzende Maske zu befestigen, wickelte Al einfach etwas Klebeband um seinen Kopf. Das sollte halten!

Er streifte die Arbeitshandschuhe über, dann war Al zufrieden. So getarnt hielt er es auch für ungefährlich, ein Golfmobil zu nehmen. Wenn alle einen vermummten

Verrückten über den Platz heizen sahen, dann scherte ihn das ja nicht.

Al atmete tief durch. Er trat zur Tür. Sein Taschentuch hielt er in der Hand. Das Messer war zum schnellen Zugriff in der Jackentasche deponiert.

Er öffnete die Tür, wischte mit dem Tuch über die Stelle, die er beim Eintreten angefasst hatte und rannte gleich zu den Carts.

Die beiden Fahrzeuge standen immer noch da, er entschied sich spontan für das Linke. Dem stach er gleich mal die Reifen durch. Es sollte ihm ja schließlich keiner folgen können.

Dann nahm Al in dem rechten Platz.

Natürlich steckte kein Schlüssel. Nur, einen echten Helden konnte so etwas natürlich nicht aufhalten. Er griff unter das Armaturenbrett und riss mit einem festen Ruck die Kabel einfach raus. Im Prinzip waren diese Schlüsselschalter alle gleich, egal ob hier oder an einem Schaltschrank in der Industrie. Es waren einfach betrachtet nur Drehschalter, die einen Kontakt schlossen. Nur, dass man hier halt ohne Schlüssel nicht drehen konnte.

Aber wenn man den Schalter nicht schließen konnte, verband man halt die zwei Drähte miteinander. Mit dem Taschenmesser wurden diese abisoliert. Der erste Versuch brachte die Scheinwerfer zum Leuchten, der zweite startete das Wägelchen. Die Drähte wurden verdrillt. Al war recht dankbar, dass auf dem Steuerkreis von so einem Gefährt nicht so hohe Ströme flossen wie im Leistungsteil des Antriebs, hier hätte er bei so einer Aktion einen erheblichen Stromschlag bekommen.

Er schaltete den Fahrtwahlhebel auf Rückwärts und trat das Gaspedal durch. Mit einem metallisch schlagenden Geräusch löste sich die Feststellbremse. Der Wagen schoss los und blieb gleich darauf mit einem Ruck, von einem weiteren, aber lauteren, schlagenden Geräusch begleitet, stehen. Die Ladestation des Gefährts war halb aus seiner Befestigung an der Wand gerissen. Da hätte Al wohl erst mal das Ladekabel entfernen sollen ... Fluchend schwang er sich vom Sitz, lief zur Vorderseite des Carts, bückte sich und löste das Kabel. In diesem Moment sah er ein älteres Golfpärchen, welches still dastand und ihn mit offenen Mündern beobachtete. Al wusste, dass er die beiden zu Tode erschreckt haben musste. Er hielt es für eine aufmunternde Geste und winkte ihnen zu. Die beiden rührten sich nicht. Nun gut, er hatte es versucht.

Al setzte sich wieder und fuhr los. Als er aus dem Carport raus war, hielt er an, wechselte die Fahrtrichtung und gab abermals Gas.

Mit sich zufrieden fuhr er gerade an der Hütte vorbei. Wie aus dem Nichts griffen an der Beifahrerseite zwei Hände nach dem Cart.

»Stehen bleiben!«, bellte Lichtenberger, der aufzuspringen versuchte. Al erschrak und ließ einen Schrei los. Vor lauter Panik hob er sein Bein und trat einfach zu. Jetzt schrie Lichtenberger. Aber immerhin: er hatte losgelassen.

Al´s Herz schlug wie wild! Wurde er erkannt? Al tastete sein Gesicht ab, die Maske bedeckte seinen Kopf immer noch zuverlässig. Er schien verdammt viel Glück gehabt zu haben.

Entspannt lehnte Al sich in den Sitz zurück. Das Wägelchen stellte zwar keine Geschwindigkeitsrekorde auf, aber zu Fuß hatte man keine Chance, es einzuholen.

Auf seinem Weg fuhr er an einigen Golfspielern vorbei. Sie starrten ihn alle mit dem gleichen verwunderten Gesichtsausdruck an und Al winkte auch ihnen aufmunternd zu.

Am Zaun angekommen, ließ Al den Golfcart zwischen zwei Bäumen stehen. Er konnte das Loch schon sehen. Al lief geradewegs in Richtung Öffnung und sprang mit ungeahnter Eleganz hindurch. Als er den Roller erreicht hatte, streifte er seine Jacke ab, ließ die Zeitungsmaske im Rucksack verschwinden und zog die Jacke dann wieder richtig herum an.

Und Al fuhr heim.

In seiner Wohnung angekommen, stellte er den Rucksack auf dem Küchentisch ab, warf seinen Parka darüber und schaltete seinen Laptop ein.

Sobald das Gerät betriebsbereit war, gab er ›Optiterra‹ ein.

Na Super! dachte er, *das hätte ich im Baumarkt einfacher haben können: Dünger.*

Laut Internet war Optiterra ein ganz normaler Pflanzendünger.

Enttäuscht schaltete Al seinen Computer ab und ließ sich umgehend ins Bett fallen.

Das Geräusch war eher dezent: aus der Küche erklang das Klingeln einer ankommenden SMS. Al öffnete die Augen und starrte an die Decke seines Schlafzimmers. Wie eine umgefallene Statue lag er komplett angezogen auf seinem Bett. Mit Elan schwang er die Beine aus dem Bett, wobei seine Schuhe eine beachtliche Schleifspur auf der Bettdecke hinterließen.

Gemächlich trottete er zum Küchentisch und nahm das Handy aus der Innentasche seiner Jacke.

Wo ist mein Roller?

Hm, vielleicht hätte Al Lukas doch mitteilen sollen, dass er sich das Gefährt etwas länger als erwartet lieh. Na, dann machte er das halt jetzt.

Hier ... wann brauchst du ihn?

Eigentlich jetzt! Ich muss zum Fußball! ›Eigentlich‹... na, dann wird´s schon nicht so dringend sein. Al antwortete also:

Wo und wann ist das Fußball-Spiel?

Lukas Antwort kam prompt:

Heimspiel. Um 2! Der Roller?

Al ging das alles gerade viel zu schnell. Darum hielt er seine nächste SMS mit einem simplen: Kommt! ziemlich knapp.

Lukas ließ aber nicht locker, auch wenn seine Mail nicht weniger kurz war:

Wann?

Eigentlich wollte Al im Moment einfach nur seine Ruhe. Dann versuchte er es halt so:

Zum Platz. Ich schaffs nicht früher.

Lukas´ Freude schien sich in Grenzen zu halten:

Toll. Bis dann

Al schmiss einen Blick auf die Küchenuhr:

Oh, zwanzig vor zwei! Das wird knapp!

Na, dann war es wohl an der Zeit, aufzubrechen. Anziehen musste er sich ja nicht mehr. Nur noch die Jacke übergeworfen und schon konnte es losgehen.

Als Al so auf dem Roller seines Sohnes dahin tuckerte, stellte er fest, dass ihn ein leichtes Hungergefühl überkam. Er empfand es als nahezu unumgänglich, diesem Abhilfe zu schaffen. Das war sonntags natürlich gar nicht so einfach. Durch seine exzellente Ortskenntnis fand er sich dennoch in der Lage, durch einen kleinen - naja, zumindest in seinen Augen kleinen – Umweg an Nahrung zu gelangen.

Al bog in eine Querstraße und von da um mehrere Kurven, bis er schließlich an der Konditorei und Bäckerei Wohleshofer ankam. Der Laden war weder günstig, noch hatte er übermäßig gutes Gebäck – aber zumindest hatte er heute bis 17 Uhr geöffnet.

Al betrat die Bäckerei und war schockiert: da schlängelte sich eine Menschenmenge von der Theke bis fast zur Eingangstüre. Na, das konnte ja dauern. Aber das war wohl der Preis, den man zu zahlen hatte, wenn man an Tagen, an denen es früher auch simples Schwarzbrot tat, frisch Gebackenes wollte.

Er stellte sich also hinten an. Nach einer gefühlten Ewigkeit keimte die bittere Erkenntnis in ihm: er würde wohl nicht mehr pünktlich bei dem Fußballspiel erscheinen. Langsam und gemächlich schob er sich mit der Schlange nach vorne, die hinter ihm aber keineswegs kürzer wurde. Irgendwann hatte er sich dann in Sichtweite der Theke vorgearbeitet. Es gab eine reichhaltige Auswahl an Brot, Kuchen und sowohl herzhaftem als auch süßem Gebäck.

Al hatte es ein Sandwich angetan, das wohl mit Schinken und Käse belegt war. Sogar ein Salatblatt spitzte hervor. Da es nicht mehr lange dauern konnte, holte er schon mal seinen Geldbeutel hervor. Dann konnte er seinen Einkauf schnell tätigen - ihm waren nämlich die Sorte Kunden zuwider, die stundenlang in einer Reiche vor sich hin warteten und exakt in dem Moment den ersten Gedanken daran verschwendeten, was sie denn überhaupt kaufen wollten, in dem die Verkäuferin sie danach fragte. Meist folgte dann ein langwieriges Gerede mit vielen ›Ähh´s‹ und ›Hmm´s‹, das für die wartenden Menschen in der Schlange nicht nur zeitaufwendig, sondern auch extrem entnervend verlief.

Der Blick in sein Portemonnaie traf Al schwer: das Fach mit dem Papiergeld war komplett leer, im Münzfach befand sich hauptsächlich Kupfergeld. Er zählte sein Barvermögen zusammen und kam auf 3,64 Euro. Auf dem Etikett hinter der Glastheke stand: ›Sandwitch: 2,89€‹. So amüsant Al die Vorstellung von einer Hexe aus Sand fand, so frustrierend empfand er es, dass er sich bei diesem Preis einen Kaffee zum Mitnehmen nicht mehr leisten konnte.

Es mochte wohl noch einige Zeit vergangen sein, bis Al endlich an der Reihe war. Er bestellte das gewünschte Sandwich, die Bäckereifachangestellte erledigte ihren Job und packte es zusammen mit einer Serviette sorgfältig in eine Papiertüte. Al bezahlte, schnappte sich die Tüte und verschwand. Er schwang sich auf den Roller und schon befand er sich wieder auf dem direkten Weg zum Sportgelände.

Vor dem Trainingsplatz stellte Al den Roller am Zaun neben dem Eingangstor ab und schlürfte los. Er holte das Sandwich aus der Innentasche seines Parkas und nahm einen riesigen Bissen.

Am Hauptplatz war niemand zu sehen, also begab er sich zu dem weiter hinten gelegenen Fußballfeld, wo die Mannschaften spielen durften, bei denen man davon ausging, dass sie den gepflegten heiligen Rasen ohne sportliche Notwendigkeit unnötig umpflügen würden.

Dort angekommen, knabberte er noch einmal von seinem Brot und steckte es dann zurück in seine Jacke.

Al ließ seinen Blick über den Platz schweifen. Elf blaue und elf weiße Jungs bewegten sich dort mehr oder weniger schnell. Lukas befand sich aber anscheinend nicht darunter. Ein Blick auf die Ersatzbank brachte Al weiter: zusammengekauert saß sein Sohn da neben einem weiteren Jungen in seinem Alter. Wie ein unbenutzter Einkaufswagen im Shoppingcenter, dem es völlig egal war, ob ihn demnächst jemand holen würde, um mit ihm eine der immer gleichen Runden zu drehen.

»Reeechts!!!«, plärrte es Al ins Ohr. »Das andere reeechts!!« Einen Meter innerhalb des Spielfelds stand ein Mann im Trainingsanzug. »MannMannMann!« Sein Bauch hatte Ähnlichkeit mit dem Spielgerät, auf das die Jungen mehr oder weniger kontrolliert eintraten. »Da fehlt es ja an den Grundlagen!« Sein knallroter Kopf bildete einen starken Kontrast zu dem blauen Trainingsanzug.

»Soll ich dir verschiedenfarbige Bänder in die Schuhe fädeln?«

Der hat ja ein ausgeglichenes Gemüt ... dachte Al. Aber egal, jetzt musste er sich erst mal bei Lukas bemerkbar machen. Also stellte er sich neben die Bank und sagte:

»Hallo!« Lukas bewegte seinen Kopf minimal und brummte:

»Hi ...«

»Na, wie läufts?«

»Hnnmm!«, grummelte Lukas.

»Wie steht es denn?«

»NullNull.«

»Aha!« Irgendwie war aus dem Jungen im Moment nicht viel rauszubringen – aber was hieß ›im Moment‹ – eigentlich war das noch nie anders gewesen, nur die letzten Jahre wurde es auch noch stetig schlimmer!

»Abseits!«, brüllte es von jenseits der Seitenauslinie. »Dennis, du stehst im Abseits!« Sollte der Schiedsrichter durch irgendeinen Zufall die Position von diesem Dennis übersehen haben, dann war jetzt auch ihm klar, dass er zu pfeifen hatte, sobald der Knabe den Ball bekam.

Dennis kam nicht an den Ball, der Schiedsrichter pfiff trotzdem. Der ältere Herr im gelben Shirt, das Erinnerungen an einen exotischen Schmetterling oder Kanarienvogel weckte, fand es anscheinend an der Zeit, mal eine Pause einzulegen. Und so bat er zur Halbzeit. Mit gerade mal zwei Minuten Anwesenheit war die erste Hälfte für Al ziemlich schnell vergangen.

»Meine Güte!«, hallte es über das Feld »Jungs, ab in die Kabine!« Dem Glühen seines Kopfes nach schien der Trainer schnell einiges zu besprechen zu haben. Trotzdem machten sich Lukas und seine Mannschaftskollegen eher gemächlich auf in Richtung Vereinsheim.

Al folgte ihnen. Nicht, dass er das geringste Interesse an den taktischen Finessen des Trainers bezüglich der zweiten Halbzeit hatte. Jedoch glaubte er sich daran zu erinnern, dass es im Kabinengang einen Kaffeeautomaten gab. In diesen wollte er seine letzten 75 Cent investieren.

Sobald er den Gang betrat und den Automaten erspähte, konnte er erkennen, dass dieser nur gekühlte Getränke bereithielt. Mit einem

Nun gut, dann halt eine Limo im Kopf, setzte er seinen Weg unbeirrt fort. Am Automaten angelangt sah Al, dass sämtliche Getränke von Cola bis Mineralwasser exakt einen Euro kosteten. Das überstieg deutlich sein Budget. Aus reiner Neugier versuchte er die Tastenkombination, die er seinem Kaffeeautomaten im Präsidium einprogrammiert hatte – wie zu erwarten erfolglos. Mit einem

Nun gut, dann halt keine Limo machte er sich auf den Weg zurück zum Fußballplatz.

An der Tür von Lukas′ Mannschaft war die Ansprache des Trainers nicht zu überhören:

»Jungs, was sind das für Abschlüsse? Tobi, du triffst das Tor nicht mal, wenn der Ball schon auf der Linie liegt. Erhan, hättest du auf Tupac Shakur geschossen, dann würde er heute noch leben!« Das waren ja erbauliche Worte, die dieser sensible Mann fand »Leute, ihr müsst griffiger sein in euren Aktionen!«, ging es weiter. Das verwunderte Al – soweit er wusste, sollte man beim Fußball nicht zu sehr zugreifen. Al war das nicht ganz klar. Aber ihm war es auch egal, er ging jetzt erst mal aufs Klo.

Der Lukas ist auch nicht besser als der Dennis, wehte Al ein Gedanke entgegen.

Hm, dachte er, *Lukas spielt doch gar nicht mit!*

Im Gegenteil! wer wagte es, Alfred Humoa´s Sohn so arg zu verunglimpfen?

Auf der Toilette sorgte er nicht nur für Erleichterung, sondern er konnte am Waschbecken auch seinen Durst löschen. Danach machte er sich wieder auf den Weg quer über das Hauptfeld zum Nebenplatz. Am Spielfeldrand angekommen, nutzte er die Wartezeit, um das restliche Sandwich zu verzehren.

Dann tauchten die beiden Mannschaften wieder auf. Das weiße Team kam zügigen Schrittes näher. Das blaue trottete in einem Tempo daher, dass man die Vermutung haben konnte, sie träfen nicht vor Spielende am Platz ein. Aber der Zitronenfalter bewies Geduld und pfiff die Partie erst wieder an, als auch der Letzte seine Position auf dem Feld eingenommen hatte.

Lukas betraf das aber nicht – er nahm wieder auf der Bank Platz.

Und schon ging es von der Seitenlinie weiter:

»So Jungs, auf geht´s! Jetzt bringt mal das Runde ins Eckige!« Offensichtlich gab es keine noch so platte Fußball-Phrase, die dieser Trainer seinen Schützlingen zu ersparen gedachte. »Haltet eure Positionen wie besprochen. Disziplin ist nicht nur sehr wichtig, sie ist entscheidend!« So ließ der Trainer nicht nur seine Spieler, sondern den ganzen Fußballplatz an seinen Weisheiten teilhaben. Wahrscheinlich interessierten diese auch alle gleich wenig.

Das Spiel lief einige Minuten vor sich hin und Al´s Langeweile steigerte sich stetig. Aber wenn sein Sohn schon sinnlos in der Gegend rumsaß, konnte er sich ja mit dem ein bisschen unterhalten.

»Wann kommst du rein?«

»Weißnich!«

Ein gebrülltes »Manchmal muss man beim Fußball auch Tore schießen« von Seiten des Trainers beendete die ohnehin recht zähe Unterhaltung.

Also stand Al weiter so am Spielfeldrand und grübelte darüber nach, wie lange doch 45 Minuten sein konnten. Das Spiel plätscherte so vor sich hin – Al hätte nicht einmal sagen können, ob ab und zu mal ein Tor gefallen war – da wurde Lukas zum Aufwärmen geschickt.

Der Junge erhob sich also in seiner ureigenen Art sachte von der Bank und begann die Seitenlinie entlang zu traben. Sein Tempo war derart gemächlich, dass Al Zweifel befielen, ob Lukas es überhaupt schaffen würde, bis zum Ende des Spiels einmal bis zum Ende des Platzes und zurück zu kommen.

Da, wie Al ja schon feststellen konnte, die Zeit hier länger zum Verrinnen brauchte als normal, war er aber doch rechtzeitig wieder da, um für die letzten Minuten des Spiels eingewechselt zu werden.

Der Coach nahm sich Lukas nochmal zur Seite und erklärte ihm, wo auf dem Spielfeld er jetzt dann was zu tun hätte. Der Junge nickte, Al verstand davon kein Wort. Dann brüllte der Trainer

»Wechsel! Dennis!« und bald darauf setzte sich Lukas in seinem Standard-Tempo in Bewegung Richtung Spielfeldmitte.

»Und denk daran, Lukas!«, rief ihm der Trainer nach, »Den Ball immer flach halten!«

Während das Spiel weiter lief und der Ball mal auf der einen Seite, mal auf der anderen war - mal traten blaue Spieler darauf ein, mal weiße - bewegte sich Lukas immer leicht hüpfend im Mittelkreis. Nur selten verließ er diesen und wenn, dann auch nicht weiter als höchstens eineinhalb Meter. Al vermochte darin kein rechtes System erkennen. Auch wenn er so gut wie keine Ahnung von Fußball hatte, erkannte er, dass das Spiel definitiv an seinem Sohn vorbei lief.

Doch irgendwann ergab es sich dann doch, dass ein gegnerischer Spieler einen Ball verteidigte, indem er ihn im hohen Bogen einfach in Richtung Mitte drosch. Lukas ›eilte‹ herbei, holte mit seinem Bein aus und ließ es gegen den Ball schnellen. Und tatsächlich traf er das Spielgerät auch, aber anscheinend eher suboptimal … der Ball flog nämlich in noch höherem Bogen als vorher durch die Luft – nicht etwa dem gegnerischen, nein, sondern dem eigenen Tor entgegen.

Alle Spieler auf dem Platz bewunderten mit hoch erhobenem Kopf die Flugbahn des Balles, die immer länger wurde. Der Ball senkte sich gemächlich wieder nach unten und knapp unterhalb der Latte schlug er in das Tor von Lukas' Mannschaft ein. Auch der an der Linie des Fünfmeterraums stehende Torwart konnte nur staunend zusehen.

Hätte ich irgendwie wissen können … Al's Freude an der Einwechslung seines Sohnes verflog.

Es war absolut still, nicht einmal der Coach hatte eine seiner zahlreichen Weisheiten für eine solche Situation parat. Erst der Pfiff des Kakadus und seine Geste in Richtung Anstoßpunkt lösten das Schweigen auf. Die weißen Männchen jubelten, die blauen ließen die Schultern noch etwas mehr hängen.

»Kopf hoch, Jungs!«, brüllte der Trainer wieder los. »Noch ist nichts verloren. Ein Spiel hat 90 Minuten!«

Die 90 Minuten dieses Spiels waren aber dann doch bald vorüber. Der wandelnde Leuchtstift pfiff zweimal kräftig, die weißen Jungs rissen die Arme hoch, die blauen zogen träge ab in Richtung Kabinen. Der Coach stand reglos am Spielfeldrand und starrte ins Leere. Wenn er das Match aufarbeiten wollte, musste er bei dieser langweiligen Begegnung eigentlich ziemlich fix fertig sein.

Al machte sich dann auch mal auf den Weg, um draußen auf Lukas zu warten. Als er am Kabinenhäuschen vorbei kam, stand da der Trainer und hantierte an einem Ballsack herum. Wie und wo hatte der ihn überholt? Als er Al erblickte, reichte er ihm mit einem

»Hinze!« die Hand.

»Humoa!«, brummte Al.

»Lukas?«

Al nickte. Ob es so gut war, als Vater des Niederlagenfabrikanten erkannt zu werden?

»´n guter Junge«, sagte der Coach in überraschend normaler Lautstärke, »der wär' gar nicht unbegabt, wenn er nicht so eine Schlaftablette wäre.«

»Hm, wie wahr!«, sinnierte Al.

Der Trainer schwang sich den Sack über die Schulter und öffnete die Kabinentür. Bevor er auch nur den Raum betreten hatte, ging es schon wieder los:

»So ist das Leben, Jungs! Mal verliert man, mal gewinnen die anderen!« Al machte sich schnell auf den Weg nach draußen.

»Aber nach dem Spiel ist vor dem Spiel!«, hörte er noch im Gehen, »Und das ist ja bekanntlich das ...«

Blablabla. Al war froh über die Ruhe außerhalb des Gebäudes.

Wenig später kam Lukas aus der Kabine und strebte mit einem

»Gehen wir!« dem Ausgang entgegen.

Um etwas Interesse zu zeigen, unternahm Al mal wieder den Versuch eines Gesprächs:

»Das Spiel war ja … richtig ...«, was konnte man jetzt Positives sagen, ohne zu sehr zu lügen? »… spannend ...«

»Ja, klar!«, raunte Lukas, »Wer solche Mitspieler hat, braucht keinen Gegner!« Es fiel Al schwer, zu widersprechen. Irgendwie war dem Jungen seine üble Laune nicht zu verdenken.

Vater und Sohn schwangen sich auf den Roller und Lukas fuhr sie beide zu sich nach Hause. Dort angekommen tätigte der Sohn mit

»Der zieht ja gar nicht, wenn du mit drauf sitzt!« eine unnötige, weil offensichtliche Aussage.

Al begleitete Lukas noch hoch in die Wohnung, wo dieser umgehend in seinem Zimmer verschwand. Sonst war anscheinend nur Lena da, die mit Kopfhörern auf dem Wohnzimmersofa lag. Nachdem ihr Vater ausgiebig vor ihr rumgefuchtelt hatte, nahm sie ihn irgendwann wahr und setzte die Hörer ab.

»Hey, Papi«, sagte sie, »was gibt's?«

»Nichts«, antwortete Al, »wo sind denn deine Geschwister?«

»Laura ist mit Freundinnen draußen, Lisa auch«, nuschelte sie vor sich hin, »und Lukas ist beim Fußball.«

»Ich weiß!«, sagte Al, »Und Mama?«

»Mama?« Lena musste anscheinend nachdenken. »Ach ja: die ist beim Kaffeetrinken.«

»Kaffeetrinken?« Das weckte seine Neugierde »Mit wem?«

»Weiß nicht!«, antwortete Lena. Dass Al

»Na gut. Dann geh ich mal wieder« sagte, hat sie schon gar nicht mehr mitbekommen, weil sie schon wieder die Kopfhörer aufgesetzt hatte.

Das hätte Al schon sehr interessiert, mit wem Marie … aber egal!

Er wollte gerade die Wohnungstüre öffnen, da rief Lena ihm nach:

»Papaaa!« Also drehte er nochmal um. Lena saß nun aufrecht auf der Couch und hatte ihren Kopfhörer um den Hals gelegt.

»Was gibt's?« Ihr würde doch nicht eingefallen sein, mit wem ihre Mutter …

»Mein Handy ist kaputt!« Diesen Satz hörte Al oft.

»Oh, Mann!« Sehr oft! »Was ist denn?«, fragte er, auch wenn sich sein Interesse in Bezug auf defekte technische Geräte seiner Kinder inzwischen arg abgenutzt hat.

»Das Display ...«, sagte sie kleinlaut, »… hat ´nen Riss.«

»Na, dann lass mal ansehen«, sagte er. Das ließ sich eh nicht vermeiden. Lena zog also unter dem Kissen, auf dem sie saß, das Gerät hervor.

Na prima!, dachte Al, *kein Wunder, dass die Dinger immer kaputt gehen!*

Sie reichte ihrem Vater das Handy, der betrachtete es und fragte dann:

»Geht´s denn sonst noch?«

»Ja, schon. Aber das Glas ist so scharf!«, erklärte seine Tochter. Tatsächlich, die Kante des Risses stand ein bissen ab, da konnte man sich übel schneiden.

»Hm, is ´n Problem!«, murmelte Al, »Man könnte versuchen, so ein Elefantenschutzglasdings drüber zu tun«, überlegte er.

»dann muss man nicht gleich das ganze Teil auseinander bauen und spart sich auch ein komplettes Display.«

»Au ja!«, grinste Lena. »Machst du das?« Die Richtung, in die sich dieses Gespräch entwickelte, war nicht überraschend – es lief eigentlich immer so. »Das muss man doch sicher online bestellen und ich bin ja minderjährig«, flötete sie, »ich darf ja nicht.« Ja klar, weil sie sonst im Internet ja sicher auch nur erlaubte Sachen machte.

»Von mir aus ...« Was sollte Al sich aufregen? So lief´s doch immer. »Wenn du mir das Geld gegeben hast, dann besorge ich das Ding!« Zumindest hatte er im Lauf der Jahre gelernt, dass bei seinen Kindern Vorkasse unerlässlich war. Nach kurzer Zeit überstiegen die Instandhaltungskosten ihrer technischen Geräte die Anschaffungskosten. Das konnte er sich einfach nicht leisten – und wollte es auch nicht.

Lena kramte in ihrer Hosentasche und reichte ihrem Vater einen Schein. Einfach so … Al wurde neidisch. Aber: jetzt hatte er zumindest wieder etwas Bargeld.

»Okay, ich melde mich dann.« Der Schein wanderte in seinen Geldbeutel.

»Okay«, sagte Lena, während sie wieder ihren Kopfhörer aufsetzte.

Al verließ die Wohnung und das Haus. Nach den Besuchen von Golf- und Fußballplatz fühlte er sich sportlich genug, um zu Fuß heim zu laufen. Da er sowieso keinen fahrbaren Untersatz hatte, blieb ihm eh wenig Anderes übrig.

Und so hatte er auch Gelegenheit, über mit Verbrechern Golf spielende Chefs, grausig Fußball spielende Söhne und mit unbekannten Personen Kaffee trinkende Ex-Ehefrauen nachzudenken.

Das Geräusch hörte einfach nicht auf. Al hatte diese Nacht eigentlich so gut wie gar nicht geschlafen. Den Lärm, den sein ungefähr vier Zentimeter neben seinem Ohr auf dem Kopfkissen liegendes Handy produzierte, realisierte er dennoch nur sehr zögerlich. Die gestrige Aktion beschäftigte ihn immer noch sehr.

Zum einen quälten ihn zu viele Gedanken: welchen Dreck hatte Romolo wirklich am Stecken, hatten seine Recherchen überhaupt irgendeinen Sinn - und: was machte er jetzt ohne Auto? Den Roller hatte er ja auch zurück gegeben. Zum anderen hatte er Schmerzen, sobald er sich nur ein bisschen bewegte.

Mit dem festen Vorsatz, so bald wie möglich einen anderen Klingelton einzustellen, griff er zum Telefon.

»Joo!«

»Guten Morgen Chef!«, frohlockte Robin vom anderen Ende. »Ich bin soweit durch.«

»Na super.« Al war das wie immer egal.

»Übrigens: Frau Humoa hat schon nach Ihnen gefragt«, informierte ihn sein Praktikant.

»Was, meine Mutter?« Al befürchtete Schlimmes.

»Nee, ich denke eher, ihre, äh ...«, anscheinend wollte Robin die für Al harte Wahrheit nicht direkt aussprechen und druckste stattdessen lieber ein wenig rum. »Die Dame aus dem Vorzimmer vom, äh ... , Herrn Lichtenberger.«

»Ach, Marie!« Al dämmerte langsam, was sein redegewandter Praktikant von ihm wollte. »Was will sie denn?«

»Keine Ahnung. Sie hat nur gefragt, ob Sie schon da sind.« Im Allgemeinen war es kein gutes Zeichen, wenn sich Marie so früh bei ihm meldete.

»Okay, ich kümmer mich darum, wenn ich im Präsidium bin. Ich hab's hier ohnehin bald ...«

»Was soll ich ...?« Ojeh, jetzt wollte der Junge auch noch einen Auftrag.

»Äh, hol doch schon mal einen Gewindehammer aus dem Materiallager.« Etwas Blöderes fiel Al auf die Schnelle nicht ein. »Aber lass dich nicht abwimmeln! Vielleicht kennen die da unten so was nicht. Und lass dir keinen Gelenkhammer andrehen!«

»Okey dokey!«, rief Robin ohne einen Anflug von Zweifel. »Wird gemacht!«

Okey dokey – hat der Knabe zu viel Teletubbies geschaut?

»Gut, dann bis später!« Al legte schnell auf, bevor Robin noch irgendetwas sagen konnte.

Als er sich zur Seite rollte, tat ihm sein ganzer Körper weh. Nur durch das Zitieren einiger allgemein gebräuchlicher Flüche konnte er genug Kraft schöpfen, um sich aufzusetzen. Sein Kinn juckte auch noch. Ein deutliches Zeichen dafür, dass es Zeit zum Rasieren war. Besonders in Anbetracht des bevorstehenden Treffens mit seiner Exfrau konnte ja ein halbwegs gepflegtes Aussehen nicht schaden.

Al schleppte sich also ins Bad, steckte den Bartschneider an und trimmte seinen doch beträchtlichen Bartwuchs.

Wenige Minuten später verließ ein frisch geduschter und eingekleideter Herr Humoa mit geputzten Zähnen und gekämmten Haaren - zumindest da, wo es noch etwas zum Kämmen gab - seine Wohnung.

Er trat aus dem Haus und kramte in seiner Jackentasche nach dem Autoschlüssel. Bald wurde ihm bewusst, dass das ziemlich sinnlos war. Er ging zum nächsten Taxistand. Allzu weit war das Präsidium eigentlich nicht weg, aber zu Fuß wollte Al trotzdem nicht dorthin. Zu seiner angeborenen Faulheit gesellten sich auch noch permanente Schmerzen in den verschiedensten Körperteilen und die bequeme Ausrede, dass er doch relativ flott an seinem Arbeitsplatz erscheinen sollte. Der Taxifahrer fuhr ihn bis vor den Haupteingang und bekam dafür den Schein von Al's Tochter. Trinkgeld gab es aus dem einfachen Grund nicht, weil er keines mehr hatte.

Na, wunderbar! Vor dem Präsidium wäre auch noch ›sein‹ Parkplatz frei gewesen. Mit dem Aufzug im zweiten Stock angekommen, führte ihn sein erster Weg zum Kaffeeautomaten. Schon von weitem konnte Al sehen, dass die Luft rein war. Voll Vorfreude auf seinen Gratis-Kaffee legte er die letzten Meter zum Automaten zurück. Das Gerät kam nahezu in Reichweite, Al streckte schon beide Arme aus und machte sich bereit, die geheime Tastenkombination zu drücken, als ein

»Na, Champ ...« das ganze schöne Vorhaben über den Haufen warf. Es handelte sich um die nur allzu bekannte Stimme von Frederick Ernesto (Eltern können ja so grausam sein) Buck.

»... was ist denn passiert, dass der Alte dich so dringend sehen will?«

»Mich?« Al tat erst mal instinktiv unschuldig. »Och, keine Ahnung ...«, stammelte er, immer noch beide Arme von sich gestreckt, »... na, dann werde ich besser mal nachfragen.«

»Bei dem seiner Laune würde ich mich beeilen!«

»Ja, von mir aus«, brummte Al wenig begeistert. Ein stechender Schmerz im Bizeps veranlasste ihn, seine Arme dann doch mal runter zu nehmen. Er griff in seine Jackentasche nach seinem Geldbeutel - dann musste er halt zahlen. Nur: sein Portemonnaie war seit der Taxifahrt leer. Na toll, das lief heute ja schon mal wieder ganz prächtig!

»Ach, kannst du mir ein bisschen Kleingeld für ´nen Kaffee leihen?«, fragte er Freddy, was blieb ihm auch anderes übrig? »Ich hab meinen Geldbeutel anscheinend Zuhause vergessen.« So genau musste es diese Quasselstrippe doch nicht wissen.

»Du, tut mir leid, ich hab nur Scheine!« Das waren mal Luxusprobleme! Mit einem

»Schade! Dann mach´s mal gut!« drehte sich Al um und machte sich auf den Weg in sein Büro.

Dünger, ging es ihm durch den Kopf. Anscheinend ein Nachhall von seiner überaus gelungenen gestrigen Aktion.

Das Büro war mit der üblichen Belegschaft besetzt. Robin saß an seiner Ecke, die Nase in eine Computerzeitschrift gesteckt, und Rosenstrauch war mit dem Studium eines Ordners von seinem mit dem Lineal ausgerichteten Aktenstapel konzentriert. Sein

»Morgen!« fand keine Erwiderung, die beiden waren wohl gerade zu beschäftigt. Al setzte sich an seinen Schreibtisch. Über den üblichen herumliegenden Papieren lag ein handelsüblicher Schlosserhammer, darunter ein kleiner Notizzettel, auf dem der neben ihm sitzende Robin eine Nachricht notiert hatte: ›8:49 - Fr. Humoa !!!‹ - Ach ja, Marie hatte ja nach ihm gefragt. Und der Lichtenberger anscheinend auch schon. Dann würde Al sich wohl oder übel mal dort blicken lassen müssen. Er stand also wieder auf und sagte:

»Ich bin dann mal beim Wichtlberger.« Es gab immer noch keine Reaktion.

»Aha!«, war alles, was Marie sagte, als Al in ihr Vorzimmer trat. So richtig konnte er sich immer noch nicht erklären, was mit ihr los war. Sie betätigte die Gegensprechanlage des Telefons.

»Herr Humoa wäre jetzt da.« Al empfand den Ton latent aggressiv.

»Soll kommen!«, bellte es aus dem Lautsprecher.

»Vielen Dank!«, murmelte Al mit der Hoffnung auf etwas bessere Stimmung. Marie missachtete ihn. Er ging zur Tür und klopfte vorsichtig an. Da keine Reaktion erfolgte, ging Al einfach so rein.

»Haben Sie eigentlich noch alle Tassen im Schrank?« Welch freundliche Begrüßung.

»Äh, ja«, beantwortete Al die Frage seines Erachtens wahrheitsgemäß, »Ihnen auch einen guten Tag.«

»Dieser Tag kann ja auch nur besser werden als der gestrige!« Der Lichtenberger wurde gleich richtig laut. »Eigentlich wollte ich meinen freien Vormittag entspannt bei einer Partie Golf genießen ...«

Nein, gewiss nicht!, dachte sich Al und entspannte sich ein wenig. Wenn der alte Schreihals irgendetwas wissen würde, da war sich Al sicher, würde er nicht hier im Büro stehen. Eher würde er in den Verhörräumen im Keller etwas durchlaufen, was man getrost als Äquivalent zu einer mittelalterlichen Folterung bezeichnen konnte.

»Oder glauben Sie, ich bekomme nicht mit, dass Sie ihren Praktikanten ihre Arbeit erledigen lassen?«

»Wie bitte?« In Al kam fast schon ehrliche Empörung hoch.

»Wie bitte, wie bitte!«, äffte sein Gegenüber ihn nach. »Sämtliche Netzwerkdosen haben Sie ihn setzen lassen. Die Computer haben Sie ihn installieren lassen. Und das alles, während Sie selbst unauffindbar waren.«

Al richtete sich auf und erwiderte:

»Das nennt sich eigenständiges Arbeiten! Das gehört ja wohl zu einem Praktikum dazu! Vom Zuschauen alleine lernt der Kleine ja nichts!«

»Das abfällige ›der Kleine‹ können sie sich sparen. Der Junge hat einen Namen!«

Al war erstaunt. Lichtenberger interessierte sich dafür, wie er von einem Praktikanten sprach. *Sachen gibt's!* Nur, wie hieß Robin denn wirklich?

»In Zukunft ändert sich das! Ist das klar?«, blaffte Lichtenberger, »Falls Sie hier überhaupt noch eine Zukunft haben.« Sein Gesicht wirkte jetzt fast schon diabolisch.

»Oder glauben Sie, ich kann keine Rückschlüsse ziehen? Im Gegensatz zu Ihnen verstehe ich nämlich etwas von meinen Beruf.«

Al´s Magen verkrampfte sich, jetzt begann vermutlich doch seine persönliche Inquisition.

Na, dann mal auf in den Kampf, hast eh nichts zu verlieren. Mit stechendem Blick erwiderte er kühl:

»Dann lassen Sie mal hören!«

»Na dann lass ich Sie mal hören!« Der Lichtenberger wurde noch lauter. Dann aber, schlagartig beängstigend ruhig, fuhr er fast im Plauderton fort:

»Eigentlich wollte ich meinen freien Vormittag entspannt bei einer Partie Golf genießen ...«

Al entging nicht, wie Lichtenberger, bei dem Wort ›Golf‹ genau auf die Reaktion in Al´s Gesicht achtete.

»… als sich doch tatsächlich ein kleiner unbedeutender Störenfried ...«

Al versuchte sich daran zu erinnern, wie die Superbullen in den Aktionfilmen, die er in seiner Jugend angeschaut hatte, erkennen konnten, wenn einer lügt.

»... so ein unangenehmer Vandale ...«

Al konnte sich nur an eine Szene in einem dunklen, karg eingerichteten Verhörraum erinnern. Der Bulle schlug einfach zu.

Passend zu diesem Gedanken wurde Lichtenberger wieder lauter:

»… um ...«

Als der Verhörte zu weinen anfing sagte der Bulle zu seinem jungen Kollegen nur: ›Er sagt die Wahrheit. Wenn Sie lügen, versuchen sie immer, die Fassung zu bewahren.‹

»… wir reden hier von Einbruch, Diebstahl, Sachbeschädigung und Körperverletzung ...«

Scheiß Film!

»… und das waren Sie!«

»Nein!«, war Al´s schlichte Antwort: »Wie kommen Sie eigentlich auf so einen Blödsinn?«

Anscheinend war das nicht die erwartete Reaktion. Lichtenberger starrte ihn nur stumm an. Bevor der wieder zu reden begann, setzte Al gleich nach:

»Was wurde denn gestohlen? … angeblich.«

»Na, das Golfcar!« Hatte denn dieser unverschämte Humoa nicht seinen Ausführungen gelauscht?

Al biss sich gerade noch rechtzeitig auf die Zunge, bevor er etwas so Dummes wie ›stimmt nicht, ich habe es doch da stehen gelassen‹ sagte.

Jetzt musste er sich anstrengen. Er wollte die Führung des Gesprächs übernehmen, also Fragen stellen und dem anderen möglichst wenig Zeit zum Antworten lassen.

»Und wie kommen Sie überhaupt darauf, dass ich was damit zu tun habe?«, kam es recht barsch von Al´s Lippen.

»Ja glauben Sie denn, ich erkenne Sie nicht? Nur, weil Sie sich ne Zeitung um den Kopf wickeln?«, schrie Lichtenberger.

»Was für eine Zeitung?«, schrie Al zurück. »Ja, spinn ich? Was unterstellen Sie mir da?«

»Ihre Jacke habe ich auch erkannt!«

»Ja genau, die ist ja auch ein Einzelstück, oder was? Erklären Sie mir mal lieber, wozu ich ein Golfcar brauche!« Lichtenberger grinste fast schon grotesk:

»Wahrscheinlich wollten Sie ihr Auto ersetzen!«

Al brachte nur noch ein:

»Was?« über die Lippen. Er war wieder in der Defensive.

»Ach, kommen Sie, ich weiß doch alles. Sie sind in den Vorgarten von Herrn Guerrerie gebrettert!«, referierte der Polizeichef mit zusammengekniffenen Augen. »Was haben Sie eigentlich gegen ihn? Zuerst randalieren Sie in seinem Studio, dann zerstören Sie sein Zuhause und schließlich lauern Sie ihm auf dem Golfplatz auf! Die rostbraune Karre war doch Ihre! Die einzige Rostschleuder, die von Natur aus schon rostbraun ist.«

Costarica Braun Farbcode 420, dachte Al wehmütig.

»Jetzt erfinden Sie aber was«, brachte er erstaunlich cool rüber.

»Wollen Sie mir jetzt erzählen, dass das auch kein Einzelstück ist? Sowas fährt außer Ihnen wirklich keiner mehr!«

Moment mal! In Al's Gehirn ratterte es. Das Auto ... besonders gut hatten sie die Spuren ja wirklich nicht verwischt. Aber inzwischen war es sicher schon ein Metallwürfel auf dem Schrottplatz. Und überhaupt: wer will denn in der Dunkelheit schon viel gesehen haben? Das, was Lichtenberger hier tat, war sich alles zusammenzureimen. Hatte der noch gar nicht den Beweis für den Fahrzeughalter? Hätte er diesen, so war sich Al sicher, würde dieses Gespräch ein offizielles Verhör sein. Er unterdrückte sämtliche Fragen in Bezug auf sein Auto. Al beschloss, sich später um den Verbleib seines Wagens zu kümmern. Seine innere Anspannung sank ab, momentan schien er recht sicher zu sein.

Doch Lichtenberger grinste auf einmal gefährlich.

»Wo ist denn Ihr Auto?«, kam es siegessicher über seine Lippen.

Ach, dachte sich Al, *die Pfeifen haben es also gar nicht mehr gefunden*. Lichtenberger setzte auch gleich nach: »Vielleicht in der Werkstatt? Ich habe Sie heute Morgen mit dem Taxi vorfahren sehen! Und das natürlich zu spät!«

Da war sie wieder: die innere Anspannung! In Al's Gehirn blitzten mögliche Antworten auf, halt, da war sie auch schon. Er hatte sie ja quasi geliefert bekommen:

»Richtig, das habe ich heute Morgen in die Werkstatt gebracht! Oder warum glauben Sie eigentlich, dass ich heute zu spät war und mir ein Taxi nehmen musste?«

»Jetzt habe ich Sie!«, triumphierte Lichtenberger. Er war sichtlich aufgeregt, wie ein Löwe, der gleich einer Antilope in den Hals beißen würde: »Sie sind doch durch den Gartenzaun gefahren, deshalb ist ihre Karre auch Schrott!«

Al schüttelte den Kopf. Er gab sich Mühe, dabei so auszusehen wie ein Lehrer, der es gerade aufgegeben hatte, einem zurückgebliebenen Schüler das Einmaleins beizubringen.

»Motorwarnleuchte!«, stöhnte er, »und Benzingeruch im Innenraum! Das kommt bei älteren Autos halt mal vor. Also, wenn das nicht ausreicht, um sein Auto zur Werkstatt zu bringen, dann weiß ich auch nicht!«

»Und das hatte nicht bis heute Abend Zeit?«, giftete Lichtenberger.

»Nein, ich muss mein Auto von einem Meister in der Hobbywerkstatt reparieren lassen, und es hinbringen, wenn der da ist«, brummte Al. »Eine Vertragswerkstatt mit super Service, wo ständig jemand da ist, kann ich mir halt nicht leisten - bei dem Gehalt hier.«

»Na, dann hätten Sie sich halt mal angestrengt und was Gescheites gelernt, anstatt hier rumzujammern!« Aha, der Lichtenberger stritt nicht einmal ab, dass Al hier komplett unterbezahlt war »Wo ist denn die Werkstatt? Ich werde das prüfen!«

»Na, die hinter dem Supermarkt!«, log Al, »Kennt doch wirklich jeder. Zumindest jeder, der auf sein Geld achten muss!« Er fuchtelte provozierend mit den Armen: »Sonst noch was?«

Lichtenberger schwieg einen Moment und sagte dann: »Sie kassier ich noch, und dann sind Sie dran, merken Sie sich das!«

Wie geistreich, ging es Al durch den Kopf.

»Na dann«, murmelte Al, während er sich schon zur Tür drehte. »schönen Tag noch!«, und verließ den Raum.

Noch bluffte Lichtenberger, aber Al war sich auch im Klaren darüber, dass das Spiel schnell vorbei sein konnte. Augenscheinlich hatte sich Romolo über den Unfall im Fit'n'Fun und den Unfall in seinem Vorgarten mit Lichtenberger unterhalten. Wahrscheinlich auf dem Golfplatz. Und klar war auch, dass er von seinem Golfbruder erwartete, aktiv zu werden. Sonst würde sich Lichtenberger nicht um so bedeutungslose Fälle kümmern. Immerhin schien der Alte nichts von seinen Beweggründen zu ahnen.

Al schloss die Türe hinter sich und atmete erst mal durch. Marie musterte ihn wortlos von ihrem Schreibtisch aus. Al's Selbstbewusstsein traf sich gerade mit seiner Laune im Keller. Lange konnte er sich den Lichtenberger mit seinem Geschwafel nicht mehr vom Leib halten. Er wollte einfach nur weg. Als er schon fast aus dem Vorzimmer geschlichen war, hörte er ein

»Alfred!« - Aha, Marie gedachte doch noch, mit ihm zu reden. »Was hast du denn jetzt schon wieder verbockt?« Al zuckte mit den Schultern, wo sollte er auch anfangen …

»Nichts! Wie kommst du darauf?«, tat er erst mal unschuldig.

»Glaubst du, die Türen hier sind so schalldicht, dass sie jedes Geschrei schlucken?«

»Nein. Ja. Aber ...«

»Der Chef ist schon schlecht drauf, seit er heute Morgen hier rein gekommen ist.«

»Da kann doch ich nichts ...«

»Findest du es klug, dich mit den engsten Freunden vom Chef anzulegen?«

»Eigentlich nicht, aber ...«

»Was hast du denn mit dem Guerrerie zu tun?«

»Ist das der Freund, mit dem ich mich angelegt haben soll?«, heuchelte Al. »Wer ist das eigentlich?« Marie kniff die Augen zusammen:

»Das, mein Lieber, ist der Kerl, dessen Laden du verwüstet hast!«

»Ach, du meinst den Romolo!« Al versuchte, sich unbeeindruckt zu geben und fuhr im Plauderton fort: »Und der ist dicke mit dem Chef?« Marie seufzte:

»Eigentlich nicht, so genau weiß ich das aber auch nicht.« Al war jetzt neugierig:

»Wie meinst du das jetzt?« Marie lehnte sich zurück:

»Na, letztes Jahr, als sie ihn im Golfclub aufgenommen haben, hat er sich noch über den beschwert. Er hat wochenlang keine Gelegenheit ausgelassen, darauf hinzuweisen, dass so ein Prolet nichts in einem Golfclub zu suchen habe. Aber seit ein paar Wochen scheint sich das geändert zu haben. Sie spielen zumindest öfter miteinander.«

»Woher ...«, wollte Al fragen. Aus der Gegensprechanlage brüllte es:

»Diktat!« Der Alte war wohl immer noch bei schlechtester Laune.

»Ich muss ...«, sagte Marie. »... Wir sprechen später weiter!« Damit war sie im Chefbüro verschwunden.

Al stand da und kam sich so richtig blöd vor – mal wieder! Sein Chef steckte mit einem Verbrecher unter einer Decke! Ohne es zu wissen? Die angestellten Recherchen verliefen nicht wirklich erfolgreich, sein Auto war Schrott und seine Frau hielt ihn für einen armen Irren. Und das Schlimmste: Wahrscheinlich hatte sie damit recht!

Wieder im ersten Stock angekommen trottete er aus Gewohnheit Richtung Kaffeeecke, bis ihm auffiel, dass er ja auch noch pleite war. Auf sein Glück, dort allein zu sein, wollte er sich nicht verlassen. Zerknirscht machte er kehrt und begab sich auf den Weg Richtung Büro.

Dünger - schon wieder! Al war durchaus bewusst, mit was er gestern sein Versteck teilen musste. Wenn man die letzten paar Minuten betrachtete, hatte ihm das aber nicht wirklich viel gebracht.

Unbeachtet von Praktikant und Gartenzwerg, setzte Al sich an seinen Schreibtisch. Robin las wieder in irgendeiner Computerzeitung und kaute geistesabwesend auf einer Wurstsemmel herum. Anscheinend war der zwischenzeitlich in der Kantine gewesen, ohne Al etwas mitgebracht zu haben. Na toll, sein eigener Knecht lehnte sich auch schon gegen ihn auf. Al starrte in Richtung Rosenstrauch, der hochkonzentriert in irgendeinem Ordner versunken war. Sein Gegenüber war schon wieder etwas schwieriger zu sehen, da der Aktenberg zwischen ihnen täglich anwuchs.

Al stand der Schweiß auf der Stirn. Ein Gespräch mit dem Polizeipräsidenten war nahezu so anstrengend wie ein Besuch im Fit'n'Fun … und vergleichbar erfreulich. Irgendwie war es hier drinnen aber auch sehr schwül! Al konnte sich nicht erinnern, dass das Fenster jemals geöffnet worden wäre, seit Rosenstrauch und er hier einquartiert waren. Aber einer wie Rosenstrauch machte das sicher morgens als erstes, wenn der Humoa ihm noch nicht die Luft verpestete. Da war sich Al sicher. Trotzdem war es ihm jetzt zu warm. Da zwischen ihm und dem Fenster ein Praktikant als unüberwindbare Barriere saß, sagte Al:

»Robin, kannst du mal kurz das Fenster aufmachen?« Rosenstrauch zuckte kurz verwundert, Robin reagierte nicht.

»Robin!«, wurde Al etwas lauter.

»Was?« Es war ihm gelungen, die Aufmerksamkeit des Jungen zu gewinnen.

»Das Fenster!«, wiederholte Al.

»Oh … ja!« Robin vollzog das, was in seiner Welt als flottes Aufspringen gelten mochte, drehte am Griff und zog das Fenster auf - soweit es halt bei der beengten räumlichen Situation machbar war. Während der Praktikant sich wieder setzte, schloss Al die Augen und atmete tief durch. Ein laues Lüftchen von draußen wehte ihm um die Nase. Wie gerne er jetzt einen Kaffee gehabt hätte!

»Können wir wieder …?«, klang es aus Rosenstrauch Richtung. Frischluftfanatiker war der definitiv nicht.

»Von mir aus«, brummte Al. Er fühlte sich jetzt zumindest ein bisschen besser. Robin war schon wieder in die Papier gewordenen Geheimnisse der aktuellen Generation von Personalcomputern versunken. Also riss Al ihn mit einem bestimmten

»Robin!!!« zurück in die Realität.

Der Junge stand auf und schloss das Fenster. Dabei entstand ein kleiner Luftzug, der das oberste Blatt auf Rosenstrauchs Stapel anhob. Wie in Zeitlupe machte sich das Papier selbstständig und schwang sich hoch auf einen endlos lange wirkenden Reise Richtung Fußboden. Robin schaute dem Blatt in nicht minder trägem Schneckentempo nach, Al betrachtete das Schauspiel ungerührt und Rosenstrauch war so in ein anderes Schriftstück vertieft, dass er gar keine Notiz davon nahm.

Gefühlte Stunden später hob Robin das Papier von seinem Landeplatz auf und während er es wieder zu seinen Artgenossen auf den Aktenberg legte, fragte er:

»Was ist Optiterra?«

»Dünger!«, murmelte Rosenstrauch.

»Dünger!«, murmelte Al.

»Dünger?«, fragte Robin.

»Ja, Dünger!«, antworteten die beiden Männer gleichzeitig. Abrupt sah Rosenstrauch von seiner Lektüre auf und starrte Al an. Al starrte zurück.

Dünger - das war Rosenstrauchs Gedanke, den Al gehört hatte!

»Sie haben Ahnung von Garten- und Landschaftsbau?«

»Nein«, war Al´s, wenn auch taktisch unter Umständen nicht gerade geschickte, so doch ehrliche, Antwort.

»Äh, aha.« Rosenstrauch stutzte. Al immer noch fixierend sagte er:

»Topfpflanzen?«

Der gute Mann kam anscheinend ziemlich ins Grübeln. Al nicht minder. Er wägte längere Zeit mehrere Möglichkeiten ab, bevor er sich für diese Antwort entschied:

»Nein!«

»Sie gehen mir auf die Nerven, Humoa!« Mit diesen Worten widmete sich Rosenstrauch wieder seinem Ordner. Al überlegte. Sein Instinkt, der ihn ja nur selten täuschte - zumindest glaubte er das - sagte ihm, dass sein Gegenüber hilfreiche Informationen haben könnte. Nur: wie bekam er die raus, ohne selbst zu viel verraten zu müssen? Während er darüber nachdachte, hörte er sich selbst

»Golf!« sagen. Von dieser Aussage wurde sogar der schlaue Taktikfuchs Alfred H. selbst überrascht. Aber Rosenstrauch biss an! Der musterte ihn wieder, man konnte seine Denkanstrengungen förmlich spüren. Er zog seinen papierenen Turm zu sich her und sagte:

»Wo?«

»Sie spielen Golf?«, quasselte Robin dazwischen.

»Nein!« Manchmal nervte der Bursche wirklich. »Äh, ja ...«, korrigierte sich Al, »... nicht wirklich ...«, korrigierte er sich abermals, »... ich kümmere mich mehr um das Drumrum ...« Rosenstrauchs Augen wurden zu Schlitzen. »... Mitglieder, Grünpflege, so Sachen ...«

»Wo?«, brach es aus Rosenstrauch hervor.

»Ähem, Roth«, sagte Al.

»Schloss Roth!«, rief Rosenstrauch aus und begann seine Papiere zu durchsuchen.

»Schloss Roth ... da ist doch mein ... äh, der Herr Lichtenber...«, kam es aus Robins Ecke.

»Wo?« Der Rosenstrauch fragte auch immer dasselbe!

»Wie wo?« Was wollte der denn wissen? »Schloss Roth!«

»Wo dort?«, präzisierte dieser. Meinte der den Dünger?

»In einem Geräteschuppen.« Der Polizeizwerg kramte in seinen Unterlagen.

»Aha!«, brach es aus Rosenstrauch hervor. Er lehnte sich zurück und schaute angestrengt zur Decke. Nach einigen Augenblicken wandte er sich mit einem

»Ich bin in der Kantine!« zum Gehen. Als Al ihm noch eine Frage hinterher schicken wollte, winkte der mit geheimnisvollem Blick ab. Dann war er weg. Al stutzte.

»Na, dann gehen wir halt in die Kantine!«, murmelte er und stand auf.

»Was machen wir denn da?«, fragte Robin. Oh Mann, hatte der nicht gepeilt, dass er nicht gemeint war? Wie sollte Al den jetzt abwimmeln? Ihm fiel gerade kein Job ein, den er dieser Nervensäge mal schnell aufs Auge drücken konnte. In der Hoffnung, dass ihm sein Praktikant dann wenigstens das entsprechende Geld leihen würde, sagte Al:

»Kaffee trinken. Was sonst?«

Als Al den Gang zum Aufzug ging, hüpfte ein seltsam aufgeregter Robin um ihn herum.

Die Kantine war auf das alte Rathausgemäuer oben drauf gesetzt. Die Außenwände waren allesamt aus Glas. Das hatte zur Folge, dass die meiste Zeit die Sonnenblenden runter gelassen waren, da es sonst umgehend brütend heiß wurde. Der Servicebereich mit Selbstbedienungstheke war um den Gebäudekern angeordnet, die meisten der Tische standen an den Fenstern, einige wenige mitten im Raum. Als Al und Robin die Kantine betraten, zeigte die Digitaluhr über der Ausgabetheke 10:54 Uhr. Es war nicht viel los, Frühstück war vorbei und Mittagspause kam erst. So war es einfach, Rosenstrauch unter den vereinzelten Gästen zu finden, zumal die meisten anderen auch noch Uniform trugen.

Al setzte sich zu Rosenstrauch an den Tisch, der in einer Art Terminkalender Notizen machte.

»Soll ich was holen?«, fragte Robin, immer noch ganz aufgeregt.

»N´ Bier!«, antwortete Al instinktiv.

»Hm, ich glaube hier gibt es keinen Alkohol«, sagte Robin.

»Na, dann halt Kaffee.«

»Herr Rosenstrauch?«, fragte Robin wie üblich höflichkeitshalber und wollte sich schon zum Gehen abwenden, als der ihm einen Fünfer hinhielt und

»Einen Tee bitte!« antwortete. Verwundert murmelte Robin

»Tee … gerne«, und ging zur Theke.

»Soso, Schloss Roth?«, versuchte Rosenstrauch nach ein paar Momenten eine Gesprächseröffnung.

»Ja, die erste Adresse, wenn man hier in der Gegend Golf spielen will«, zitierte Al die von ihm recherchierte Website.

»Sie spielen da öfters?«, wollte Rosenstrauch wissen.

»Spielen? Nein! Wie ich schon sagte: ich hab mich da nur mal umgesehen ...«

»Aha?«

»... wen man dort so trifft ...«, langsam strengte Al dieses Rumgeeiere an.

»Und?«

»Hochrangige Persönlichkeiten. Würde man gar nicht meinen!«

Rosenstrauch zog eine Augenbraue nach oben. Dann drehte er sein Notizbuch zu Al hin. Er deutete auf einen Eintrag: ›A. L.‹. Dieser nickte. Umgehend klappte Rosenstrauch sein Büchlein wieder zu. Al konnte den Rest des Gekritzels auf die Schnelle nicht entziffern. Anschließend schweifte Rosenstrauchs Blick ins Leere.

»Schön da?« Anscheinend hatte er das Loch in die Luft jetzt fertig gestarrt.

»Geht so!«

»Sehr grün!«

»Ja gepflegt, durchaus!« Es war gar nicht so einfach, diese Wortkargheit durchzuhalten.

»Was der richtige Dünger nicht ausmacht!«

»Da sagen Sie ein wahres Wort.« Das Gespräch würde nicht doch noch Fahrt aufnehmen? »Da macht sich Qualität bezahlt!«

»Ist halt nicht immer leicht zu bekommen ...« An diesem Dünger schien sich Rosenstrauch mal so richtig festgebissen zu haben.

»Man braucht schon seine Quellen!«

»Ja, besonders an Opti... «

»Ihr Tee«, schrillte Robin dazwischen. In der einen Hand hatte er einen dampfenden Becher, in der anderen Hand hielt er ein Glas gefüllt mit gelber Flüssigkeit. »Ich habe Früchtetee genommen, weil ich nicht wusste, welchen Sie wollen.« Er stellte den Becher vor Rosenstrauch auf den Tisch.

»Das ist schon in Ordnung, Robin«, bedankte sich dieser.

»Ich wollte keine Limo!«, sagte Al.

»Die ist auch für mich«, antwortete der Junge »den Kaffee wollten die mir ohne Geld nicht geben!« Währenddessen kramte er in seiner Hosentasche und legte Rosenstrauch sein Wechselgeld hin.

»Oh, Robin ...«, sagte Rosenstrauch, während der Praktikant sich setzte. »... Was gibt es hier denn für eine Auswahl an belegten Broten?«

»Belegte Brote? Keine Ahnung!«, erwiderte Robin, »Ich habe bisher immer nur Würstchen geholt.«

»Ach, wären Sie so freundlich, sich zu erkundigen?«, fragte Rosenstrauch überhöflich. Und mit einem vertraulichen Augenzwinkern fügte er hinzu: »Die junge Dame, mit der Sie sich gerade so nett unterhalten haben, wird Ihnen sicher gerne Auskunft erteilen!« Robin wurde etwas rot im Gesicht, stand auf und bewegte sich in Richtung der angesprochenen ›jungen Dame‹.

»Wieso mussten wir uns eigentlich hier treffen und konnten nicht im Büro bleiben?« Al war nach einem Themenwechsel.

Und da es ihn interessierte, hakte er gleich nach: »Haben Sie Angst, wir werden abgehört?«

»Abgehört?« Rosenstrauch blickte Al irritiert an. »Quatsch!« Offensichtlich zweifelte er an der geistigen Verfassung seines Gegenübers. »Ich habe meine Pausendose zuhause stehen lassen. Deshalb werde ich heute hier meine Brotzeit einnehmen.« Rosenstrauch vergaß etwas? Al konnte es gar nicht fassen! »Außerdem hatte ich gehofft, uns würde der unterbelichtete Neffe vom Chef hier nicht bespitzeln!«

»Was?« Al verstand nicht »Wer soll denn das sein?«

Rosenstrauchs Blick wanderte in Richtung der Theke, wo ein Mädchen in zu großer Kittelschürze in ein angeregtes Gespräch mit einem untersetzten pickelgesichtigen jungen Mann vertieft war.

»Robin?«, meinte der Robin? »... ist der Neffe vom Chef?«

»Na, eigentlich sind sie etwas weitläufiger miteinander verwandt ...«, erläuterte Rosenstrauch, »... aber sie bezeichnen sich als Onkel und Neffe.« Al stutzte.

»Wie glauben Sie, kommt so ein unfähiger Bursche zu einem Job bei der Polizei?«

»Na, so dumm stellt er sich gar nicht an ...«

»War mir klar, dass Sie das sagen würden!«

»Und der ist bei uns im Büro, um uns auszuhorchen?«

»Er weiß natürlich nichts davon. Aber bei dem Jungen verhält es sich wie bei alten Waschweibern: die quasseln, ohne zu denken und schon weiß man, was man wissen will!«

»Und was will der Lichtenberger über uns wissen?« Hier nutzte Al seine Fähigkeit, sich trotz des Bewusstseins eines nicht immer regelgerechten Verhaltens völlig unschuldig fühlen zu können.

»Na, hören Sie mal! Die Taktik ist doch eindeutig: man steckt zwei Mitarbeiter, die man loswerden will, in einen, übrigens laut Arbeitsplatzverordnung grenzwertig kleinen, Raum. Wenn die dann noch so inkompatibel sind wie wir ...«

»Inkompatibel?« Al wunderte sich. Er und inkompatibel!

»... dann braucht man nur zu warten, bis einer die Nerven verliert und schon ist man ihn los. Oder im Idealfall: beide.«

»Das ist aber ...« Al fehlten die Worte.

»Und der kleine leichtgläubige Narr überwacht das Ganze, ohne es zu wissen.« Eine solche Deutlichkeit hätte Al von Rosenstrauch gar nicht erwartet.

»Zu was anderem ist der eh nicht zu gebrauchen!«

»Genau!« Auch wenn es ihm recht schlüssig erschien, so verstand Al den Sinn doch nicht so ganz. »Glauben Sie wirklich, der Wichtl will uns los werden?«

»Weshalb glauben Sie denn, bin ich zu solch einem nervtötenden Chaoten gesetzt worden? Wussten Sie, dass dieser Raum eigentlich als Abstellkammer vorgesehen war?«

»Ich dachte, weil Sie nicht mehr lange bei ...«

»Papperlapapp! Das hat mit der Unterstützung meines Kleingartenvereins zu seiner Bürgermeisterwahl zu tun! Denken sie doch einfach mal mit« unterbrach ihn Rosenstrauch rüde.

Al erinnerte sich dunkel: vor zwei Jahren wollte Lichtenberger als Bürgermeister kandidieren.

»Warum Bürgermeisterwahl? Der hat es damals doch nicht mal auf die Wahlliste geschafft!«, wunderte sich Al.

»Eben!«, schloss Rosenstrauch.

Allmählich dämmerte es Al tatsächlich ein wenig. Der Verein hatte seinerzeit Lichtenberger wohl die erhoffte Unterstützung verwehrt. Und Rosenstrauch war zu der Zeit nicht nur im Vorstand, sondern sogar sein Vorsitzender gewesen. Dies konnte natürlich Anlass für Unstimmigkeiten sein. Wobei Al damals den Eindruck hatte, dass nicht nur die Kleingärtner kein Interesse an der Wahl des Chefs hatten.

Al unterbrach seine Gedanken, Robin war wieder im Anmarsch.

»Salami, Schinken, Käse oder einfach nur Butterbrot ...«, betete er den Variantenreichtum der Küche runter.

»Salami ... Schinken ... Käse ...«, wiederholte Rosenstrauch die Aufzählung sehr bedacht, »oh, welcher Käse?«, brach es dann aus ihm heraus.

»Äh, ich weiß ...«, Robin befürchtete das Schlimmste, »... es nicht!«

»Na, egal!« Rosenstrauch gab sich großzügig. »Ich nehme ein Salamibrot und wage auch eines mit jenem geheimnisvollen Käse!« Dabei schob er Robin das immer noch auf dem Tisch liegende Wechselgeld zu. »Und ...«, sagte er mit einen Blick aus dem Augenwinkel auf die sich immer noch im Blickfeld herumtreibende Servicekraft, »... es eilt nicht!« Verwirrt, aber nicht unglücklich, verließ Robin mit einem

»Ja«, auf den Lippen den Tisch.

»Na, hoffentlich lässt er sich Zeit!«, stöhnte Rosenstrauch leise.

»Und Sie?« Jetzt wollte Al auch mal eine Frage stellen dürfen. »Wie halten Sie sich fit?«

»Fit? Na, ich widme mich der Gartenarbeit«, antwortete Rosenstrauch verblüfft. »Das ist manchmal ganz schön anstrengend!«

»Das glaube ich.« Und weil er langsam Gefallen an kryptischen Fragen fand, schob er gleich eine nach: »Wann waren Sie denn zum letzten Mal im Fitnessstudio?«

»Zum letzten Mal?« Rosenstrauchs Verwunderung nahm noch zu. »Noch nie! Im Gegensatz zu Ihnen … wie man hört.« Sogar der wusste schon von Al´s Unfall – wie erfreulich!

»Na, wissen Sie: bei Recherchen muss man schon mal was riskieren!«, spielte Al eine ansatzweise ›Geplantheit‹ der Aktion vor. »Und es hat sich auch gelohnt! Schließlich konnte ich herausfinden, dass manche Studiobesitzer nicht nur mit Muskelaufbaupräparaten ...«, und hier schaute er unglaublich bedeutungsschwanger, »... Handel treiben!« Al belohnte sich mit einem genüsslichen Schluck aus Robins Glas.

»Was? Was interessiert mich Doping?«, missverstand Rosenstrauch. »Sollen die Bodybuilder sich doch ...« Er geriet ins Grübeln. »Sagen Sie, Humoa, haben Sie schon mal etwas von PFT gehört?«

»PFT?« Al grübelte – Peter fährt Tretboot – wohl kaum … »Nee, nicht wirklich!«

»Perfluorierte Tenside!«, legte Rosenstrauch nach.

»Ahh!« Jetzt war es klar! »Noch nie gehört!« Al hatte keine Ahnung! Na, dann musste er halt nachfragen:

»Was ...«

»Ihre Brote, bitte!« Und schon war Robin wieder da. Er setzt sich an den Tisch und knabberte genüsslich an einem Paar Würstchen, das er sich mitgebracht hatte. Al war sich sicher, er würde heute noch den Hungertod erleiden!

»Hallo, Erna!«, nuschelte Robin mit vollem Mund. Vor dem Tisch baute sich ein in himmelblauen Schürzenstoff gehüllter weiblicher Hühne auf.

»Sin se derr Herr Humorr?«, fragte sie und musterte Rosenstrauch eindringlich. Die konnte aber das »r« rollen. Rosenstrauch deutete auf Al.

»An guten Tagen habe ich einen solchen!«, versuchte Al die Situation durch einen seiner Standardwitze zu entkrampfen. »Ansonsten mit ›a‹ am Ende!«

»Ihrre Rrechnung!« Sie zog ein zusammengelegtes DIN A4 Blatt aus ihrer Schürzentasche. Als sie es auffaltete, konnte man sehen, dass es eng beschrieben war.

»Hat jemand von meiner Limo getrunken?«, wollte Robin wissen.

»Ich habe gerade kein Geld dabei.« Warum nicht mal sagen, wie´s ist?

»Wann wollnse dann mal bezahln?«, fragte sie.

Wenn ich das wollte, hätte ich es schon lange mal getan, dachte Al. Gesagt hatte er aber:

»Morgen!«

»Aber morgen ist doch Feiertag!«, plapperte Robin dazwischen.

»Na, dann halt die nächsten Tage!« und er konnte es sich nicht verbeißen. »Wie immer!«

»Ich sach mal so: nächstes Mal, wennse hier aufkrreuzen, brringse das Geld mit!« Damit überreichte Erna Al seine Rechnung. »Solange gibts fürr sie nix mehrr und fürr ihrren Laufburrschen au nicht!«

»Was? Ich hab doch immer bezahlt!« Robin war entsetzt.

»Und jetz: rrraus!«, brodelte es aus Rrollin´ Errna heraus.

»Lassen Sie uns die Sache doch wie Erwachsene regeln«, versuchte Al, die Lage zu entschärfen.

»Wirr sind keine Wärrmestube!« Anscheinend gab es für Erna nichts zu entschärfen.

»Ich gehe gleich.« Das Gespräch mit Rosenstrauch hätte er doch noch gerne fertig geführt.

»Wann?« Ihre Blicke durchbohrten ihn. »Jetzt!«

»Na gut.« Er gab nach und stand auf. »Wir sehen uns im Büro.« Mit hängendem Kopf verließ Al die Kantine, wahrscheinlich für immer.

Auf dem Weg ins Büro vibrierte sein Handy. Eine SMS von Jan, dem Taugenichts:

Mittag essen heute? Morgen ist Feiertag! J.

Wenn er bezahlte, dann gerne. Al sagte zu, in der Hoffnung, heute doch noch etwas Essbares in seinen Magen zu bekommen.

Das Geräusch hörte einfach nicht auf. Al entfuhr ein leiser Fluch. Er tastete nach seinem Handy, erst neben sich, dann um sich herum. Begleitet von ununterbrochenem Geschepper, erweiterte sich sein Suchradius stetig. Schließlich kramte er das Telefon aus irgendeiner Tasche seiner Hose, die wie immer fein säuberlich neben seinem Bett zusammengeknüllt lag.

»Robin, heute ist frei!«, keifte er hinein. »Du selbst hast mir gestern gesagt, dass heute ...« Es klingelte – immer noch. Al blickte auf das Gerät in seiner Hand, dann warf er es aufs Bett. Das war's wohl nicht! Es läutete erneut. Er wurstelte sich aus dem Bett, zog sich seine Jogginghose hoch und schlurfte aus dem Schlafzimmer in den Flur zur Wohnungstür.

Al blickte durch den Spion und sah einen relativ kurzen Anzug mit Krawatte auf der anderen Seite der Türe stehen. Da hatte sich wohl jemand für einen Besuch bei ihm so richtig fein rausgeputzt. Um wen es sich beim Inhalt dieses Anzugs exakt handelte, konnte Al nicht genau erkennen. Dafür war die Linse zu verstaubt.

Während er also überlegte, um wen es sich bei dieser verschwommen verzerrten Person handeln mochte, streckte diese ihren Arm aus und bewegte ihn an einen Ort irgendwo seitlich neben der Türe. Im nächsten Augenblick wurde eine beträchtliche Anzahl von Haarzellen in Al's Innenohr nachhaltig geschädigt - die Wohnungsklingel wenige Zentimeter über seinem Kopf ertönte. Auch wenn er immer noch keine Ahnung hatte, wer da draußen stand, entschloss sich Al, die Türe zu öffnen. Einbrecher würden wohl nicht klingeln – abgesehen davon, dass es bei ihm nichts zu holen gab. Da hatte Al schon eher Angst, jemand könnte seinen Unrat in der Wohnung abladen – also: noch mehr Zeug, als ohnehin schon vorhanden war. Versicherungsheinis wären bei ihm ähnlich erfolglos und Zeugen Jehovas* hatten keine Zeit, die mussten heute, am Feiertag, sicherlich beten.

»Rosenstrauch!«, murmelte Al.

»Guten Morgen, Humoa!«, begrüßte ihn dieser mit für Al viel zu großem Elan. »Oder soll ich besser sagen: Mahlzeit!« Rosenstrauch schob sich, eine Aktentasche vor sich her manövrierend, an Al vorbei in die Wohnung. »Ich hätte da noch kurz ein paar Fragen.« Der war ja dreister als ein Gerichtsvollzieher. »Aber wir müssten uns etwas beeilen ...« Ohne sich groß um Al zu kümmern öffnete Rosenstrauch die erste Türe, deren Klinke er zu greifen bekam. Er warf einen Blick in das dahinter liegende Bad und schloss sie dann wieder. »... Ich habe eine Verabredung zum Mittagessen ...« Als nächstes kam die Küchentüre, die stand ohnehin offen. Rosenstrauch schaute etwas irritiert, bevor er fortfuhr: »... hat meine Frau ausgemacht!« Er wandte sich von der Küche ab, drehte sich noch einmal um und seufzte. »Irgendeine Freundin von ihr ...« Al stutzte, welchem Umstand Rosenstrauch´s Seufzer wohl geschuldet war – dem Anblick der Küche oder der Freundin seiner Frau. »... und der ihr Mann.« Er warf einen Blick in Al´s Schlafzimmer »O jeh!« Dann war die Türe zum Kinderzimmer dran. »Ein Unsympath, kann ich Ihnen sagen!« Rosenstrauch ging in den Raum und sah sich um. »Dabei hätte ich im Garten genug zu tun!« Er knallte sein Aktenköfferchen auf den

---

* Gegen deren Besuch Al im Allgemeinen nichts hatte. Er verbrachte manchmal ganz gerne ein paar Minuten mit einer Diskussion über spirituelle Themen. Wenn auch die Gespräche zumeist damit endeten, dass sein Gegenüber sich kopfschüttelnd von ihm abwand und flott das Weite suchte.

Schreibtisch von Al's Kindern. Objektiv betrachtet handelte es sich hierbei um den einzigen Ort in der Wohnung, auf den man seinen Aktenkoffer knallen konnte, da überall sonst schon etwas rumlag.

»Äh, nee! Nicht hier!«, brummte Al. Er nahm die Tasche und ging damit in die Küche. Rosenstrauch folgte ihm skeptisch.

Den Koffer stellte Al erst einmal auf dem einen der beiden Stühle ab. Der, auf dem nichts lag. Vom anderen nahm er die Mischung aus Postwurfsendungen, Werbebriefen und Zeitschriften, die sich dort angesammelt hatten, und legte sie auf einen ähnlichen Stapel, der sich schon auf dem Küchentisch befand. Nachdem noch ein paar andere über den Tisch verteilte Papiere auch auf den Turm gewandert waren, war genug Platz für die Aktentasche. Al nahm sie, legte sie dort ab und rückte den Stuhl zurecht. Mit einem Fingerzeig darauf sagte er:

»Bitte.«

»Hier fehlt es an einer ordnenden Hand.«, murmelte Rosenstrauch. Sein Blick verriet, dass er das dieser Wohnstätte zugrunde liegende Organisationsprinzip nicht durchschaute.

»Tun Sie sich keinen Zwang an!« Auf solche Kommentare konnte Al dankend verzichten.

»Ich kann mich zurückhalten!« Rosenstrauch setzte sich und zupfte sein Sakko zurecht.

»Schade ...« So wirklich hätte Al nichts dagegen gehabt, wenn ihm jemand die Hausarbeit abgenommen hätte. »Dann nicht!« Aber nächstes Wochenende kamen seine Kinder wieder. Dieser Umstand animierte ihn immer noch am ehesten, die Wohnung in einen akzeptablen Zustand zu versetzen.

»Wie gesagt, ...«, Rosenstrauch nestelte am Verschluss seiner Tasche rum, »... mir gingen da ein paar Fragen durch den Kopf.«

»Kaffee!« Jetzt wusste Al, was ihm an diesem Morgen fehlte.

»Was?« Rosenstrauch war irritiert. »Nein, danke!« Eigentlich war das gar nicht als Frage gedacht, aber so hatte es sich auch ganz praktisch erledigt.

»Na gut!«, brummte er und machte sich an seiner Kaffeemaschine zu schaffen.

»Wir haben uns ja schon mal kurz über Optiterra unterhalten.« Rosenstrauch zog einen prall gefüllten Schnellhefter aus seiner Ledertasche.

» Optiterra?« Al widmete gerade seine komplette Aufmerksamkeit dem Befördern des Pulvers in den Kaffeefilter.

» Optiterra! Na, der Dünger!« Rosenstrauch verdrehte leicht die Augen.

»Ach so ...« Al brauchte wirklich dringend Kaffee! »Ja, klar – der Dünger.«

»Also, ...«, begann Rosenstrauch, »sagt Ihnen jetzt dieser Dünger etwas, oder nicht?«

»Na, ...«, was sollte Al da groß sagen? »... das ist halt ein Dünger!« Er empfand diese Information als nicht besonders spannend. »Für Golfplätze und so ...« Mehr gab's dazu aber jetzt beim besten Willen nicht zu sagen.

»Nun gut, ...«, begann Rosenstrauch erneut, »... dann mache ich Sie mal mit meinem Wissensstand vertraut. Vielleicht passiert dann doch noch ein Wunder und Sie können mir weiterhelfen.«

»Tee?«, fragte Al in einem späten Anflug von Höflichkeit.

»Tee!« Rosenstrauchs Geduld neigte sich langsam ihrem Ende zu. »Von mir aus!«

»Kamille?«

»Haben Sie keinen schwarzen?«

»Hm, nein«, ergründete der höfliche Gastgeber seinen Küchenschrank. »Nur noch Fenchel, Waldfrüchte oder Rooibos Vanille.«

»Dann keinen, danke«, hoffte Rosenstrauch dieses Gesprächsthema beenden zu können. »Könnten wir dann mal zur Sache kommen?«

»Sache? Ja ...« Al nahm sich die Tasse aus der Spüle, die noch den am wenigsten verschmutzten Eindruck machte. »Aber immer!« Er füllte sie mit dem inzwischen durchgelaufenen Kaffee. »Ich bin ganz Ohr.«

»Fein!« Rosenstrauch war nicht sonderlich optimistisch, diesmal zu Al durchzudringen. »Dann zurück zum Dünger!«

»Dünger, ja klar!« Irgendwie wurde Al dieses Thema langsam lästig.

»Also, angefangen hat alles in der Kleingarten-anlage ›Laubenkolonie Eden‹, wo ich eine Parzelle gepachtet habe. Eines Tages kam da ein Neuer, und hat den Schreber-garten, wo die alte Kiefer drauf war, übernommen. Das wird so in etwa ein Dreivierteljahr her sein. Der Garten war relativ verwildert, sie konnte die letzten Jahre, seit sie verwitwet war, nicht mehr so recht.«

»Verwittert?« Ein morscher Baum. Al´s Interesse an Rosen-strauchs Geschichte sank stetig.

»Verwitwet! Ihr Mann war gestorben. Was ist daran so schwer zu verstehen?«

»Ich hab mich nur verhört!« Al beschlich der Verdacht, Rosenstrauch könnte ihn für etwas unterbelichtet halten.

»Wie auch immer ... Jedenfalls kam dann der neue - Busch!«

Na toll ... , dachte Al, *... jetzt erzählt er mir auch noch haarklein, was er wann angepflanzt hat.*

»Den hat die Witwe Kiefer gepflanzt?«

»Das kann doch nicht wahr sein!«, brach es aus Rosenstrauch heraus. »Wissen Sie eigentlich, dass Sie eine zermürbend begriffsstutzige Aura umgibt? Busch ist ein Mensch, Humoa!«

»Ach so«, brummelte Al und dann noch: »So wie Wilhelm?«

»Was?«

»Wilhelm Busch ...«

»Ja, nur Georg.«

»Dabbelju?«

»Was weiß ich! Das spielt aber auch keine Rolle!«

»Na ja, würde der so heißen, hätte ich ihn vielleicht schon mal im Fernsehen gesehen.«

Rosenstrauch starrte Al entgeistert an. Er brauchte einen Moment, sich zu fassen, dann fuhr er, die letzte Bemerkung seines Gegenübers ignorierend, fort:

»Jedenfalls kam der Busch eines Tages daher, er käme an einen super Dünger ran. Na ja, seinen Garten hat er ja soweit wieder ganz ordentlich in den Griff bekommen, er schien also doch mehr Ahnung zu haben, als wir anfangs befürchteten. Von Profiqualität hat er was erzählt und von Vorzugspreisen, unter denen er ihn besorgen könnte, weil er beste Kontakte zum regionalen Vertriebsleiter – er hat mal den Namen Gubach oder so erwähnt – hätte. Viele in der Kleingartenkolonie haben sich also an einer Gemeinschaftsbestellung bei dem Busch beteiligt, unter anderem auch ich. Womit wir übrigens bei diesem Optiterra wären. Eigentlich ein sehr guter Dünger, welcher aber nur an die Agrarindustrie vertrieben wird. Und billig ist der auch nicht. Jedenfalls, kurz darauf kam eine Palette mit 50 Kilo-Säcken an, an denen sich so ziemlich jeder in der ganzen Siedlung bedient hat. Damit haben dann die ganzen Probleme begonnen.«

Al nahm einen kräftigen Schluck aus seiner Kaffeetasse. Grauenhaft! Aber immer noch besser als Rosenstrauchs Geschichte.

»Anfangs haben nur ein paar Pächter geklagt, dass ihre Rosen nicht wirklich gut auf den Dünger ansprechen. Anderen sind dann die Tomaten schon mit schwarzen Flecken aus der Erde gekommen, die haben ausgesehen wie verbrannt. Mein Rasen ist eigentlich ganz saftig gewachsen, aber als mein Boromir von uns ging, kam ich doch extrem ins Grübeln.«

»Boro … wer?«

»Boromir war mein Kaninchen. Ein deutscher Riese. Er war ein stattliches Exemplar mit über einem halben Meter Länge und einem Gewicht von fünfeinhalb Kilo. Er hatte ein glänzendes goldbraunes Fell, wie man es nur selten zu sehen bekommt und Ohren, die trotz ihrer extremen Länge von 114 Millimetern senkrecht nach oben standen. Wie eine Krone …« Al überkam eine bleierne Müdigkeit. Er nahm noch einen Schluck Kaffee. Genuss war das immer noch nicht. »Es ist uns gelungen, mehrere Preise zu gewinnen, auf jeder Ausstellung war mein Boromir die Attraktion«, geriet Rosenstrauch immer mehr ins Schwärmen. Al packte die Geschichte von Boromir, dem Riesenrammler, immer noch nicht.

»Jedenfalls … als er dann eines Morgens reglos in seinem Stall am hinteren Ende des Gartens lag, wollte ich der Sache doch auf den Grund gehen. Er war ja erst vier Jahre alt und meine Frau und ich hatten ihn gehegt und gepflegt. Das beste Futter war gerade gut genug und wenn es nötig war, haben wir ihn auch mit Aufbaupräparaten wieder in Form gebracht. Deshalb bin ich mit seinen Überresten zum Tierarzt und habe ihn sezieren lassen.«

Rosenstrauch zog eine Packung Papiertaschentücher aus der Innentasche seiner Anzugjacke.

»Der Veterinär hat einen Tumor als Todesursache ausgemacht. Es hatten sich einige Metastasen gebildet. Mehr konnte er mir auch nicht sagen, außer, dass das bei Kaninchen diesen Alters sehr ungewöhnlich ist.«

Nebenbei holte er ein Taschentuch aus dem Päckchen und entfaltete es bedächtig.

»Jedenfalls bin ich dann misstrauisch geworden: so viele unglückliche Ereignisse in dieser Häufung konnten kein Zufall sein. Dafür passierten mir in zu vielen Schrebergärten zu viele Ungereimtheiten. Ich vertiefte meine Recherchen. Durch meine Beziehungen zur pathologischen Abteilung konnte ich da meinen Boromir noch einmal gründlicher untersuchen lassen. Der Doktor Käsbein, diese halbseidene Erscheinung, hat mir noch einen Gefallen geschuldet.«

Al verspürte diesen als einen der wenigen Momente, in denen er mit Rosenstrauch übereinstimmte. Auch wenn die Räumlichkeiten der Pathologie eigentlich nicht in seinen Aufgabenbereich fielen, so war er vor Jahren doch einmal dort gewesen, weil angeblich dringende Arbeiten zu erledigen waren und der dortige Hauselektriker im Urlaub war. Am Ende war dann lediglich eine Glühbirne zu wechseln. Der Leiter des Instituts, dieser Herr Käsbein, legte extremen Wert darauf, mit Doktor angeredet zu werden und piesackte auch sonst seine Umgebung nach Kräften. Es hätte Al schon brennend interessiert, was es war, weswegen der bei Rosenstrauch in der Schuld stand.

»Dabei wurde in der Leber ein Vielfaches des normalen Wertes an perfluorierten Tensiden festgestellt. Diese stehen im Verdacht, Krebs zu erregen, das passt also genau ins Bild. Ich habe mich dann natürlich kundig gemacht, wo solche Chemikalien zum Einsatz kommen. So genau wollte niemand damit rausrücken, aber neben der Textilindustrie, die sie zur Herstellung wasserabweisender Kleidung benutzen, scheint es auch eine militärische Nutzung zu geben. Jedenfalls sah ich zuerst keinen Zusammenhang mit der Haltung von Kaninchen oder den Aktivitäten in einer Kleingartenanlage. Das Thema ließ mich nicht mehr los, meine Frau ging sogar so weit, mich als besessen zu bezeichnen. Dabei vermisste sie unseren Boromir genauso sehr wie ich.«

Rosenstrauch machte eine Pause, um das entfaltete Taschentuch lautstark zu benutzen. Während er es in seiner Hosentasche verschwinden ließ, fuhr er fort:

»Jedenfalls fiel mein Augenmerk dann doch auf diesen Dünger. Es stellte sich heraus, dass dieser – Optiterra, wie Sie sich denken können – extrem belastet war mit PFT, also diesen perfluorierten Tensiden, die aufgrund ihres Gefährdungspotentials für Mensch, Flora und Fauna nur unter strengen Auflagen verwendet werden dürfen. So richtig viel mehr war sonst nicht herauszufinden. Die Schadstoffe gelangten wohl eher versehentlich in den Dünger. Der stammt von einer Firma, ›Eugrais‹, die ihren Sitz in der Nähe von Straßburg hat. Die lassen sich von kleinen Produzenten aus ganz Europa fertigen Dünger anliefern, den sie dann unter ihrem Namen vertreiben. Als sie die Laborergebnisse mit den erhöhten PFT-Werten bekamen, haben sie gleich die Vernichtung der gesamten Charge veranlasst. Anscheinend hat irgendjemand ein Geschäft gewittert und dafür gesorgt, dass nicht wirklich alles vernichtet wird. So kam dieser Müll in Umlauf!«

Rosenstrauch stöhnte. Al nahm einen Schluck von seinem inzwischen nicht einmal mehr warmen Kaffee und überlegte, ob er etwas darauf sagen sollte. Da holte Rosenstrauch aber Luft und es ging weiter:

»Dieser Busch war in seinem Garten seitdem auch nicht mehr anzutreffen! Wie vom Erdboden verschluckt. Na ja, vielleicht war ihm diese Naturkatastrophe einfach zu peinlich. Jedenfalls ist in der Kolonie seit dem keiner mehr gut auf ihn zu sprechen! Meine Recherchen haben ergeben, dass die Daten, die er im Pachtvertrag angegeben hat, frei erfunden waren. Sogar die Handynummer war falsch!«

»Seltsam«, murmelte Al, nur um auch mal wieder etwas zu sagen. Aber schon fuhr Rosenstrauch fort:

»Ich habe meine Beziehungen zum Zoll spielen lassen, aber es wurde nicht einmal versucht, auch nur ein Gramm Optiterra offiziell zu importieren. Geklappt hätte das ohnehin nicht, da die Zollbehörden schon seit geraumer Zeit über die schädlichen Inhaltsstoffe dieses Düngers im Bilde waren. Dann habe ich begonnen, Nachforschungen anzustellen, wo Optiterra hier in der Gegend noch vorzufinden war – außer in unserer Kleingartensiedlung – bedauerlicherweise! Der Busch, der Einfaltspinsel, hat bei seinen Aufschneidereien mal irgendetwas von Golfplätzen angedeutet. Nur leider: bisher habe ich weder jemanden ausfindig gemacht, der den Gebrauch von Optiterra zugegeben hätte, noch habe ich eine andere Spur auftun können. Im Grunde habe ich also zum jetzigen Zeitpunkt nicht viel: keine Lieferanten, keine Händler, keine Abnehmer, keine Ware – nur einen verseuchten Garten … Deshalb wäre ich über jeden hilfreichen Hinweis von Ihnen, Humoa, sehr erfreut.«

»Ja nun …«, Al stöpselte los, »… wie ich schon erwähnt habe, bin ich vor Kurzem auf ein paar Säcke Optiterra gestoßen. Ich habe auf Schloss Roth jemand observiert …«

»Observiert? Sie sind doch gar kein Polizist!«

»Ja, äh, nein, bin ich nicht. Aber wenn man einem Verbrechen auf der Spur ist, muss man doch handeln. Das verlangt die Bürgerpflicht!«

»Hm, wenn Sie das meinen!«

»Jedenfalls kam es da zu einer brenzligen Situation, in der es ratsamer war, unerkannt zu bleiben. Und da bin ich zufällig auf den Lagerraum mit einigen Säcken von Ihrem Dünger gestoßen.«

»Sie haben sich da drin versteckt?«, folgerte Rosenstrauch.

»Äh ja, so könnte man das auch sagen. Zumindest weiß ich wenigstens, was man tun muss, um das zu finden, was man sucht!«, bockte Al.

»Warten Sie!«, mit erhobenem Zeigefinger ging er in den Flur zu seinem Rucksack. Die Flasche mit dem Dünger hatte er bis jetzt komplett vergessen.

»Hier!«, er stellte sie Rosenstrauch direkt vor die Nase, »jetzt haben Sie zumindest ein Beweismittel!«

»Na, prima! Dann brauchen wir ja nur noch die Kaufquittung mit Name und Anschrift des Lieferanten, dann haben wir´s auch schon!«, spottete sein Gegenüber. »Aber das ist für Sie sicher kein Problem, oder?«

»Glauben Sie wirklich, darüber gibt es eine Quittung?« Al verstand nicht.

»Wäre unter Ihrem Papierberg irgendwo eine Tischkante zu erkennen, würde ich jetzt hineinbeißen.«

»Oh, da hat er ja nochmal Glück gehabt«, sinnierte Al, »mein Tisch!«

»Wenn er sonst schon so schwer zu tragen hat...«, raunte Rosenstrauch, »aber wir waren bei Ihren Recherchen!«

»Oh, ja. Einen Verdacht habe ich tatsächlich. Der Kerl, den ich da observiert habe, treibt sich ziemlich oft auf verschiedensten Golfplätzen rum.«

»Na, vielleicht spielt er gerne Golf. Vielleicht sogar berufsmäßig.«

»Nein, der hat ein paar Muckibuden.«

»Was hat der?«

»Er ist Fitnessstudio-Besitzer.«

»Seltsam!«

»Ja. Seltsam.«

Al berichtete von dem kuriosen Gespräch zwischen Romolo und dem Koffermann, das er belauschte. Ansonsten blieb er mit dem Gefasel von ›intensiveren Recherchen‹ (mehr sagte er auch auf Nachfrage nicht), im Zuge derer er auf den Dünger stieß, sehr vage.

»Na, dieser Romolo scheint ja in irgendeiner Weise darin verwickelt zu sein«, murmelte Rosenstrauch.

»Sag ich doch!«, erwiderte Al. »Der zieht sicherlich im Hintergrund die Fäden.« Er hatte keinen einzigen Beweis für seine Behauptung, aber sicher war er sich dessen trotzdem, weil: er konnte den Typen einfach nicht leiden. Rosenstrauch schnellte mit dem Oberkörper nach hinten und verschränkte die Arme hinter dem Kopf. Die Stuhllehne knarrte bedrohlich. Er kniff die Augen zusammen.

So sieht der also aus, wenn er nachdenkt, ging es Al durch den Kopf.

»Ts ts«, grummelte Rosenstrauch, »man müsste ihn auf frischer Tat ertappen.« Al starrte in die inzwischen komplett kalte schwarze Flüssigkeit in seiner Tasse.

»Sie wollen ihm eine Falle stellen?«, fragte er.

»Falle …«, Rosenstrauch spielte Empörung vor. »Sagen wir so: man sollte ihm einen Anreiz geben, seine Machenschaften einer größeren Öffentlichkeit zu präsentieren.«

»Na, sag ich doch: eine Falle!«, fasste Al zusammen.

Wenn man nur wüsste, wo der sich immer rumtreibt, schnappte Al einen Gedanken auf, anscheinend von Rosenstrauch. Da kam ihm eine Idee. Er stellte das traurige Abbild einer Tasse Kaffee auf dem Tisch ab und ging schweigend aus der Küche. Rosenstrauch blickte ihm irritiert hinterher.

»Humoa!« Inzwischen sollte er sich eigentlich schon an seltsame Aktionen des Hausherrn gewöhnt haben.

Al schenkte Rosenstrauch gerade keine Aufmerksamkeit. Er war auf direktem Weg in sein Schlafzimmer. Dort griff er sich die Hose, die immer noch an ihrem Platz vor dem Bett darauf wartete, angezogen zu werden, und holte den USB-Stick hervor, den er seit einigen Tagen mit sich durch die Gegend trug. Er ging zurück in die Küche und drückte seinem Besuch den Stick mit einem

»Halten Sie mal!« in die Hand. Und schon war er wieder weg, um im Kinderzimmer zu verschwinden, wo er seinen Laptop zum letzten Mal gesehen hatte. Tatsächlich lag das Gerät bedeckt von ein paar Jugendzeitschriften unter dem Schreibtisch. Es hing wie immer am Netzgerät. Der Akku bezog seine Daseinsberechtigung nämlich daraus, dass er den aus der Steckdose ankommenden Strom direkt an die eingebauten Bauteile weiterleitete, und nicht etwa, weil er in der Lage war, diesen zu speichern. Das war er nämlich schon lange nicht mehr. Al steckte das Notebook aus und nahm es samt Kabel mit.

Als er in die Küche kam, saß Rosenstrauch auf seinem Stuhl, mit dem Stick in der Hand. Irgendwie wirkte er wie ein Tanzschüler, der seine Partnerin mit einem Blumensträußchen von Zuhause abholte. Mit einem

»Hab's gleich!« legte Al den Laptop auf dem Schoß seines Gastes ab. Den anfangs mehr oder weniger ordentlich zusammengetragenen Zeitungsstapel, beförderte er unter den Tisch auf den Boden. Er brummte etwas wie

»Sowieso Altpapier!«, was Rosenstrauchs Irritation nicht wirklich lindern konnte. Dann wischte Al mit der Handfläche über den ›aufgeräumten‹ Tisch, nahm das Notebook von Rosenstrauchs Schoß und stellte es dort ab. Das Kabel steckte er in eine Dose über der Küchenarbeitsfläche. Es spannte zwar beträchtlich, aber das musste jetzt so gehen. Al setzte sich und schaltete das Gerät an. Rosenstrauch, der das Schauspiel schweigend beobachtete, hielt den Stick immer noch mit unveränderter Handhaltung nach oben. Al sagte

»Ich darf doch!«, nahm ihn und steckte ihn an der Seite des Gerätes ein.

»Äh, ja«, meldete sich Rosenstrauch mal wieder zu Wort, »und jetzt?«

»Jetzt?«, fragte Al triumphierend. »Jetzt werden wir mal nachsehen, wo unser Freund sich in nächster Zeit rumtreibt. Daraus wird sich doch sicher ein Szenario entwickeln lassen, auf das er nicht wirklich vorbereitet sein wird.«

»Das steht da in Ihrem …«, Rosenstrauch deutete auf den Laptop auf dem Tisch, »… Klappcomputer?« Na, der schien ja mächtig Ahnung zu haben von moderner Technik.

»Hm, fast«, murmelte Al, während er begann, die Dateien des USB-Sticks zu durchsuchen. »Im Zuge meiner Recherchen ist es mir gelungen, umfangreiches Datenmaterial von Romolo zu sichern.« Er deutete vielsagend auf den eingesteckten Stick, wobei das Rosenstrauch wohl doch eher wenig sagte. »… unter anderem auch seinen Kalender …«, und weil sein Gegenüber doch zu verwirrt schaute, fügte er hinzu: »… Also, sein digitaler Kalender.«

»Na, wenn Sie meinen«, sagte Rosenstrauch, der Al´s Ausführungen nicht wirklich folgen konnte. Währenddessen kämpfte sich Al schon durch die Dateien auf der Suche nach dem Terminplaner: Verträge, Anfragen, Bestellungen, Briefe an Werbefirmen, Geschäftspartner, den Steuerberater … Steuerberater? Da fiel ihm ein, dass er ja noch die Finanzen von dem Gauner checken lassen wollte.

»Da könnte Jan hilfreich sein«, murmelte Al.

»Wer ist Jan?«, fragte Rosenstrauch. Ach, der war ja auch noch da. Al war so vertieft in die Suche, dass er dessen Anwesenheit schon fast vergessen hatte.

»Jan …«, brummelte Al die Augen starr auf das Display gerichtet, »... ist ...«

»Es läutet«, sagte Rosenstrauch. »Haben Sie eigentlich die Türklingel nur, um sie zu ignorieren?« Dabei war der Großteil von Al´s Synapsen einfach nur mit der Arbeit am Computer beschäftigt. Umgehend läutete es nochmal – und nochmal.

Genervt stand Al auf und schlurfte zur Tür. Während seines eigentlich nicht so langen Weges klingelte es erneut. Mit einem

»Na, na. Nur die Ruhe!« öffnete er.

»Eine Bombe!«, schrie Jan an Al vorbei eilend in Richtung Bad. Der schloss irritiert die Türe.

»Welche Bombe?«, brummte er. »Wo?« Jan hatte eine Plastiktüte in der Hand. War da die Bombe drin? »Na, aus dem

Fenster im Hausgang!«, keuchte Jan. Wäre es angebracht gewesen, in Panik zu verfallen? Al ging der Sache und seinem Freund mal besser nach. Als er Jan einholte, stand der auf dem Badewannenrand und hatte den Kopf durch das schmale Oberlicht gesteckt. Eigentlich war es deshalb dort oben nahe der Decke angebracht, um etwas Frischluft und vereinzelte Sonnenstrahlen in den Raum zu lassen. Dass es nicht dazu konstruiert war, einen Kopf durchzustrecken, konnte man an dem Rumms erkennen, der entstand, als Jan seinen Schädel wieder herauszog. Dieser schien den damit sicherlich einhergehenden Schmerz gar nicht wahrzunehmen und rief nur:

»Ums Eck!« Schon war er aus dem Badezimmer geeilt. Während Al darüber nachdachte, worüber er sich mehr Sorgen machen sollte - über die bevorstehende Explosion oder den Geisteszustand seines langjährigen Freundes - folgte er ihm in die Küche.

»Wahnsinn!«, keuchte Jan aus dem Fenster starrend. »Was für ein Geschoss!« Al stellte sich neben ihn, nahm ihm die Tüte ab und blickte hinein. Ein farbverschmierter Wecker. Na, wenn Jan meinte ... Dann besah Al sich den Grund für Jan´s Aufregung: eine junge Frau mit kurzem Rock und weitem Ausschnitt ging unten die Straße entlang.

»Meinen Güte ...«, entfuhr es Al. War der Typ irre!

»Meinst du, ich sollte ihr nachgehen?« Al kannte Jan lang genug, um zu wissen, dass diese Frage rhetorisch war. Statt einer Antwort stöhnte er:

»Jan ...«

»Also: Ja!« interpretierte Jan Al´s Aussage, der er mit ziemlicher Sicherheit überhaupt nicht zugehört hatte. Ruckartig sprang er in Richtung Küchentür.

»Lass deinen Autoschlüssel da!«, sagte Al. So wollte er sicherstellen, dass Jan hier später nochmal auftauchte, wenn sein Hormonspiegel sich wieder einigermaßen eingepegelt hätte. Dann konnte er ihn über die Verbrecherjagd und seine Rolle darin aufzuklären. Jan warf den Schlüssel auf den Tisch direkt vor Rosenstrauchs Nase und mit einem »Oh, hallo!« war er verschwunden.

Schweigend steckte Al den Autoschlüssel ein.

»Was … oder: wer war das?«, fragte Rosenstrauch.

»Jan«, sagte Al.

»O jeh!«, murmelte Rosenstrauch.

Al setzte sich wieder an das Notebook und begab sich weiter auf die Suche. Kurz darauf gab er mit einem freudigen

»Ich hab's!« eine Erfolgsmeldung kund.

»Den Terminkalender?«, fragte Rosenstrauch, der sich nicht wirklich viel davon versprach.

»Den Terminkalender!«, triumphierte Al.

»Und? Was macht er die nächsten Tage spannendes?«

»Mal sehen ...«

»Aaalso … morgen ist er geschäftlich unterwegs …«

»Wo?« Rosenstrauch rückte näher, um auch auf den Laptop sehen zu können.

»In einer seiner anderen Filialen«, las Al im Kalender.

»Dann kommt er wohl irgendwann Mittwoch abends zurück – jedenfalls steht hier um 23 Uhr: Bonny.«

»Was bedeutet das neben dem Namen?« Rosenstrauch deutete auf den Monitor*.

---

* <3 – Leute, die sich für jünger halten, als sie inzwischen sind, malen so Herzen!

»Kleiner Drei …« so genau wusste Al die Bedeutung dieses Kürzels auch nicht.

»Also zwei!«, schloss Rosenstrauch.

»… Oder eins!« manchmal schlummerte ein wirklich großer Mathematiker in Herrn Humoa. »Wie dem auch sei! Übermorgen hat er von 8 bis 20 Uhr ›Büro‹ eingetragen.«

»Wo hat er denn sein Büro?«

»Hm, bei ihm Zuhause habe ich keines gesehen, nur ein Arbeitszimmer …«

»Sie waren bei diesem Romolo Zuhause?« Al überhörte diese Frage mal besser:

»… aber im Fitnessstudio, da war ich in seinem Büro.«

»Ach was? Sie gehen bei dem privat und geschäftlich ein und aus?« Rosenstrauchs Augen verengten sich. »Und das erwähnen Sie so nebenbei! Schön, dass ich das auch mal erfahre!«

»Na, wegen meiner Nachforschungen halt«, versuchte Al ihn zu beruhigen.

»Gibt's sonst noch irgendwelche Nebensächlichkeiten, die Sie mir bisher verschwiegen haben? Zum Beispiel, wieso Sie auf diesem Ding ...« er deutete auf den USB-Stick, »... seine persönlichen Daten haben?«

»Äh, nee!«

Rosenstrauch atmete schwer aus, verdrehte sie Augen, dann schloss er sie für ein paar Sekunden. Als er sie wieder öffnete, war seinem Gesicht deutlich zu entnehmen, dass er momentan auf gewisse Fragen lieber keine Antworten wollte.

»Also, laut diesem elektrischen Kalender da hält sich unser Verdächtiger den ganzen Donnerstag im Fitnessstudio auf. Lassen Sie mich mal nachdenken …«

»Gerne!« Dann brauchte Al das nicht tun. Dass sich Romolo schon einmal nicht an den Kalender gehalten hatte, verschwieg er.

Während der Kaffee Schluck um Schluck Al´s Geschmacksknospen ruinierte, saßen die beiden Männer mit rauchenden Köpfen zusammen, um ihren großen Coup zu ersinnen. Für beide überraschend funktionierte das ausgesprochen gut. Die anfängliche Skepsis gegenüber dem jeweils anderen schwand und ein offener Gedankenaustausch entstand. Rosenstrauch ließ sich sogar darauf ein, diesen verrückten blonden Mann, den er da vorher gesehen hatte, mit einzubeziehen. Sollte dieser Jan ruhig mal sein Glück mit den Steuerunterlagen probieren, vielleicht waren ja noch weitere Delikte zu entdecken. Mal kam dem einen eine Idee, dann dem anderen. So ging es recht flott voran und kurze Zeit später klappte Rosenstrauch seinen Schnellhefter mit den Worten:

»So sollte es funktionieren!« zu, steckte diesen zusammen mit der Flasche in seine Aktentasche und verschloss diese säuberlich. »Dann sehen wir uns morgen im Büro.« Ein Blick auf seine Armbanduhr ließ ihn ziemlich schnell aufspringen. »Sie nehmen dann noch wie besprochen Verbindung auf mit den beteiligten Personen. Außer Herrn Buck, den kontaktiere ich morgen auf dem Dienstweg!«

»Eh klar!«, bestätigte Al. Mit Hinweis auf seine Frau und deren ihm immer noch nicht angenehme Freundin samt Mann, verließ Rosenstrauch die Wohnung.

Al brachte ihn noch zur Tür, so schlecht war dieser unerwartete Besuch ja gar nicht verlaufen. Dann setzte er sich an seinen Küchentisch und dachte noch einmal über alles nach. Der ausgeheckte Plan konnte tatsächlich funktionieren.

Der Gedanke, dass es jetzt wohl Zeit für ein Bier wäre, beschlich ihn. Andererseits war es gerade mal halb eins … eigentlich die ideale Zeit für einen feiertäglichen Mittagsschlaf! Also ließ Al sich ins Bett fallen, die Schlafklamotten hatte er ohnehin noch an.

Gegen 16 Uhr wurde er wieder einmal aus dem Schlaf gerissen: von seinem Freund Jan, der seinen Schlüssel holen wollte, nachdem er irgendein Date mit der Frau vom Vormittag hatte – so genau hörte Al ihm nicht zu. Er ging lieber ins Bad, putzte sich die Zähne und zog sich in gewohnter Manier an. Jedenfalls gab er den Schlüssel erst her, nachdem er Jan ausführlich in den Plan eingeweiht hatte. Das zog sich dann doch in die Länge, weil der nicht wirklich konzentriert bei der Sache war.

Jan wollte viel lieber über die › Bombe ‹ sprechen.

Al beschloss, es wäre am besten, den Standort zu wechseln.

»Komm, lass uns dafür zu Moni's gehen, da ist es eh gemütlicher!«

Er zog den USB-Stick vom Laptop ab und mit den Worten:

»Das erklär ich dir wenn wir da sind«, schob er ihn Jan in die Tasche.

Während der Fahrt fiel Al der farbverschmierte Wecker aus Jan´s Tüte, der noch immer in Al´s Küche lag, ein.

»Sag mal, was soll ich eigentlich mit dem Wecker?«

»Na, reparieren!«, war Jan´s knappe Antwort.

»Aha! Und warum ist der voller Farbe?«

»Na, wegen dem Markierer.«

»Geht das auch ausführlicher?«

»Ja...«, nuschelte Jan.

Kurze Pause.

»Heute noch?«

»Schon wieder so ungeduldig, mein Freund, was!« Jan seufzte. »Na gut. Wir beide gehen nächste Woche auf den Gotcha-Platz. Und spielen gegen die Jungs aus dem zweiten Stock.«

Die Jungs aus dem zweiten Stock! Zugegeben, Al wusste nicht viel über die, aber dass eine Art dauerhafter sportlicher Wettkampf am Arbeitsplatz von Jan mit den Jungs aus dem dritten Stock bestand, war Al klar. Zu den Jungs aus dem dritten gehörte Jan.

»Was hat das mit dem Wecker zu tun? Und was heißt hier wir beide?«

Al dämmerte, dass Jan anscheinend auf seinen Wecker mit einem Gotcha Markierer geschossen hatte.

»Na, die Teams müssen gleich groß sein, und seit Sebastian im Betriebsrat ist, fehlt uns ein Mann. Da habe ich dich vorgeschlagen.«

»Wie jetzt, was soll ich denn bei deinen Banker-Kumpels? Und komm endlich zum Wecker!«

Jan seufzte: »Na, ich habe mir gedacht, es könnte dir Spaß machen.«

Al verdrehte seine Augen: »Klar, wie ein Irrer über den Platz rennen und andere Erwachsene mit Farbkugeln zu beschießen. Meinst du nicht, dass wir aus dem Alter raus sind?«

»Na, primär meine ich, dass es dir Spaß machen würde, auf berufsmäßige Anzugträger zu schießen, immerhin meckerst du ja oft genug über mich und meinesgleichen.«

Al zuckte mit den Schultern: »Auch wieder wahr. Aber kommen wir noch mal auf den Wecker zurück.«

»Na, ich habe mir für den Wettkampf einen neuen Markierer bestellt.«

Al verlor langsam die Geduld: »Und als der geliefert wurde, hast du vor lauter Freude deinen Wecker erschossen.«

»Nicht ganz, ich habe ihn nur ausgepackt und mal angeschaut.«

Al schwieg.

»Und halt mal geschaut, ob der so in Ordnung ist. Wegen Transportschäden oder so.«

Al versuchte ruhig zu bleiben: »Und dann bist du mit dem Teil ins Schlafzimmer gerannt und hast deinen Wecker erschossen!«

»Nein, ich war nicht im Schlafzimmer. Die Tür vom Gang war einfach nur offen.«

»Okay, lass mich das mal zusammenfassen!« Al wollte dieses Gespräch möglichst schnell beenden: »Dir wurde das Ding geliefert, du hast es im Flur ausgepackt, damit rumgespielt und in deiner Wohnung rumgeballert. Richtig, soweit?«

Jan holte tief Luft: »Ja, aber mehr aus Versehen.«

Al schwante, dass durchaus mehr als nur ein Wecker betroffen sein könnte: »Und, wie oft hast du aus Versehen geschossen?«

Jan schien jetzt etwas empört: »Ich bitte dich, keine falschen Unterstellungen!«

Jetzt seufzte Al: »Na gut.«

Er wusste jetzt schon, dass der Wecker irreparabel hinüber war, so oder so.

Nach einer Weile meldete sich Jan leise zu Wort: »Sag mal, kennst du einen günstigen Maler?«

»Nein!«, war Al´s knappe Antwort.

Die restliche Fahrt schwiegen beide.

Von der Kneipe aus sendete Al noch eine SMS an Robin, dass der morgen nach dem Dienst an einer ›nicht ganz offiziellen‹ Dienstbesprechung im Moni´s teilzunehmen hatte.

Super OK, stand in dessen Antwort. Dann konnte dort alles soweit vorbereitet werden, um diesen Verbrecher am Donnerstag endgültig dingfest machen zu können.

Das Geräusch hörte einfach so auf. Al drückte nur den entsprechenden Knopf an seinem Wecker. Entgegen seiner sonstigen Gewohnheit war er um diese Zeit schon frisch geduscht, halbwegs rasiert und angezogen.
Der gestrige Tag war ereignislos verlaufen, bis auf die Tatsache, dass Al schon wieder in seiner Stammkneipe aufgehalten hatte. Mit dem Bierkonsum hielt er sich allerdings zurück. Bei der ›Abschlussbesprechung‹ im Moni´s hatten sie ausgemacht, dass Rosenstrauch ihn heute um 9 Uhr abholen würde. Klar, eigentlich hatte er bei einem solchen Polizeieinsatz nichts zu suchen, aber Rosenstrauch zeigte sich ziemlich gelassen, als Al darauf bestand.

»Na gut! Wenn es offiziell wird, sage ich einfach, ich hätte Sie als technischen Berater gebraucht«, war sein einziger Kommentar. So konnte man auch die Abwesenheit des Polizeitechnikers von seinem Arbeitsplatz erklären – falls das überhaupt jemanden auffallen würde.

Al schaute auf seinen Wecker. 8:45 Uhr - noch eine Viertelstunde! Langsam spürte er ein nervöses Kribbeln in seinem Bauch. Zur Ablenkung könnte er sich noch schnell einen Kaffee machen.

In der Küche setzte er diesen Gedanken sofort in die Tat um. Den alten Filter aus der Maschine warf er ins Spülbecken, zum Aufräumen war jetzt keine Zeit mehr. Der Mülleimer war sowieso voll. Neuer Filter und Pulver rein, Wasser in den Tank und anschalten.

So, erledigt!

Er begann, in der Küche auf und abzulaufen - soweit es die beengten Verhältnisse zuließen. Da fiel ihm ein, dass sich Robin noch nicht gemeldet hatte. Wenn der Kleine nicht dafür sorgte, dass sein Onkel heute auch wirklich zum Trainieren ging, würde es nur halb so viel Spaß machen. Lichtenbergers Anwesenheit im Studio war zwar nicht zwingend erforderlich für die Aktion, aber Al wollte unbedingt sein Gesicht sehen, wenn er erfuhr, dass er sich mit dem Dünger für den Golfplatz in illegale Geschäfte hatte verwickeln lassen. Deshalb hatten sie Robin überredet, seinem Onkel vorzugaukeln, er wolle unbedingt mit ihm ins Fitnessstudio – und zwar genau um diese Zeit. Somit hatte Lichtenberger auch wirklich einen Grund zu gehen.

Al kramte sein Handy aus der Hosentasche. Gut, auf dem Display war schon zu sehen, dass Robin zwei SMS geschickt hatte.

Den Signalton muss ich wohl überhört haben, dachte sich Al, während er die erste Nachrichten öffnete:

War recht schwierig aber er hat zugesagt Robin

Oh, die erste war schon von gestern Abend.

Die zweite fiel noch kürzer aus: Sind jetzt da!

Die war von heute morgen – sie waren also schon im Fit'n'Fun.

In dem Moment, als das Handy wieder Platz in der Hosentasche fand, klingelte es an der Haustür.

Rosenstrauch ist zu früh, dachte sich unser Held, *aber mir soll es recht sein, wenn's gleich losgeht.*

Al öffnete die Türe:

»Morgen Ros... eh, Jan ... was machst du hier?«

Wie frisch aus dem Ei gepellt in Anzug und Krawatte stand Jan mit einem fröhlichen Grinsen auf den Lippen in der Tür. In der Hand hielt er einen Tablet-PC.

»Na, mein Freund der Morgenstunde! Was soll ich wohl hier? Ihr braucht ja schließlich einen Finanzexperten!«

»Brauchen wir das?« Al stotterte: »Ja, aber ... du hast uns ... gestern Abend ... doch schon alles mitgeteilt.« Jan verdrehte die Augen:

»Ja, natürlich! Als ob ihr das alles auch verstanden hättet. Da braucht es einen Experten, so wie bei Al Capone damals!« Mit diesen Worten schob er sich an Al vorbei und ging gleich in die Küche. Über die Schulter rief er noch: »Rieche ich da frischen Kaffee?«

Gerade etwas aus dem Konzept, murmelte Al:

»Klar, schenk mir auch gleich einen ein.« Er schloss die Tür und trottete Jan nach:

»Du! Das müssen wir mit Rosenstrauch absprechen! Und seit wann ist ein Banker bei der Steuerfahndung?« Jan hielt Al schon eine Tasse Kaffee hin:

»Ohne Zucker und schwarz wie die Nacht - oder deine Füße. So wie du ihn gerne magst!« Al griff nach der Tasse:

»Äh, ja. Und jetzt?« Jan stöhnte:

»Ja, ja, war nicht so abgemacht. Aber Daniel hat bestimmt nichts dagegen. Warum hast du eigentlich nie erwähnt, wie witzig er ist?«

»Daniel? Witzig?« Al spürte ein Zwicken im Hirn. »Wer? Meinst du Rosenstrauch?« Er hatte sich, kurz bevor er die Kneipe verließ, damit abgefunden, dass die beiden sich prächtig über Kleingärten und ähnliche Dinge, die Al nicht interessierten, unterhielten. Aber jetzt war es zu viel: »Wie, ihr seid schon per du?«, fragte er ungläubig.

Jan hatte sich eine eigene Tasse Kaffee eingegossen und durchforstete gerade Al´s Küchenschrank nach Zucker:

»Na, sicher! Milch hast keine, oder?« Al schüttelte den Kopf:

»Ne, Zucker ist links!«

Al verkniff es sich, weitere Fragen mit Bezug auf gestern Abend zu stellen.

»Ah, da ist er ja!« Mit einem zufriedenen Gesichtsausdruck schüttete sich Jan etwas Zucker in den Becher. Aus einer Schublade fischte er sich einen Löffel und rührte seinen Kaffee um. Al nahm einen tiefen Schluck, verbrannte sich leicht die Zunge. Er beschloss, das Gespräch in eine andere Richtung zu lenken:

»Wozu eigentlich dein Tablet?«

»Oh, nur damit wir alle belastenden Beweise dabei haben, und die Bande vor Ort gleich damit konfrontieren können.« Jan rührte zwischen den einzelnen Schlucken immer wieder seinen Kaffee um. »Wann kommt Daniel eigentlich, sollte er nicht schon da sein?«

Belastende Beweise, dachte Al, *waren Beweise nicht immer belastend?* Al blickte auf die Uhr seines Küchenradios:

»Jetzt dann, irgendwann.«

Kopfschüttelnd setzte er sich auf den freien Stuhl, Jan lehnte an der Arbeitsplatte.

Wie witzig der ist, ging es Al durch den Kopf. So viel hatte Jan doch gestern gar nicht getrunken. Schweigend warteten die beiden bei ihrem Kaffee auf Rosenstrauch. Lange hielt dieser Zustand glücklicherweise nicht an, dann klingelte es auch schon. Al sprang auf und lief zur Tür. Der Gedanke, dass es jetzt endlich losging, verbesserte gleich seine Laune.

Wieder riss er die Tür auf und diesmal stand auch der Erwartete vor der Tür.

»Morgen, Rosenstrauch!« Rosenstrauch drängte sich an Al vorbei in die Wohnung

»Morgen, Humoa! Und, schon aufgeregt? Hab den Dünger aus der Flasche gestern noch untersuchen lassen, war ein Volltreffer!«

Jan trat, das Tablet wieder unterm Arm, aus der Küche:

»Morgen, Daniel!«

»Ah, Jan, mein Freund! Du auch dabei? Freut mich!« Die beiden Männer begrüßten sich mit Handschlag.

Al verstand in diesem Augenblick nur zu gut, was mit ›Ich glaub mich tritt ein Pferd‹ gemeint war.

Rosenstrauch war geradezu überschwänglich, als er sich zum Gehen umwand:

»Also Männer, legen wir los, damit wir es noch vor meiner Rente hinter uns bringen! Na, Humoa, was ist das für ein Gefühl, mal aus der Wohnung raus zu kommen?«

Al verspürte schon wieder ein Zwicken, kündigte sich so ein Schlaganfall an? Mit leichter Verwirrung sagte er nur:

»Ich bin doch ständig draußen.«

Rosenstrauch war schon im Treppenhaus, Jan schob Al hinterher.

»Na, dann nennen Sie mir doch mal die letzten drei aufregenden Orte, wo Sie waren!« Bei diesen Worten polterte Rosenstrauch schon die Treppen runter.

»Na ist doch klar, Kühlschrank, Bett, Kühlschrank«, sagte Al, leider bevor ihm bewusst wurde, dass dies der falsche Scherz zur falschen Zeit war.

»Ich finde deine Beständigkeit irgendwie beängstigend«, mischte sich Jan ein, der ihn immer noch vor sich herschob. Al drehte sich um und warf Jan einen vernichtenden Blick zu. Eigentlich verstand dieser zwar die Nachricht ›Halt die Klappe!‹, sagte aber dennoch:

»Was denn? Du gibst mir grad nicht viele Argumente, um dir beistehen zu können!«

Rosenstrauch lachte laut auf.

»Na prima, können wir uns jetzt auf die Aufgabe konzentrieren?« Al war kurz vorm Platzen *Klasse, jetzt haben sich der Knallkopf und der Meister der Gartenzwerge auch noch gegen mich verbündet.*

Unten angekommen stiegen sie in Rosenstrauchs Auto, einem höchstens vier Jahre alten silbrigen Mittelklasse-Kombi. Bevor Al etwas sagen konnte, hatte sich Jan schon auf den Beifahrersitz geschwungen. Na gut, dann würde er, der Urheber und Mastermind der ganzen Aktion, halt beim großen Finale hinten sitzen.

Rosenstrauch fuhr los:

»Haben Sie eigentlich schon was von Robin gehört?«, sagte er mit einem Blick in den Rückspiegel zu Al.

»Ja, eine SMS ... er ist mit dem Alten drin.«

»Gut, dann läuft ja alles nach Plan.« Rosenstrauch schien zufrieden. »Buck ist mit der Verstärkung auch schon unterwegs. Er sollte schon da sein, wenn wir eintreffen.«

Jan drehte sich in seinem Sitz zu Al um:

»Du, ich habe gestern Nacht noch einen Quadcopter im Internet bestellt. Mit 4K-Kamera dran und großer Reichweite.«

Al schaute seinen, ihm heute noch befremdlicher als sonst wirkenden, Freund ungläubig an: »Warum, was hat das jetzt mit heut´ zu tun?«

Jan war anzumerken, dass er bei dieser Neuigkeit mit mehr Enthusiasmus gerechnet hätte:

»Gar nichts. Aber mit dem Wochenende. Da werden wir beide Mitglied im Modellflugverein.«

»Was?« Al fühlte einen weiteren Tritt vom ›Pferd‹. »Und was soll ich in so ´nem Verein? Da passen wir doch beide nicht hin!«

»Nö«, gab Jan unumwunden zu »aber bedenke die Möglichkeiten!«

Al hatte den Wunsch nach einer Kopfschmerztablette. Und obwohl ihm klar war, dass es keine gute Idee war, so fragte er trotzdem:

»Welche Möglichkeiten?«

»Also, es gibt hier in der Gegend nur einen Verein.« Jan grinste »Und wo ist der?«

Al schwieg. Er dachte weiterhin an eine Kopfschmerztablette.

»Richtig!«, fuhr Jan fort, als ob Al geantwortet hätte: »In der Nähe der Altmayr-Kieswerke! Und was gibt es da?« Al schwieg immer noch »Richtig! Die Altmayr-Baggerseen!«

Dabei starrte Jan Al so an, als müsste jetzt schon alles klar sein.

Rosenstrauch mischte sich in das Gespräch ein:

»Na, na, Jan, alter Junge ... Lass dich da aber nicht mit deinem Quadcopter erwischen!« Er knuffte seinen Beifahrer in die Schulter und beide kicherten.

Al war sich nicht sicher, was hier gerade vor sich ging. Aber er war überzeugt, er war im falschen Film.

Seine Neugierde siegte über seinen Verstand, als er doch nachhakte: »Klärt mich mal einer auf, was ich da gerade verpasst habe?«

Rosenstrauch sprach mit Al wie mit einem Schüler, der nicht aufgepasst hatte:

»Also, der rechte See, auch als Zweibuchtensee bekannt, hat einen FKK Badestrand, in früheren Jahren war ich da mit meiner Frau auch vor Ort; es ist einfach herrlich, so ungezwungen Baden gehen zu können.«

Al befiel etwas, dass nur als übelstes Kopfkino bezeichnet werden konnte. Ihm wurde schlecht, Kopfschmerztabletten halfen da jetzt auch nichts mehr.

»Jan, du bist ein Ferkel!«, sagte er angewidert.

»Jetzt übertreib nicht so!«, grinste Jan. »Und mach dich mal locker, wir sind schon fast da!«

Al sackte auf der Rückbank regelrecht zusammen. Er beschloss, diese Autofahrt erst mal zu verdrängen, und sich später über weitere Kontakte zu Jan und Rosenstrauch Gedanken zu machen.

Frederick Ernesto (Eltern können ja so grausam sein) Buck wartete schon mit einem Streifenwagen und zwei Polizisten vor dem Fit'n'Fun, als Rosenstrauchs Kombi auf den Parkplatz einbog.

Er nickte den beiden Beamten in Uniform zu:

»So Jungs, jetzt geht es gleich los. Denkt dran, wir wollen alle, die da sind. Nicht nur den Guerrerie, sondern auch den Gubach!«

Einer der Beamten kratzte sich gelangweilt im Gesicht: »Und welcher ist das?«

»Na, der andere im Büro!« Freddy verdrehte die Augen.

»Mann, hast du heute Morgen bei der Einsatzbesprechung nicht aufgepasst?« Jetzt meldete sich der zweite zu Wort: »Wir sollen den Inhaber von dem Laden und seinen Buchhalter festnehmen, weil die den Laden da benutzen, um Drogen zu verschachern!«

»Was, in unserm Fitnessladen?«, wunderte sich der erste, »Hab ich ja noch nie mitbekommen!«

»Nein, nein. Keine Drogen, Dünger!«, fuhr Freddy dazwischen: »Ihr habt ja beide heut' morgen gepennt!«

»Keine Drogen?«, fragte der zweite.

»Ne, hast doch gehört«, erwiderte der erste, »Dünger!«

»Wegen Dünger? Seit wann ist Dünger illegal?«, wunderte sich der andere.

»Genau, was soll das?«, sagte daraufhin der erste zu Buck, »Wir können doch keinen wegen Dünger verhaften.«

Frederick Ernesto zog eine Schmerztablette zum Kauen aus seiner Jacke. Während er die Schutzfolie entfernte, sagte er resigniert:

»Verhaftet einfach alle da drinnen, um den Rest kümmere ich mich.« Die beiden Uniformierten sahen sich zweifelnd an.

Rosenstrauch parkte direkt hinter Freddy´s Streifenwagen. Das Trio stieg aus und begrüßte die bereits Wartenden. Al sah die Folie in Freddy´s Finger und fragte den noch Kauenden:

»Sag mal, hast du auch eine für mich?« Der griff in seine Jacke und holte noch eine Tablette raus:

»Jo, hier.« Al griff danach und nahm sie gleich ein.

»So, Herr Buck ...«, fragte Rosenstrauch, »sind die beiden Kollegen schon eingewiesen?«, auf die beiden Streifenbeamten deutend.

»Ja.«, antwortete Freddy, »die Kollegen Kleineder und Göbl haben heute morgen an der Einsatzbesprechung teilgenommen und sind im Bilde.«

»Jo!«, brummte einer von beiden, es mag wohl Kleineder gewesen sein.

»Wunderbar!«, stellte Rosenstrauch fest und so machte sich die Gruppe auf seine Anweisung hin auf zum Eingang. Zuerst Rosenstrauch und Freddy, gefolgt von Al und Jan. Die zwei Uniformierten gingen ein Stück dahinter.

Göbl lehnte sich zu Kleineder und flüsterte:

»Was sind das eigentlich für Zivilisten da vorne?«

»Immer dasselbe mit dir«, sagte der erste schroff. »wenn du heute Morgen wenigstens ein bisschen aufgepasst hättest, würdest du es wissen!«

Die Gruppe trat durch die Eingangstür. Rosenstrauch steuerte schnurstracks auf den Tresen zu. Dahinter stand Birgit.

Rosenstrauch zog seinen Dienstausweis schwungvoll aus der Tasche, hielt ihn Birgit vor die Nase und sagte:

»Rosenstrauch, Betrugsdezernat. Wir wollen zu den Herrn Guerrieri und Gubach! Dann finden Sie doch bitte Herrn Lichtenberger aus Ihrem Sportstudio und bringen ihn zu uns!« Souverän beendete er seine Anweisungen mit einem »Danke!«

Birgit lächelte aalglatt:

»Brauchen die Herren da nicht so einen Durchsuchungsbefehl oder ähnliches?« Rosenstrauch ließ sich nicht beirren:

»Das heißt Durchsuchungsbeschluss. Und nein: brauchen wir nie, wenn Gefahr in Verzug ist.« Mit so einer billigen Masche brauchte man dem Rosenstrauch echt nicht zu kommen »Wie heißen Sie?«

Bevor Birgit antworten konnte, fiel Al ihr ins Wort:

»Die kenn´ ich, Birgit Robot-Fit Serie B.« Und um nicht noch mehr Zeit mit ihr verplempern zu müssen, sagte er: »Ich weiß, wo das Büro ist. Gehen wir!«

Birgit hatte jetzt doch einen leicht aufgeregten Gesichtsausdruck:

»Moment mal ... Sie haben hier doch Hausverbot!«

Al war aber schon auf dem Weg Richtung Büro.

Jan, inzwischen letzter der Gruppe, lehnte sich an den Tresen und blickte Birgit tief in die Augen:

»Hallo, Schatz! Wie wäre es, wenn ich mich nach der Angelegenheit hier bei dir melde?« Birgit blickte ihn entsetzt an:

»Sag mal, spinnst du?«

Jan wandte sich irritiert ab und schloss zur Gruppe auf. Vor dem Büro angekommen, lauschte Kleineder an der Tür:

»Da sind auf jeden Fall zwei Männer drin«, flüsterte er Freddy zu. Jan zupfte, wie ein kleiner Junge, an Al´s Ärmel und sagte leise:

»Du, da ist grad was Seltsames passiert ... ich glaube, ich muss darüber reden.«

»Jetzt nicht!«, zischte Al.

Rosenstrauch richtete das Wort an Al und Jan:

»Ihr wartet draußen, bis wir euch sagen, dass der Raum sicher ist.« Dann nickte er Freddy zu. Die beiden Uniformierten hatten die Hand an ihren Waffen. Al und Jan erwarteten, dass der Raum jetzt gestürmt würde.

Stattdessen klopfte Freddy höflich an und betrat das Büro, gefolgt von Rosenstrauch, Göbl und Kleineder.

Al blickte Jan an. Sie verloren keine Sekunde und folgten ebenfalls.

Im Büro saßen Romolo und Gubach am Schreibtisch, Gubach hatte einen Laptop vor sich stehen und vor Romolo lag ein Papierstapel, der nach Rechnungen und Dokumenten aussah. Ihr Erstaunen über das Eindringen der Gruppe ins Büro konnten sie nicht verbergen.

Romolo stand auf und holte Luft, doch Rosenstrauch kam ihm zuvor:

»Guten Tag. Mein Name ist Kommissar Rosenstrauch vom Betrugsdezernat, und der Herr neben mir ist Kommissar

Buck.« Dabei hielten beide ihre Dienstausweise in Richtung Schreibtisch. »Sie sind beide wegen Betrugs, Handel mit unerlaubten Chemikalien und mehrerer Verstöße gegen das Steuerrecht verhaftet.«

Gubach stand auf, schloss lässig mit einer Hand den obersten Knopf an seinem Jackett:

»So, so, Sie haben doch sicherlich einen Haftbefehl oder wenigstens einen Durchsuchungsbeschluss mit dabei?« Herausfordernd blickte er kurz in die Runde: »Wenn nicht, dann muss ich Sie bitten, wieder zu gehen.«

»Müssen Sie nicht! Bei Gefahr in Verzug brauchen wir das alles nicht.« Rosenstrauch lächelte. »Außerdem: glauben Sie im Ernst, ich hätte Sie nicht wiedererkannt? Nur weil Sie jetzt einen Anzug tragen und nicht Ihren dämlichen Strohhut aufhaben, Herr Busch!«

Jetzt stand Romolo ebenfalls auf. Sein Ärger war ihm ins Gesicht geschrieben:

»Was soll das? Was glauben Sie eigentlich, wer Sie sind? Latschen hier einfach rein und beleidigen mich mit diesen haltlosen Vorwürfen!« Er machte eine provozierende Geste in Richtung Al: »Und was macht der überhaupt hier, was hat dieser Typ damit zu tun?«

Al wollte schon kontern, aber Jan hielt ihn rechtzeitig am Arm fest.

Okay, habs verstanden. Lass erst mal die Bullen quatschen, dachte er sich. Angespannt blieb er trotzdem.

Diesmal sprach Freddy: »Dieser ›Typ‹ gehört zu unseren technischen Beratern. Seine Anwesenheit ist hier erforderlich.«

»Wie? Technischer Berater?« Romolos Kopf rötete sich. »Wohl eher Vandale? Oder glauben Sie, ich habe Ihren Auftritt gleich wieder vergessen, Sie Bauerntölpel!« Romolo strafte Al mit einem abfälligen Blick. Dieser verlor auch gleich die Beherrschung:

»Halt doch´s Maul!«

»Ruhe jetzt, und zwar alle!«, schrie Rosenstrauch. Jan flüsterte Al zu:

»Wirklich wortgewandt!« und bereute es sogleich. Al´s Ellenbogen traf ihn direkt in die Rippen. Davon unbeeindruckt fuhr Rosenstrauch in gehobener Stimmlage fort:

»Konkret wird Ihnen der Handel mit verunreinigtem Düngemittel, namentlich Optiterra, vorgeworfen. Sie haben es unter anderem an Kleingartenvereine und Golfplätze verkauft.«

»Was?« Romolo schien verwundert. »Rudolf, meinen die den Dünger, den du mir für meinen Vorgarten gegeben hast?«, fragte er Gubach. »Das war ein kleines Päckchen, höchstens ein Kilo ...«

»Tun Sie nicht so!«, forderte ihn Rosenstrauch auf »Hier seien nur die Laubenkolonie Eden und das Schloss Roth erwähnt!« Dass der lebende Gartenzwerg so harsch sein konnte, hätte Al ihm gar nicht zugetraut. »Weiterhin liegen uns Finanzunterlagen vor, die belegen, dass Sie Ihre Fit'n'Fun Fitnessstudio-Kette zur Geldwäsche benutzen.«

»Was, verarschen Sie mich?« Romolos Erstaunen wirkte überzeugend echt. »Fragen Sie meinen Buchhalter hier!« Er zeigte auf den Mann, der ihm gegenübersaß. »So was machen wir nicht.!«

»Ihr Buchhalter, so so ... Herr Busch, Sie sind also der Buchhalter Gubach. Teilhaber der Fit'n'Fun-Kette.« Rosenstrauch wirkte wie eine schlechte Kopie von Miss Marple, die am Ende eines Kriminalstücks von allen anwesenden Protagonisten den Täter anhand der Beweise überführt.

»Praktisch, wenn man Beteiligungen an mehreren Firmen hat«, kombinierte er weiter. »So wie Sie am Logistikunternehmen Schleifbach!« Bedeutungsschwanger erhob er seinen Zeigefinger. »Sie haben nicht nur Kostenträger von Schleifbach über Konten des Studios abgerechnet, sondern auch versucht, damit die Schwarzeinnahmen, die durch nicht gemeldete Transportgeschäfte entstanden sind, zu verstecken.« Der Finger schnellte in Richtung Gubach: »Ebenfalls haben Sie dieses Unternehmen benutzt, um den Dünger ins Land zu schmuggeln!« Rosenstrauch holte tief Luft.

Göbl flüsterte Kleineder zu: »Hast du das verstanden?«

So richtig hatte der es zwar auch nicht, stöhnte aber: »Dass du einfach nicht aufpassen kannst.«

Romolo starrte Gubach fassungslos an:

»Ist das wahr? Rudolf, hast du mich beschissen?« Seine Augen wurden zu Schlitzen »Du Arschloch!« Gubach zuckte nur mit den Schultern:

»Warte es ab, die haben doch keine richtigen Beweise.« Der Studiobesitzer stand auf und starrte seinen Buchhalter an:

»Du hast mich in die Scheiße geritten, du Arsch!« Mit diesen zärtlichen Worten warf sich Romolo auf Gubach, riss diesen von den Beinen und beide landeten krachend auf dem Boden. Dort trugen sie erstmal einen ziemlich ungleichen Kampf aus.

»Sollen wir eingreifen?«, fragte Kleineder Freddy.

»Gleich«, antwortete der. Als Gubachs Gesichtsfarbe in den dunkleren roten Bereich überging, sagte er gelassen: »Jetzt!«

Die beiden Streifenpolizisten sprangen nach vorne und zerrten Romolo vom Boden hoch. Der trat jetzt mit den Füßen auf Gubach ein, bis es ihnen endlich gelang, ihn von seinem Widersacher weit genug weg zu zerren. Sie verdrehten ihm die Arme und drückten ihn mit dem Brustkorb auf seinen Schreibtisch. So fixiert hielten sie ihn fest.

Von außerhalb des Büros wurde es laut:

»Was ist hier los? Lassen Sie sofort Herrn Guerrieri los, auf der Stelle. Wird´s bald! Humoa! Was zum Teufel machen Sie denn hier?«

Lichtenberger stand im Türrahmen, verschwitzt, in einem sehr teurem Sportanzug. Dahinter Birgit, Amir und Robin. Auch Robin stand der Schweiß noch auf der Stirn. Sein Sportanzug sah nicht wesentlich billiger und unverschwitzter, dafür deutlich ungebrauchter, aus.

Birgit zeigte auf Al und rief:

»Der hat hier Hausverbot, Herr Lichtenberger!« Der Polizeipräsident hatte ein feistes Grinsen im Gesicht, als er sich vor Al aufbaute:

»In diesem Fall werde ich die Anzeige wegen Hausfriedensbruch höchst persönlich aufnehmen. Dieses Subjekt ist mir leider nur zu bekannt. Amir, Sie können ihn entfernen.«

Der griff sofort nach Al, welcher empört zurückzuckte.

»Herr Lichtenberger, wie schön, dass Sie hier sind. Wir brauchen Sie eh hier«, meldete sich Rosenstrauch in diesem Moment zu Wort: »Herr Humoa kann übrigens noch nicht entfernt werden.« Er legte seine Hand sanft auf Amirs an Al zerrenden Arm. »Er ist als technischer Berater hier!« Der Robo-Fit lockerte seinen Griff. »Und ich muss Sie darauf hinweisen, Herr Lichtenberger, wir haben genügend Beweise dafür, dass Sie in den Fall verwickelt sind ...«

Lichtenberger fielen schier die Augen aus dem Kopf. »Rosenstrauch, was fällt Ihnen ein?«

Rosenstrauch fuhr ruhig fort: » ... Damit sind Sie tatverdächtig. Nach geltendem Recht sind Sie daher nicht befugt, an dieser Ermittlung teilzunehmen, schon gar nicht als Vorgesetzter. Natürlich müssen Sie zusätzlich von mir wie jeder andere Verdächtige behandelt werden.« Mit einem leichten Grinsen auf den Lippen fügte er noch ein »Tut mir Leid« hinzu.

Lichtenberger stand mit offenen Mund da. Er hätte in diesem Moment nicht dümmer aussehen können. Nicht einmal, wenn ihm der Unterkiefer gleich ganz abgefallen wäre.

Romolo, der immer noch auf seinen Schreibtisch gepresst wurde, flehte:

»Anton, du musst mir glauben: ich hatte keine Ahnung. Rudolf hat uns beide beschissen. Ich hab ihm genauso vertraut wie du.«

Lichtenberger fand wieder zu sich:

»Wie, uns beschissen? Ich habe nichts mit Ihren Geschäften zu tun. Und das ›du‹ verbitte ich mir!«

»Immer schön auf Distanz gehen und alles leugnen!«, bemerkte Al süffisant. »So ist er halt, unser Herr Lichtenberger«

»Humoa, ich bitte Sie!«, ging Rosenstrauch dazwischen. »Herr Lichtenberger, als Mitglied und Kassenwart des Golfclubs waren Sie für den Einkauf und Einsatz von Optiterra mitverantwortlich. Dieser Dünger enthält giftige, hierzulande streng verbotene Chemikalien, deren Einsatz strafbar ist.«

Lichtenberger grinste:

»Na na, Rosenstrauch, da haben Sie aber ihre Rente schön in den Sand gesetzt! Optiterra ist legal, das weiß ich genau!«

»Richtig ...«, entgegnete Rosenstrauch ruhig, »... solange es sich um nicht kontaminierte und vom Zoll freigegebene Chargen handelt, schon. Nur: auf die Säcke in ihrem Golfclub trifft das halt nicht zu!«

Lichtenberger schwieg. Offensichtlich wollte er sich erst mal überlegen, wie er aus der Sache als Unschuldslamm rauskam, bevor er was Falsches sagte.

Aber Romolo nahm ihm das ab:

»Du wolltest doch auch einen besseren Rasen haben. Und als die Proben gewirkt haben, wolltest du das Zeug genauso haben.« Lichtenberger schaute entgeistert.

»Hat sonst noch jemand etwas mitzuteilen?«, mischte sich Freddy wieder ein.

»Hey, wir haben sogar eine Rechnung bekommen!«, fiel Romolo ein. »Und ehrlich: ich habe meinem Buchhalter vertraut.« Göbl und Kleineder mussten alle Kraft aufbringen, um ihn von einer erneuten Catch-Runde mit Gubach abzuhalten. »Warum sollte ich Geld für ein Logistikunternehmen waschen? Von dem wusste ich bis grad noch nicht mal was. Ich bin unschuldig, ich bin hier das Opfer!«

»Ach was«, fuhr Jan laut dazwischen, »Sie sind kein Opfer, Sie haben noch was viel Schlimmeres auf dem Kerbholz!«

»Genau!«, rief Al. »Sie haben Ihre Haushaltshilfe Cocada schwarz beschäftigt - jahrelang! Die Steuer betrogen!«

Jan setzte nach: »Und zwar zu einem Hungerlohn haben Sie die Frau ausgebeutet!«

Al und Jan zeigten gleichzeitig mit ausgestreckten Arm auf Romolo: »Sie sind kein Opfer!«

Alle blickten die beiden schweigend an. Die Sekunden verstrichen wie in Zeitlupe. Freddy fand als erstes die Worte wieder:

»Jungs, ich glaube, die Bagatelle interessiert grad kein Schwein hier!«

»Apropos, Schwein!«, sagte Al: »Wo ist denn der Buchhalter?«

Wieder schwiegen alle, nur jetzt starrten sie auf das offene Fenster im Büro.

Dann brach der Tumult los.

Freddy schwang sich wortlos aus dem Fenster, um Gubach zu verfolgen. Rosenstrauch schrie:

»Schnell zum Parkplatz - da hat er bestimmt sein Auto!« Lichtenberger schrie ebenfalls:

»Muss man denn hier alles selber machen? Los, machen Sie schon, fangen Sie ihn wieder ein!«, wobei unklar blieb, wer mit ›Sie‹ gemeint war. Al und Jan schoben Birgit und Amir rückwärts zum Büro hinaus. Das machte den Weg frei für einen jetzt schon schnaufenden Rosenstrauch, der sich nach draußen zum Parkplatz unerbittlich Bahn brach. Al und Jan ließen die beiden Fit'n'Fun Angestellten stehen und folgten ihm mit Robin im Schlepptau.

Lichtenberger verließ jetzt auch das Büro, sah Birgit und Amir an:

»Ja, stehen Sie hier nicht rum wie Ölgötzen! Rufen Sie Verstärkung und dann nichts wie hinterher!« Bei den letzten Worten lief er selber schon nach draußen. Birgit seufzte:

»Weißt du, manchmal wünschte ich wirklich, ich hätte etwas anderes als Germanistik und Philosophie studiert.« Amir nickte verständnisvoll:

»Na, mit meinem Studium als Sozialpädagoge geht es mir genauso!« Er legte seinen Arm tröstend um Birgits Schultern und beide gingen vor zum Empfangsbereich. »Aber ich glaube fest daran: du bekommst nächsten Sommer sicherlich eine Praktikumsstelle.« Bei diesem Gedanken lächelte Birgit schon wieder ein bisschen.

Im Büro blieben zwei Streifenpolizisten, den Fitnessstudiobesitzer immer noch auf seinen Schreibtisch drückend, zurück. Nachdem Ruhe eingekehrt war, fragte Kleineder:

»Und jetzt?«, worauf Göbl antwortete:

»Ach ... auch nicht aufgepasst, was?«

»Nee, war zu viel los hier für mich!«, rechtfertigte der sich. »Meinst du, wir sollten den ins Präsidium bringen?« Der andere überlegte:

»Warum nicht? Dann haben wir ihn gleich, wenn wir ihn noch mal brauchen!«

»Na gut«, Kleineder war mit dieser Vorgehensweise zufrieden, »gehen wir.« Sie legten Romolo Handschellen an und führten ihn ab. Im Gang sagte Göbl:

»Du, hattest du heute schon Kaffee?« Sein Kollege zeigte sich verwundert:

»Ja, warum, willst du einen?«

»Na ja, ich hatte erst einen ...«, überlegte Göbl. Kleineder zog den Mundwinkel nach oben: »Na gut, gehen wir halt.«

»Und er?« Göbl zeigte auf Romolo.

»Den ...«, überlegte der Streifenpolizist, »... können wir doch kurz im Auto lassen.« Und an Romolo gerichtet: »Sie haben doch sicherlich nichts dagegen, wenn wir noch schnell einen Kaffee trinken gehen?«

Romolo schwieg. Eine einzelne Träne lief über seine Wange.

»Gell, hab ich mir doch gedacht, dass Ihnen das nichts ausmacht«, zeigte sich Göbl mit diesem Plan zufrieden.

»Aber wir trinken draußen!«, sagte Kleineder. »Ich will eine rauchen!«

Al und Rosenstrauch brachen regelrecht aus der Eingangstür hinaus ins Freie. Schweiß lief beiden übers Gesicht. Jan folgte mit Lichtenberger und Robin. Buck war mittlerweile schon ums Gebäude herum gelaufen und deutete auf einen SUV, der gerade vom Parkplatz fuhr: »Da ist er drin!«

Während Lichtenberger wieder mal damit beschäftigt war, das Offensichtliche zu befehlen, quetschten sich alle anderen schon in Rosenstrauchs Wagen. Er selbst auf den Fahrersitz, Freddy auf den Beifahrersitz und Al, Jan und Robin auf die Rückbank. Lichtenberger riss die Fahrertür auf, bevor Rosenstrauch losfahren konnte:

»Da passen wir aber nicht alle rein. Wo ist der Schlüssel von dem Streifenwagen?«

»Den haben die beiden anderen«, antwortete Freddy.

»Und wenn Sie Augen im Kopf hätten, würden Sie sehen, dass der mittlerweile eingeparkt ist«, sagte Al.

Lichtenberger blickte zum Eingang, dann auf Rosenstrauch:

»Lange können wir nicht warten! Ich fahre! Hier muss man ja alles selber machen!« Mit diesen Worten zerrte er Rosenstrauch aus seinem Wagen. Der Kommissar fand sich sogleich kopfüber auf dem Boden wieder.

Der Oberpolizist sprang ins Auto und gab Gas. Rosenstrauchs Flüche hörte er nicht mehr.

»Äh Chef, das geht jetzt aber nicht! Sie sind immer noch verdächtig«, gab Freddy zu bedenken.

»Das ist wirklich nicht in Ordnung«, mischte sich Jan ein »Sie können doch nicht einfach Daniels Auto klauen!« Robin äußerte auch leise Zweifel. Al hingegen, von einer Vorahnung gepackt, versuchte einfach nur, den Sicherheitsgurt zu schließen.

Gerade, als Lichtenberger - viel zu schnell - auf die Auffahrt zusteuerte, bog ein alter Geländewagen auf den Parkplatz ein.

»Achtung, festhalten!« Lichtenberger trat in die Eisen, er kurbelte wie verrückt am Lenkrad. Gerade noch konnte er dem anderen Auto ausweichen. Jedoch steuerte er den Wagen nun gegen einen Fahnenmast am Rande der Ausfahrt. Weitere Lenkversuche waren sinnlos, er erwischte den Mast frontal. Metall wurde verformt, die Windschutzscheibe flog nach vorne weg und der Aufprall löste die Airbags aus. Dadurch wurden wenigstens schlimmere Verletzungen verhindert. Der Fahnenmast war zur Seite abgebrochen und plumpste auf das Dach des Jeeps.

Stöhnend krochen die fünf aus dem Wrack. Freddy war der erste, der sich wieder gefangen hatte und zum Wagen des Unfallgegners humpelte. Al schaute nach Robin, dieser beteuerte, keine ernsthaften Schäden erlitten zu haben. Jan fummelte an seinem Tablet.

Junger Mann, so was schickt sich nicht, hörte Al. Er schaute sich um, aber keiner hatte zu ihm gesprochen.

Lichtenberger stand der Schock ins Gesicht geschrieben. Jan grinste:

»Schau mal, Al, geht noch!« Inzwischen war auch Rosenstrauch an der Unfallstelle angelangt:

»Oh mein Gott, Sie Grasdackel, wer hat Ihnen eigentlich das Fahren beigebracht? Männer, alles noch dran?«

»Ich glaub schon«, brummte Al. Die anderen äußerten sich ähnlich. Rosenstrauch baute sich vor Lichtenberger auf und überbetonte jedes einzelne Wort:

»Darüber sprechen wir noch, und dann können Sie sich mal warm anziehen! Wegen Ihrer Unfähigkeit ist uns der Typ durch die Lappen gegangen!« Untypischerweise schwieg Lichtenberger. Dagegen hatte keiner etwas einzuwenden.

»Daniel, eine Chance haben wir noch!«, meldete sich Jan: »Wir haben hier in Guerrieri´s Kalender auch ein Adressverzeichnis, und da ist eine vom Gubach dabei. Liegt hier in der Innenstadt, gar nicht weit von hier!« Zufrieden grinste er Al an: »Siehste, hab doch gewusst, wir brauchen das Tablet!« Al grinste sarkastisch zurück:

»Und wenn du jetzt noch ein Auto in der Tasche hast, kann es ja losgehen.«

»Dass du immer gleich so destruktiv sein musst«, lamentierte Jan.

»Was ist mit dem Bus da drüben?« Robin zeigte über die Straße zu dem Cafe, in dem Al vor kurzem ein Pils, na, sagen wir einfach, getrunken hatte. Rosenstrauch schnaufte schwer:

»Ist für heute eigentlich auch schon schnurz! Gehen wir rüber und leihen uns halt den Bus aus. Herr Buck, kommen Sie, es geht weiter!«

»Ja, aber einer muss hier bleiben, der Geländewagenfahrer hat einen Schock, Krankenwagen habe ich schon gerufen«, wedelte Freddy mit dem Handy.

Al rief gleich: »Das macht der Lichtenberger!«

»Nein, mache ich nicht, ich bin immer noch Polizist und ...«

»Schon gut«, unterbrach ihn Rosenstrauch, »Robin, Sie bleiben hier. Ich weiß, Ihnen wird das jetzt nicht gefallen, aber das ist auch wichtig!«

»Können wir endlich?«, rief Al, der sich schon in Bewegung gesetzt hatte.

Xaver Hiebenstett beobachtete mit regem Interesse den Verkehrsunfall auf der anderen Straßenseite. Von seinem Busfenster aus hatte er geradezu einen Logenplatz. Sein Nebenmann Franz Poltinger, mit dem er sich angefreundet hatte, seit er im Altersheim war, stierte ebenfalls zum Fenster raus. Genauso wie alle anderen Insassen des vom Seniorenstift Schwanensee gemieteten Busses.

Heute war großer Ausflug. Und die Alten hatten sich einen Besuch im Café gewünscht, weil hier der Kuchen so besonders gut war. Genaugenommen hatte ihnen die Leitung auch keine andere Wahl gelassen.

»Damit hätte ich nicht gerechnet!«, kommentierte Xaver das Schauspiel.

»Womit? Junge Leute können einfach nicht Auto fahren«, dozierte Franz. »Die sind zu ungeduldig und fahren deshalb zu schnell. Weiß doch jeder!« Er winkte abschätzig ab.

»Nein, nein, dass wir auf einem dieser langweiligen Ausflüge mal was anderes als trockenen Kuchen sehen!«

Beide lachten hämisch.

Hinter ihnen empörte sich Hilda Schmidt: »Also, wenn ich bitten darf, es könnte ja ein Verletzter dabei sein. Sehen Sie, der fülligere Herr mit dem Parka, der sieht schon ganz blass aus.«

Xaver sagte ernst:

»Ja, Sie haben recht, Gnädigste. Und wenn ich hinzufügen darf, so glaube ich, er leidet unter einem schweren Fall von Ungepflegtheit!«

Franz setzte einen drauf: »Ja, sein Rasierapparat scheint vor längerer Zeit verstorben zu sein!«

Die beiden Männer rückten ihre Brillen zurecht und kicherten.

»Also, wenn ich bitten darf!« Hilda war empört »Dass ihr beide auch nie ernst bleiben könnt.« Sie stand auf »Da muss man doch was tun!« Franz hob beschwichtigend die Hände:

»Gnädigste, die helfen sich doch heute alle selber. Die haben alle diese tragbaren Telefone und bestimmt schon die 110 angerufen.« Der Lex von hinten meldete sich zu Wort:

»Nein, nein, das ist die Polizei, heute wählt man gleich die 112 für den Krankenwagen. Das weiß ich genau. Meine Enkelin ...« Hilda fiel ihm ins Wort:

»Bernd, jetzt lass doch endlich mal deine Enkelin aus dem Spiel. Was hast du eigentlich immer mit der? Die besucht dich doch eh nie!« Bernd Lex war entrüstet:

»Aber die hat Jura studiert! Die weiß so was!«

»Na und? Mein Enkel ist Ingenieur und kommt in der ganzen Welt rum!«, sagte Franz. Hilda flehte fast:

»Aber wir müssen doch endlich was für die Leute da drüben tun!« Xaver drehte sich zu Franz:

»Ich dachte, der ist arbeitslos?«

»Ja, aber davor kam er in der ganzen Welt rum. Bis nach Belgien sogar!«

»Das ist aber nicht die ganze Welt!«, sagte der Lex eingeschnappt. Hilda wedelte mit den Armen:

»Was machen wir jetzt mit den jungen Leuten da drüben?«

»Jungen Leute?« Xaver stutzte. Er blickte wieder aus dem Fenster: »Gar nichts machen wir mit denen da drüben! Weil: die kommen gerade rüber!«

»Glaubst du, die wollen hier rein?«, fragte Franz.

»Warum sollten die hier reinkommen? « Der Lex war immer noch eingeschnappt »Dass du immer einen so infantilen Unsinn reden musst!«

»Die haben ja kein Auto mehr«

»Man steigt doch nicht in einen Bus nach einem Unfall. Da wartet man auf den Krankenwagen und die Polizei!«, versuchte Bernd Lex, seine Aussage zu erhärten. Xaver zuckte mit den Schultern:

»Er muss es ja wissen, seine Enkelin hat ja Jura studiert ...«

»Und ist um die ganze Welt gereist«, sagte Hilda. Franz drehte sich zu ihr um:

»Nein, das war mein Enkel!«

»Ach Franz, stehle mir doch nicht die Poente«, schmunzelte Hilda.

»Welche Poente?«, wunderte sich der Lex.

»Nein, nein«, kicherte Xaver: » Das heißt: Po – Ente«

Jetzt kicherten alle.

»So, die Damen und Herren, wir sind so weit. Bitte alle aussteigen!« Das Begleitpersonal begann damit, die Passagiere vorne und hinten aus dem Bus zu befördern und ins Café zu geleiten.

Rosenstrauch kam mit Al im Schlepptau vorne um den Bus gerannt. Dabei wären sie beinahe in einen Mann mit Gehhilfe hinein gelaufen. Ein jüngerer Mann hinter diesem begann gleich zu maulen, ob die beiden keine Augen im Kopf hätten. Lichtenberger und Jan schoben sich dazwischen.

»Polizei im Einsatz!«, keuchte Lichtenberger. Rosenstrauch hielt seinen Ausweis hoch und schrie:

»Kriminalpolizei! Alle aus dem Bus aussteigen. Das Fahrzeug ist konfisziert!«

»Weg da, weg vom Bus!«, befahl Lichtenberger, der wieder in seinem Element war: er konnte betagte Fahrgäste scheuchen. Freddy humpelte mittlerweile auch um den Bus herum und beobachtete das Treiben.

Sobald der Einstieg frei war, quetschte sich der Heldentrupp selbst in den Bus.

»Raus da!« Lichtenberger zerrte wie wild am Busfahrer. »Machen Sie schon! Nicht so langsam! Sie behindern einen Einsatz!« Er warf den Mann regelrecht zur Tür hinaus.

»Wer von uns kann eigentlich Bus fahren?«, fragte Jan.

Für eine Sekunde lagen alle Blicke schweigend auf ihm.

Freddy nahm sich ein Herz und schob sich auf den Fahrersitz:

»Ich kann fahren!«

»Du hast für das Ding einen Führerschein?« Al war wirklich überrascht.

»Das habe ich nicht gesagt.« Buck betätigte ein paar Schalter, bis die Türen sich schlossen, und fuhr los. Niemand protestierte, eine fehlende Fahrerlaubnis fiel jetzt auch nicht mehr wirklich ins Gewicht. Jan öffnete eine Navigationsapp auf seinem Tablet und dirigierte Freddy mit dem Bus durch die Innenstadt.

Lichtenberg gab wild Anweisungen à la:

»Geben Sie Gas, wir können ihn noch einholen ... Passen Sie auf die Autos da vorne auf … Bremsen ... Machen Sie schneller, der entkommt uns noch ...«

Al und Rosenstrauch hatten in der ersten Sitzreihe Platz genommen. Eigentlich war der bisherige Verlauf ganz zufriedenstellend. Das Einzige, was Al Sorgen bereitete, war, dass Gubach entkommen könnte. Rosenstrauch sah nicht ganz so zufrieden aus.

»Nächste links«, kommandierte Jan.

Der Bus bog zu schnell um die Kurve. Freddy stieg mit voller Kraft auf die Bremse. Jan und Lichtenberger flogen gegen die Windschutzscheibe. Und schon ging es weiter geradeaus … bis zur nächsten Ampel. Die war rot und etliche Autos bildeten schon eine Schlange davor. Der Bus blieb einen halben Meter hinter dem letzten Wagen stehen.

Freddy wischte sich mit dem Handrücken über die Stirn:

»Puh, das war knapp.« Jan rappelte sich wieder auf. Etwas Blut rann über sein Gesicht. Lichtenberger blieb liegen. Röchelnd hielt er seine rechte Schulter.

Rosenstrauch sprang mit ausgestrecktem Arm auf:

»Da, da vorne ist der SUV! Buck, geben Sie Gas! Jetzt haben wir ihn.«

»Wir stehen hier in der Schlange vor einer Ampel«, fasste Freddy die Situation zusammen »Wie soll ich ...«

»Fahr an den anderen vorbei!«, rief Al aufgeregt.

SCHEISSE! LADEKANTE, war für den Helden so deutlich zu hören, dass er fast vergessen hätte, wo er war.

Freddy kurbelte am Lenkrad, gab Gas und der Bus schwenkte auf die Gegenfahrbahn ein. Begleitet von dem Hupen der verständnislosen anderen Verkehrsteilnehmer, rauschte das Fahrzeug gegen die Fahrtrichtung der Kreuzung entgegen.

Der Lärm schien den SUV aufzuschrecken. Mit quietschenden Reifen wurde er beschleunigt und überquerte die Ampel bei rot. Der Verkehr von links und rechts versuchte zu bremsen und auszuweichen. Ein oranger Kleinwagen fuhr auf eine Limousine auf. Ein schwarzer Käfer krachte in ein parkendes Fahrzeug.

Der Bus brauste hinterher und touchierte zwei Autos an der Motorhaube.

»Aufpassen!«, rief Al – welch weiser Rat.

»Ruhe!« Schweiß lief Freddy übers Gesicht. »Ich pass schon auf!« Begleitet von Hupen fluchender Verkehrsteilnehmern zog sich die Verfolgungsjagd durch die Innenstadt. Der SUV voran, der Bus hinterher.

Lichtenberger hatte sich mittlerweile wieder hochgerappelt, hielt sich aber immer noch die Schulter. Rosenstrauch reichte Jan ein Papiertaschentuch. Dieser nahm es dankend an und wischte sich das Blut aus dem Gesicht.

»Der ist zu schnell für uns«, fluchte Freddy. »wenn er auf die Umgehungsstraße kommt, lässt er uns einfach stehen.«.

»Der hängt uns noch vorher ab.« Jan blickte auf sein Tablet: »Er will durch die Altstadt, und uns schon in den engen Gassen abhängen.«

Da hatte Al einen lichten Moment: »Hat eigentlich einer Verstärkung angefordert, oder Straßensperren?«

Lichtenberger bedachte ihn mit einem abfälligen Blick:

»Ausgerechnet Ihnen kommt der Gedanke.« Lauter fuhr er fort: »Denkt denn eigentlich hier keiner mit? Sie haben sich hier alle nicht gerade mit Ruhm bekleckert! In all meinen Dienstjahren habe ich noch nie so schlechte Arbeit gesehen. Buck, Ihr Handy! Ich ruf selber an, sonst wird das wieder nichts.«

»Motivation ist alles!«, rief Al. Rosenstrauch schüttelte den Kopf:

»Lassen Sie, so unrecht hat er gar nicht.«

»Da, er ist rechts gefahren.« Jan tropfte wieder etwas Blut übers Gesicht.

»Ich sehe es ja!« Freddy schwitzte immer noch und folgte dem SUV nach rechts.

»Nicht so schnell!« Al überkam eine Ahnung. »Eine Lade...«

»Was redest du da?« Buck verstand nicht, was gemeint war, drosselte aber aus einem Reflex heraus das Tempo.

Sie bogen in die Straße ein. Gerade noch rechtzeitig, um zu sehen, wie der SUV auszuweichen versuchte. Ein LKW mit aufgeklappter Ladebühne stand in einer Zuliefereinfahrt, halb in die enge Straße hinein. Die komplette Beifahrerseite des Hausfrauenpanzers wurde aufgeschnitten. Der Wagen schleuderte und blieb mitten auf der Fahrbahn stehen. Einstimmig erklang ein panisches

»Bremsen!«

Freddy trat bis zum Anschlag in die Pedale, riss am Lenkrad, alle Insassen begannen in Todesangst zu Schreien. Der Bus glitt knapp um die Laderampe herum, schwankte am LKW vorbei und schob Gubachs Auto noch gute 6 Meter vor sich her, bevor er zum Stehen kam.

Sekunden der Stille im Bus, keiner wollte sich vorstellen, wie es jetzt im Geländewagen aussehen mochte.

Vom mittleren Teil des Busses erklang auf einmal Applaus und Johlen. Unser Heldenteam drehte sich gleichzeitig um, und schaute ziemlich überrascht aus der Wäsche. Hinten im Bus saßen vier gut gelaunte Rentner.

»Was machen die denn noch hier?« Al sprach die Frage, die alle bewegte, als erster aus.

»Darum kümmern wir uns später.« Lichtenberger übernahm mal wieder das Kommando. »Rosenstrauch, verhaften Sie Gubach, aber sofort! Humoa, machen Sie sich mal ausnahmsweise nützlich und schaffen die Leute da raus. Sie da gehen mal mit Ihrem Tablet aus dem Weg.« Er hatte zwar immer noch seine Hand an der Schulter, war aber voll in Aktion.

Freddy öffnete die vordere Tür. Lichtenberger sprang aus dem Bus und gab weitere überflüssige Anweisungen. Rosenstrauch und Buck folgten.

Freundlich lächelnd winkte Jan die Rentner zum Aussteigen nach vorne. Al stellte sich neben ihn.

Xaver, der erste, der ausstieg, klopfte Al fröhlich auf die Schulter:

»So viel Spaß hatte ich schon lang nicht mehr, mein Junge! Wirklich Spitze!«

»Aber hallo!«, pflichtete Franz ihm bei »Unser Busfahrer ist viel langweiliger unterwegs!« Jan grinste:

»Klar, ist ja auch sein Bus!« Der Lex hob mahnend seinen Zeigefinger:

»Ich werde trotzdem meine Enkelin anrufen.«

Al, der mit dieser Aussage nichts anfangen konnte, sagte nur:

»Geht klar, Chef.«

Hilda, als letzte in der Reihe, schaute Jan mitleidig an:

»Haben Sie sich verletzt, junger Mann? Haben Sie Schmerzen?«

»Ne, ne, der sieht immer so scheiße aus!«, klärte Al sie auf, während er versuchte, die Dame aus dem Bus zu schieben. Er wollte jetzt endlich wissen, ob Gubach draußen verhaftet war oder nicht.

Eine Handtasche schlug gegen seinen Arm.

»Junger Mann, so was schickt sich nicht!«, tadelte Hilda ihn.

Na klar, ich habs ja gewusst, dachte sich Al und rieb seinen Arm:

»Hey, was ist da drin? Ein Ziegelstein?«

Ohne weiteren Kommentar stieg Hilda aus.

»So, das waren alle, wir können jetzt auch.« Al deutete Jan, den Bus zu verlassen. Da fiel ihm noch was ein. »Oder wart kurz ...« Jan schaute interessiert zu, wie Al an der vorderen Innenverkleidung eine Klappe öffnete. »Der Bus ist von einem Reiseunternehmen...«, klärte er seinen Freund auf, »... und wenn die eine Reisegruppe haben, verkaufen sie normalerweise ... Ahh ... wie ich es mir dachte!« Mit diesen Worten fischte er aus dem Bordkühlschrank eine Flasche Cola und ein Sandwich.

»Ist da noch mehr drin?«, fragte Jan.

»Aber sicher.« Al reichte Jan auch eine Flasche und ein belegtes Brötchen.

Die Tür des SUV stand offen, erleichtert nahmen die Beamten zur Kenntnis, dass es im Inneren besser aussah als erwartet. Sämtliche Airbags waren ausgelöst worden und so hatte Gubach nur Prellungen erlitten. Er konnte von Rosenstrauch problemlos verhaftet werden.

Al und Jan stellten sich kauend zu den Rentnern, die sich ein Plätzchen gesucht hatten, von dem aus sie das Schauspiel gut beobachten konnten.

»Eigentlich ganz erfolgreich«, sagte Al zu Jan.

Mit vollem Mund antwortete dieser:

»Auf jeden Fall … mehr los wie sonst.«

Al nahm einen tiefen Schluck aus seiner Flasche und sagte zu den Senioren:

»Wenn Sie auch was wollen, drinnen gibt´s noch was.«

Bald darauf trudelte die angeforderte Verstärkung ein. Frederick Ernesto (Eltern können ja so grausam sein) Buck fuhr mit Gubach zur weiteren Vernehmung ins Präsidium.

Die Befragung der Augenzeugen organisierte Rosenstrauch: Die vier Rentner berichteten den Einsatzbeamten begeistert und ausführlich von ihrem Ausflug. Das Protokoll mit Jan nahm eine junge Polizistin auf. Das gab sie aber schnell auf, da es sich als nicht sachdienlich erwies. Der Fahrer des LKWs sagte lediglich:

»Die Hebebühne macht jede Woche Probleme.«

Nachdem Lichtenberger meinte, vor Ort genug Anweisungen gegeben zu haben, ließ er sich zum Fitnessstudio bringen. Er wollte bei dem dortigen Unfall auch für Ordnung sorgen. Außerdem konnte er sich dann auch mal wieder seiner Sportkleidung entledigen und seinen Neffen einsammeln.

Al wurde mit einem Streifenwagen zum Präsidium gebracht, unterwegs fuhren sie auch Jan zu seiner Arbeit.

Es war Mittagszeit. Trotz des Brotes aus dem Bus verspürte Al immer noch ein leichtes Hungergefühl. Gerne wäre er jetzt in die Kantine gegangen. Aber mit einem Berg Verbindlichkeiten dort und ohne Geld oder seinen Praktikanten, den er unter Umständen belabern hätte können, fiel diese Möglichkeit aus.

Als Al die Tür seines Büros öffnete, staunte er nicht schlecht: Auf seinem Stuhl saß Romolo! Seine mit Handschellen gefesselten Hände spielten auf seinem Smartphone rum, die Beine hatte er auf dem Schreibtisch überkreuzt.

»Oh, der Berater-Humor-Heini … Was machen Sie denn hier?«

»Was, ich ...?« Al war irritiert. »Arbeiten! Sagen Sie lieber, was Sie hier tun!« Jetzt wurde er aber ungemütlich »Und nehmen Sie die Füße von meinem Schreibtisch!«

»Das ist Ihr Arbeitsplatz?« Romolo schwang die Beine vom Tisch. »Dieser Saustall?«

»Mein Schreibtisch folgt einer inneren Ordnung!« Was erlaubte sich der Prolet? »Und überhaupt: das geht Sie gar nichts an. Und jetzt möchte ich wissen, warum Sie auf meinem Stuhl sitzen!«

»Die haben mich hierher gebracht ... zur Vernehmung.« Das schien Romolo relativ gelassen hinzunehmen.

»Wer?« Al verlor gerade etwas den Faden.

»Die zwei von der Trachtengruppe, die bei der sinnlosen Aktion in meinem Büro dabei waren.« Al erinnerte sich. Da waren ja auch noch diese zwei seltsamen Streifenpolizisten dabei.

»Wo sind die jetzt?«

Leise ging die Türe auf und Robin kam geduscht und umgezogen herein.

»Hi, Chef!«, sagte er, irritiert davon, dass nicht dieser auf seinem Platz saß. Al beachtete ihn nicht weiter.

»Und … wo?«, sagte er zu Romolo.

»Der eine ist einen Kaffee holen gegangen, der andere rauchen.«

»Wann?« Romolo überlegte:

»So vor ′ner guten Stunde ...«

»Aha.« Al war beeindruckt von dem unglaublichen Elan, mit dem die beiden Polizisten ihrem Tagwerk nachgingen. Dagegen war er ja fleißig!

»Sagen Sie, vor ein paar Tagen war so ein Computer-Fuzzi bei mir ... Der hieß glaube ich auch Humor«, überlegte Romolo »Haben Sie mit dem was zu tun?«

»Ich? ... Mit wem?« Al beschlich eine leichte Unruhe. »Nein!«, log er. »Und überhaupt: ich heiße Humo-A!«

Ein Klopfen an der Tür beendete das unangenehme Gespräch. Robin, der ohnehin noch danebenstand, öffnete. Von draußen wirbelte Cocada herein, bepackt mit zwei Taschen.

»Oh, Senhor Romolo! Deixe-os simplesmente morrer de fome esses bárbaros!«, plapperte sie los, »Eu os trouxe um pouco de algo.«[1]

»Ah, Cocada!«, rief Romolo

»Was macht jetzt die da?«, entfuhr es Al. Die Frau beängstigte ihn irgendwie.

»Ich habe meine ach so misshandelte und unterbezahlte Sklavin angerufen, dass sie mir was zum Essen bringt«, sagte Romolo süffisant. »Wenn man hier in der Rumpelkammer abgestellt wird, muss man halt selbst für sich sorgen!« Dabei hob er sein Handy in die Höhe.

Nun erblickte Cocada Al:

»Oh, a bela mansão! Você tem, mas para relatar nunca!«[2], sprach, also eher: schrie, sie zu Al. Und dann: »Gehgut?«

»Äh, ja ...«, Al war verwirrt. »Was ist das?« Er zeigte auf ihre Tüten.

»Comida ... Ässe!«, flötete Cocada Al an. »Wollä?«

»Hm ...«, Al überlegte kurz – sehr kurz: »Ja!« Er deutete mit seinem Finger auf Rosenstrauchs aufgeräumten Schreibtisch.

---

1 Oh, Herr Romolo! Lassen diese Barbaren sie einfach verhungern! Ich habe ihnen eine Kleinigkeit mitgebracht.

2 Oh, der schicke Herr! Sie hätten sich aber schon mal melden können!

Umgehend begann Cocada damit, etliche Dosen darauf zu verteilen.

»Moment mal!«, beschwerte sich Romolo.

»Alles beschlagnahmt!«, keifte Al. Als die Haushälterin endlich ausgepackt hatte, setzte er sich auf Rosenstrauchs Stuhl und begann damit, eine Dose nach der anderen zu öffnen.

»Senhor Romolo mussässe!«, rief Cocada auf ihren Chef zeigend. Nun gut, nicht einmal ein guter Esser wie Al konnte so viel alleine vertilgen, wie die hier angekarrt hatte. Er schob Cocada eine Dose zu. Sie begann umgehend, ihren gefesselten Chef mit dem Inhalt, zwei reichlich belegten Broten, zu füttern.

Al überflog noch einmal die Landschaft an Dosen vor sich und rang sich zu einem »Robin, willst du auch was?« durch, als sich die Türe abermals öffnete.

»Oh, volles Haus!«, stellte Rosenstrauch fest. Al wollte schon aufstehen, als der Beamte ihn zurückhielt:

»Bleiben Sie nur sitzen, Humoa! Ich habe an diesem Platz ohnehin nicht mehr viel zu erledigen.« Dieser antwortete:

»Schnittchen?«

Nachdem alle Anwesenden fürstlich gespeist hatten, packte Cocada die immer noch vorhandenen Reste wieder ein und verabschiedete sich gewohnt wortreich und unverständlich von den Herren, besonders ausführlich von Al.

Im Laufe des Nachmittags verschwand Rosenstrauch mit Romolo noch mal kurz im Büro von Lichtenberger. Al erachtete die Situation für günstig, seinem Zimmergenossen gleich einen Urlaubsantrag für morgen mitzugeben. Er verspürte keine Lust, seinem Chef diese Woche noch einmal über den Weg zu laufen. Wie sich herausstellen sollte, beruhte dies auf Gegenseitigkeit.

Als endlich Göbl und Kleineder ausfindig gemacht worden waren, konnten dem Studiobesitzer auch die Handschellen abgenommen werden und er durfte nach Hause (oder was davon noch übrig war).

Mit einem fröhlichen Gesicht betrat Rosenstrauch das Büro.

»Mission erfüllt?«, fragte Al.

»Mission erfüllt!«

Auf dem von Pfandflaschen und Altpapier befreiten Küchentisch stand nur noch Maries Bügeleisen neben einer leeren Schachtel. Al saß auf einem der beiden Stühle, die er auch von jeglichem Papier befreit hatte. Genüsslich das Werk seines freien Tages betrachtend, lehnte er sich zurück.

Durch die Ereignisse der letzten Tage spürte er förmlich jeden einzelnen Knochen und Muskel in seinem doch nicht mehr ganz so jugendlichen Körper. Außerdem kündigte sich ein Schnupfen an. Dennoch durchströmte ihn ein gewisser Elan. Dieser war zumindest ausreichend, um die Küche aufzuräumen und die Wohnung zu putzen.

Die Uhr des Küchenradios verriet, dass sie bald kommen mussten. Al war keine Sekunde zu früh fertig. Er verpackte das Bügeleisen in der Schachtel und stellte diese beiseite – der Tisch sollte komplett frei und sauber sein.

Gerade noch Zeit, den Kaffee durchlaufen zu lassen. Er hoffte, den anderen Grund, der ihn heute fröhlich stimmte, auf ein Tässchen überreden zu können.

Es dauerte auch nicht lange, bis es klingelte. Al öffnete.

Sofort sprang ihm Lisa entgegen. Er fing sie auf und ließ sich einen sehr feuchten Kuss auf die Wange geben. Und schon war das Kind wieder davon gehüpft und verschwand im Kinderzimmer.

Lena begrüßte ihn mit einem »Was ist mit´m Display?«

»Oh, das Display ...« Das hatte er dann wohl vergessen. »Das konnte ich noch nicht bestellen. Ich weiß die genaue Typenbezeichnung von deinem Handy nicht. Lass uns das heute Abend zusammen machen!« Diese Ausrede war doch mal glaubhaft.

»Hallo!«, begrüßte ihn Marie. Al lächelte:

»Hallo! Willst ...« Laura zwängte sich an ihnen vorbei, ohne den Blick vom Handy abzuwenden. Al musterte sie.

»Woher hat sie das Savio-T-Shirt?«, fragte er.

»Oma!«, zischte Marie. Dieses Thema sollte man wohl nicht vertiefen.

In geradezu erstaunlicher Geschwindigkeit hatten sich seine drei Töchter in ihrem Zimmer verbarrikadiert.

Dann war auch Lukas die Treppen hoch geschlürft. Er blieb kurz stehen:

»Also, über den Roller würde ich gerne nochmal reden!« Mit diesen Worten folgte er seinen Schwestern. Gut, dass er offensichtlich keine unverzügliche Antwort erwartete.

Al blieb ruhig. Um seine Kinder würde er sich gleich kümmern, aber jetzt interessierte ihn erst mal die Frau, die immer noch vor der Tür stand.

»Wann ...«, begann Marie. Bevor sie weitersprechen konnte, erklang seine Stimme freundlich:

»Komm doch rein!« Marie zögerte kurz, dann verzog sie leicht den Mund und betrat die Wohnung.

So galant, wie es ihm möglich war, führte Al seinen Besuch in die Küche.

»Magst du auch einen Kaffee? ´Hab eben einen durchlaufen lassen.«

Marie blickte sich in der Küche um, die heute so anders aussah:

»Na, eine Tasse geht grad noch. Aber ich hab nicht viel Zeit!« Sie setzte sich auf einen der entmüllten Stühle.

»Das macht doch nichts.« Al versuchte, dabei zu lächeln. »Wenn du noch was vorhast, will ich dich doch nicht aufhalten.« Natürlich wollte er das. Und er wollte es auch genauer wissen: »Triffst du dich mit deinen Freundinnen?«, fuhr er im Plauderton fort.

»Nein.« Die Antwort war knapp. Al musste sich beherrschen. Er stellte sich vor, wie sie sich mit einem anderen Kerl verabredet hatte. Dem Typen, mit dem sie anscheinend vor kurzem Kaffeetrinken war. Anstelle einer Antwort schwieg er und schenkte Kaffee ein. In Maries Tasse kam ein Löffel Zucker, so wie sie ihn früher auch immer getrunken hatte.

»Hast du auch Milch da?«, fragte sie.

»Milch, wieso Milch? Hast du doch noch nie gewollt!«, stutzte Al. Marie zuckte nur mit den Schultern:

»Ach, weißt du: Geschmäcker ändern sich.« Al zuckte zusammen.

»Genauso wie die Leute, mit denen man Kaffee trinkt, oder?«

Marie ignorierte diese Erwähnung, stattdessen wechselte sie einfach das Thema:

»Weißt du das vom Lichtenberger schon?«

Na, das war doch auch interessant:

»Nein, erzähl!« Marie schmunzelte:

»Der Golfclub hat ihn rausgeschmissen!«

»Echt!« Al war erstaunt. Also war an Lichtenberger doch nicht alles spurlos vorbeigegangen.

»Sie haben ihm als Kassenwart die Hauptverantwortung für die Anschaffung von diesem Dünger aufgehalst«, fuhr Marie fort. »Nachdem euer ›Einsatz‹ so ausgeartet ist, stand natürlich was in der Zeitung.« Al blickte etwas verständnislos.

»Und da ein so exklusiver Verein keine negative Publicity mag, haben sie ihn zur Schadensbegrenzung als alleinigen Sündenbock hingestellt!«

Al konnte sich ein breites Grinsen nicht verkneifen. Ein passender Kommentar lag ihm auf der Zunge.

»An deiner Stelle wäre ich da nicht so fröhlich!«, kam ihm Marie zuvor »Der gibt nämlich dir die Schuld!«

Al schluckte! Aber was sollte es? Er stand ja auch schon vorher auf Lichtenbergers Abschussliste.

»Is′ klar, wem auch sonst?« Er blickte in seine Tasse.

»Wem auch sonst!«, wiederholte Marie. Der mitschwingende Sarkasmus blieb Al nicht verborgen. Sie schlug die Beine übereinander und nahm die Tasse mit beiden Händen: »Zum Beispiel seinem Neffen. Sein Praktikum hat Lichtenberger beendet.«

Al′s Laune bewegte sich zum gewohnten Tiefpunkt zurück. Robin sollte noch eine Weile bleiben. Wer sollte morgens den Weckdienst übernehmen? Und an seine Brotzeit aus der Kantine wollte er grad nicht mal denken.

Al grummelte: »Damit hat er mir eine rein gewürgt!«

Marie riss leicht die Augen auf: »Wie bitte? Dir eine reingewürgt? Es ist nicht dein Klassenziel, das von diesem Praktikum abhängig ist!«

Al schüttelte nur den Kopf. »Nee, is nur, ich hatte den Kleinen recht gern« Das war nicht mal so gelogen. »Ich kümmere mich drum. Wird schon wieder.«

»Sicher!« Marie glaubte ihm kein Wort, aber sie wollte nicht darauf eingehen: »Ich habe mit Freddy und Herrn Rosenstrauch gesprochen. Was hast du eigentlich angestellt?« Al wurde nervös:

»Ich? Gar nichts!« Was hatten die beiden erzählt? »Ich war nur als technischer Berater dabei. Warum?« Marie schwieg und sah ihn durchdringend an. Al schwante Fürchterliches:

»Wirklich nicht! Ich habe nur die Anweisungen von den beiden befolgt!«

Nein, nicht rechtfertigen!, ermahnte er sich. *Angriff ist die beste Verteidigung!*

Marie kam seinem Angriff zuvor: »Und Jan natürlich auch ...«

»Moment, den hatten sie wegen der Buchhaltung ... also als Finanzexperte. Rosenstrauch kannte ihn über mich.«

AHH, schon wieder verteidigt, schrie Al innerlich.

»Eigentlich ...«, Marie stand auf, »... haben sie nur Gutes über euch beide gesagt.« Jetzt schmunzelte sie wieder. Das gefiel Al. Er setzte sein unschuldigstes Gesicht auf:

»Immerhin«, sagte er, »Wir haben Romolo eines Verbrechens überführt!«

»Ein eher unbedeutender Fall von Schwarzarbeit«, konterte sie. »Der Guerrieri hat noch vom Präsidium aus alle notwendigen Schritte veranlasst. Sein Strafbescheid wird wohl nicht so riesig ausfallen.«

»Ja.« Das musste Al zugeben. »Aber der Gubach! Der hat so richtig was auf dem Kerbholz!«, stellte er nicht ohne Stolz fest. »Und ohne uns wäre das auch nie rausgekommen!« Sein Grinsen wurde breiter: »Anscheinend hat es selbst Lichtenberger erwischt!«

»Hm ...«, auch Marie schmunzelte, »... da hast du wohl recht.«

»Ach, und deshalb bist du so misstrauisch?« Marie beugte sich nach vorne und legte Al ihre Hand auf seine:

»Ja, bin ich. Ich kenn dich schließlich, mein Dicker!«

›Mein Dicker‹ - schon lang her, dass Al das von Marie gehört hatte.

Bevor sich die Stimmung noch mal wenden konnte, wechselte er jetzt schnell das Thema:

»Und, wie ist der Kaffee?« Marie blickte in die Tasse und zuckte mit den Schultern:

»Geht so.« Al ließ nicht locker:

»Na, wo du nachher eh Kaffeetrinken gehst ...?« Marie machte keine Anstalten, diese Frage zu beantworten. Sie stellte die Tasse ab, stand auf und ging in den Flur. An der Tür drehte sie sich um:

»Sag mal: Hier Kaffee zu trinken war ja ganz nett, aber Zuhause, ...«

Was ist zuhause? Würde sie sich da gleich mit einem anderen Kerl treffen?

»... da wär´s nicht schlecht, wenn ich irgendwann wieder bügeln könnte.«

Es formte sich ein Lächeln auf seinem Gesicht:

»Natürlich, da habe ich was für dich!« Lässig holte er den Karton aus der Küche und zog das Bügeleisen heraus.

Marie nahm es und betrachtete es eine Sekunde lang. Zu Al´s Überraschung lehnte sie sich plötzlich nach vorne und hauchte ihm einen Kuss auf die Wange. Ohne ein weiteres Wort verließ sie die Wohnung.

Stupide grinsend stand Al mit einem leeren Karton in der Hand in der Tür.

Al, mein Held! Wann sie das wohl gedacht haben mochte?

Po-

- ENDE -